weißer Tempel
alte Eiche
Ruine des Nebels
Feld der schwarzen Lilien
schwarzer See
Irrgarten

GESA SCHWARTZ

Ivy und die Magie des Poison Garden

Gesa Schwartz

Ivy und die Magie des POISON GARDEN

Mit Vignetten von Alexandra Helm

BAUM
HAUS

Ein weiteres Abenteuer mit Ivy im Poison Garden
erscheint im Herbst 2024.

Die Bastei Lübbe AG verfolgt eine nachhaltige Buchproduktion. Wir verwenden Papiere aus nachhaltiger Forstwirtschaft und verzichten darauf, Bücher einzeln in Folie zu verpacken. Wir stellen unsere Bücher in Deutschland und Europa (EU) her und arbeiten mit den Druckereien kontinuierlich an einer positiven Ökobilanz.

FSC www.fsc.org MIX Papier | Fördert gute Waldnutzung FSC® C014496

Dieser Titel ist auch als Hörbuch erschienen.

Originalausgabe

Dieses Werk wurde vermittelt durch die
AVA international GmbH Autoren- und Verlagsagentur, München.
www.ava-international.de

Zitat auf S. 134 aus »Die Brüder Löwenherz«
von Astrid Lindgren, Oetinger Verlag, Hamburg 1974

Lektorat: Kerstin Kipker
Umschlaggestaltung und Illustrationen: Alexandra Helm
Herstellung: Julia Felber
Satz: two-up, Düsseldorf
Gesetzt aus der Horley Old Style
Druck und Verarbeitung: GGP Media GmbH, Pößneck

Printed in Germany
ISBN 978-3-8339-0789-0

1 3 5 4 2

Dosis sola facit venenum.

Die Dosis allein macht das Gift.

PARACELSUS

Aus dem Vorwort zum »Herbarium der Schatten«

Dieses Buch in deinen Händen ist ein Schatz, der zum Guten wie zum Bösen verwendet werden kann. Behandle es mit dem nötigen Respekt – ebenso wie den geheimen Garten und das Rätsel, das er bewahrt. Du bist nun ein Teil davon, doch vergiss nicht: Halte jene davon fern, die du vor Unheil schützen willst. Denn der Poison Garden ist groß, seine Geheimnisse sind mächtig. Er ist eine Gefahr für alle, die du liebst. Und sie dürfen niemals davon erfahren.

Dalur Ho' Fafnor, Großgärtnermeister des Nordens

1

Das darf doch nicht wahr sein!«

Der Taxifahrer bremste so abrupt, dass Ivy aus dem Schlaf schreckte. Eben noch waren sie durch die sanften Hügel von Somerset gefahren, jetzt standen sie in einem finsteren Wald. Und vor ihnen auf der Straße lag ein umgestürzter Baum.

»Hat ganz schön gestürmt hier die letzten Tage«, meinte der Taxifahrer. »An dem komme ich nicht vorbei. Sorry, aber weiter kann ich dich leider nicht bringen.«

Ivy seufzte. »Schon okay. Ist ja nicht mehr weit.«

Sie bezahlte und stieg aus. Als sie ihr Smartphone zückte, sah sie auf der Karte, was sie schon wusste: Sie befand sich mitten im tiefsten Wald des Exmoor National-

Botanischer Name
Hedera helix
Deutscher Name
Gemeiner Efeu
Familie
Araliengewächse
(Araliaceae)

parks. Ein matschiger Pfad schlängelte sich vor ihr durchs Unterholz. Irgendwo an seinem Ende wohnte ihr Großvater.

Der Taxifahrer gab Ivy ihren Koffer, ehe er mit mitleidigem Blick davonfuhr. Sie konnte sich vorstellen, wie sie mit ihrem roten Mantel, der weißen Strumpfhose und den viel zu sauberen Schuhen auf diesem aufgeweichten Pfad aussah: vollkommen fehl am Platz. Sie seufzte noch einmal und machte sich auf den Weg.

Die Luft war kühl, und es roch nach Tannennadeln und Erde. Normalerweise hätte Ivy einen kleinen Spaziergang durch die Natur gar nicht so übel gefunden. Aber jetzt war alles anders. Sie war nicht zu Besuch hier. Sie war gekommen, um hier zu leben. Und das nicht gerade freiwillig.

Nun sieh mich doch nicht so an, hatte ihre Mutter noch am Morgen gesagt. *Es ist schön da. Und sicher wirst du nach den Ferien schnell neue Freunde finden.*

Ich finde nie Freunde, hatte Ivy erwidert. *Denn kaum sind wir irgendwo angekommen, ziehen wir wieder weg.*

So ist das eben, wenn man eine Wühlmaus als Mutter hat, war Moms Antwort gewesen. Sie hatte so schuldbewusst geklungen wie immer, wenn es darum ging, dass sie durch ihren Job als Archäologin schon ziemlich oft umgezogen waren. *Aber gerade deswegen möchte ich ja, dass du nicht ständig mit mir durch die Welt reisen musst. Als du klein warst, da war das was anderes, aber jetzt …*

Jetzt bin ich dreizehn und steinalt, oder wie?, hatte Ivy gefragt.

Ihre Mutter hatte gelacht. *Nein, aber das Nomadenleben ist auf Dauer keine Lösung. Bei deinem Großvater wirst du einen festen*

Platz haben, an den du gehörst. Und ich auch. Du weißt doch, dass meine Aufträge immer zeitlich begrenzt sind. Wir werden ganz oft zusammen sein, versprochen. Und das ohne Umzugsstress.

Ivy hatte ihr Lächeln nicht erwidert. *Und Grandpa? Er hat sich noch nie für mich interessiert. Er kümmert sich nur um seinen Garten und um irgendwelche Tiere, die er aus Tierheimen oder sonst woher gerettet hat.*

Er kann eben nicht aus seiner Haut, hatte ihre Mutter gemeint. *Aber er war sofort einverstanden, als ich ihn gefragt habe, ob wir bei ihm wohnen können. Und er wird sich bemühen, dass es uns an nichts fehlt, da bin ich mir sicher. Gemeinsam kriegen wir das schon hin.*

Ivy zerrte ihren Koffer über einen Stein und schnaubte. *Gemeinsam* – von wegen! Ihre Mutter hockte auf irgendwelchen Gletschern und grub uralte Dinge aus dem ewigen Eis. Und sie stapfte durch den Schlamm zu einem Großvater, den sie zuletzt als kleines Kind gesehen und als ausgesprochen grummelig in Erinnerung behalten hatte. Viel lieber wäre sie in London geblieben.

Ivy sprang über eine Pfütze – und landete prompt im nassen Morast. Er spritzte an ihren Beinen hoch und hinterließ fragwürdige Flecken auf ihrer Strumpfhose. Wütend stieß sie die Luft aus. Diese dämliche Strumpfhose und das schreckliche Karokleid unter ihrem Mantel hatte sie nur ihrer Mutter zuliebe angezogen – um *anständig* auszusehen, wenn sie ihren Großvater nach all den Jahren wiedersah, und ihn nicht gleich mit zerrissenen Jeans zu schockieren.

Jetzt donnerte es auch noch. Ivy zog sich die Kapuze ihres Mantels ins Gesicht und ignorierte ihre schlammbesudelten Schuhe, die immer wieder im Matsch stecken blieben. Diese Situation kam ihr vor wie ihr ganzes Leben: irgendwo im Nirgendwo allein mit einem Koffer in der Hand und auf dem Weg ins Ungewisse. Sie fror. Sie wollte endlich ins Warme.

Carlton Manor tauchte am Ende des Weges auf wie ein steinerner Riese. Das Herrenhaus sah tatsächlich noch genauso aus, wie Ivy es in Erinnerung hatte. In früheren Jahren war es wohl mal weiß gewesen, aber jetzt war es grau wie die hohe Mauer, die das Anwesen umgab. Die zahlreichen Fenster blickten schwarz in den heraufziehenden Abend, die Fassade wurde von Efeu überwuchert. In dem parkähnlichen Garten wirkte das Haus fast ein bisschen unheimlich. Doch Ivys Aufmerksamkeit richtete sich rasch auf das verschlossene Tor, vor dem sie nun stehen blieb. Kaum hatte sie es erreicht, begann es in Strömen zu regnen. Mit klammen Fingern drückte sie auf die Klingel.

Ivy wusste nicht, was sie erwartet hatte – doch ganz sicher nicht das spöttische Krächzen, das die Klingel von sich gab, ehe sie sich aus der Verankerung löste und schief im Torpfosten hängen blieb. Im Haus rührte sich rein gar nichts. Ivy spürte, wie der Regen ihren Mantel durchnässte und ihren Nacken hinunterlief. Hatte ihr Großvater sie vergessen? Saß er vielleicht gerade hinter einem der uralten Vorhänge und hoffte, dass sie wieder verschwinden würde? Sie presste die Zähne aufeinander. Den Gefallen würde sie ihm nicht tun!

Entschlossen packte sie ihren Koffer. Sie lief an der Mauer ent-

lang, bis sie eine unbewachsene Stelle fand, und schleuderte ihren Koffer auf die andere Seite. Dann krallte sie sich an der Mauer fest und zog sich hinauf. Dabei schrammte sie sich das Knie auf, aber sie achtete nicht darauf. Wenn ihr Großvater sie nicht bei sich haben wollte, dann sollte er ihr das wenigstens ins Gesicht sagen! Ächzend ließ sie sich an der Innenseite der Mauer hinab – und landete geradewegs in einem Brombeerstrauch.

»Verflucht noch eins«, stieß Ivy aus und zerrte an ihrem Kleid, das sich in den Dornen verfangen hatte. Mit einem Ruck bekam sie es frei und merkte erst dann, dass sie den Saum halb abgerissen hatte. Seltsamerweise fühlte sie bei diesem Anblick eine tiefe Genugtuung. Das kam nun mal dabei heraus, wenn man sie in etwas hineinsteckte, das sie nicht ausstehen konnte!

Sie schnappte sich ihren Koffer und stiefelte auf das Haus zu. Der riesige Garten hüllte sich bereits in Dämmerung. Schatten tanzten zwischen den uralten Bäumen, den steinernen Statuen, die wirkten, als würden sie gleich lebendig werden, und den sanft geschwungenen Hügeln mit Gräsern darauf, die aussahen wie Trollhaare.

Dieser Garten war etwas Besonderes, das musste Ivy zugeben. Sie erinnerte sich an das verzauberte Gefühl, das sie schon früher zwischen all den Pflanzen gehabt hatte, und stellte fest, dass es sich wie das Haus und der Garten selbst nicht verändert hatte. Genauso wenig wie der Schauer, der ihr nun beim Anblick der tanzenden Schatten über den Rücken lief.

Sah sie richtig? War das ein Fuchs, der dort drüben unter einem Baum hockte und zu ihr herüberschaute? Ein freilebender vielleicht oder ein Findelkind ihres Großvaters? Und hatte er tatsächlich … golden leuchtende Augen? Wie als Antwort auf ihre Frage huschte der Fuchs davon. Ivy seufzte. Ihre Fantasie ging wieder mal mit ihr durch. Aber das war ja nichts Neues.

»Reiß dich zusammen«, murmelte sie. »Du bist nicht mehr das kleine sechsjährige Mädchen von früher, das vor allem Angst hat!«

Der Blitz zerriss den Himmel im selben Moment wie der ohrenbetäubende Donner. Ivy hüpfte vor Schreck in die Höhe und stieß einen Fluch aus. Nein, inzwischen war sie das *dreizehnjährige* Mädchen, das vor allem Angst hatte. Jedenfalls, wenn sie zur Dämmerstunde in einen Zaubergarten geriet.

Sie beschleunigte ihre Schritte. Durch ihre Kletteraktion über die Mauer hatte sie sich weiter vom Hauptportal entfernt als gedacht. Doch der Seiteneingang leuchtete ihr mit einer schwachen Laterne entgegen. Sie eilte auf ihn zu. Jetzt konnte sie Licht durch das kleine Fenster in der Tür erkennen. Gleich würde sie endlich im Trockenen sein und …

Ivy merkte noch, wie ihr die Beine unter dem Körper weggerissen wurden. Erschrocken schrie sie auf und landete auch schon rücklings am Boden. Dann wurde sie in die Luft gezerrt und fand sich kopfüber in einem Netz wieder. Wie ein gefangenes Tier baumelte sie vom dicken Ast einer Eiche, etwa eine Körperlänge vom Boden entfernt.

»Was zur Hölle …«, entfuhr es ihr, aber ihre Stimme war vor Schreck leise wie ein Flüstern. Zuerst glaubte sie zu träumen.

Doch sie spürte deutlich den Regen auf ihrem Gesicht und den Wind in ihrem Haar. Stöhnend versuchte sie, sich in ihrem Gefängnis aufzurichten, was mehr schlecht als recht gelang. Sie war in eine Falle geraten, so viel war klar. Aber warum zum Teufel baute ihr Großvater mitten in seinem Garten eine Falle, die groß genug war, um einen Gorilla zu fangen?

Ein Grollen durchbrach Ivys Gedanken. Es war aus den Schatten hinter der Eiche gekommen, und jetzt hörte sie, dass sich Schritte näherten. Schwere Schritte. Viel zu schwer, als dass sie zu einem Menschen gehören konnten.

Mit pochendem Herzen krallte Ivy die Finger in die Seile ihrer Falle. Und da tauchte eine Gestalt aus der Dunkelheit auf, so groß, dass Ivy der Atem stockte. Buschiges Fell sträubte sich im Nacken, ein riesiger Schädel saß auf einem massigen Körper und mächtige Krallen gruben sich ins weiche Gras.

Ein Bär, schoss es Ivy durch den Kopf.

Und sie täuschte sich nicht. Ein ausgewachsener Braunbär kam direkt auf sie zu.

Was hatte er da am Maul, war das etwa Blut? Ivys Instinkt sagte ihr, dass sie weglaufen sollte, nur fort von diesem Raubtier. Doch stattdessen baumelte sie wie eine überreife Pflaume von der Eiche hinunter, und der Bär kam immer näher. Sicher konnte er das Netz mühelos zerreißen. Ivy meinte sich zwar zu erinnern, dass Braunbären sich in erster Linie vegetarisch ernährten. Aber vielleicht stand diesem Exemplar gerade der Sinn nach einem kleinen abendlichen Snack außer der Reihe?

Der Bär schnaubte, und Ivy zwang sich mit aller Macht, nicht in Panik zu verfallen. Bären konnten Angst riechen, das hatte sie mal irgendwo gelesen. Sie musste sich beruhigen. Bestimmt würde gleich jemand kommen, der ihren Schrei gehört hatte, und sie retten. Und bis dahin würde sie diesem dicken Bären keinen Anlass geben, um wütend zu werden.

Abrupt blieb der Bär stehen. Er schaute Ivy direkt in die Augen. Und dann drang eine Stimme durch ihre Gedanken, rau wie das Brummen, das gerade durchs Unterholz gedrungen war.

Ich bin nicht dick. Ich hab nur dickes Fell!

Ivy starrte den Bären an. Sie wusste nicht, ob sie sich die Worte in ihrem Kopf eingebildet hatte oder nicht. Aber zwei Dinge sah sie nun ganz deutlich: die Schokolade, die am Maul des Tieres klebte und die Ivy für Blut gehalten hatte. Und die Empörung, die im Blick des Bären stand.

Ein Knirschen ging durch die Nacht. Sofort wandte der Bär sich um und verschwand hinter den Bäumen. Ivy zog die Brauen zusammen. Es sah fast so aus, als hätte der Bär vor etwas Angst gehabt. Da wiederholte sich das Knirschen.

Ivy drehte sich so gut es ging in ihrem Gefängnis um und schaute den Weg zum Haus hinauf. Eine Gestalt näherte sich ihr, den Blick fest auf sie gerichtet. Und schlagartig wurde Ivy klar: Der Bär war nicht die gefährlichste Kreatur in diesem Garten.

Botanischer Name
Atropa belladonna

Deutscher Name
Schwarze Tollkirsche

Familie
Nachtschattengewächse
(Solanaceae)

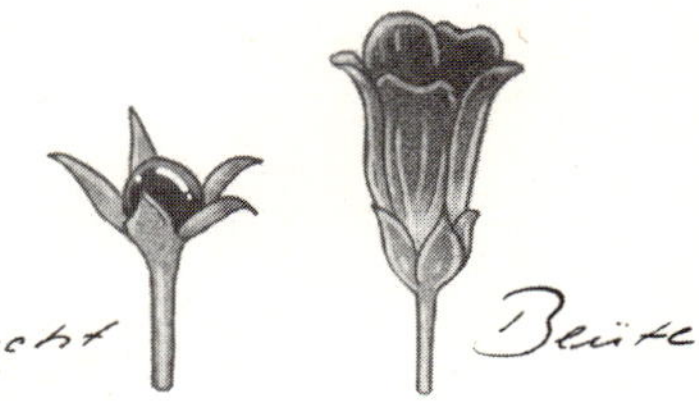

2

Richard Carlton blieb neben der Eiche stehen und schaute mit finsterer Miene zu Ivy herüber. Unter seinem vornehmen Mantel trug er einen Tweed-Anzug mit Uhrenkette und – Gummistiefel? Ivy hob die Brauen. Offenbar hatte ihr Großvater einen spontanen Ausflug in die Natur unternommen, denn seine Stiefel waren trotz des Regens mit klebriger Erde bedeckt, ebenso wie seine Handschuhe. Fast hätte sie über seinen komischen Aufzug gelacht. Aber da zog er an einem Seil, das hinter dem Baum befestigt war. Und Ivy landete samt Netz auf dem Boden.

»Verflucht, was …«, brachte sie hervor, denn der Sturz war ganz schön schmerzhaft gewesen. Doch ihr Großvater stieß so scharf die Luft aus, dass sie verstummte.

»Noch ein Fluch von dir, und ich schicke dich sofort zurück zu deiner Mutter!«

Ivy klappte der Mund zu. Sie hatte ihren Großvater als nicht besonders freundlich in Erinnerung gehabt. Aber dieser Stinkstiefel, der jetzt auf sie zukam, übertraf ihre schlimmsten Erwartungen. Er ging vor dem Netz in die Knie, zog die Handschuhe aus und holte ein Taschenmesser aus seinem Anzug. In raschen Bewegungen begann er die Seile zu durchtrennen. Ivy flog sein Geruch an, der ihr noch immer vertraut war: dieser ihm eigene Duft von Zedernholz und Kardamom, frisch und herb zugleich.

»Was fällt dir ein, bei mir einzubrechen?« Seine Stimme klang wie das Grollen des Gewitters über ihnen, und Ivy konnte plötzlich sehr gut nachfühlen, warum der Bär die Flucht ergriffen hatte. Doch sie beschloss, sich nicht einschüchtern zu lassen.

»Ich habe geklingelt«, gab sie zurück. »Aber offenbar hat mich niemand gehört. Scheint so, als wäre die Klingel kaputt.«

»Nein«, erwiderte ihr Großvater. »Das ist sie nicht. Sie ist genau so, wie eine Klingel sein sollte: *leise*. Wenn ich Besuch haben wollte, wäre das Tor geöffnet.«

»Mom hat gesagt, du würdest mich erwarten. Ich konnte ja nicht ahnen …«

»Erwarte stets das Unerwartete«, unterbrach er sie. »Das kannst du dir merken. Und ja, deine Mutter hat dich angekündigt. Aber du bist zu früh gekommen.«

»Ich habe einen früheren Zug bekommen«, entgegnete Ivy. »Und deshalb hetzt du einen Bären auf mich? Als ich das letzte Mal hier war, hattest du einen Papagei. Wie hieß er noch gleich? Nichtsnutz?«

»Nietzsche«, murmelte ihr Großvater.

»Genau«, meinte Ivy. »Der war jedenfalls harmloser als dieser riesige Braunbär.«

Richard Carltons Lachen klang wie ein Husten. »Das sagst du nur, weil du Nietzsche nicht näher kanntest. Er konnte einen Finger durchbeißen wie nichts. Die alte Iphigenie ist dagegen ein Lämmchen.«

Ivy sah ihn an. »Der Bär heißt Iphigenie?«

»Sie ist eine Bärin«, erwiderte er knapp. »Sie kommt aus dem Zirkus und ist vollkommen ungefährlich.«

»Und deswegen willst du sie fangen?«, fragte Ivy. »Die Falle ist doch für die Bärin, oder nicht?«

Ihr Großvater seufzte. »Iphigenie stibitzt mit Vorliebe den Schokoladenkuchen aus der Küche von Miss MacGill. Daher die Falle. Unsere Bärin ist nämlich zu dick.«

»Das sieht sie anders.«

»Woher weißt du das?«

Verlegen biss Ivy sich auf die Lippe. »Nun ja, sie … hat geredet.«

»Natürlich hat sie das«, meinte Ivys Großvater unbeeindruckt.

»Nur weil die Menschen die Sprachen der Tiere nicht mehr verstehen, heißt das nicht, dass sie nicht reden können.«

»Die Bärin hat wirklich geredet«, beharrte Ivy. »In … meinem Kopf. Jedenfalls hat es sich so angefühlt. Und bevor du fragst: Ich bin nicht verrückt oder so.«

Zum ersten Mal, seit er sich darangemacht hatte, die Seile zu durchtrennen, sah Richard Carlton auf.

»Dann frag sie das nächste Mal nach den besten Schleichwegen in die Küche. Miss MacGills Schokokuchen ist eine Wucht.«

Ivy schaute in die hellgrauen Augen ihres Großvaters und konnte nicht sagen, ob er sie gerade zum Narren hielt oder nicht. Wenn sie ehrlich war, erschien ihr die Sache mit der sprechenden Bärin selbst reichlich absurd. Vermutlich hatte sie sich das Ganze in ihrer Angst nur eingebildet und nichts weiter gehört als ihre eigenen Gedanken in ihrem Kopf. Aber sie spürte, dass sehr viel mehr in ihrem Großvater steckte als der grummelige Alte, als den sie ihn in Erinnerung hatte. Da war ein hellwaches Blitzen in seinen Augen, das ihr auf Anhieb sympathisch war und eines doch ganz klar zeigte: Richard Carlton hatte es faustdick hinter den Ohren.

»So«, sagte er und zog das Netz auseinander. »Raus mit dir.«

Das ließ Ivy sich nicht zweimal sagen. Schnell kletterte sie aus der Öffnung, die er in die Falle geschnitten hatte, und streckte sich. Ihr Großvater maß sie mit seinem Blick.

»Du bist gewachsen«, stellte er fest.

»Zuletzt haben wir uns an meinem sechsten Geburtstag gesehen«, gab Ivy zurück. »Das war vor sieben Jahren. Es wäre ziemlich merkwürdig, wenn ich nicht gewachsen wäre.«

Richard Carlton erwiderte nichts darauf. Stattdessen hob er mit leichtem Spott die linke Augenbraue und musterte ihre schmutzige Strumpfhose und das zerrissene Kleid, das unter ihrem Mantel vorschaute. »Und das trägt man jetzt so?«, fragte er, ohne die Missbilligung in seiner Stimme zu verstecken. Seltsamerweise spürte Ivy sofort einen glühenden Triumph – so als hätte der Riss ohne jedes Wort klargemacht, was wirklich in ihr steckte.

Sie nickte. »Wenn man eine Mutter namens Violet Carlton hat, die unbedingt will, dass man einen guten Eindruck macht, und man wirklich keine Lust hat, sich am Tag der Abreise mit ihr in den Haaren zu liegen – ja.«

Der Blick ihres Großvaters ging Ivy durch und durch. Es kam ihr so vor, als würde er sie gerade zum ersten Mal wirklich ansehen. Sie kannte diesen prüfenden Ausdruck von sich selbst. Er spiegelte Neugier und Argwohn zu gleichen Teilen. Ihr fiel es auch schwer, jemandem zu vertrauen. Aber immerhin war sie zeit ihres Lebens von einem Ort zum anderen gereist und hatte kaum die Möglichkeit gehabt, jemanden an sich heranzulassen. Welche Entschuldigung hatte ihr Großvater für seine Vorsicht? Es war nicht leicht, in seine Augen zu schauen, die nichts über seine Gefühle verrieten. Doch Ivy hielt seinem Blick stand.

»Gut«, sagte Richard Carlton. »Gehen wir.«

Damit drehte er sich um und lief geradewegs auf den Haupteingang von Carlton Manor zu.

3

Richard Carlton spazierte durch das abendliche Unwetter wie durch eine warme Sommerbrise. Ivy musste sich anstrengen, um mit ihm Schritt zu halten. Im Stillen überlegte sie, wie alt ihr Großvater eigentlich genau war. Sein silbergraues Haar stand in auffallendem Kontrast zu seinen Bewegungen, die mühelos wirkten wie bei einem jungen Mann.

»Mister Carlton!«

Ivy drehte sich um und sah, dass ein Junge auf sie zulief. Er musste etwa zwei Jahre älter sein als sie selbst. Offenbar hatte er seine Regenjacke im Laufen angezogen, denn sein Pullover darunter war ebenso durchnässt wie sein blondes Haar, das trotz des Regens wild von seinem Kopf abstand. Dennoch strahlte er von einem Ohr zum anderen und verströmte eine Freundlichkeit, die Ivys nachdenkliche Stimmung sofort aufhellte.

Botanischer Name
Convallaria majalis
Deutscher Name
Maiglöckchen
Familie
Spargelgewächse
(Asparagaceae)

»Finn«, sagte ihr Großvater, als der Junge sie erreichte. »Das ist Ivy, meine Enkelin. Sie wird vorerst bei uns wohnen. Und das« – er wandte sich Ivy zu – »ist Finn Walker. Er lebt mit meiner Haushälterin Elaine MacGill in der Einliegerwohnung im Erdgeschoss und ist der beste Gärtnergehilfe, den ich je hatte.«

Finns Strahlen verstärkte sich, offenbar hörte er so ein Lob nicht oft. »Schön, dich kennenzulernen«, sagte er und schüttelte Ivys Hand. Dabei lag seine ganze Aufmerksamkeit auf ihrem Gesicht. Ihre schmutzige Kleidung schien ihm gar nicht aufzufallen. »Wie ich mitbekommen habe, hast du Iphigenie schon kennengelernt?«

Ivy nickte. »Allerdings. Hätte ich vorher gewusst, dass sie Schokokuchen viel lieber mag als Menschen, wäre die Begegnung bestimmt angenehmer ausgefallen. Auch wenn eine von uns dabei kopfüber in der Luft hing.«

Finn legte schuldbewusst den Kopf schief. »Das hast du dann wohl mir zu verdanken. Ich habe mir die Falle ausgedacht, um unsere Schokoschnute vom Kuchen wegzukriegen. Aber offenbar ist sie schlauer, als ich dachte.«

»Das gilt für die meisten Bären«, warf Richard Carlton ein. »Wenn du Iphigenie suchen und mit einem gesunden Abendessen versorgen könntest, wäre ich dir sehr verbunden. Für die nächsten Wochen gibt es keinen Zucker mehr für sie. Vielleicht kannst du es mit ein paar zusätzlichen Krauleinheiten wiedergutmachen.«

Finn lachte. »Ich werde mein Möglichstes tun.« Dann wandte er sich an Ivy. »Freut mich, dass du jetzt auch hier wohnst. Wenn ich dir bei irgendwas helfen kann, lass es mich gern wissen. Ach, und vom Steinkreis im Kräutergarten solltest du dich fernhalten. Er liegt nah bei der Küche, und die Gefahr, dort plötzlich kopfüber in der Luft zu baumeln, ist außerordentlich groß.«

Ivy grinste. »Danke, das ist gut zu wissen.«

Finn hob die Hand zum Abschied, nickte Richard Carlton noch einmal zu und machte sich auf den Weg durch den Garten. Der Regen schien ihm nicht das Geringste auszumachen. Dafür zog er eine Panflöte aus seiner Jacke und begann darauf eine fröhliche, lockende Melodie zu spielen. Fasziniert hörte Ivy ihm zu, während sie an der Seite ihres Großvaters ihren Weg fortsetzte.

»Ich wusste gar nicht, dass du so einen jungen Mitbewohner hast«, sagte sie.

»Habe ich auch nicht«, stellte er fest. »Aber Miss MacGill kann Gesellschaft gebrauchen. Und ich … nun ja. Ich vermutlich auch hin und wieder.«

Da erreichten sie das Eingangsportal. Richard Carlton wollte es gerade öffnen, als die Tür von innen aufgerissen wurde. Im Rahmen erschien eine rotwangige Frau mit wirbelnden roten Locken und einer Kochschürze um den Leib.

»Herr im Himmel, dieses Wetter!«, rief sie und warf die Hände in die Höhe. »Zackizacki, herein mit euch!«

Mit beeindruckender Kraft zog sie sowohl Ivy als auch ihren Großvater ins Haus und schlug die Tür hinter ihnen zu. Sofort umgab Ivy eine behagliche Wärme und ein Duft, der sie in ihre Kindheit zurückversetzte: dieser geheimnisvolle Geruch von La-

vendel, Thymian und Maiglöckchen, der Carlton Manor, seit sie denken konnte, durchdrang. Doch kaum hatte sie die Luft eingesogen, klangen Stimmen zu ihnen herüber. Sie kamen aus einem Raum am Ende des Flures. Ivy bemerkte den schmalen Lichtstreifen, der durch die halb geöffnete Tür fiel. Früher war dort das Arbeitszimmer ihres Großvaters gewesen, und offenbar hatte sich daran nichts geändert.

»Mister Carlton«, wisperte Elaine, als die Stimmen lauter wurden. »Die Herrschaften erwarten sie.«

Ivy hatte nicht darauf geachtet, ob das Tor gerade immer noch geschlossen gewesen war. Aber hatte ihr Großvater nicht gesagt, dass er keinen Besuch erwartete? Sie warf ihm einen Blick zu. Seine Miene hatte sich merklich verfinstert. Er gab Elaine seinen Mantel, tauschte die Gummistiefel gegen Halbschuhe und sah Ivy an. »Offenbar erfordern wichtige Angelegenheiten heute Abend meine Aufmerksamkeit«, sagte er. »Daher überlasse ich es Miss MacGill, dich im Haus herumzuführen, nur für den Fall, dass du nicht mehr weißt, wo sich alles befindet. Ich habe das alte Zimmer deiner Mutter für dich herrichten lassen. Packe erst einmal aus und …« Er warf einen Blick auf ihre schmutzige Kleidung. »Nun, Miss MacGill wird dir ein Bad einlassen, wenn du willst. Morgen früh zeige ich dir den Garten.« Er hielt inne, und Ivy dachte schon, dass er genug gesagt hatte, denn er wandte sich zum Gehen. Aber dann drehte er sich noch einmal zu ihr um. »Du wirst sehen«, meinte er. »Mein Garten ist um einiges freundlicher als ich. Jedenfalls meistens.«

Da war es wieder, dieses Blitzen in den Augen, das Ivy lächeln ließ. Gleich darauf kehrte die Kühle auf Richard Carltons Züge zurück, und er ging zu seinem Arbeitszimmer. Ivy erhaschte einen Blick auf drei dunkle Gestalten, als er die Tür öffnete. Sie trugen bodenlange Umhänge mit Kapuzen. Ihre Gesichter waren nicht zu erkennen, und vielleicht war das der Grund, weshalb Ivy bei ihrem Anblick ein Frösteln überkam. Dann schloss sich die Tür.

»Kleine Ivy«, sagte Elaine MacGill liebevoll. »Wie schön, dass du da bist!« Sie zog Ivy in ihre Arme und umhüllte sie mit dem schweren Duft von Jasmin. »Erinnerst du dich an mich?«

Ivy hob verlegen die Schultern. »Ich erinnere mich an Ihr Lachen«, sagte sie. »An Ihre Gruselgeschichten vom kopflosen Gespenst. Daran, dass Sie gern singen und noch lieber tanzen. Und … an Ihren Kuchen.«

Elaine lachte laut auf. »Oh ja, der bleibt offenbar den meisten in Erinnerung. Sogar Bären, ist es zu fassen? Immer wieder schleicht Iphigenie sich in meine Küche. Dabei weiß sie genau, dass gegen mein Nudelholz kein Kraut gewachsen ist. Aber jetzt komm, ich zeige dir alles.«

Elaine MacGill redete wie ein Wasserfall, während sie Ivy durchs Haus führte. Dabei hatte sich auf Carlton Manor kaum etwas verändert – jedenfalls kam es Ivy so vor, als würde sie nicht nur von Raum zu Raum, sondern auch von Erinnerung zu Erinnerung gehen.

Auf den breiten Fluren hingen noch immer die scheußlichen Ölgemälde, vor denen sie sich als kleines Kind gefürchtet hatte, weil die darauf abgebildeten Hirsche so unheimlich aussahen. Später war sie mit ihrem Roller daran vorbeigerast und hatte oft nur um Haaresbreite die Sockel mit den Büsten verfehlt, die davorstanden. Im Speisesaal mit den goldenen Spiegeln an den Wänden hatte sie mal ein Brötchen fallen gelassen, das Elaine misslungen war. Es war bis zum Kamin mit dem Löwengesicht gerollt, so steinhart war es gewesen, und hatte ausgesehen wie ein Affenpopo, was Ivy lautstark kundgetan hatte. Ihre Mutter und ihr Großvater hatten Tränen in den Augen gehabt vor Lachen. Nachdenklich strich Ivy über den Sims des Kamins. Das war das einzige Mal gewesen, dass sie die beiden so harmonisch zusammen erlebt hatte.

»Wie du siehst, spielt der Garten überall eine Rolle«, sagte Elaine MacGill und wedelte mit den Blättern einer der Palmen herum, die neben der Tür zum Flur standen. »Seit dein Großvater den Wintergarten hat, gibt es praktisch keine Grenze mehr – die Pflanzen wachsen und wuchern nur so zu uns herein!«

Tatsächlich sah Ivy dem Wintergarten nicht an, dass ihr Großvater ihn erst vor einigen Jahren hatte anbauen lassen. Dach und Wände erinnerten an ein altes viktorianisches Gewächshaus. Von außen drängte sich die Dunkelheit gegen die Scheiben, und im Inneren standen unzählige Pflanzen beieinander. Ivy entdeckte leuchtend rote Blüten, die ein zartes Zitronenaroma durch den Raum schickten.

»Dort drüben findest du die Forschungsstation deines Großvaters.« Elaine deutete auf einige Keimlinge, die in langer Reihe

unter einer Wärmelampe standen. »Oder ich sollte wohl besser sagen: eine von vielen. Er ist eben noch immer Forscher durch und durch. Und außerdem praktisch veranlagt. Vielleicht hat er auch deshalb eine Tür in diese Wand bauen lassen. Die führt nämlich in seinen zweitliebsten Raum im ganzen Haus.«

Elaine öffnete eine Tür aus dunklem Holz. Ivy folgte ihr in den Raum dahinter und sog den Geruch alter Bücher ein. Sie erinnerte sich undeutlich an die Bibliothek von Carlton Manor als einen düsteren Saal mit lauter langweiligen Regalen und noch langweiligeren verstaubten Schinken. Doch jetzt, da Elaine die Kronleuchter entzündete und goldenes Licht über die Emporen floss, wurde Ivy klar, wie wenig sie begriffen hatte – damals, als sie noch nicht lesen gelernt hatte. Denn dieser Raum war alles andere als langweilig. Er war magisch und wunderbar wie ein geheimer Drachenhort.

»Dein Großvater hat mir gesagt, dass du all diese Bücher gern lesen kannst«, sagte Elaine schmunzelnd. »Aber er bittet dich, sie auf der Leseliste zu vermerken, wenn du sie mit auf dein Zimmer nimmst. Ich … Ach, du meine Güte! Wie kommt denn dieser Fleck hierher?«

Offenbar hatte sich unter einem Kerzenhalter ein Wachsfleck gebildet. Elaine fing sofort an, ihn mit einem winzigen Spatel, den sie aus ihrer Schürze hervorkramte, abzukratzen. Ivy schlenderte unterdessen an den Regalen entlang. Ihr Blick schweifte über all die Bücher mit den goldenen Lettern, und unwillkürlich schlug ihr Herz schneller. Nicht nur Forschungsliteratur zu Pflanzenkunde, Toxikologie oder Gartenarchitektur stand dort, sondern auch etliche Bücher über Mythen und Legenden und sogar über Fabelwesen. Ivy musste an ihr mit Büchern vollgestopftes Minizimmer in London denken.

Kommt gar nicht infrage, hatte ihre Mutter gesagt, als Ivy nur einmal Wechselkleidung und ansonsten ausschließlich Bücher und Zeichenkram in ihren Koffer gepackt hatte. *Auf Carlton Manor gibt es genug Bücher. Deine eigenen kommen in ein paar Wochen mit dem Umzugsunternehmen.*

Ivy lächelte. *Genug Bücher* – da hatte ihre Mutter tatsächlich nicht übertrieben. Sie schnupperte. Ihr war klar, dass dieser Geruch von Staub und Papier nicht für jeden Menschen dasselbe bedeutete. Aber für sie war er wie Magie. So viele Tore in andere Welten um sie herum, so viele Abenteuer, die sie bestehen konnte, ohne auch nur aus einem dieser riesigen Ohrensessel aufstehen zu müssen. So viele Geschichten!

Sie ging an einem alten Globus vorbei – und da blitzte wieder eine Erinnerung in ihr auf. Früher hatte sie zwischen diesen Regalen Verstecken gespielt. Genau hinter diesem Globus hatte sie sich vor einem Kind aus dem Dorf verborgen gehalten. Und dort in dem Regal war sie einmal hinter die Bücher gekrochen. Ivy ging näher an das Regal heran. War damals nicht etwas Merkwürdiges passiert, als sie da in ihrem Versteck ausgeharrt hatte?

Sie hörte nur halbherzig zu, wie Elaine über den Wachsfleck lamentierte, und ging in die Knie. Ihre Finger tasteten hinter den Büchern über die Regalwände – und da berührte sie einen kühlen metallenen Hebel. Wie von selbst betätigte sie ihn. Und ohne jedes Geräusch schwang eine geheime Tür aus dem Regal auf.

Ivy schaute einen schmalen Gang hinab, an dessen Ende eine Holztür lag, mit dreifachem Schloss gesichert. Was mochte hinter dieser Tür liegen, wenn es nötig war, sie nicht nur in einem Geheimgang zu verbergen, sondern sie auch noch mit Schlössern zu sichern? Unwillkürlich tat Ivy einen Schritt darauf zu.

Da schloss sich eine Hand um ihren Arm. Vor Schreck sprang Ivy zurück und schaute Elaine ins Gesicht. Das Lächeln war von den Zügen der Haushälterin verschwunden. Ernst sah sie jetzt aus, so ernst, dass Ivy schauderte. »Diese Tür ist nicht für dich bestimmt«, flüsterte Elaine.

»Wieso?«, fragte Ivy, ebenfalls flüsternd. »Was liegt denn dahinter?«

Elaine schüttelte den Kopf. »Ich weiß es nicht genau. Aber Mister Carlton hat mir mit schlimmen Konsequenzen gedroht, sollte ich es jemals wagen, die geheimen Gänge zu betreten. Und ich rate dir …«

»Die geheimen Gänge?«, wiederholte Ivy. »Soll das heißen, es gibt noch mehr davon?«

Elaine verstummte. »Dieses Haus ist sehr alt«, sagte sie dann. »Und auch wenn ich dir nicht mehr sagen kann, steht eines fest: Es hat Geheimnisse, von denen du dich besser fernhältst.«

Ivy zog die Brauen zusammen. »Woher wissen Sie das, wenn Sie keine Ahnung haben, was hinter dieser Tür liegt?«

Ein trauriger Schatten huschte über Elaines Gesicht. »Ich

kenne nicht alle Rätsel von Carlton Manor. Aber ich weiß, wie viel Leid schon einige wenige über deine Familie gebracht haben. Frage deinen Großvater danach, auch wenn ich nicht glaube, dass er dir eine Antwort geben wird. Doch sei dir bewusst: Manche Türen lassen sich nicht mehr schließen, wenn man sie einmal geöffnet hat.«

Ivy konnte nicht verhindern, dass diese Worte einen prickelnden Schauer über ihren Körper schickten – eine Mischung aus Abenteuerlust und Furcht. Elaine ließ ihren Arm los und verschloss die geheime Tür wieder. Erst als sie mehrfach geprüft hatte, dass sie auch wirklich zu war, holte sie erleichtert Atem.

»Ich für meinen Teil bevorzuge andere Bereiche dieses Anwesens«, sagte Elaine in alter Fröhlichkeit und hakte Ivy unter, um sie aus der Bibliothek zu führen. »Zum Beispiel den Speisesaal, denn wenn man den Tisch beiseiteräumt, hat man herrlich viel Platz zum Tanzen. Ich bin in einer Tanzgruppe, musst du wissen, und manchmal bringt es dein Großvater über sich, mit mir zu üben. Er hat ein Talent für schottische Volkstänze, ob du es glaubst oder nicht.« Sie kicherte. »Ah, und hast du schon einmal durch ein Teleskop geschaut? Auf dem Dachboden ist eins, das muss ich dir *drüüngend* zeigen!«

Ivy warf einen letzten Blick auf das Regal und spürte noch einmal dieses aufregende Prickeln. Eins war sicher: Im Nirgendwo war es offenbar doch gar nicht so langweilig, wie sie geglaubt hatte.

Botanischer Name
Anemone nemorosa
Deutscher Name
Buschwindröschen
Familie
Hahnenfußgewächse
(Ranunculaceae)

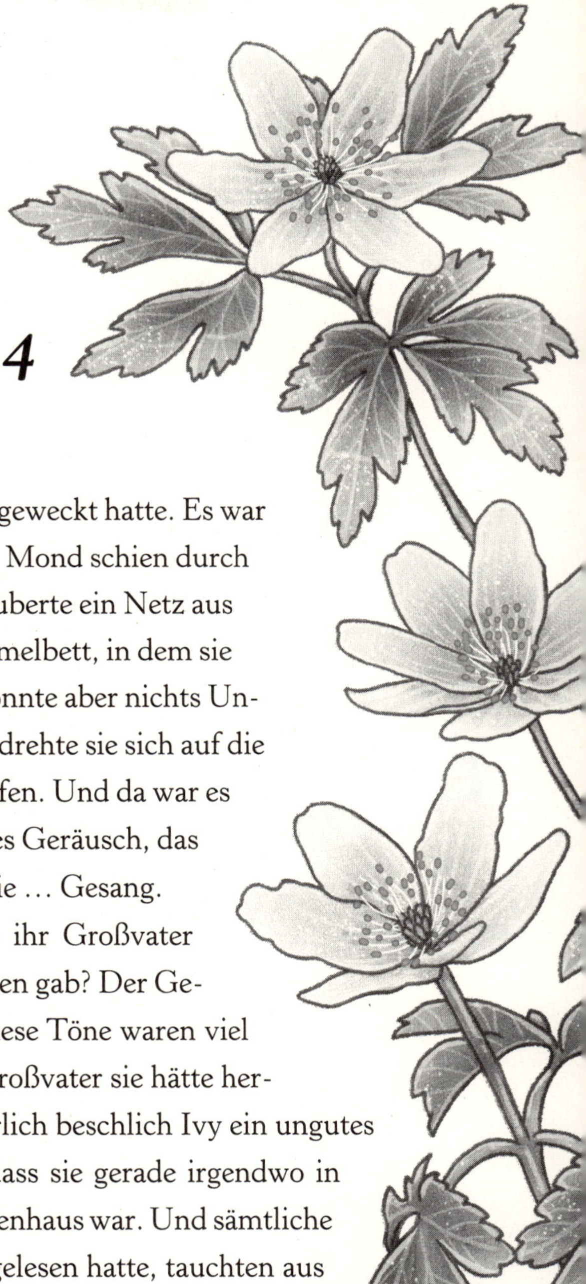

4

Ivy wusste nicht, was sie geweckt hatte. Es war mitten in der Nacht. Der Mond schien durch die Blumengardine und zauberte ein Netz aus Schatten auf das riesige Himmelbett, in dem sie lag. Sie lauschte in die Stille, konnte aber nichts Ungewöhnliches hören. Seufzend drehte sie sich auf die andere Seite, um weiterzuschlafen. Und da war es wieder: ein sachtes, melodisches Geräusch, das rasch lauter wurde. Es klang wie … Gesang.

Ivy runzelte die Stirn. Ob ihr Großvater heimlich Opernarien zum Besten gab? Der Gedanke ließ sie grinsen. Aber diese Töne waren viel zu hell und klar, als dass ihr Großvater sie hätte hervorbringen können. Unwillkürlich beschlich Ivy ein ungutes Gefühl. Ihr wurde bewusst, dass sie gerade irgendwo in der Einöde in einem alten Herrenhaus war. Und sämtliche Geistergeschichten, die sie je gelesen hatte, tauchten aus den Tiefen ihrer Erinnerung auf.

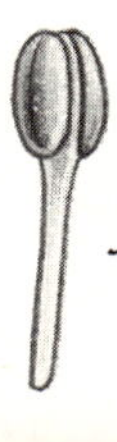

»Du benimmst dich wie ein Kleinkind«, sagte sie zu sich selbst. »Wo hast du deinen Schnuller gelassen, Ivy Carlton?«

Mit einem Ruck setzte sie sich auf und schlug die Decke beiseite. Sofort kroch ihr die Kühle der Nacht in die Glieder. Ivy schlüpfte in den kuschligen Morgenmantel, den Elaine ihr am Abend gegeben hatte. Er war weich wie eine Wolke und drängte das unheimliche Gefühl in Ivys Magengegend zurück. Sie horchte auf den Gesang, der mal leiser, mal lauter wurde, und ging zum Fenster. Der Gesang kam nicht aus dem Haus. Er kam aus dem Garten.

Ivy legte die Hand auf den Fenstergriff und bemerkte zu ihrem Erstaunen einen Maikäfer, der auf der Außenseite der Fensterscheibe hockte. Einer seiner fächerartigen Fühler war ein wenig abgeknickt. Ivy zog die Brauen zusammen. Sie hatte um diese Jahreszeit noch nie Maikäfer gesehen. Doch das schien dem kleinen Besucher ziemlich egal zu sein. Jetzt bewegte er die Fühler, als wollte er sie begrüßen. Sah sie richtig? War das tatsächlich ein winziger Zylinder auf seinem Kopf? Sie konnte es nicht genau erkennen und legte fasziniert die Hand auf den Fenstergriff. Der Maikäfer trippelte auf und ab, dann entfaltete er seine Flügel und sauste in raschem Tempo davon.

Das Fenster knarzte, als Ivy es öffnete. Nebel lag über dem Garten, sie konnte gerade einmal bis zu der Blutbuche schauen, die vor ihrem Fenster stand. Dahinter verloren sich die verschlungenen Pfade des Gartens in weißen Schleiern. Und über allem schwebte dieser rätselhafte Gesang durch die Nacht.

Nachdenklich biss Ivy sich auf die Lippe. Ob es Elaine MacGill war, die da sang? Am Abend hatte sie begeistert einige schottische Volkslieder zum Besten gegeben, und tatsächlich hatte sie eine sehr schöne Stimme. Vielleicht schlafwandelte sie und war in den Garten gelaufen, wo sie jetzt wie ein rotgelocktes Gespenst herumgeisterte? Ivy zog die Arme um den Körper. Es war ganz schön kalt geworden. Ungewöhnlich kalt für eine Spätsommernacht. Was, wenn Elaine sich dort draußen hinlegte und einschlief? Ganz abgesehen davon, dass es mordsgefährlich war, im Schlaf herumzulaufen.

Kurz entschlossen holte Ivy ihre Stiefel aus dem Koffer. Sie würde Elaine suchen und sicher wieder ins Haus bringen. Gespensterangst hin, Geisterideen her.

So lautlos wie möglich schlich Ivy sich über den Flur und die Treppe hinab. In London war es nie ganz leise gewesen, selbst mitten in der Nacht nicht. Dieses Haus jedoch lag so still, als würde es die Luft anhalten, und Ivy merkte, wie sich diese Atemlosigkeit auf sie übertrug. Selbst im Arbeitszimmer ihres Großvaters brannte kein Licht. Sie huschte durch den Wintergarten. Die Pflanzen sahen aus wie erstarrte Schatten. Vorsichtig drückte sie die Tür auf und trat ins Freie.

Die Nachtluft ließ sie frösteln. Doch sie hörte den Gesang jetzt viel deutlicher. Er kam eindeutig aus dem hinteren Teil des Gartens. Kurz überlegte Ivy, ob sie sich vorsichtshalber eine Taschenlampe holen sollte. Sie hatte keine Ahnung, welche Überraschungen der Garten noch für sie bereithielt. Und sie wollte nur ausgesprochen ungern erneut in einer Falle für Schokoschnuten landen. Aber dann verwarf sie die Idee und setzte sich in Bewegung. Schließlich schien der Mond so hell, dass sie die Wege klar erkennen konnte. Der Steinkreis, vor dem Finn sie gewarnt hatte, lag hinter ihr. Und außerdem zog der Gesang sie unweigerlich vorwärts. Niemals hätte sie gedacht, dass Elaine so großartig singen konnte.

Der Kies knirschte unter ihren Schritten. Die Bäume und Sträucher um sie herum flüsterten im Wind und mischten sich in den Gesang, der nun immer lauter durch die Nacht klang. Ivy schien es, als würden die Töne über ihre Haut tanzen und mit ihren Haaren spielen, so lebendig waren sie. Sie trat hinter einer Weide hervor, und da sah sie, woher der Gesang kam.

Dort vor ihr, durch eine halb zerfallene Mauer vom Rest des Anwesens getrennt, lag ein verwunschener Garten. Der Zugang wurde von einem großen schmiedeeisernen Tor verschlossen, auf dem in verschlungenen Buchstaben stand:

The Poison Garden

Ivy zog die Brauen zusammen. Ein verschlossener Garten in einem Garten? Sie musste an den Klostergarten denken, den sie mal mit der Schule besucht hatte und in dem Mönche aus verschiedenen Gewächsen heilende Salben und Tinkturen herstellten. Auch giftige Pflanzen waren darunter gewesen. Doch dieser Poison Garden hier war etwas ganz anderes als der geordnete und übersichtliche Garten der Mönche, das sah Ivy sofort. Vor dem massiven Tor blieb sie stehen. Über der Klinke war ein Warnhinweis angebracht:

Betreten strengstens verboten. Lebensgefahr! ☠

Ivy betrachtete den Totenkopf hinter dem Ausrufezeichen. Normalerweise hätte sie sich davon nicht in Angst und Schrecken versetzen lassen. Aber irgendetwas ging von diesem Garten aus, das ihr einen Schauer über den Rücken jagte. Es war wie früher, wenn sie in London an einem Hinterhof oder einer finsteren Gasse vorbeigekommen und instinktiv schneller gelaufen war, als hätte sie gespürt, dass dort im Dunkeln eine namenlose Gefahr lauerte. Auch jetzt rief ihr eine innere Stimme zu, dass sie sich umdrehen und weglaufen sollte, so schnell sie nur konnte.

Doch da wurde der Gesang lauter und zog Ivys Blick tiefer in den Garten hinein. Der Nebel lichtete sich ein wenig, und da sah Ivy nicht nur einen verschlungenen Pfad, sondern unzählige rätselhafte Pflanzen. Blüten, aus denen bunter Staub aufstieg. Ranken, die sich über uralte Statuen zogen. Und dunkle Bäume, die wie ein Stück vom Sternenhimmel in der Nacht glühten. Ihr Staunen vertrieb ihre Angst. Und im selben Moment tauchten farbige Lichter aus dem Nebel.

Zuerst glaubte Ivy, Glühwürmchen zu sehen. Aber diese Lichter waren größer und bunter. Sie schwebten durch die Luft wie bei einem Tanz. Ohne Zweifel waren sie es, die den geheimnisvollen

Gesang hervorbrachten. Ein Gedanke schoss durch Ivys Kopf: Vielleicht waren es Feen? Fast hätte sie über sich selbst gelacht. Doch sie erinnerte sich daran, dass sie als kleines Kind an Feen geglaubt hatte. Manchmal, beim Anblick von flackernden Sonnenfunken in einem Park oder auf einer Wiese, war sie sogar davon überzeugt gewesen, welche zu sehen. Und dieselbe Faszination spürte sie jetzt, da sie diese Lichter beobachtete.

Sie flogen auf und nieder, in Schwärmen oder vereinzelt, vereinten sich zu Mustern und bildeten Blüten nach, in tausend Farben schillernd. Und sie sangen diese betörende Melodie, deren Worte Ivy nicht verstand und die sie doch näher zog, unweigerlich.

Sie hatte noch nie gern getanzt, außer vielleicht als kleines Kind. Aber jetzt überkam sie der brennende Wunsch, an diesem Reigen teilzuhaben – mit den Lichtern zu spielen und die Farben auf ihren Wangen zu spüren.

Die Klinke des Tores war eiskalt. Ivy hatte kaum gemerkt, dass sie die Hand danach ausgestreckt hatte. Doch sie sah die goldenen Funken, die jetzt mit leisem Knistern über ihre Finger sprangen, und hielt den Atem an. Geschah das alles wirklich? Das Kribbeln in ihrem Bauch wurde übermächtig. Sie musste diesen Garten betreten. Sie musste herausfinden, was das für Lichter waren, die sie so unwiderstehlich anzogen. Sie musste …

»Ivy Carlton!«

Die Stimme brauste auf sie zu wie ein Sturm und zerriss jeden Gesang. Ivy fuhr herum. Vor ihr stand ihr Großvater.

»Was zur Hölle tust du hier?«, donnerte er.

Wie aus weiter Ferne registrierte Ivy, dass er soeben geflucht hatte. Auch er stand im Morgenmantel in der Kälte. Aber seine Augen glühten, als hätte sich ein Feuer darin entfacht, und Ivy musste zwei Mal ansetzen, um eine Antwort über die Lippen zu bringen.

»Ich habe Gesang gehört«, sagte sie heiser. »Ich dachte, dass …« Sie verstummte. Auf einmal kamen ihr die Gedanken an die Feen so lächerlich vor, dass sie nicht zugeben wollte, sie wirklich gedacht zu haben. Doch ihr Großvater schien ohnehin nichts weiter von ihr hören zu wollen.

»Du setzt keinen Schritt in diesen Garten, hast du verstanden?«, herrschte er sie an.

Ivy wusste, dass jetzt nicht der richtige Zeitpunkt für Widerspruch war. Ihr Großvater war außerordentlich wütend, und sie würde alles nur schlimmer machen, wenn sie nun versuchte, mit ihm zu diskutieren. Aber da war es noch immer – dieses abenteuerlustige Kribbeln in ihrem Bauch. Und ehe sie darüber nachgedacht hatte, hörte sie sich fragen: »Und wieso nicht?«

Richard Carlton stand so reglos da wie eine seiner Statuen. »Weil der Poison Garden gefährlich ist«, raunte er kaum hörbar. »Gefährlicher als alles, was du dir vorstellen kannst.«

»Da wachsen doch nur ein paar Pflanzen«, gab Ivy zurück, ehe der warnende Tonfall seiner Stimme sie einschüchtern konnte. »Ich bin kein kleines Kind mehr, ich werde sie mir nicht in den Mund stopfen. Was soll mir schon passieren?«

Ivy rechnete damit, jede Sekunde das Donnerwetter ihres Lebens zu hören. Aber ihr Großvater erwiderte nichts. Er sah sie nur an, und für einen Wimpernschlag wich die Kälte von seinen Zügen. Es war, als würde er gerade nicht nur seine Enkelin anschauen, sondern gleichzeitig in die Vergangenheit blicken, eine Vergangenheit, in der unendliches Leid über ihn gekommen war. Unmerklich schüttelte er den Kopf.

»Halte dich fern vom Poison Garden«, sagte er. »Halte dich fern von ihm, wenn dir dein Leben lieb ist.«

Ivy sah die Sorge, die nun in seinem Blick lag – Sorge um sie. Ihr blieb nichts anderes übrig, als langsam zu nicken.

Gleich darauf wandte ihr Großvater sich ab. »Und jetzt geh ins Bett«, sagte er mit rauer Stimme. »Es ist kalt in dieser Nacht.«

Ohne eine Entgegnung abzuwarten, kehrte er zurück ins Haus. Ivy zog die Arme um den Körper. Tatsächlich war ihr kalt geworden, kalt bis auf die Knochen, und das lag nicht nur an den ungewöhnlich frostigen Temperaturen. Der Ausdruck auf dem Gesicht ihres Großvaters ging ihr nach. Was hatte er erlebt, das ihn so sehr getroffen hatte?

Ivy hatte den Wintergarten fast erreicht, als sie etwas hörte. Ihr Blick flog hinüber zum Poison Garden, der in regloser Finsternis dalag. Nichts war mehr darin zu sehen als dunkle Pflanzen, in Schwaden aus Nebel gehüllt.

Schnell drehte Ivy sich um und lief hinauf in ihr Zimmer. Aber als sie wieder in ihrem Bett lag und an die Decke starrte, hörte sie immer noch das Geräusch, das dort draußen zu ihr gedrungen war. Sie hätte schwören können, dass es ein Lachen gewesen war, hell und klar.

Ein Lachen aus dem Poison Garden.

5

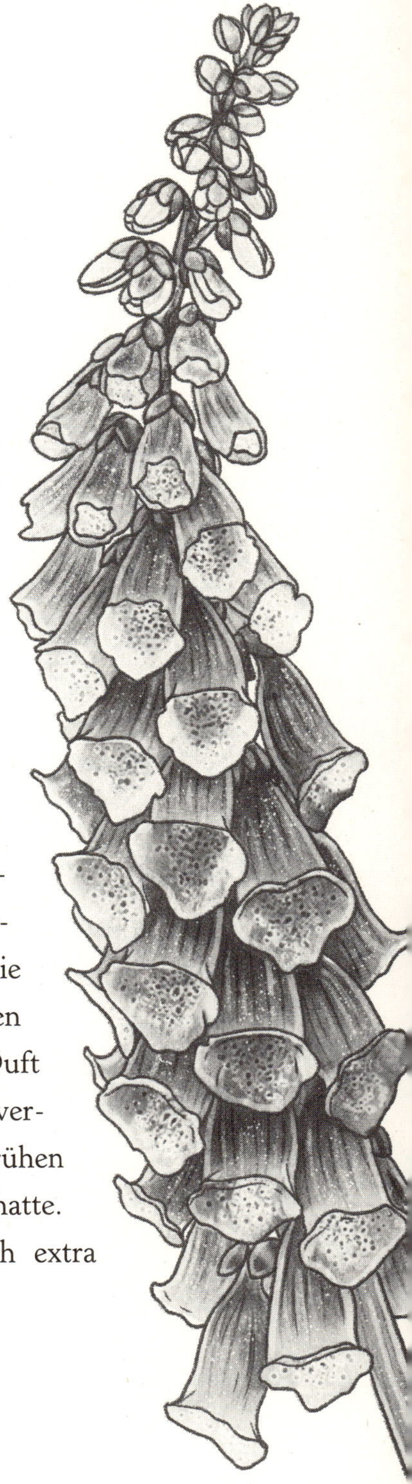

Der Bleistift huschte in raschen Strichen über das Papier. Nach und nach entstanden die Konturen der Wüstenrose unter Ivys Händen, die vor ihr auf dem Fenstersims stand. Ihre Blüten waren zartrosa und täuschten fast darüber hinweg, dass diese Pflanze giftig war.

Seufzend ließ Ivy den Stift sinken. Sie war allein im Haus. Elaine war gleich nach dem Frühstück ins Dorf gefahren, um Besorgungen zu machen, und ihr Großvater erklärte gerade ein paar neuen Gehilfen, wie sie die Rosen im Rosengarten in Form bringen sollten. Ivy roch noch immer den schweren Duft dieser Blumen, die ihr Großvater ihr wie versprochen am frühen Morgen gezeigt hatte.

Sie hatte sich extra

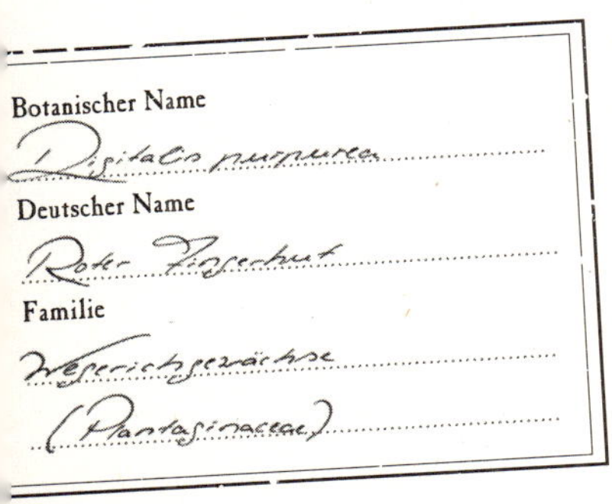

ihre zerrissenste Jeans und einen alten Pulli angezogen – als kleine Rache dafür, dass er sie vergangene Nacht so angefahren hatte. Doch er hatte nur die linke Augenbraue gehoben und ihr dann den Garten mit all seinen einzelnen Bereichen vorgestellt. Nun ja, mit *fast* allen. Dabei hatte er kein einziges Wort über die Vorkommnisse der letzten Nacht verloren. Es war, als hätte sich eine Mauer zwischen ihnen errichtet, die Ivy nicht durchdringen konnte. Aber seine Worte gingen ihr immer noch im Kopf herum, genauso wie die Sorge in seinem Blick … und die rätselhafte Schönheit des Poison Garden mit seinen Gesängen und dem merkwürdigen Lachen.

Dabei tat Ivy wirklich alles, um nicht mehr darüber nachzudenken. Sie starrte die Wüstenrose an, um weiterzuzeichnen. Prompt tauchten wieder Fragen in ihr auf. Warum durfte diese Pflanze hier auf dem Fenstersims blühen, obwohl sie doch ebenfalls zu den giftigen Gewächsen zählte? Was unterschied sie von den Pflanzen im Poison Garden?

Ivy schlug den Zeichenblock zu. Verflucht noch eins, was kümmerte sie schon ein alter Garten? Sie durfte ihn nicht betreten – na und? In ein paar Wochen würde sie auf die neue Schule gehen. Da warteten ganz andere Herausforderungen auf sie als irgendwelche Pflanzen. Neue Lehrer, neue Mitschüler und …

Die Klingel riss Ivy aus ihren Gedanken. Sie öffnete die Tür – und sofort hellte sich ihre Stimmung auf. Finn lächelte sie über einen Korb voller Schnittblumen hinweg an.

»Der Blumenexpress ist da«, sagte er und grinste. »Wie ich

hörte, brauchen eure Vasen *driiingend* und *zackizacki* ein bisschen Farbe.«

Ivy lachte. Sie sah Elaine MacGill richtig vor sich, wie sie die Hände zum Himmel warf und Finn dazu drängte, das Haus mit Blumen zu fluten.

»Miss MacGill ist gerade nicht da«, meinte Ivy. »Aber komm rein. Wo die Vasen sind, finden wir schon raus.«

Gemeinsam gingen sie in die Küche. Ivy öffnete den erstbesten Schrank – und tatsächlich standen darin fünf große Vasen.

Finn lachte auf. »Wie ich sehe, hast du dich schon eingelebt. Nicht schlecht!« Er verteilte die Blumen auf der Arbeitsplatte. Sofort verströmten sie ihren lieblichen Duft in der ganzen Küche. »Aber im Ernst, bist du schon ein bisschen angekommen?« Er griff nach der Schere auf der Spüle und fing an, mit routinierten Bewegungen die Blumen zurechtzuschneiden.

Ivy zuckte mit den Schultern. »Ich denke, das wird noch eine Weile dauern.«

»Warum das? Fehlt dir etwa das Großstadtleben?«

»Klar«, meinte sie. »Mit all den Annehmlichkeiten, die unsere heutige Technik so bietet. Ich habe vorhin versucht, meine Mutter anzurufen – keine Chance. Mein Smartphone hat keinen Empfang, und das Internet funktioniert auch nicht.«

»Wem sagst du das. Dein Großvater weigert sich bisher, ein Kabel verlegen zu lassen, als würde er befürchten, sich damit alles Schlechte der Welt ins Haus zu holen. Wenn dann auch noch die Funkmasten ausfallen, kommt es mir so vor, als würden wir hier auf einer einsamen Insel leben. Aber um deine Mom zu erreichen, kannst du das Festnetz benutzen.«

Ivy winkte ab. »Sie hat sowieso zu tun. Wahrscheinlich klettert sie gerade auf irgendwelchen Gletschern herum. Ich versuche es einfach später noch mal.«

Und dann würde sie ihrer Mutter noch andere Fragen stellen als die, wie kalt es gerade bei ihr war. Ivy strich über ein rotes Blütenblatt. Ob ihre Mutter vom Poison Garden wusste, von seinen Geheimnissen und der Gefahr, die offenbar von ihm ausging? Und wenn ja: Warum hatte sie Ivy nichts davon erzählt?

»Und dein Vater?« Finn stellte die ersten Blumen in eine Vase.

Ivy seufzte. Die Frage nach ihrem Vater kam zwangsläufig früher oder später, wenn sie neue Leute kennenlernte. Und wie immer gab sie dieselbe Antwort. »Ich kenne ihn nicht. Meine Mutter und er haben sich getrennt, als ich noch nicht auf der Welt war. Sie haben sich im Studium kennengelernt, und Mom sagt, dass er wohl andere Pläne im Leben hatte, als eine Familie zu gründen. Ich komme damit klar. Meine Mom ist klasse, jedenfalls wenn sie mal da ist. Und ehrlich gesagt kann ich mir auch keinen Dad bei uns vorstellen. Es sei denn, er wäre genauso durchgeknallt wie Mom. Und ganz ehrlich? Das würde niemand im Doppelpack ertragen.«

Finn lächelte, aber seine Augen blieben ernst. »Vermisst du ihn?«, fragte er leise.

»Schwer zu sagen«, erwiderte Ivy. »Kann man jemanden vermissen, den man gar nicht kennt?«

Finn erwiderte nichts. Er sah sie nur an, und für einen Moment spürte sie den kalten dunklen Punkt tief in ihrem Inneren, der sich hin und wieder bemerkbar machte, wenn es um ihren Vater ging – diese Lücke wie von einem fehlenden Puzzleteil, das sie nie finden würde. Für gewöhnlich drängte Ivy diesen Punkt zurück, weil er sie nur traurig machte. Aber in Finns Blick war ein Verständnis, das sie noch nie zuvor bei jemandem gesehen hatte – als würde er wissen, wie es sich anfühlte, eine so kalte Traurigkeit in sich zu haben. Als würde er wissen, was es bedeutete, an einem bestimmten Punkt in seinem Inneren ganz allein zu sein.

»Manchmal vermisst du ihn garantiert«, meinte Finn und lächelte auf einmal spitzbübisch. »Wenn eine schwere Mathearbeit ansteht, zum Beispiel. Dann könnte er als Ritter auf dem weißen Pferd vorbeikommen und dich retten.«

Ivy musste lachen. »Keine schlechte Vorstellung. Er könnte mich auch aus ätzendem Sportunterricht befreien. Oder …«

»… wenn deine Mutter dich in ein uraltes Herrenhaus verschleppt?« Finn zwinkerte ihr zu.

»Vielleicht.« Ivy lächelte. »Eigentlich ist es hier ja gar nicht so übel. Auch wenn man es mit dem Leben in London nicht vergleichen kann. Jederzeit ins Kino oder ein Eis essen gehen zu können, das hat schon was für sich.«

Finn nickte vielsagend. »Ich versuche seit einer Weile, deinem Großvater ein Filmzimmer aus dem Kreuz zu leiern. Ich meine – es gibt so viele Räume hier auf Carlton Manor und nur einen einzigen winzigen Fernseher bei Miss MacGill? Das darf doch nicht wahr sein. Du solltest dabei sein, wenn sie ihre Serien guckt. *Sooo romantisch*!«

Ivy lachte, als Finn das Gesicht von Elaine nachmachte und dabei verzückt die Hand aufs Herz legte. »Ein Filmzimmer klingt gut«, sagte sie. »Aber wir sollten noch etwas warten, bis wir versuchen, meinen Großvater zu überreden. Gerade ist er nicht besonders gut auf mich zu sprechen, fürchte ich.«

Finn hob den Blick. »Bist du etwa auf seine Rosenbüsche getreten? Schweres Vergehen!«

»Nein, ich wollte mir nur letzte Nacht den Poison Garden ansehen. Ich habe Gesänge von dort gehört. Aber dann ist mein Großvater gekommen und …« Sie hielt inne. »Er war ziemlich sauer.«

Finn hatte die Blumen sinken lassen. »Kann ich mir vorstellen. Der Poison Garden hat es in sich.«

Ivy musterte ihn prüfend. »Darfst du ihn betreten?«

»Ja«, sagte Finn. »Allerdings hat es Jahre gedauert, bis dein Großvater es mir erlaubt hat. Vielleicht solltest du ihm im Garten zur Hand gehen, womöglich gestattet er es dir dann auch.«

Er lächelte, doch Ivy blieb ernst. »Wie ist es dort?«, fragte sie. »Im Poison Garden, meine ich.«

Finn zuckte mit den Schultern. »Es ist … Moment mal, horchst du mich aus?«

Ivy erwiderte seinen Blick ungerührt. »Na klar«, meinte sie dann und grinste.

»Ach so.« Finn lachte. »Gut zu wissen.«

»Ich habe diese Gesänge gehört«, beharrte Ivy. »Ich habe die

Lichter gesehen. Und niemand verrät mir, was es damit auf sich hat. Bin ich verrückt?«

Finn sah sie ernst an. »Nein, sicher nicht.«

»Dann sag mir die Wahrheit«, bat Ivy. »Was weißt du über den Poison Garden?«

Er schwieg kurz. »Der Poison Garden ist wunderschön, aber er ist auch gefährlich. Du solltest auf den Rat deines Großvaters hören und dich von ihm fernhalten.«

»Ist das alles?« Ivy stieß die Luft aus. »Du willst mir auch nichts verraten, stimmt's?«

Finn nickte. »Stimmt.«

»Warum nicht?«

Finn legte die Schere beiseite. »Okay«, seufzte er. »Da wir gerade bei schwierigen Familienverhältnissen waren … Meine Eltern sind gestorben, als ich noch ein kleines Kind war. Ich wurde gerade acht Jahre alt, als auch mein älterer Bruder mich verlassen hat. Nach seinem Tod war ich allein. Ich weiß nicht, was aus mir geworden wäre, wenn Mister Carlton mich nicht aufgenommen hätte.« Er hielt inne. »Mein Bruder hat bei ihm gearbeitet, Richard Carlton kannte mich, seit ich klein war, aber er hätte das nicht tun müssen. Er hat es dennoch gemacht. Er hat mich in sein Haus geholt und mich praktisch adoptiert. Ich verdanke ihm so viel, mehr, als ich ihm je vergelten kann.« Er sah Ivy an. »Ich mag dich, Ivy. Ich mag dich wirklich. Aber wenn dein Großvater dir nicht mehr zum Poison Garden erzählen will, kann ich das auch nicht tun.«

Ivy holte tief Luft. Sie sah, dass er es ehrlich meinte, sah auch den Schmerz in seinen Augen, der sich hinter seinem sonst immer fröhlichen Lächeln verbarg. Sie hatte sich nicht geirrt. Er kannte sie wirklich, die Einsamkeit, die sie selbst in sich fühlte. Und so-sehr sie es auch gewollt hätte – sie konnte ihm nicht böse sein.

»Okay«, sagte sie. »Aber das mit dem Filmzimmer kriegen wir gemeinsam hin. Oder?«

»Klar.« Ein leises Lächeln flog über seine Lippen.

Da erklangen Stimmen vor dem Fenster. Finn zog den Vorhang beiseite und gab den Blick auf den Kräutergarten frei, der an den Küchenbereich anschloss. Ivy beugte sich vor. Zwischen den Beeten stand ihr Großvater. Doch er war nicht allein. Die drei Gestalten waren bei ihm, die sie schon bei ihrer Ankunft in seinem Arbeitszimmer gesehen hatte. Aber dieses Mal trugen sie keine Kapuzen. Und ihre Stimmen waren nicht nur aufgebracht wie am Abend zuvor. Nein, ohne Zweifel befanden sich die drei Fremden mit Richard Carlton im Streit.

Wild gestikulierend schritt er zwischen ihnen auf und ab und blieb jetzt vor einer älteren Dame stehen. Ihre graubraunen Haare, die großen dunklen Augen und der dramatische Schwung ihrer Lippen erinnerten Ivy an eine berühmte italienische Schauspielerin, die sie aus den Filmen ihrer Mutter kannte. Eindringlich redete die Frau auf Richard Carlton ein, die Hände mit den langen roten Nägeln hoch erhoben.

Ivy lauschte angestrengt, aber sie verstand kein einziges Wort. Jetzt warf ein kleiner Mann mit kurzem schwarzen Haar die Arme in die Luft. Er hatte bronzefarbene Haut und trug einen schmalen

Schnurrbart. Über seiner Schulter hing ein Geigenkasten. Seine Augen sprühten vor Zorn, als er auf Richard Carlton zuging.

Doch ehe er ihn erreicht hatte, legte der dritte Fremde die Hand auf die Schulter des Mannes. Er war sehr groß, hatte weißblondes halblanges Haar und auffallend helle Haut. Seine Augen waren blau wie Eis und ebenso frostig. Ivy schauderte, als sie in diese Kälte schaute, und sie bemerkte mit Befremden das gletscherfarbene Schwert am Gürtel des Mannes. Jetzt streckte dieser die Hand nach ihrem Großvater aus, doch der schlug sie fort und drehte sich erkennbar wütend um. Mit raschen Schritten ging er den Hauptweg des Kräutergartens hinauf, fort von den Fremden, die ihm eilig nachliefen.

»Was geht da vor sich?« Ivy sah Finn an. »Wer sind diese Leute?«

Finn holte tief Luft. »Das fragst du deinen Großvater lieber selbst.«

Damit wandte er sich ab und ging zum Waschbecken, um die Vasen mit Wasser zu füllen. Ivy schaute erneut aus dem Fenster. Doch sowohl ihr Großvater als auch die drei Unbekannten waren nicht mehr zu sehen.

6

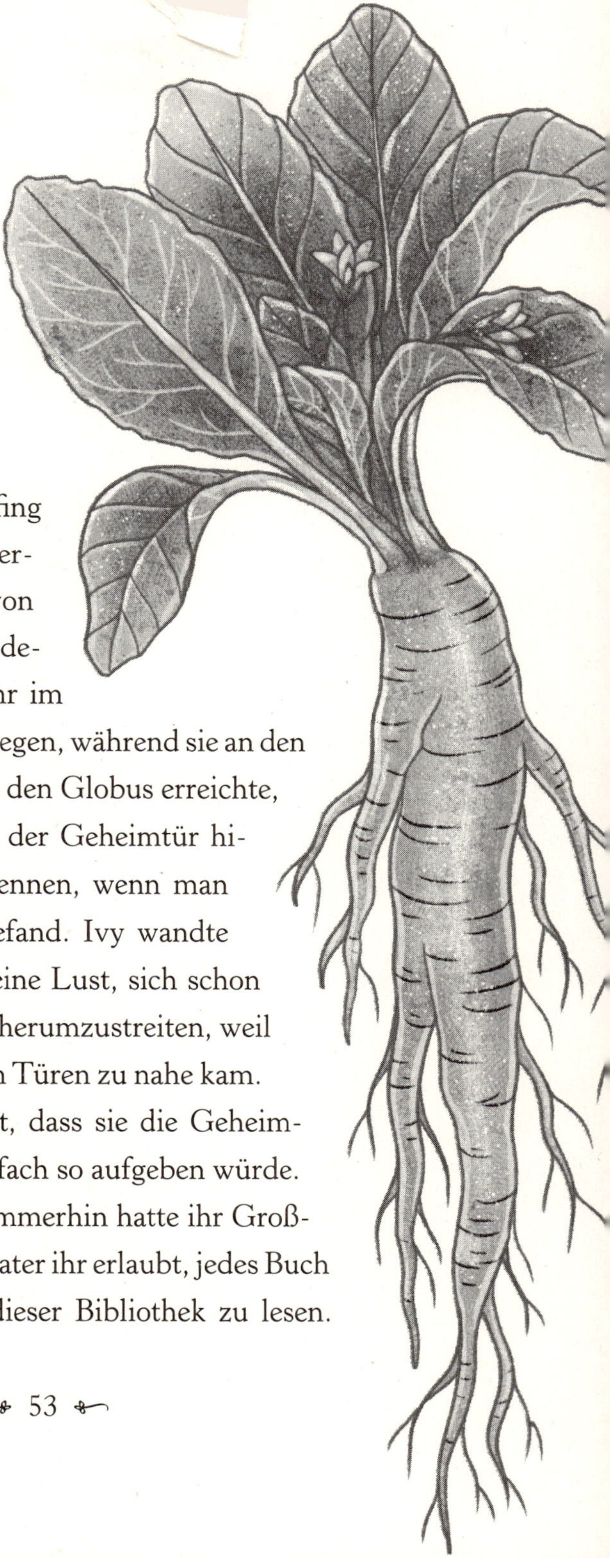

Die Bibliothek empfing Ivy mit dem vertrauten Geruch von Staub und Papier. Die vergoldeten Buchrücken funkelten ihr im Schein der Kronleuchter entgegen, während sie an den Regalen vorüberging. Als sie den Globus erreichte, schaute sie unwillkürlich zu der Geheimtür hinüber. Sie war nicht zu erkennen, wenn man nicht wusste, wo sie sich befand. Ivy wandte sich ab. Sie hatte wirklich keine Lust, sich schon wieder mit ihrem Großvater herumzustreiten, weil sie irgendwelchen verbotenen Türen zu nahe kam.

Doch das bedeutete nicht, dass sie die Geheimnisse von Carlton Manor einfach so aufgeben würde. Immerhin hatte ihr Großvater ihr erlaubt, jedes Buch dieser Bibliothek zu lesen.

Botanischer Name
Mandragora officinarum
Deutscher Name
Gemeine Alraune
Familie
Nachtschattengewächse
(Solanaceae)

Vielleicht würde sie darin etwas über das Anwesen und besonders über den verbotenen Garten herausfinden, das jeder hier ihr verschwieg. Ihr Blick schweifte über die Buchtitel. Die *Physica* von Hildegard von Bingen. *The Grete Herball. Büchlein von den ausgebrannten Wässern. Hortus Sanitatis.* Ivy zog eines der Bücher heraus. Darin waren Zeichnungen von Pflanzen abgebildet, offenbar handelte es sich um ein Kräuterlexikon. Auf einer Seite war eine Alraune zu sehen, deren Wurzel wie ein kleines Männchen gezeichnet war. Seine dunklen Augen schienen Ivy aus dem Papier heraus anzustarren.

Ein lautes Rumpeln fuhr Ivy ins Mark. Fast hätte sie das Buch fallen gelassen. Aber es war nur Elaine, die vor der Tür zur Bibliothek mit einem Staubsauger hantierte. Sie hatte es eilig, denn in Kürze würde ihr Taxi da sein, um sie zum Zug zu bringen. Elaine wollte für ein paar Tage ihren Bruder in Schottland zu seinem Geburtstag besuchen – und bereitete ihre Abwesenheit mit Putzen und Kochen und Einkaufen vor, als würde sie wochenlang fortbleiben.

»Dieser neumodische Schnickschnack«, schimpfte sie, während sie mit dem Gerät kämpfte, als wäre es ein Drache. »Wie lang ist dieses Stromkabel denn bitte schön? Soll ich etwa damit zum Nordpol laufen können, oder wie? Verflixt noch mal!«

Ivy musste lachen. »Lassen Sie Ihre Flüche lieber nicht meinen Großvater hören!«, rief sie Elaine zu und schob das Buch zurück ins Regal. »Ich habe schon mitbekommen, dass er Fluchen gar nicht ausstehen kann.«

Doch Elaine schnaubte nur. »Du hättest ihn hören sollen, als vergangenen Winter seine Rosen erfroren sind. Da hat er geflucht wie ein Kesselflicker! Ich kann dir sagen, da waren ein paar hübsche neue Schimpfwörter für meine Sammlung dabei.« Sie kicherte. Dann schaute sie an Ivy vorbei und schlug die Hände über dem Kopf zusammen. »Ist das zu fassen?«, rief sie entgeistert. »Es schneit! Im Spätsommer!«

Ivy sah aus dem Fenster. Tatsächlich flogen feinste Schneeflocken durch die Luft. »Vielleicht der Klimawandel?«

Elaine kratzte sich am Kopf. »Wir haben hier auf Carlton Manor tatsächlich schon oft außergewöhnliche Wetterphänomene beobachten können«, murmelte sie. »Aber so etwas? *Schnee kündigt Unheil an.* Das sagt jedenfalls dein Großvater immer. Hoffen wir, dass er sich irrt.«

»Es wird schon alles gut gehen, während Sie weg sind«, meinte Ivy beruhigend. »Wir sind doch alle keine kleinen Kinder mehr. Was soll schon passieren?«

Elaine rollte mit den Augen. »Wenn du wüsstest! Das letzte Mal, als ich so lange fort war, hat dein Großvater sich drei Tage lang von Fertigpizza ernährt. Ist das zu fassen? Dabei hatte ich ihm extra leckeres Gemüse vorbereitet. Gedünstet und ohne Salz!«

Ivy biss sich auf die Lippe, um nicht laut loszulachen. Wenn sie zwischen gedünstetem, salzfreiem Gemüse und Pizza hätte wählen müssen, wäre ihre Entscheidung klar gewesen. »Auf Pizza ist doch auch Gemüse«, sagte sie und grinste. »Jedenfalls meistens.«

Elaine MacGill kniff die Augen zusammen. Ivy bemerkte,

dass sie ein Lachen unterdrückte. »Ich seh schon, ich seh schon«, murmelte Elaine kopfschüttelnd. »Am besten bringe ich meinem Bruder nur sein Geschenk vorbei und reise gleich wieder ab. *Zackizacki*. Sonst finde ich euch nachher gar nicht mehr wieder zwischen all den Pizzakartons. Gemüse! Ha!«

Sie zwinkerte Ivy zu. Dann schnappte sie sich den Staubsauger und verschwand damit im Speisesaal.

Ivy wandte sich wieder den Büchern zu. Offenbar war sie in der Kräuterabteilung gelandet, aber damit konnte sie reichlich wenig anfangen. Sie ging weiter, vorbei an alten Fabeln und Märchen – und blieb vor einem Regal voller schwarzer Bücher stehen. Silberne Lettern liefen über die Einbände.

»*Familienchronik*«, las Ivy. »Na also.«

Sie zog die ersten drei Bücher aus dem Regal und schleppte sie zu einem der Tische, die unter geschwungenen Leselampen standen. Der Sessel seufzte, als sie sich auf ihn fallen ließ – genauso wie Ivy selbst, kaum dass sie die ersten Seiten umblätterte. Es war eine chronologische Zusammenstellung von Geburtstagen, Heiraten und Todesfällen ihrer Familie, unterbrochen von irgendwelchen Geschichten über Erbschaftsstreitereien und berufliche Werdegänge. Offenbar war Carlton Manor seit mehreren hundert Jahren im Familienbesitz, und die meisten Eigentümer des Anwesens hatten sich auch beruflich mit der Natur im weitesten Sinn auseinandergesetzt.

Ivy stieß die Luft aus, als sie eine ganze Weile später den nächsten Bücherstapel auf den Tisch fallen ließ. Es war Abend geworden. Zwischenzeitlich hatte sie sich von Elaine verabschiedet, die nun auf dem Weg nach Schottland war – und ansonsten in der Geschichte ihrer Familie nicht den kleinsten Hinweis auf irgendwelche Mysterien gefunden. Dafür sah die Bibliothek mittlerweile umso abenteuerlicher aus. Überall lagen Bücher herum, türmten sich zu Stapeln auf dem Boden und balancierten wagemutig auf den Sessellehnen. Ivy mochte dieses Chaos. Es gab ihr das Gefühl, von lebendigen Wesen umgeben zu sein. Und mit jedem aufgeschlagenen Buch, mit jedem Wispern der Seiten hatte sie stärker den Eindruck, so langsam auf Carlton Manor anzukommen. Auch wenn sie sich gewünscht hätte, mehr in den Büchern zu finden als langweiligen Kram.

»Na«, sagte da eine Stimme. »Ist Miss Marple schon erfolgreich gewesen?«

Ihr Großvater stand in der Tür zur Bibliothek, die linke Augenbraue auf die ihm eigene Art mit leisem Spott erhoben. Im ersten Moment fühlte Ivy sich ertappt. Aber dann streckte sie die Schultern durch. »Ist es jetzt etwa auch verboten zu lesen?«

Richard Carlton ging mit auf dem Rücken verschränkten Armen an den Büchertürmen vorbei. »Selbstverständlich nicht. Ich frage mich nur, warum du meine Bibliothek in ein Schlachtfeld verwandelt hast.«

Ivy hatte erwartet, dass ihr Großvater über die Unordnung nicht gerade erfreut sein würde. Doch offenbar störte sie ihn nicht im Geringsten. Sein Ton war fast heiter, und ein leises Lächeln flog über seine Lippen, als er die aufgeschlagenen Bücher betrachtete.

»Elaine hat mir erzählt, dass du das früher auch gemacht hast«, meinte Ivy deshalb. »Du sollst gesagt haben, dass du zwischen lauter Büchern besser denken kannst. Das geht mir auch so.«

Ihr Großvater blieb stehen. Für einen Moment schien es, als würde er sich an eine vor langer Zeit verlorene Leichtigkeit erinnern, und eine ungewohnte Wärme erschien in seinen Augen. Dann setzte er seinen Weg zwischen den Büchern hindurch fort. »Ich wüsste gern, was genau du hier eigentlich suchst.«

Ivy warf ihm einen düsteren Blick zu. »Ich kann nicht an einem Ort leben, von dem ich rein gar nichts weiß.«

Ihr Großvater zog die Brauen zusammen. »Dieses Haus ist seit Urzeiten im Familienbesitz. Natürlich weißt du etwas darüber.«

»Ja«, gab Ivy zurück. »Über Ururgroßtante Isolde, die sieben Kinder zur Welt gebracht hat, bevor sie das Zeitliche segnete. Oder über die schrecklichen Ölgemälde aus grauer Vorzeit, die immer noch hier im Flur hängen.«

Er sah sie streng an. »Die sind von deinem Urgroßvater. Er hat sie selbst gemalt.«

»Und hatte offenbar niemanden, der ihm sagte, dass er das lieber hätte lassen sollen«, erwiderte Ivy. »Die Hirsche sehen aus wie Wildschweine im Zombiemodus, ist dir das noch nie aufgefallen?«

Ihr Großvater schwieg, als wäre es das durchaus. »An deiner Unzufriedenheit sehe ich, dass du bisher nicht gefunden hast, was du suchst. Auch wenn ich immer noch nicht mit Gewissheit sagen kann, was das überhaupt ist.«

Ivy holte tief Luft. »Ich will wissen, was hier vor sich geht. Unheimliche Leute, komische Gesänge und Lichter … und ein Garten, der so gefährlich sein soll, dass ich keinen Fuß in ihn setzen darf. Du erzählst mir nichts, genauso wenig wie Finn und Elaine, also lese ich diese langweiligen Bücher und …«

»… verschwendest deine Zeit«, beendete er ihren Satz. »Wenn in diesen Büchern etwas stünde, das ich vor dir geheim halten will – glaubst du, ich hätte dir dann erlaubt, sie zu lesen?«

Ivy presste die Zähne aufeinander. Unter seinem amüsierten Blick kam sie sich vor wie ein albernes Kind. »Bist du deswegen hergekommen?«, fragte sie. »Um mich zu piesacken? Auch ein Genie wie du übersieht mal was. Oder hast du etwa jedes Buch hier drin gelesen?«

»Selbstverständlich«, erwiderte er ohne jede Ironie.

Ivy schluckte ihre Ehrfurcht hinunter. »Verstehe«, seufzte sie. »Dann kann ich mir das hier wohl tatsächlich sparen.«

Sie schlug das Buch zu, das sie gerade erst geöffnet hatte, und wollte es zurück ins Regal stellen. Dabei segelte ein Foto heraus. Es zeigte das Porträt einer Frau von einnehmender Schönheit. Ihre dunklen Haare umrahmten ein blasses Gesicht, und ihr Mund deutete ein Lächeln an. Ihre Augen erwiderten Ivys Blick, als wären sie lebendig. Ivy hob das Foto auf.

»Wer ist das?«, fragte sie.

Ihr Großvater trat zu ihr und schaute ihr über die Schulter. Kurz war er still. »Deine Großmutter«, sagte er dann.

Ivy hatte das leichte Zittern in seiner Stimme gehört. Sie hatte ihre Großmutter nie kennengelernt. Amelia Carlton war gestorben, als Ivys Mutter noch ein Kind gewesen war. Aber etwas im Blick ihrer Großmutter auf dem Foto ließ Ivy jetzt die Luft anhalten. In ihren Augen stand derselbe unbeugsame Wille, den sie von sich selbst kannte.

»Wie ist sie gestorben?«, fragte sie leise.

Wieder schwieg ihr Großvater für einen Moment. »Sie ging in den Poison Garden«, raunte er. »Und kehrte niemals daraus zurück.«

Ivy sah ihn an. Jedes Lächeln war von seinen Zügen gewichen. Tiefe Traurigkeit stand nun in seinem Blick, und auf einmal tat es Ivy leid, dass sie in diesen Büchern herumgewühlt hatte. Sie hatte sich benommen wie ein neugieriges Kind, ohne darauf zu achten, welche alten Wunden sie womöglich aufreißen würde. Deswegen also hatte ihr Großvater ihr verboten, den Poison Garden zu betreten – weil seine Frau darin umgekommen war.

»Es tut mir leid«, sagte Ivy betroffen. »Ich wusste nicht …«

Ihr Großvater nickte unmerklich. Wortlos nahm er ihr das Foto aus der Hand. Er schaute seine Frau so liebevoll an, dass sich Ivys Herz zusammenzog.

»Du hast recht«, sagte er. »Dieses Haus birgt Rätsel, von denen du keine Vorstellung hast. Und das größte davon ist der Poison Garden. Es ist eine Bürde, sein Geheimnis zu tragen. Ich habe immer versucht, dieses Geheimnis von den Menschen fernzuhalten, die ich liebe. Aber auf diese Weise habe ich viel größeres Leid über sie gebracht, als wenn ich ihnen die Wahrheit gesagt hätte.«

Ivy zog die Brauen zusammen. »Wie meinst du das?«

»Mit den Kenntnissen über den Poison Garden ist man in Gefahr durch alle, die diese Geheimnisse erfahren und missbrauchen wollen«, murmelte er wie zu sich selbst. »Aber das ist nicht das Schwerste, denn vor äußeren Einflüssen kann man sich schützen. Vor inneren hingegen …« Er hielt inne und schaute seiner Frau direkt in die Augen. »Der Poison Garden ist gefährlich. Wenn man das Gleichgewicht nicht hält zwischen Licht und Finsternis, wird man fallen. Und dann gibt es keine Rettung mehr.«

Seine letzten Worte waren kaum lauter als ein Flüstern gewesen. Trotzdem hatten sie Ivy einen Schauer über den Rücken geschickt.

Da sah ihr Großvater sie an. Er lächelte unmerklich. »Es fällt mir nicht leicht, jemandem zu vertrauen«, sagte er. »Dir geht es wohl auch so. Aber ich will die Fehler der Vergangenheit nicht wiederholen. Deswegen bin ich hier zu dir in die Bibliothek gekommen. Auch mir tut es leid, was geschehen ist. Ich hätte dich vor dem Giftgarten nicht so anfahren dürfen. Doch wenn du willst, werde ich es dir erzählen – das Geheimnis des Poison Garden.«

Ivy schluckte. Auf einmal war ihr Mund staubtrocken. »Warum jetzt auf einmal?«

»Du hast die Bärin gehört«, erwiderte ihr Großvater mit rauer Stimme. »Du hast die Lichter gesehen und ihren Gesang vernommen. Und obwohl ich dir vor dem Tor zum Poison Garden wahrscheinlich einen Heidenschreck eingejagt habe, hast du jetzt denselben entschlossenen Ausdruck in den Augen wie deine Mutter, wenn sie sich etwas in den Kopf gesetzt hat – und wie deine Großmutter. Keine zehn Pferde werden dich von dem Geheimnis des Gartens fernhalten, das ist mir klar geworden. Und deshalb sollst du von mir erfahren, was es damit auf sich hat. Gleich morgen nach dem Frühstück – wenn du es willst.«

Ivy spürte noch einmal den eisigen Schauer angesichts seiner Worte, und sie hörte Elaines Stimme in ihren Gedanken flüstern: *Manche Türen lassen sich nicht mehr schließen, wenn man sie einmal geöffnet hat.* Aber gleichzeitig vernahm sie wieder den betörenden Gesang und fühlte die prasselnden Funken auf ihrer Haut. Sie hatte sich nichts davon eingebildet, und dieses Wissen ließ ihr Herz rasen. »Ja«, sagte sie kaum hörbar. »Das will ich.«

Ihr Großvater musterte sie, dann nickte er und ging zur Tür. Dort angekommen blieb er noch einmal stehen und blickte erneut über die wild verteilten Bücher. »Ivy«, sagte er und ihr schien es, als hätte er gerade zum allerersten Mal ihren Namen ausgesprochen. »Es ist gut, dass du da bist. Hier auf Carlton Manor – hier bei mir.«

Ein Lächeln huschte über sein Gesicht, sanft wie ein Frühlingsahnen fiel es in Ivys Herz. Dann drehte er sich um und verließ den Raum.

7

Der Schnee fiel in dicken Flocken auf das morgendliche Carlton Manor herab. In Ermangelung von Winterkleidung hatte Ivy sich einen Schal ihres Großvaters stibitzt. Jetzt stiefelte sie in zwei Pullis und ihren Mantel gehüllt mit dem Zeichenblock unter dem Arm über die verschneiten Wege.

In einiger Entfernung wälzte sich Iphigenie ausgelassen wie ein Kind im Schnee. Dabei brummte die Bärin so zufrieden, als wäre sie geradewegs in eine riesige Schokotorte gefallen. Ansonsten war niemand zu sehen, was bei diesem Wetter auch kein Wunder war: Welcher Gärtner schnitt schon bei Schneefall die Rosen oder grub die Beete um?

Ivy jedoch genoss die märchenhafte Schönheit und war froh, noch vor dem Frühstück nach draußen gelaufen zu sein.

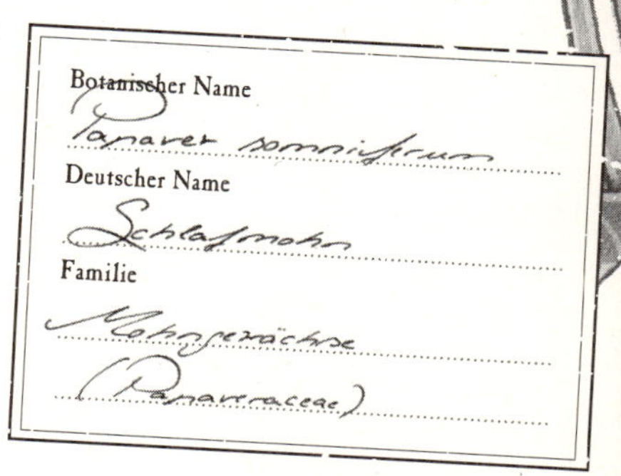

Die ersten Sonnenstrahlen des Tages brachen durch die dicken Wolken, und Ivy suchte nach einem guten Motiv für ihre nächste Zeichnung. Schon nach wenigen Schritten war klar, dass es nicht bei nur einem Bild bleiben würde. Viel zu verzaubert sah der Garten von Carlton Manor unter der weißen Pracht aus. Die Statuen hatten Hauben aus Schnee bekommen, die Pavillons im Rosengarten wirkten wie die Schlösser von Eisprinzessinnen und die Bäume hätten gut in einen Märchenwald gepasst.

Die Schneeflocken blieben an Ivys Wimpern haften, und ehe sie noch darüber nachgedacht hatte, ließ sie sich zu Boden plumpsen und machte einen Schnee-Engel. Ihr Herz hüpfte wie damals als kleines Kind, als sie mit ihrer Mutter durch verschneite Parks gelaufen war, die Zunge herausgestreckt, um die Schneeflocken zu fangen. Genau das tat sie auch jetzt. So schnell sie konnte, rannte sie mit ausgebreiteten Armen über die Wege und Brücken und merkte, wie die Schwere der letzten Tage von ihr abfiel. Das Lächeln ihres Großvaters vom vergangenen Abend stand ihr vor Augen. Und auch wenn sie noch keine Antworten auf all ihre Fragen hatte, spürte sie eines ganz deutlich: Er hatte recht gehabt. Es war gut, dass sie da war – hier in diesem Wunderland von Carlton Manor.

Erst als sie das schwarze Tor sah, merkte sie, dass sie zum Poison Garden gelaufen war. Sie hatte das nicht vorgehabt, und kurz kehrte er zurück: der Schauder, der sie bei den Worten ihres Großvaters ergriffen hatte. War sie zufällig hier gelandet? Oder hatte ihr Unterbewusstsein sie hierhergeführt? Ivy schaute zum Tor hinüber. Es stand offen, und sie überkam der Impuls, darauf zuzugehen. Aber dann tauchte das Bild ihrer Großmutter vor ihrem inneren Auge auf, und sie stieß die Luft aus. Nach dem Frühstück würde ihr Großvater mit ihr sprechen und ihr Dinge erzählen, die ihm offenbar steinschwer auf der Seele lagen. Um nichts in der Welt würde sie sein Vertrauen enttäuschen.

Gerade wollte sie sich abwenden, als sie die Stimme ihres Großvaters hörte. Schnell versteckte sie sich hinter einem Baum. Es fehlte gerade noch, dass er sie hier sah! Vorsichtig lugte sie am Stamm vorbei und entdeckte ihn zwischen den schneebedeckten Pflanzen des Poison Garden. Der Schnee fiel nun sehr dicht, Ivy konnte ihn kaum erkennen. Aber eines sah sie doch: Er war nicht allein. Wenige Armlängen von ihm entfernt stand eine dieser düsteren Gestalten, die Kapuze tief ins Gesicht gezogen.

Richard Carlton schüttelte den Kopf. Seine Stimme wurde lauter. Auch wenn Ivy nicht verstand, was er sagte, hörte sie doch, dass er sehr aufgebracht war. Jetzt schien sein Gegenüber zu antworten, zu leise, als dass Ivy etwas hören konnte. Ihr Großvater erstarrte, als hätte er gerade etwas Entsetzliches erfahren. Im nächsten Moment stieß die Gestalt die Faust vor – und wie von einem unsichtbaren Hieb getroffen, flog Richard Carlton rücklings durch die Luft.

Ivy hielt den Atem an. Wie in einem Film kam ihr Großvater hart auf dem Rücken auf, gerade vor dem Tor des Gartens. Instinktiv wollte sie zu ihm laufen. Aber schon sprang er auf die Beine, so schnell, als wäre er ein junger Tänzer. Er warf etwas in die Luft, das für Ivy wie blauer Staub aussah. Da verzerrten sich seine Umrisse – und in einem wahnsinnigen Tempo jagte er auf die dunkle Gestalt zu. Die versuchte, noch auszuweichen. Aber Richard Carlton packte sie, und gemeinsam flogen sie ins Unterholz.

Ivy konnte sich nicht bewegen. Träumte sie? Sie biss sich auf die Zunge, so fest, dass sie Blut schmeckte. Was zur Hölle geschah hier? Mitten in ihre Frage hinein tauchte ihr Großvater wieder auf – von einer dornenbesetzten Ranke umwickelt, die ihn aus dem Unterholz herausschleuderte.

Die dunkle Gestalt hielt das andere Ende der Ranke fest und riss Richard Carlton mit solcher Kraft durch die Luft, als wäre er eine willenlose Puppe. Krachend schlug die Gestalt ihn zu Boden und sprang auf ihn zu. Wenige Schritte von ihm entfernt blieb sie stehen, und kaum dass er sich aufrappelte, streckte sie die Hände vor.

Ivy sah, wie der Schnee zu den Füßen ihres Großvaters aufbrach und Pflanzen aus dem Boden sprossen. Blaue und grüne Blumen entfalteten in Windeseile ihre Blüten und entließen Schwaden aus dichtem Nebel. Ivy roch einen schmerzhaft beißenden Gestank, obwohl sie so weit entfernt stand. Ihr Großvater griff sich ans Herz.

Wieder wollte Ivy zu ihm laufen, sie musste ihm helfen, irgendwie. Doch da ballte er die Hand vor seinem Herzen zur Faust. Blauer Dampf quoll zwischen seinen Fingern hervor und begrub die qualmenden Blumen unter sich, nicht ohne jedoch zuvor den

stinkenden Rauch gegen die dunkle Gestalt zu drängen. Wie von einer harten Substanz getroffen taumelte diese zurück.

Richard Carlton jedoch griff in den Schnee, wirbelte um die eigene Achse – und schleuderte die Flocken auf die Gestalt. Im Flug verwandelten sie sich in funkelnde Scherben aus Eis. Ivy hörte, wie sie die Luft in Fetzen schnitten. Die Gestalt duckte sich, aber es war zu spät. Die Scherben zerbrachen auf dem Umhang zu unzähligen Splittern. Binnen eines Atemzugs verbanden sie sich zu einer dicken Schicht aus Eis, die die Gestalt vollständig in sich einschloss.

Richard Carlton stand schwer atmend da. Dann ging er auf die vereiste Gestalt zu. Um seine linke Hand tanzten leuchtende Schneeflocken. Ivy meinte, ihn schwanken zu sehen, als er vor der Gestalt stehen blieb.

Ivy stieß sich vom Baum ab. Sie musste zu ihm, das war alles, was sie fühlte. Was auch immer da vor sich ging – sie musste ihm beistehen! Sie hatte das schwarze Tor fast erreicht, als ihr Großvater sich zu der Gestalt niederbeugte. Und im selben Moment schoss ein rabengleicher Schatten heran und traf ihn am Kopf.

Ivy unterdrückte einen Schrei. In letzter Sekunde sprang sie hinter einen Strauch und sah mit Entsetzen die anderen beiden Fremden, die nun hinter den Pflanzen des Poison Garden hervortraten. Ihr Großvater sank auf die Knie, Blut lief über seine Schläfe. Die glimmenden Schneeflocken um seine Hand erloschen. Und da richtete die vereiste Gestalt sich auf. Ihr frostiger Käfig zersprang in tausend Scherben. Ivy schnürte es die Kehle zu, als die drei Fremden reglos auf ihren Großvater niederschauten. Es war eine Falle gewesen. Und er war mitten hineingelaufen.

Mühsam sah er auf. Er sagte etwas, Ivy konnte nicht hören, was es war. Aber sie bemerkte, dass ihr Großvater zitterte, und das erschütterte sie mehr als die Wunde an seinem Kopf oder die Überzahl seiner Gegner. Panisch fuhr sie herum. Sie musste etwas tun, irgendetwas, um ihm zu helfen. Sie packte einen Stein, doch er war am Boden festgefroren. Mit aller Kraft zerrte Ivy daran, während eine der Gestalten ihren Großvater auf die Beine zog.

In schnellen Bewegungen schlang die Gestalt die dornige Ranke um seinen Leib, so fest, dass er sich kaum noch rühren konnte. Dann bewegte sie die Hand – und ein mannsgroßer Riss entstand in der Luft, wie ein Schnitt in einer Leinwand. Darin lag nichts als Finsternis. Ivy stockte der Atem, als die Fremden ihren Großvater auf den Riss zu schleiften. Schlagartig wurde ihr klar, dass sie ihn mitnehmen würden – mitten hinein in diese Dunkelheit.

Ivy ließ den Stein los und rannte auf ihren Großvater zu. Sie schrie, und da wandte er den Blick. Er sah sie sofort. Ein Wechselbad der Gefühle flammte über sein Gesicht. Fassungslosigkeit. Entsetzen. Verzweiflung. Bis nur noch eine einzige Empfindung übrig blieb. Es war Angst. Nackte Angst um sie.

Die drei Gestalten hatten sich ebenfalls zu ihr umgedreht. Ivy meinte, gnadenlose Blicke auf ihrer Haut zu spüren. Aber dann wandten sie sich ab. Sie zogen Richard Carlton mit sich, hinein in den schwarzen Riss.

Gleich darauf wurde Ivy von einer heftigen Druckwelle erfasst. Sie flog durch die Luft und landete mitten in einer Schneewehe. Atemlos rappelte sie sich auf und lief zum Tor des Poison Garden.

Der Riss war nicht mehr da, ebenso wenig wie die dunklen Gestalten. Einzelne glimmende Schneeflocken fielen dort nieder, wo sie gerade noch gestanden hatten.

Und auch Ivys Großvater war verschwunden.

Botanischer Name
Lilium candidum
Deutscher Name
Weiße Lilie
Familie
Liliengewächse
(Liliaceae)

8

Der Schnee wirbelte unter Ivys Füßen auf, so schnell lief sie durch das schwarze Tor – und blieb wie angewurzelt stehen.

Es war, als hätte sich ein Schleier vor ihrem Blick gehoben. Der verschlungene Pfad verlor sich im Schneegestöber zwischen den geheimnisvollen Pflanzen. Es funkelte im Unterholz, als würden dort Schätze darauf warten, von Ivy entdeckt zu werden. Vereinzelt drehten sich Blumen in ihre Richtung, und ihr schien es, als wäre sie in eine ihrer Geschichten geraten, mitten hinein in eine verzauberte Welt, von der sie bislang nur geträumt hatte.

Ivy stieß die Luft aus. Ihr Großvater war verschwunden, verflucht noch eins. Sie hatte keine Zeit, hier

Zwiebel

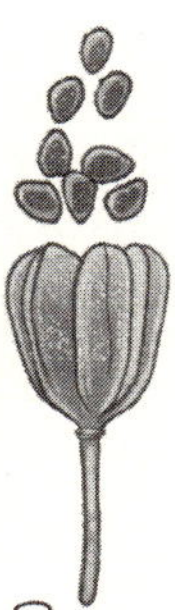

Samen

herumzustehen! Wie eine Antwort auf ihre Gedanken fuhr ihr heftiger Wind ins Gesicht. Er wirbelte den Schnee zu tanzenden Schleiern auf, und ein lautes Brausen ging durch die Baumkronen. Ivy hob die Hand vor die Augen. Das war kein Wind mehr, das war ein ausgewachsener Sturm!

Grob riss er an Ivys Haaren. Sie zog sich den Schal enger um den Hals. Gerade noch hatte ihr Großvater an genau dieser Stelle gestanden. Er konnte sich doch nicht einfach in Luft aufgelöst haben, genauso wenig wie die unheimlichen Gestalten! Womöglich war er ihnen entkommen und lag nun hilflos und verwundet in der Kälte. Ivy ballte die Hände zu Fäusten. Sie musste ihn finden!

Aber das war leichter gesagt als getan. Sie konnte die Pflanzen jenseits des Weges kaum noch erkennen. Schon nach wenigen Schritten verlor sie die Orientierung. Ihre Füße sanken in tiefem Schnee ein, und als sie ihren Großvater rief, riss der Sturm ihr die Worte aus dem Mund und zerfetzte sie wie Papier. Hilflos drehte sie sich um sich selbst – und sah eine Gestalt, die nicht weit von ihr entfernt durch die weißen Schleier lief. Ivy kniff die Augen zusammen und erkannte den wehenden Mantel ihres Großvaters.

»Grandpa!«, rief sie. »Ich bin hier!«

Doch wieder zerriss der Sturm ihre Worte, und ihr Großvater verschwand im Schneegestöber. Ivy lief ihm nach, so schnell sie konnte. Sie kämpfte sich durch ein Beet mit stacheligen Sträuchern, und ihr Herz machte einen Satz, als sie den dunklen Umriss ihres Großvaters in einigem Abstand wieder entdeckte. Er sah

sich um, als suchte er den richtigen Weg, ehe er sich erneut in Bewegung setzte.

»Warte!«, schrie Ivy so laut, dass sich ihre Stimme überschlug. »Ich …«

Ein Knurren schnitt ihr das Wort ab. Eine feuerrote Gestalt schoss durch den Schnee auf sie zu und baute sich vor ihr auf. Es war ein Fuchs. Und nicht irgendeiner. Es war der Fuchs mit den goldenen Augen, dem sie bei ihrer Ankunft auf Carlton Manor begegnet war. Aber jetzt sah er sie nicht still und rätselhaft an. Im Gegenteil schien er ausgesprochen wütend zu sein. Laut bellend sprang er auf sie zu.

Erschrocken wich Ivy zurück. Beim Anblick des Tieres wurde ihr auf einmal klar, woher der Begriff *fuchsteufelswild* kam. Der Fuchs knurrte, sein Fell sträubte sich im Nacken und seine Augen schienen zu glühen. Unwillkürlich fragte sie sich, ob er Tollwut hatte. Allerdings sah er nicht krank aus. Nur ein wenig wahnsinnig vielleicht.

Sie versuchte, an ihm vorbeizulaufen, doch sofort versperrte der Fuchs ihr den Weg. Offenbar wollte er sie genauso aus dem Garten vertreiben wie der verfluchte Sturm. Fühlte er sich womöglich von ihr bedroht? Sie schaute zu ihrem Großvater hinüber, aber er war verschwunden.

»Ich will dir nichts tun«, rief sie dem Fuchs zu. »Mein Großvater ist in diesem Garten, und er ist verletzt. Ich muss ihn finden!«

Normalerweise wäre sie sich lächerlich dabei vorgekommen, mit einem Fuchs zu reden. Aber dieser Fuchs sah sie an, als hätte er jedes Wort verstanden. Doch das änderte offensichtlich nichts daran, dass er sie im Poison Garden nicht haben wollte. Wieder knurrte er und setzte zum Sprung an.

»Verfluchter Fuchs«, stieß Ivy aus. »Glaubst du wirklich, du könntest mich vertreiben? Da hast du dich aber geirrt!«

Kurzerhand packte sie den Zweig eines Strauchs, ließ ihn vorschnellen – und verpasste dem Fuchs eine Ladung Schnee. Sie hörte ihn noch niesen, dann tauchte sie hinter einem Liguster unter und lief so schnell sie konnte davon. Sie war einer ausgewachsenen Braunbärin entkommen, da wäre es doch gelacht, wenn ihr das bei einem verrückten Fuchs nicht ebenso gelingen sollte!

Sie verdrängte den Gedanken, dass es genau genommen ihr Großvater gewesen war, der sie aus der Bärenfalle gerettet hatte, und kämpfte sich durch den Sturm. Hatte sie sich nicht immer danach gesehnt, einmal ein Abenteuer zu erleben wie die Figuren in ihren Geschichten? Jetzt war sie mittendrin.

Ehe sie sich darüber klar werden konnte, ob das nun gut oder schlecht war, stieß sie mit dem Fuß gegen einen Stein und verlor das Gleichgewicht. Kopfüber stürzte sie nach vorn, kullerte einen Abhang hinab und machte zum zweiten Mal innerhalb kürzester Zeit Bekanntschaft mit einer Schneewehe. Hustend rappelte sie sich auf. Der Fuchs war verschwunden. Und nur ein paar Schritte von ihr entfernt stand ihr Großvater.

Er hatte Ivy noch nicht bemerkt, denn er drehte ihr den Rücken zu. Reglos schaute er neben einem wild verwachsenen, dornenbesetzten Baum ins Unterholz. Ivy lief auf ihn zu, aber als sie

ihn fast erreicht hatte, fiel ihr Blick auf seinen Mantel. Er bestand aus … Blättern? Ivy blieb abrupt stehen. Die Gestalt ihres Großvaters war nicht echt. Sie war eine Falle.

Ivy taumelte rückwärts, doch da wirbelten die Blätter vor ihr durcheinander, und eine Ranke schoss daraus hervor, die sie am Knöchel packte. Ruckartig zerrte sie Ivy nach vorn und riss sie hoch in die Luft.

Ivy schrie auf. Gleichzeitig öffneten sich unter ihr die Fangblätter einer riesigen Venusfliegenfalle. Ivy hatte schon gesehen, wie solche Pflanzen kleine Insekten fingen. Aber diese hier war groß genug für einen menschlichen Leckerbissen. Entsetzt starrte Ivy auf die messerscharfen Dornen, die nun aus der Pflanzenhaut wuchsen, und in den klebrigen Schlund.

Das muss ein Traum sein, schoss es ihr durch den Kopf. *Das ist nicht real!*

Die Pflanze stieß ein Schnarren aus, und grüner Schleim traf Ivys Hand. Zischend grub er sich in ihr Fleisch, und sie schrie erneut. Das war kein Traum, zur Hölle noch eins. Das alles passierte wirklich!

»Grandpa!«, rief Ivy aus Leibeskräften, als die Ranke sie tiefer sinken ließ. »Irgendjemand! Ich brauche Hilfe!«

Das letzte Wort hallte verloren durch die Luft, ehe es vom Sturm verschluckt wurde. Verzweifelt strampelte Ivy hin und her und schaffte es, sich an der Ranke hochzuziehen. Aber ihr Fuß steckte noch immer in der Schlinge, und jetzt stiegen faulige Dämpfe aus dem gefräßigen Maul. Ivy wurde schwindlig. Mit rasendem Herzen schaukelte sie vor und zurück, lehnte sich nach vorn und bekam einen Zweig des dornenbesetzten Baums zu fassen.

Die Ranke schloss sich noch fester um ihren Knöchel und zerrte an ihr, doch Ivy krallte sich an den Zweig und brach ihn vom Baum. Sie schwenkte ihn durch die Luft wie ein Schwert. Wenn sie schon im Maul einer fleischfressenden Pflanze landen sollte, dann würde sie wenigstens eine ausgesprochen unbequeme Mahlzeit sein!

Ein weiterer Schwall stinkender Dämpfe hüllte sie ein. Mit letzter Kraft umklammerte sie ihren Zweig, und kurz schien es ihr, als würde er in blassroter Glut aufglimmen. Aber dann brachte der Gestank eine lähmende Müdigkeit über sie, und alles, was sie dachte, war: Jede Sekunde würde sie in dem giftigen Schlund landen – Ivy Carlton, armseligste Abenteurerin aller Zeiten, gefressen von einer verfluchten Pflanze.

Die Kälte traf Ivy so plötzlich, dass ihr der Atem stockte. Die Fangblätter unter ihr klappten zu, Eisblumen zogen sich darüber hin, und mit heiserem Schnarren ließ die Ranke Ivys Knöchel los.

Ich bin frei, dachte Ivy noch.

Dann stürzte sie in die Tiefe.

9

Ivy landete auf weichem Grund. Schnell rappelte sie sich auf und stellte fest, dass sie auf die fleischigen Fangblätter der Fresspflanze gefallen war. Der eigentümliche Geruch von Asche und Wind durchzog die Luft. Und vor ihr auf dem gewundenen Pfad, umtost von Schleiern aus Schnee, stand Finn.

Er hielt eine etwa faustgroße Glaskugel, aus der eisiger Nebel aufstieg. Ivy spürte dessen Kälte. Es war dieselbe, die soeben die verfluchte Killerpflanze außer Gefecht gesetzt hatte. Atemlos sah sie zu, wie die Glaskugel auf Murmelgröße zusammenschmolz. Sie hatte keine Ahnung, was hier vor sich ging, aber eines war ihr klar: Finn hatte ihr gerade das Leben gerettet.

»Was zur Hölle tust du hier?«, rief er und ließ die Kugel in seine Tasche gleiten.

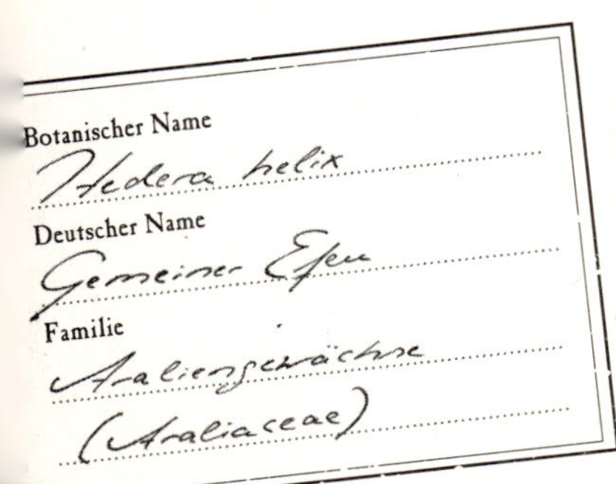

Ivy rutschte maximal ungraziös auf ihn zu. Die Wunde von dem Schleimangriff der Killerpflanze blutete leicht, doch sie achtete nicht weiter darauf. »Mein Großvater ist verschwunden! Da waren diese Gestalten in den Umhängen. Sie haben gekämpft und ihn gefesselt, und auf einmal sind sie durch einen schwarzen Riss verschwunden. Ich dachte, ich hätte Grandpa eben wiedergesehen, aber das waren nur Blätter, und dann bin ich fast in dieser … diesem *Ding* gelandet und … Ich muss ihn finden!«

Ihre Stimme klang hoch und schrill, sie hörte sich an wie eine Verrückte. Doch Finn hob nur die Brauen. »Indem du dich von Audrey II fressen lässt?«

»Von wem?«

»Audrey II«, wiederholte er. »Eine besondere Züchtung deines Großvaters – und verwandt mit einer der bekanntesten fleischfressenden Pflanzen überhaupt, der Venusfliegenfalle. Benannt nach der mörderischen Pflanze aus dem Film *Der kleine Horrorladen*. Kennst du wahrscheinlich nicht, ist uralt. Und einer der wenigen Filme, die dein Großvater mag. Audrey II liebt Menschenfleisch musst du wissen. Aber sie isst Kürbiskerne noch lieber.«

Ivy starrte ihn an. In ihrem Kopf überschlugen sich die Gedanken, doch wenn sie eines genau wusste, dann dass sie keine Zeit hatte, um sich über die Lieblingsspeisen einer fleischfressenden Pflanze namens Audrey II Gedanken zu machen. Sie zog ihr Smartphone aus der Tasche.

»Was hast du vor?«, fragte Finn, während Ivy mit zitternden Fingern auf dem Display herumtippte.

»Ich weiß nicht, was hier los ist«, erwiderte sie. »Aber mein Großvater ist verschwunden, er ist verletzt und womöglich in der Hand bösartiger Menschen. Ich muss Hilfe holen!« Sie wählte die Nummer der Polizei und überlegte gerade, ob sie Audrey II erwähnen sollte oder nicht, als ihr mitgeteilt wurde, dass sie noch immer keinen Empfang hatte. »Oh, verdammt!«

»Keine Chance«, meinte Finn. »Das Festnetz ist auch ausgefallen. Der Sturm hat uns von der Außenwelt abgeschnitten. Aber die Polizei kann uns sowieso nicht helfen. Komm jetzt. Ich bringe dich zurück ins Haus, und dann mache ich mich auf die Suche nach deinem Großvater. Es ist nicht das erste Mal, dass er in brenzlige Situationen gerät, und …«

»Ist das dein Ernst?«, unterbrach Ivy ihn. »Ich setze mich bestimmt nicht ins Warme, während mein Großvater verletzt durch diese Kälte irrt! Ich komme mit dir!«

Jetzt sah Finn sie tatsächlich an, als wäre sie verrückt geworden. »Du hast keine Ahnung, was du da sagst. Der Poison Garden ist gefährlich!«

»Tatsächlich? Ich hatte doch glatt vergessen, dass ich gerade fast von Audrey II gefressen worden wäre. Und überhaupt – ist der Poison Garden für dich etwa nicht gefährlich?«

»Doch«, gab Finn zu. »Aber ich kenne seine Geheimnisse. Jedenfalls ein paar davon.«

Ivy schnaubte. »Die hätte ich auch erfahren, wenn mein Großvater nicht gerade entführt worden wäre! Glaubst du, ich hätte keine Augen im Kopf? Ich weiß längst, dass es hier nicht mit rech-

ten Dingen zugeht! Mein Großvater ist in einem schwarzen Riss verschwunden! Ich wurde von einer Killerpflanze angelockt und beinahe von ihr verspeist! Und du tauchst mit einer seltsamen Glaskugel auf und rettest mich mit eisigem Nebel! Verdammt, Finn! Sag mir endlich, was das alles zu bedeuten hat!«

Finn rang mit sich, das konnte sie sehen. Er war kreidebleich, seine Augen wirkten wie zwei dunkle Seen. Doch er brachte kein Wort über die Lippen.

»Gut«, sagte Ivy. »Dann muss ich es eben selbst rausfinden!«

Damit drehte sie sich um und lief den Pfad hinab. Sie spürte ihr Herz im ganzen Körper. Ihr Verstand rief ihr zu, dass sie auf Finn hören und im Haus warten sollte, statt orientierungslos durch den Schnee zu stolpern. Aber sie sah noch immer den Blick ihres Großvaters vor sich, mit dem er sie angeschaut hatte, bevor er im schwarzen Riss verschwunden war. Er brauchte ihre Hilfe, das spürte sie. Sie durfte ihn nicht im Stich lassen.

»Warte!«

Selten war Ivy so erleichtert gewesen, ein einziges Wort zu hören, wie in diesem Moment. Sie stoppte und drehte sich zu Finn um, der nun auf sie zukam. Sein Gesicht war weiß wie der Schnee. Schweigend blieb er vor ihr stehen. Ihr schien es, als würde sie in den Nachthimmel sehen, als sie seinen Blick erwiderte.

»Der Poison Garden ist kein gewöhnlicher Giftgarten«, sagte er kaum hörbar. »Er ist ein Refugium für magische Pflanzen, die besondere Kräfte haben. Die meisten von ihnen bergen tödliche Gefahren. Und dein Großvater, er ist …«

Finn hielt inne, doch Ivy verstand auch so, was er sagen wollte. »Mein Großvater ist … ein Magier?« Sie hatte geflüstert, und doch hallte das Wort so laut durch ihren Schädel, als hätte sie gebrüllt.

Finn nickte unmerklich. »Er bevorzugt den Begriff Giftgärtner. Dein Großvater pflegt die Pflanzen und beschützt den Garten mit all seiner Macht.«

Ivy hatte noch nie von einem Garten gehört, der beschützt werden musste, und die gute Audrey II war ihr außerdem reichlich wehrhaft vorgekommen. Aber dann dachte sie an die drei Fremden, die ihren Großvater bedrängt hatten. »Wer sind die Kapuzenmenschen?«

»Wer einen solchen Garten besitzt, hat viele Feinde«, erwiderte Finn. »Einige von ihnen wollen die Geheimnisse des Poison Garden an sich bringen und über ihn herrschen. Und dafür ist manchen jedes Mittel recht.«

Ivy fröstelte. »Was haben sie mit meinem Großvater vor?«

Finn zögerte, als würde er prüfen, ob er ihr die Wahrheit zumuten konnte oder nicht. »Sie werden ihn tief in den Poison Garden hineinbringen«, sagte er dann. »Um ungestört die Macht über den Garten zu ergreifen und Richards geheimes Wissen aus ihm herauszuholen. Sobald ihnen das gelungen ist, werden sie für deinen Großvater keine Verwendung mehr haben.«

Ivy schwankte. Auf einmal erschienen ihr die Pflanzen ringsum nicht mehr schön und geheimnisvoll, sondern todbringend und mörderisch. Die Wunde an ihrer Hand pochte, und das Gefühl des Entsetzens, als sie in das giftige Maul von Audrey II geschaut hatte, kam noch einmal mit Macht über sie. Doch dann ballte sie die Hände zu Fäusten.

»Keine Ahnung, ob du mich gerade für dumm verkaufst oder nicht«, sagte sie mit fester Stimme. »Aber eins weiß ich: Ich werde meinen Großvater nicht im Stich lassen. Ich werde ihn suchen und alles tun, um ihm zu helfen!«

»Du bist verrückt, Ivy Carlton«, sagte Finn. »Weißt du das eigentlich?«

Sie zuckte die Achseln. »Es gibt schlimmere Beleidigungen als das.«

Sein Gesicht zeigte keine Regung, doch ein Schimmer ging durch seine Augen wie ein Sonnenstrahl, der über ein stürmisches Meer gleitet. »Und offenbar bin ich genauso verrückt wie du«, sagte er dann. »Dein Großvater würde mich vierteilen, wenn er wüsste, dass ich das tue, aber ich kann nicht zulassen, dass du der nächsten Audrey schwer im Magen liegst. Also lass uns deinen Großvater gemeinsam suchen.«

Ivy wäre ihm fast um den Hals gefallen, so erleichtert war sie. »Danke«, sagte sie leise. »Ich werde auch versuchen, mich nicht fressen zu lassen.«

Finn sah aus, als würde er sich fragen, ob er gerade den größten Fehler seines Lebens gemacht hatte. Dann aber erwiderte er Ivys Lächeln. Und zum ersten Mal, seit sie den Poison Garden betreten hatte, spürte sie wieder etwas wie Wärme tief in sich.

Sie wandte sich zum Gehen. »Was ist?«, fragte sie, als Finn ihr nicht folgte. »Wollen wir nicht anfangen zu suchen?«

»Wenn du innerhalb der nächsten halben Stunde draufgehen willst, gern.« Er musterte sie. »Erst mal versorgen wir im Haus deine Hand. Offene Wunden sind im Poison Garden keine gute Idee. Außerdem brauchen wir passende Kleidung. Und Proviant.«

Ivy hob die Brauen. »Wie groß ist denn der Garten bitte?«

Das Lächeln verschwand von Finns Lippen. »Größer, als du ahnst.«

Botanischer Name
Atropa belladonna
Deutscher Name
Schwarze Tollkirsche
Familie
Nachtschattengewächse
(Solanaceae)

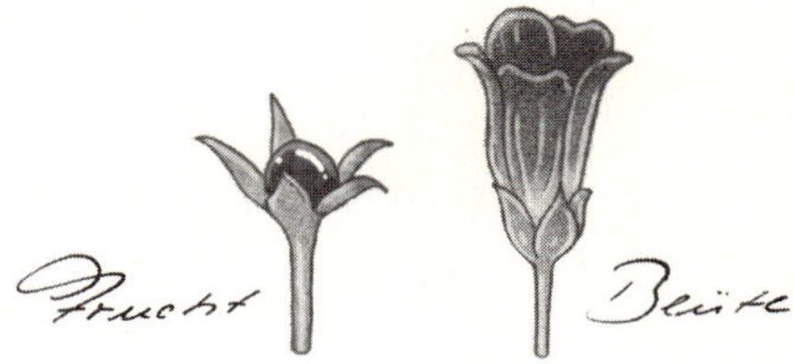

10

Die Bibliothek von Carlton Manor empfing Ivy mit dem vertrauten Geruch von Büchern, Staub und flüsternden Gedanken. Sie sah ihren Großvater vor sich, wie er sich an dieser Tür noch einmal zu ihr umgedreht hatte, und nahm auch seinen Duft nach Zedernholz und Kardamom wahr. Ihr Magen zog sich zusammen. Das war erst ein paar Stunden her, aber es erschien ihr wie eine Ewigkeit.

Finn steuerte zielstrebig auf das Regal hinter dem Globus zu. Mit sicherem Griff betätigte er den Hebel, und die Bücherwand schwang auf.

»Elaine hat mich vor den geheimen Gängen gewarnt«, flüsterte Ivy. »Wenn sie wüsste, dass ich sie jetzt betrete …«

»… würde sie wahrscheinlich samt Nudelholz mitkommen«, beendete Finn ihren Satz. »Jedenfalls sobald sie erfahren würde, dass Richard Carlton in Gefahr ist. Und du hast doch wohl keine Angst vor der eigenen Courage, oder?«

»Doch. Aber nicht so sehr, dass ich mich davon aufhalten lassen würde.«

Ivy straffte die Schultern und marschierte hinter Finn in den Gang hinein. Das Regal schloss sich hinter ihnen. Im Dämmerlicht öffnete Finn die Holztür am Ende. Dahinter lag ein weiterer Gang, an dessen Wänden sich wie durch Geisterhand Fackeln entfachten. Sie erleuchteten die Türen, die den Gang säumten. Manche waren mit schweren Riegeln verschlossen. Ivy meinte, hinter einigen Geräusche zu hören … ein Wispern und Scharren, als befände sich etwas Lebendiges dahinter, das nur zu gern einen Weg ins Freie gefunden hätte. Sie schloss dichter zu Finn auf. Wenn ihr Großvater ein Geschöpf wie Audrey II einfach so mitten in seinen Garten pflanzte, wollte sie sich lieber nicht vorstellen, welche Kreaturen er für zu gefährlich hielt, um sie hinauszulassen.

Sie ließ den Blick über die Bilder schweifen, die zwischen den Türen an den Wänden hingen. Zeichnungen von Pflanzen. Getrocknete Blätter hinter Glas. Und Gemälde von Menschen vergangener Zeiten. Ivy kannte niemanden. Aber vereinzelt glaubte sie, die Züge ihres Großvaters in den Gesichtern wiederzufinden, und es gab sogar eine Frau mit tiefrotem Haar, das ihrem eigenen glich. Unwillkürlich fragte Ivy sich, wer die Fremde war und was sie wohl sagen würde, wenn es Ivy gelänge, sie zum Sprechen zu bringen.

»Wir sind da.« Finn blieb vor einer pechschwarzen Tür stehen. Sie wurde nicht von einem Riegel verschlossen, sondern von einem silbernen Schloss, das anstelle eines Schlüssels über eine kleine Kerbe verfügte. Fasziniert sah Ivy, wie Finn den Daumen darauflegte und ein blauer Schimmer über das Schloss ging. Dann öffnete sich die Tür.

Unwillkürlich hielt Ivy den Atem an, als sie Finn in den dahinterliegenden Raum folgte. Auch hier entzündeten sich Fackeln an den Wänden – und Ivy stieß überwältigt die Luft aus. Sie standen in einem Saal mit unzähligen Regalen, Vitrinen und Schränken. Darin befanden sich neben Büchern vor allem eine Menge Schubladen und Pflanzen jeder Art und Größe. Manche waren in Gläsern eingelegt, andere reckten sich in kleinen Gewächshäuschen in die Höhe. Es gab Ranken, die sich über die Regale zogen und aus sich selbst heraus leuchteten, außerdem knorrige Wurzeln, die urige Tische und Stühle bildeten, und allerhand Blumen, die nun im Fackelschein ihre Blüten öffneten und sich neugierig zu den Besuchern umdrehten.

Fasziniert betrachtete Ivy verschiedenfarbige Glaskugeln, die schwerelos durch den Raum glitten und mal warmes, mal kühles Licht verströmten. Zwei von ihnen versprengten sogar Regen über purpurfarbenen Blumen, und eine ließ Schneeflocken auf eine Schublade fallen, in der glimmendes Moos wuchs. Hoch an der Decke drehte sich ein Modell des Sonnensystems um sich selbst. Es schickte samtenes Licht über die Regale, ließ fliegende Staubkörnchen leuchten und hüllte alles in einen geheimnisvollen Dunst.

»Wo sind wir hier?«, fragte Ivy und beobachtete einen Strom aus Pflanzensamen, der sich unter einer Glaskuppel bewegte wie ein Vogelschwarm.

Finn zog mehrere kleine Samtbeutel aus einer Schublade. »Das ist eine der Vorratskammern des Poison Garden. Hier befinden sich Ableger und Samen vieler Pflanzen, die im Garten wachsen, aber auch allerhand anderes, das zum Schutz und zur Verteidigung verwendet werden kann. Einiges davon wird uns sehr nützlich sein. So wie die Früchte der Gewöhnlichen Schneebeere, auch Knallerbsen genannt. Im Gegensatz zu ihren nichtmagischen Verwandten haben diese hier ein ziemlich explosives Innenleben. Sehr hilfreich, wenn man aufdringliche Pflanzen abwehren muss.«

Ivy nahm eine Tüte mit Knallerbsen entgegen. »Die hätte ich bei Audrey II gut gebrauchen können.«

»Du hast eigentlich schon das Richtige gemacht: Wenn du Audrey II mit dem Zweig des Kreuzdorns getroffen hättest, wäre ihr ziemlich heiß geworden«, meinte Finn. »In seinen Dornen steckt nämlich Feuer. Und das mag Audrey II genauso wenig wie Eis.«

»Der Zweig ist aufgeglommen«, sagte Ivy nachdenklich. »Aber ich dachte, ich hätte mir das eingebildet.«

Finn lachte leise. »Vermutlich wirst du das noch manches Mal denken. Aber eins ist sicher: Die Pflanzen des Poison Garden spüren mehr, als du ahnst. Und nicht alle wollen dir Böses.«

Ivy hob die Finger vor dem Glashaus einer blauen Blume, die der Bewegung ihrer Hand mit dem Köpfchen folgte. »Du hast gesagt, dass das hier *eine* der Vorratskammern meines Großvaters ist. Heißt das, dass es noch mehr davon gibt?«

»Klar. Der Poison Garden ist seit Generationen im Besitz deiner Familie. Da hat sich über die Jahre viel angesammelt.«

Ivy berührte die Samenkapsel einer Pflanze, die neben ihr in einer alten Teekanne wuchs – und fuhr zusammen, als die Kapsel aufsprang. Zischend flogen die Samen heraus, und Finn zog Ivy in letzter Sekunde aus einem rasch aufwallenden blauen Nebel. Hustend wich Ivy vor den dampfenden Samen zurück.

»Nichts berühren«, sagte Finn, nahm eine Prise Sand aus einer Schublade und warf ihn beiläufig in den Nebel, der sich sofort auflöste. »Schon gar kein Springkraut wie das Fleißige Lieschen. Das musst du dir unbedingt merken.«

»Ich konnte ja nicht wissen …«

»Berühmte letzte Worte.« Finn grinste. »Beim Springkraut reißen die Fruchtkapseln bei Berührung auf und schleudern die Samen explosionsartig durch die Gegend. Dein Großvater hat sich diese natürliche Eigenschaft zunutze gemacht und verschiedene Zauber hineingelegt. Sieh mal.« Er öffnete eine Schranktür. Dahinter befanden sich Dutzende Fleißige Lieschen in Teekannen unterschiedlicher Größe. Und jede Pflanze hatte Fruchtkapseln in anderen Farben.

»*Ordentliche Ohnmacht … Sausende Schnelligkeit … Verteufelte Verwirrung*«, las Ivy die Etiketten auf den Teekannen. »Was soll das bedeuten?«

»Dass dein Großvater eine Vorliebe für Alliterationen hat«, sagte Finn seufzend. »Und dass der Nebel dieser Kapseln dir von Ohnmachtsanfällen bis hin zu geistiger Umnachtung alles bieten kann. So wie möglichen Angreifern auch. Man muss aber aufpassen, die Kapseln rechtzeitig wegzuwerfen. Wenn man selbst getroffen wird, ist das kein Vergnügen. Außer bei diesen hier. Darin sind Flugsamen. Manchmal ganz hilfreich, wenn man zum Beispiel Treibsand entkommen muss.« Er drehte einige hellblaue Kapseln blitzschnell von ihrer Pflanze ab, gab sie in einen Beutel und reichte sie Ivy. »Keine Sorge. Der Beutel wirkt wie ein Käfig. Aber wenn du sie rausholst und zerdrückst, heben sie dich hoch in die Luft.«

Ivy schüttelte den Kopf. »Ich habe mich ehrlich gesagt nie besonders für Grünzeug interessiert. Außer beim Zeichnen natürlich. Aber das hier …« Sie sah sich um. »Das ist unglaublich! Ich komme mir vor wie in einer Geschichte, in der an jeder Ecke Abenteuer und Geheimnisse warten.«

Sie rechnete damit, dass Finn lachen würde, doch er sah sie nur mit diesem sanften Lächeln an und nickte. »Ich glaube, es ist nicht übertrieben zu sagen, dass der Poison Garden in der Tat jede Menge Geheimnisse birgt. Und Abenteuer erst recht.«

Er füllte ein paar schwarze Samen in eine kleine Schachtel und brachte sie in seiner Jacke unter. Offenbar war darin viel mehr

Stauraum, als es den Anschein machte. Dann fing er an, getrocknete Kräuter mit einem Mörser zu zerkleinern.

»Gibt es noch mehr Gärten wie diesen?«, fragte Ivy.

»Oh ja. Es gibt sie in vielen Ländern der Erde.«

»Und die Magier, die über sie herrschen, halten sie geheim?«

Finn nickte. »Wobei manche der Geheimnistuerei gern ein Ende setzen würden. Schau mal hier. Das ist die Loge der Giftgärtner. Ihre Mitglieder stehen für den Schutz der magischen Gärten ein. Und sie unterstützen einander bei der Pflege ihrer Pflanzen und der Entwicklung ihrer magischen Kräfte.«

Er griff nach einem Foto, das auf einem Stapel staubbedeckter Bücher lag, und gab es ihr. Darauf waren weit über hundert Menschen zu sehen, die für ein Gruppenbild zusammenstanden. Ivy entdeckte ihren Großvater schnell in der ersten Reihe. Er war ein wenig jünger, aber seine Haltung war genauso unnachgiebig wie jetzt, und sie musste lächeln, weil er sogar die linke Augenbraue zu seiner typischen leicht spöttischen Geste gehoben hatte.

Neben ihm stand ein Mann mit dunklem Haar und auffallend markantem Gesicht. Seine Züge waren wie aus Stein gemeißelt, und sein Lächeln wirkte so einnehmend, dass Ivy es unwillkürlich erwiderte. In den schwarzen Augen des Fremden mischte sich Schalk mit Herablassung, und vielleicht waren es diese beiden Charakterzüge, die Ivys Blick festhielten.

»Wer ist das?«, fragte sie.

Finn beugte sich zu ihr herüber. »Das ist Erik Thorn. Er ist seit Kurzem der Vorsitzende der Loge und steht für den frischen

Wind, der dort seitdem herrscht. Er setzt sich dafür ein, alte Strukturen aufzubrechen und die magischen Gärten für die Welt zu öffnen.«

Ivy schaute in die Augen von Erik Thorn, und es kam ihr so vor, als würde er sie direkt ansehen. »Und was heißt das?«

»Über Jahrhunderte haben die Giftgärtner die magischen Gärten vor der Welt verborgen«, sagte Finn. »Sie hatten Angst davor, was die Menschen tun könnten, wenn sie von ihnen erfahren würden. Und sie fürchteten, dass die Macht der Gärten missbraucht werden könnte. Erik Thorn hält nicht viel von dieser Angst. Er will die Magie in die Welt zurückkehren lassen.«

Ivys Herz schlug schneller. Eine Welt voller Magie – wie oft hatte sie sich das vorgestellt, wie oft davon geträumt? Doch gleichzeitig musste sie an die Gefahren des Poison Garden denken, und ein Schauer überkam sie, als sie in Erik Thorns lächelndes Gesicht sah. Sie wollte gerade etwas erwidern, als ihr Blick auf eine andere Gestalt fiel, die ihr bekannt vorkam. Sie riss die Augen auf.

»Sieh nur!« Ivy deutete auf die Person, die in der Reihe hinter ihrem Großvater stand. »Die Frau unter der Kapuze! Und ihre beiden Begleiter sind auch da!« Neben der Frau war ein Mann mit schmalem Schnauzbart zu sehen, schräg hinter ihnen blickte ein hochgewachsener Magier mit halblangem hellem Haar in die Kamera. »Die drei haben meinen Großvater angegriffen!«

Finns Miene verfinsterte sich. »Eleonora Conti«, sagte er und deutete auf die Frau. Dann zeigte er auf den Mann mit dem Schnauzbart. »Fernando Alves Marquez. Und der mit dem fast weißen Haar ist Dúnin Ho' Fafnor. Er gilt als Großgärtnermeister des Nordens, denn sein Poison Garden in Norwegen ist trotz widriger Bedingungen ein Quell mächtiger Magie. Sein Vater Dalur hat das *Herbarium der Schatten* geschrieben, bis heute ein Grundlagenwerk für alle Giftgärtner. Früher waren Eleonora, Fernando und Dúnin mit deinem Großvater befreundet, aber in letzter Zeit gab es häufig Streit zwischen ihnen. Einen davon haben wir ja im Kräutergarten mitbekommen.«

Ivy holte tief Luft. »Verrätst du mir jetzt, worum es dabei ging?«

»Ich glaube, sie haben Richards Umgang mit seinem Garten bemängelt«, meinte Finn achselzuckend. »Die genauen Hintergründe kenne ich nicht. Ich hätte nicht gedacht, dass sie deinen Großvater angreifen würden. Aber offenbar ist den dreien die Macht ihrer eigenen Gärten nicht mehr genug.«

Ivy legte das Foto zurück. »Das sind mächtige Magier. Was auch immer sie vorhaben … sie werden nicht erfreut sein, wenn wir uns ihnen in den Weg stellen.«

»Erwartungsgemäß nicht«, stimmte Finn ihr zu und füllte die zerkleinerten Kräuter in einen Beutel. »Deswegen wappnen wir uns auch so gut wir können. Die meisten Abwehrzauber wirken nicht nur bei Pflanzen, sondern auch bei menschlichen Angreifern.«

»Und was, wenn wir nicht rechtzeitig entkommen können?«, fragte Ivy. »Oder wenn wir vergiftet werden, von den Magiern oder vom Poison Garden selbst?«

Ein Lächeln glitt über Finns Gesicht. »Gegen die meisten Gifte gibt es ein Gegenmittel. Man muss nur wissen, wo.«

Er steckte den Kräuterbeutel in seine Jacke und ging einen schmalen Weg zwischen mehreren Regalen hinab, dessen Ende sich im Dämmerlicht verlor. Ivy folgte ihm … Schritt für Schritt tiefer hinein in die Geheimnisse des Poison Garden.

11

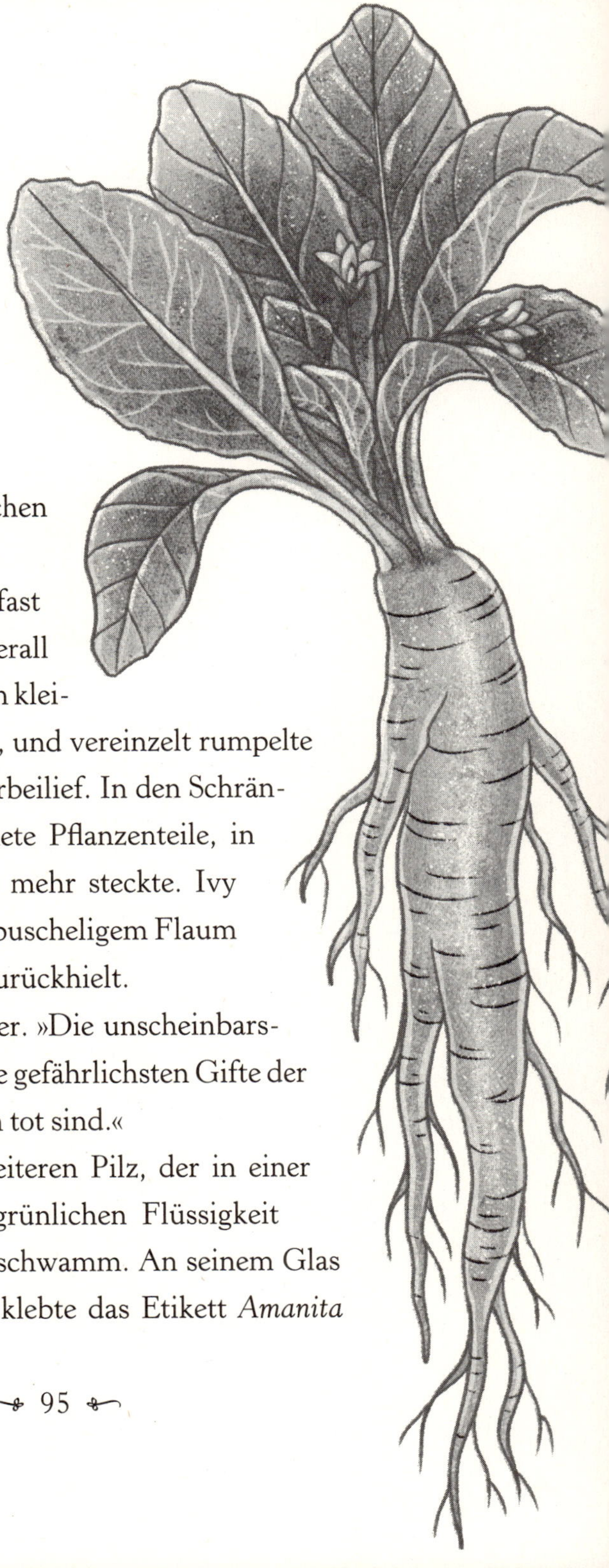

Finn führte Ivy zwischen mehreren Apothekerschränken hindurch, die fast bis zur Decke reichten. Überall glomm und funkelte es in den kleinen und großen Schubladen, und vereinzelt rumpelte es darin, wenn Ivy daran vorbeilief. In den Schränken stapelten sich getrocknete Pflanzenteile, in denen offenbar kein Leben mehr steckte. Ivy näherte sich einem Pilz mit puscheligem Flaum auf dem Kopf, als Finn sie zurückhielt.

»Sei vorsichtig«, mahnte er. »Die unscheinbarsten Lebewesen bergen oft die gefährlichsten Gifte der Welt – selbst wenn sie schon tot sind.«

Ivy betrachtete einen weiteren Pilz, der in einer grünlichen Flüssigkeit schwamm. An seinem Glas klebte das Etikett *Amanita*

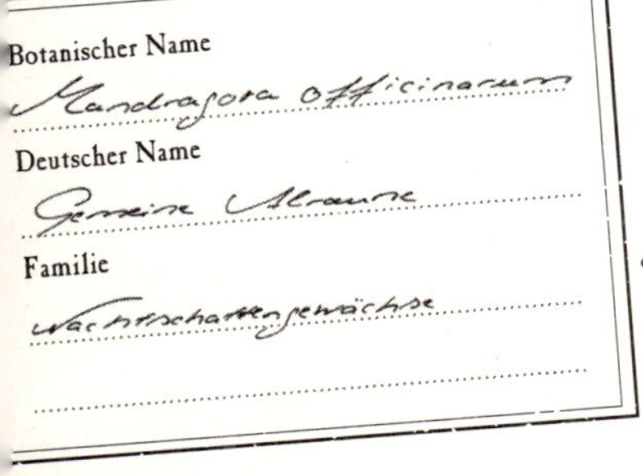

phalloides – Grüner Knollenblätterpilz. »Den kenne ich«, sagte sie stolz. »Beim Pilzesammeln hätte ich als Kind fast mal in einen reingebissen. Meine Mutter ist ausgerastet.«

»Zu Recht«, erwiderte Finn. »Schon ein paar Gramm davon können einen Menschen töten. Aber wie ich sagte: Oft gibt es ein rettendes Antidot. Gegen das Gift des Knollenblätterpilzes wirkt zum Beispiel Silibinin, das aus den Früchten der Mariendistel gewonnen wird. Und gegen das Atropin in der Tollkirsche hilft Physostigmin, das in den Früchten des Manchinelbaums enthalten ist. Dieser Baum ist seinerseits übrigens ebenfalls giftig; er zählt zu den gefährlichsten Bäumen der Welt.«

Ivy musste lächeln. »Schon seltsam, dass ausgerechnet ein derart giftiger Baum gegen eine so gefährliche Pflanze wie die Tollkirsche wirkt.«

»Oft sind es gerade die tödlichsten Pflanzen, die gleichzeitig das mächtigste Heilmittel in sich haben. Sowieso ist die Unterteilung in Gift- und Heilpflanzen nicht immer hilfreich.« Finn deutete auf das gezeichnete Porträt eines Mannes mit halblangem Haar und einem kleinen Büchlein in der Hand. »*Alle Dinge sind Gift. Und nichts ist ohne Gift; allein die Dosis machts, dass ein Ding kein Gift sei.* Das stammt vom Begründer der Toxikologie. Theophrastus Bombast von Hohenheim, besser bekannt als Paracelsus. Er lebte im 16. Jahrhundert und ist einer der berühmtesten Ärzte überhaupt. Deinem Großvater ist er in vielem ein großes Vorbild.«

»Er wäre uns sicher eine Hilfe, wenn er jetzt hier wäre«, meinte

Ivy. »Ich für meinen Teil bin schon froh, wenn ich nicht versehentlich in eine giftige Pflanze hineinstolpere.«

Finn lachte. »Keine Sorge.« Er öffnete ein paar Schubladen mit bunten Pillen darin. »All das sind Gegengifte. Dein Großvater hat sie mit enormem Aufwand hergestellt, denn im Notfall ist es wichtig, dass man sie nicht überdosieren kann, jedenfalls nicht mit Gefahr für Leib und Leben.«

Er nahm verschiedene bunte Pillen heraus und legte sie in eine kleine schwarze Dose. Unterdessen überflog Ivy die Etiketten der unzähligen Fläschchen, die im benachbarten Schrank standen.

»*Albtraumvertreiber*«, murmelte sie. »*Gute-Gedanken-Gel. Alberrichrauch*.« Sie hielt inne. »Das sind Zauber!«

Finn nickte. »Dein Großvater nutzt die Macht des Poison Garden zum Wohl der Menschheit. Er hat schon vielen mit seiner Magie geholfen.«

Beeindruckt betrachtete Ivy all die Zauber, die sich vor ihr auftürmten, und ließ den Blick über das aufgeschlagene Buch schweifen, das auf der Anrichte lag. Es enthielt kunstvolle Zeichnungen, die offenbar magische Rituale darstellten. Ivy stellte sich ihren Großvater bei einem dieser Zauberrituale vor, und ein aufregendes Kribbeln zog durch ihren Körper. Aber dann verfinsterte sich ihr Gesicht. Ohne Frage verhielt es sich mit den Zaubern wie mit den gefährlichen Pflanzen: Auch sie konnten nicht nur für das Gute, sondern genauso für das Böse verwendet werden. Ivy mochte sich nicht vorstellen, was geschehen würde, wenn die drei fremden Magier an die Zauber in diesen Gläsern kämen.

»Hier sind sie ja«, sagte Finn und zog eine Phiole mit dunkler Flüssigkeit aus dem Schrank. »Die guten alten Feuertropfen gegen kleinere Verletzungen der Haut durch Brand- und Schleimangriffe. Achtung, sie stinken ganz fürchterlich. Aber sie helfen, du wirst sehen.«

Ivy hielt die Luft an, als Finn den Korken abzog, doch trotzdem stieg eine widerliche Mischung aus Sauerkrautsaft, Essig und Zwiebeln in ihre Nase. »Wobei?«, fragte sie mit angehaltenem Atem. »Vor Entsetzen ohnmächtig zu werden?«

»Vielleicht auch das«, gab Finn grinsend zurück. »Aber wenn sie deine Wunde heilen, reicht mir das eigentlich schon.«

Er zog seine Glaskugel hervor, die umgehend wieder auf die Größe einer Faust anwuchs. »Faszinierend«, meinte Ivy. »Aber hast du keine Angst, dass die Kugel in deiner Tasche zerbrechen könnte?«

Finn lächelte. »Das hier ist keine einfache Glaskugel. Sie kann nicht so leicht zerbrechen, jedenfalls nicht durch gewöhnliche Umstände, und selbst wenn das passiert, setzt sie sich früher oder später von allein wieder zusammen. Diese Kugel ist ein Ambyx. Das Wort kommt aus dem Griechischen und bedeutet so viel wie *Gefäß* oder *Topf*. In einem Ambyx kann man ausgezeichnet Zauber zubereiten. Sieh mal.«

Finn träufelte einige Tropfen Öl darauf, doch statt an dem Glas hinabzulaufen, fiel das Öl geradewegs in den Ambyx hinein. Schnell gab Finn noch ein paar zerkleinerte Kräuter dazu, bewegte die Finger über der Kugel – und sie erstrahlte in grünem Licht.

Gleich darauf erlosch es und Ivy bemerkte eine goldgelbe Flüssigkeit, die sich in schillernden Tropfen um sich selbst drehte. Der Duft von Asche und Wind zog in Ivys Nase, derselbe Geruch, den sie bereits im Poison Garden wahrgenommen hatte, als Finn sie vor Audrey II gerettet hatte.

»Du bist auch ein Magier«, flüsterte Ivy fasziniert, während Finn die Flüssigkeit auf ein sauberes Tuch gab und es behutsam um ihre Hand band. Ein kühler Hauch zog über ihre Haut, und die Wunde hörte auf wehzutun.

»Ich mag den Begriff Giftgärtner lieber«, sagte Finn. »Wie dein Großvater. Er hat mir vieles beigebracht. Aber der Poison Garden gehört ihm. Nur er spürt die Verbindung zu den Pflanzen, nur er kann die mächtigsten Zauber mit ihnen erschaffen. Ich muss mir manchmal mit ein paar Tricks behelfen. Halt dir jetzt besser die Ohren zu, wenn du nicht wirklich ohnmächtig werden willst. Die Alraunen werden nicht gern geweckt.«

»Alraunen?« Ivy riss die Augen auf. »Was …«

Doch da wuchtete Finn bereits eine Kiste vom Schrank und zog die Gartenhandschuhe an, die darauf lagen. Ivy bemerkte mit Befremden, dass deren Finger mit Metall ummantelt waren. Schnell presste sie sich die Hände auf die Ohren. Finn öffnete die Kiste, griff hinein – und zerrte ein kleines Wesen hervor, das wie ein wütender Säugling schrie und wild um sich schlug.

Ivy erinnerte sich an die Zeichnung der Alraune, die sie im Kräuterlexikon in der Bibliothek gefunden hatte. Aber es war etwas völlig anderes, ein solches Wesen tatsächlich vor sich zu sehen. Es wirkte wie eine Mischung aus Wurzel und Kind mit seinen in sich gedrehten Ärmchen und Beinchen, den zarten Härchen auf dem Kopf und dem weit aufgerissenen Mund. Die messerscharfen Zähne, mit denen das Wesen Finn in die Finger biss, passten allerdings so gar nicht zu der ansonsten recht niedlichen Erscheinung – ebenso wenig wie die Stimme, die sich immer schriller in Ivys Schädel bohrte. Da packte Finn die Alraune fester und kraulte sie am Kopf. Sofort erstarb das Geschrei und verwandelte sich in den schönsten Gesang, den Ivy je gehört hatte.

Verzaubert ließ sie die Hände sinken und spürte, wie die Töne der Alraune sie durchdrangen, als wären sie die ersten Sonnenstrahlen nach einem langen Winter und Ivy ein düsterer Wald. Der Gesang erfüllte Ivys Inneres, und als Finn die Alraune unter leichtem Wiegen zurück in die Kiste legte und die Töne verklangen, überkam Ivy der Impuls, sie wieder hervorzuholen, nur um den Gesang noch einmal zu hören. Ein Blick auf die verbogenen Fingerkuppen der Handschuhe hielt sie allerdings davon ab – und der Verband, der sich jetzt wie welkes Laub von ihrer Hand löste. Ihre Haut darunter war vollkommen geheilt. Nur ein leichter Silberglanz blieb darauf zurück.

»Egal, was du sagst«, flüsterte sie und sah Finn an, während sie die Finger bewegte. »Du *bist* ein Magier. Und was für einer!«

Finn lächelte verlegen. »Wie würdest du sagen? Es gibt schlimmere Beleidigungen als das.« Er zog einen silbernen und einen roten Beutel aus dem Schrank und gab ihr beide. »Im silbernen ist Heilstaub, der kleinere Kratzer heilen kann. Wie ich sagte, sind offene Wunden im Poison Garden keine gute Idee, und du musst nichts weiter tun, als den Staub auf der Wunde zu verteilen. Er wirkt wie ein Pflaster und schließt die Wunde sofort. Und das Pulver des Schlafmohns im roten Beutel kann zur Linderung von Schmerzen verwendet werden.«

Ivy steckte beides ein. »Ich hoffe, ich werde sie nicht brauchen.«

Finn warf ihr einen Blick zu, sagte aber nichts. Er streute ein weißes Pulver über den Ambyx, das sich im Inneren der Kugel in Nebel verwandelte und das Gefäß offenbar reinigte, denn gleich darauf drang eine kleine Rauchwolke nach außen, und das magische Glas glänzte wie poliert. Finn ließ den Ambyx schrumpfen und verstaute ihn mit ein paar weiteren Beuteln in seiner Jacke, dann atmete er tief durch. »Wir haben fast alles, was wir brauchen. Es fehlt nur noch Proviant … und die richtige Kleidung für dich.«

Ivy schaute an sich hinab und folgte ihm durch den Gang zurück. Tatsächlich war sie mit ihrem schicken Mantel, den Schichtpullis und dem Schal ihres Großvaters nicht besonders passend gekleidet, um einen giftigen und noch dazu magischen Garten zu durchqueren.

»Merke dir drei Regeln«, sagte Finn, als sie vor einem Schrank stehen blieben. »Berühre die Pflanzen im Poison Garden nur, wenn es nicht anders geht. Rieche nicht an ihnen. Und komm nicht auf die Idee, sie zu essen. Das könnte tödlich enden.«

»*Verlasse die Wege nicht*«, erwiderte Ivy. »So heißt es doch immer in den Märchen für Kinder, oder nicht?«

Finn nickte unmerklich. »Nur dass Märchen nie für Kinder gedacht waren. Aber ja, tatsächlich kann dir auf den Wegen weniger passieren, als wenn du dich ins Unterholz begibst. Da sich das aber manchmal schwer vermeiden lässt, ist die richtige Kleidung im Poison Garden überlebenswichtig.«

Damit öffnete er die Schranktüren. Darin hingen rüstungsähnliche Anzüge, doch auch lederne Hosen, Westen, Jacken und Mäntel in verschiedenen Größen sowie passende Hemden und Blusen. Auch Stiefel gab es, mit Kratzern bedeckt.

»Schau einfach, was dir passt«, sagte Finn. »Ich hole inzwischen Proviant.«

Damit nahm er einen Rucksack aus dem Schrank und ließ Ivy allein. Ivy entschied sich für eine Hose mit passender Weste, und als sie eine grüne Bluse anzog, musste sie wieder an ihre Mutter denken. Hatte Violet Carlton diese Kleidung auch schon getragen? Und was hatte sie dazu gebracht, sie zurück in diesen Schrank zu hängen und nie wieder anzufassen? Ivy schlüpfte in einen abgetragenen Mantel mit Kapuze. Sie hatte gerade die schweren Stiefel geschnürt, als Finn zurückkam. Ein unmerkliches Lächeln lag auf seinen Lippen, als er sie ansah. Verlegen zupfte sie an ihrem Mantel herum und deutete auf das Innenfutter, in dem unzählige Taschen verborgen waren.

»Ein richtiger Magiermantel«, meinte sie. »So einen wollte ich immer schon mal haben. Zum Fasching oder so.«

Finn kam zu ihr herüber. »Dieser Mantel ist keine Verkleidung. Er wird dich vor vielen Gefahren im Poison Garden beschützen.«

»Jedenfalls solange er nicht auch noch lebendig wird und merkt, dass ich nur zufällig in diese Sache hineingestolpert bin, ohne jede Ahnung davon, was ich hier eigentlich tue.«

Finn erwiderte ihr Lächeln nicht. »Glaubst du das wirklich?«, fragte er leise. »Sieh dich an, Ivy Carlton. Er ist wie für dich gemacht – als hätte er hier auf dich gewartet.«

Der Ernst in seiner Stimme ließ Ivys Herz schneller schlagen. Sie folgte seinem Blick und schaute in den Spiegel, der halb von Bücherstapeln verborgen in einer Ecke stand. Für einen Moment glaubte sie, einer Fremden gegenüberzustehen. Ihr langes rotes Haar fiel über den Magiermantel, darunter blitzte die Weste mit geheimnisvollen Zeichen hervor, und die Stiefel wirkten, als wären schon viele Welten mit ihnen durchwandert worden. Ivy sah sich selbst ins Gesicht und erwartete den halb überheblichen, halb verletzlichen Blick, den sie seit jeher von sich kannte. Sie fand ihn – und noch etwas anderes, das ihr an ihr seltsam fremd und vertraut zugleich erschien. Stolz war es. Ein tiefer Stolz auf das Kribbeln in ihrem Inneren und darauf, dass sie diesen Weg gehen würde, ganz egal, wohin er sie führte. Ivy holte Atem. Finn hatte recht, es war keine Verkleidung. Sie sah aus wie in einem ihrer Träume – wie die Abenteurerin, die sie immer hatte sein wollen.

Sie begegnete Finns Blick, in dem nun wieder ein Lächeln lag. »Gehen wir, Heldin Ivy«, sagte er. »Der Poison Garden erwartet uns.«

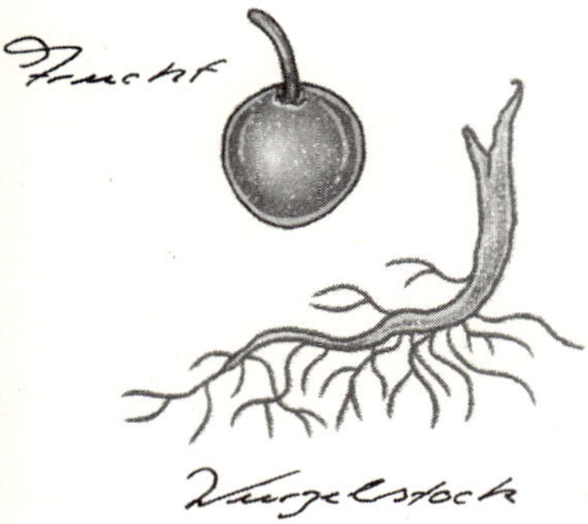

12

Der Poison Garden lag in trügerischer Stille. Der Sturm hatte nachgelassen, nur in den Baumkronen brauste er noch und schickte ein unheimliches Heulen über die Wege. Es war wieder wärmer geworden, der Schnee schmolz. Doch Ivy zog die Schultern hoch, als sie mit Finn durch das Tor ging und einige Pflanzen sich zu ihnen umwandten.

Finn warf ihr einen amüsierten Blick zu. »Keine Sorge. Sie springen nicht einfach aus ihren Beeten, um dich mit ihren Wurzeln zu erdrosseln. Es sei denn, du provozierst sie.«

»Jetzt stelle ich mir vor, dass die Maiglöckchen da vorn mich gleich mit winzigen Schwertern bedrohen, vielen Dank.«

Finn lachte. »Ein Hoch auf die Fantasie! Die Maiglöckchen hätten ganz andere Möglichkeiten, um dich außer Gefecht zu setzen. Aber normalerweise sind sie friedlich. Vor allem wenn du sie mit deinem neuen Magiermantel beeindruckst.«

Botanischer Name
Convallaria majalis
Deutscher Name
Maiglöckchen
Familie
Spargelgewächse
(Asparagaceae)

Tatsächlich drehten die Maiglöckchen sich wie kleine Scheinwerfer in Ivys Richtung. Hinter ihnen kroch die Ranke eines Weißregens durchs Unterholz. Schlangengleich bewegte sie sich auf Ivy zu, hielt aber in einigem Abstand inne. Ivy strich über ihren Ärmel. Es war, als würde ihr Mantel einen Duft verströmen, der den Pflanzen Respekt einflößte. Und sie spürte sie noch immer: die tiefe Faszination, die sie vom ersten Augenblick an für diesen geheimnisvollen Garten empfunden hatte.

»Hier war es«, sagte sie. »Hier stand mein Großvater mit den drei Magiern, und dort sind sie in dem schwarzen Riss verschwunden.« Sie sah sich um. »Der Sturm hat alle Spuren verwischt. Es ist, als wäre gar nichts passiert.«

»Nicht ganz.« Finn ging zu einem Rhododendron hinüber. Auf seinen Blättern war der Schnee schon vollständig geschmolzen, und als Ivy näher trat, erkannte sie teerartige Flecken auf den weißen Blüten. Finn zerrieb die Flüssigkeit zwischen den Fingern. Sofort breitete sich ein Geruch von Minze, Rauch und feuchtem Moos aus, gepaart mit dem Gestank fauliger Eier.

Ivy hielt sich die Hand vor die Nase. »Was zur Hölle ist das?«

»Die Rückstände eines Zaubers«, erwiderte Finn. »Nichts verschwindet einfach. Alles verwandelt sich nur. Und in den seltensten Fällen hinterlässt Magie keine Spuren.« Er wischte sich die Finger an einem Tuch ab. »Der schwarze Riss war ein Teleportzauber. Einer der mächtigsten Zauber überhaupt, nur wenige können ihn wirken. Offenbar hatten Eleonora, Fernando und Dúnin vor, mit einem Schlag weit in den Poison Garden vorzu-

dringen, um ungestört ihre Pläne umzusetzen. Aber ich kann mir nicht vorstellen, dass ihnen das gelungen ist.«

»Warum nicht? Sie wirkten ehrlich gesagt ziemlich mächtig.«

»Und du glaubst, dein Großvater wäre das nicht? Wenn ich eines in den Jahren gelernt habe, dann dass Richard Carlton immer ein Ass im Ärmel hat. Ich müsste mich sehr täuschen, wenn er es nicht geschafft haben sollte, sich gegen die drei zu wehren.«

Ivys Herz machte einen Satz. »Und wie finden wir das heraus?«

»Indem wir nach weiteren Spuren suchen. Halte die Augen nach allem offen, was ungewöhnlich ist.«

»Du meinst ungewöhnlicher, als magische Pflanzen eben sind?«

Finn lachte. »Genau. Jeder Hinweis kann uns deinem Großvater näher bringen.«

Damit betrat er eines der Beete. Ivy zog es vor, auf dem Weg zu bleiben. Wachsam ging sie an blühenden Sträuchern vorüber, den Blick konzentriert ins Unterholz gerichtet. Sie hatte sich gerade über eine Schwertlilie gebeugt, als deren Blüte sich öffnete und ein winziges Wesen lachend daraus hervorstob.

Es war etwa so groß wie Ivys Daumen. Seine violetten Haare sahen aus wie die Blütenblätter der Pflanze, auch sein Kleid erinnerte an die Blätter der Schwertlilie. Seine glimmenden Augen jedoch waren tiefblau, und aus seinem Gewand ragten zwei schillernde Flügel. Das gesamte Geschöpf glühte in lilafarbenem Licht.

»Eine Fee«, flüsterte Ivy. In ihrer Erinnerung erklang noch einmal der rätselhafte Gesang, der sie mitten in der Nacht zum Poison Garden gezogen hatte. Zweifellos war es dieses Lachen gewesen, das sie gehört hatte. Schon tauchten sieben oder acht weitere Feen hinter den Blüten der Blumen auf. Jede von ihnen ähnelte einer anderen Pflanze. Ivy entdeckte eine Fee, deren pomponartige Frisur an eine Chrysantheme erinnerte, eine männliche Fee hüllte sich in die gelben Blätter einer Tulpe, und eine sah aus wie eine Distel mit ihren silbrigweißen Blütenhaaren und den feinen Dornen an den Armen.

»Sei vorsichtig«, rief Finn ihr zu. »Man sagt diesen kleinen Quälgeistern so einiges nach. Manche behaupten sogar, dass sie unsere Gefühle wahrnehmen können. Ganz sicher treiben sie aber nur zu gern ihre Späße mit uns. Und nicht alle davon sind für uns lustig.«

Wie zur Bekräftigung zog eine Fliederfee ein Röhrchen hinter dem Rücken hervor, blies hinein und schoss eine leuchtend rote Beere geradewegs auf Ivy zu. Im letzten Moment duckte Ivy sich, und die Beere zerplatzte hinter ihr an einem Baumstamm. Stinkender Schleim floss an der Rinde abwärts, begleitet vom Gelächter der Feen.

»Sehr gut«, meinte Finn. »Du beherrschst schon die *Mission Flunder.*«

Verwirrt richtete Ivy sich auf. »Wie bitte?«

»Manchen Gefahren im Poison Garden entkommt man nur, indem man in Deckung geht. Aber keine Sorge. Die Spuckebeeren der Feen verursachen nur einen mordsmäßigen Gestank, sonst nichts.«

Ivy sah den Feen zu, die sich jetzt kichernd durch die letzten Schneehaufen jagten. »Es gibt sie wirklich«, sagte sie wie zu sich selbst. »Es gibt Feen in diesem Garten!«

»Nicht nur in diesem Garten. Aber besonders hier, ja. Und sie sind nicht die einzigen Anderwesen, denen du im Poison Garden begegnen wirst. Er ist ein Refugium, in dem alles möglich ist. Manchmal wünschte ich, das würde für die ganze Welt gelten.«

Ivy konnte dieses Gefühl gut verstehen. Seit sie denken konnte, zog sie sich in ihre Bücher zurück, um dort die Abenteuer zu erleben, die in der Wirklichkeit nicht möglich waren. Nachdenklich ging sie den Weg entlang. Wie oft hatte sie sich vorgestellt, wie die Welt aussehen mochte, wenn sie von all den Fabelwesen bevölkert werden würde, die sie aus ihren Büchern kannte? Ein Kribbeln lief über ihre Haut, als sie den Feen nachschaute, die ausgelassen durch den Schnee stoben. Nie zuvor war ihr diese Vorstellung so greifbar erschienen wie in diesem Augenblick.

Ein Brummen durchbrach Ivys Gedanken, dicht gefolgt vom lauten Kichern der Feen, die mit gezücktem Spuckrohr hinter einen Strauch sausten. Ivy folgte ihnen und traute ihren Augen nicht.

Dort stand ein winziger Käfig aus geschwungenem Drahtgeflecht. Er war mit einer Falltür verschlossen, und darin saß, die fächerartigen Fühler ängstlich aufgestellt, ein Maikäfer. Einer seiner Fühler war ein wenig abgeknickt – und auf seinem Kopf saß unzweifelhaft ein winziger Zylinder. Ivy erkannte ihn wieder. Es war derselbe Maikäfer, der sie in der Nebelnacht an ihrem Fenster begrüßt hatte. Erneut stieß er ein Brummen aus, als die Feen seinen Käfig mit ihren Schleimkugeln beschossen.

»Verfluchte Plagegeister«, murmelte Finn, der nun an Ivys Seite trat. Er griff in seine Jacke und zerdrückte einen grauen Pflanzensamen zwischen den Fingern. Sofort breitete sich ein lieblicher Geruch aus. Die Feen jedoch husteten angewidert, warfen Finn wütende Blicke zu und zogen laut schimpfend davon. Ivy kniete sich neben den Käfig und öffnete ihn. Der Maikäfer schaute sie für einen Moment prüfend an, dann schwirrte er heraus und landete auf ihrem Finger.

»Sapperlot«, rief er und putzte sich aufgebracht die Fühler. »Diese mistigen Mistfliegen, diese verdammten! Haben nur drauf gewartet, dass ich wieder in der Falle sitze, um mich zu piesacken!«

Ivy musste unwillkürlich lachen, so niedlich klang das Poltern des Maikäfers. »Hallo«, sagte sie und wunderte sich nur kurz darüber, dass sie tatsächlich mit einem Käfer redete. *Im Poison Garden ist alles möglich*, wisperte Finns Stimme durch ihre Gedanken und ließ sie lächeln. »Ich glaube, wir haben uns schon mal gesehen. An meinem Fenster, erinnerst du dich?«

»Natürlich«, erwiderte der Maikäfer und rückte seinen Zylinder zurecht. »Ist schließlich eine Sache der Höflichkeit, Neuankömmlinge zu begrüßen. Und zugegeben, ich war auch neugierig. Liegt mir im Blut.«

»Wer hat dich denn hier eingesperrt?«, fragte Ivy.

»Wer mich eingesperrt hat?«, brauste der Maikäfer auf. »Richard Carlton natürlich!«

Ivy zog die Brauen zusammen. »Aber mein Großvater würde nie …«

»Du solltest die ganze Geschichte erzählen, Herr Sumsemann«, warf Finn ein.

»Herr Sumsemann?«, wiederholte Ivy erstaunt. »Wie der Maikäfer in *Peterchens Mondfahrt?*«

Herr Sumsemann reckte seine Fühler und brummte stolz auf. »Allerdings. Meine fünfbeinigen Verwandten haben es bis zum Mond geschafft, zumindest einer von ihnen. Ich bleibe allerdings lieber auf dem Boden der Tatsachen mit meinen sechs Beinen. Ist gesünder, wenn ihr versteht, was ich meine.«

»Klar«, sagte Finn. »Und da frisst du dann bevorzugt Richard Carltons junge Rotbuchen.«

Verlegen trippelte Herr Sumsemann mit den Beinen. »Ja, daran gibt es nichts zu rütteln. Es ist aber auch eine Frechheit, dass er die allerkleinsten von ihnen in den Wintergarten verfrachtet hat!«

Finn lachte auf. »Schon mal auf die Idee gekommen, dass sie deinetwegen dort stehen?«

»Aber sie haben nun mal die leckersten Blätter!« Herr Sumsemann seufzte tief und schaute zu drei jungen Rotbuchen hinüber, die hinter ihm wuchsen. »Die da schmecken aber auch sehr gut. Und ich wollte auch wirklich nur einen winzigen Bissen nehmen. Doch dann habe ich etwas anderes gerochen. Zarte Rosskastanie! Ein riesiger Haufen! Leider lag er in diesem Käfig, was ich aber erst gemerkt habe, als die Tür zuschnappte. Richard Carlton hat mich wieder mal reingelegt.«

»Die jungen Blätter der Rotbuche sind für heilende Zauber da«, sagte Finn. »Und nicht für gefräßige Käfer.«

»Ach, ihr Menschen immer mit euren profanen Angelegenheiten!« Herr Sumsemann bewegte theatralisch die Fühler. »Na ja, wie auch immer. Danke jedenfalls, dass ihr mich befreit habt. Normalerweise kommt Richard Carlton selbst, aber dieses Mal waren die Feen schneller.«

»Du hast Glück, dass wir dich gefunden haben«, sagte Ivy. »Mein Großvater hätte dich nicht befreien können. Er wurde entführt. Wir sind auf der Suche nach ihm.«

Herr Sumsemann richtete sich auf. »Soso«, brummte er. »Haben die Feen also doch recht gehabt mit ihrem Geplapper.«

»Du fliegst doch ständig überall herum, wo du nichts zu suchen hast«, meinte Finn. »Hast du vielleicht gesehen, was genau passiert ist?«

Herr Sumsemann ließ die Fühler hängen. »Nein«, murmelte er. »War die letzten Tage in der Erde unterwegs. Verwandtschaft besuchen.« Er hielt inne. »Wobei … ich hörte von tanzenden Lichtern in dieser Richtung. Keine Ahnung, was es damit auf sich hat.«

Ivys Herz schlug schneller. »Vielleicht Magie?«

»Möglich«, sagte Herr Sumsemann. »Aber davon verstehe ich nichts. Ihr dagegen seht so aus, als wäret ihr genau die Richtigen für diesen Job. Bringt mir Richard Carlton schön heil nach Hause, den alten Kerkermeister!«

Ivy musste lächeln. »Willst du uns nicht begleiten?«

Herr Sumsemann brummte erschrocken auf. »Ich? Nie und

nimmer! Gefahr und ich, wir gehören nicht zusammen. Seht euch meinen Fühler an! Den Knick habe ich meiner eigenen Neugier zu verdanken. Habe mich zu dicht an eine schlafende Krähe herangewagt. Wollte mal gucken, wie sie aus der Nähe aussieht. Leider ist sie aufgewacht und hat mich fast verspeist. Konnte ihr nur entkommen, weil zufällig dein Großvater in der Nähe war und sie vertrieben hat. Nun ja. Seitdem halte ich mich von Abenteuern fern.« Er schaute zu Ivy hoch. »Du hingegen bist eben Richards Enkelin. Sieht man sofort: derselbe Dickkopf, dasselbe Funkeln in den Augen. Richard hat von dir erzählt. Nicht laut natürlich. Aber wir Maikäfer können hören, was ihr denkt. Jedenfalls manchmal. Dein Großvater hat sich auf dich gefreut. Darauf, dass du nun auch hier wohnst. Wenn ihm jemand helfen kann, dann bist du es.«

Ivy schluckte. »Danke«, sagte sie verlegen.

»Keine Ursache. Und noch was will ich dir sagen.« Herr Sumsemann schwirrte so nah an ihr Ohr, dass seine Flügel sie berührten. »Den meisten Menschen fällt es schwer, an etwas zu glauben, das man nicht sehen und anfassen kann. Aber es gibt Ausnahmen wie dich, und das ist gut so. Menschen, die immer schon wussten, dass es uns besondere Wesen gibt. Magie ist überall. Und ich muss es wissen, denn die Magie und ich sind verwandt.«

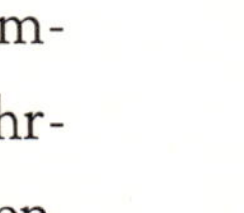

Ivy hob die Brauen. »Wie meinst du das?«

»Ganz einfach«, sagte Herr Sumsemann. »Auch wenn viele Menschen ihn noch nie gesehen haben, wissen sie doch, dass er existiert: der Maikäfer. So ist es auch mit der Magie.« Er flog vor ihr Gesicht und streifte sacht ihre Wange. Dann sauste er laut brummend um sie herum. »Danke noch einmal für meine Rettung, ihr beiden«, rief er ihnen zu und lüpfte seinen Zylinder. »Nicht vergessen: Ihr müsst in diese Richtung da gehen! Bis bald!«

Und ehe sie sich hätten verabschieden können, flog er zwischen den Pflanzen davon.

13

Es war alles andere als einfach, in einem magischen Garten tanzende Lichter zu finden. Das musste Ivy schnell feststellen, als sie mit Finn in die Richtung lief, die Herr Sumsemann ihnen gewiesen hatte. Ausgelassene Feen stoben funkensprühend durchs Unterholz, auf etlichen Blüten glitzerten Schneereste und viele Pflanzen leuchteten aus sich selbst heraus. Ivy seufzte. Inmitten all dieser Lichter hatte sie keine Ahnung, wie sie die richtigen unter ihnen finden sollten.

Sie betrachtete gerade eine schimmernde Staude, als sie ein betörender Duft anflog. Ivy richtete sich auf und entdeckte in einiger Entfernung einen steinernen Torbogen. Er führte in einen Rosengarten, des-

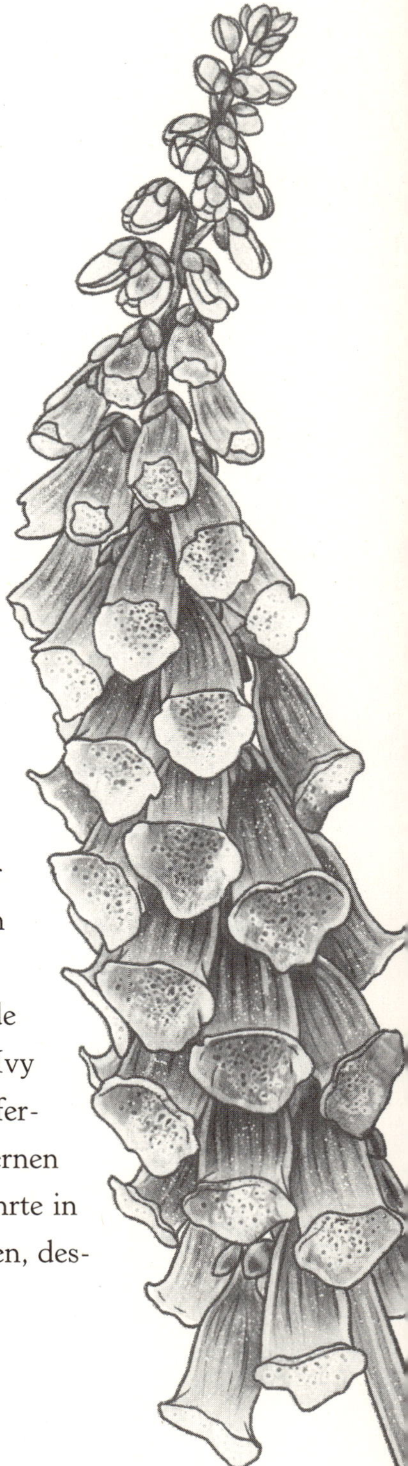

Botanischer Name
Digitalis purpurea
Deutscher Name
Roter Fingerhut
Familie
Wegerichgewächse
(Plantaginaceae)

sen Anblick Ivy den Atem raubte. Ein Pavillon wurde von blühenden Rosen überwuchert, schmale Pfade liefen an Strauchrosen in voller Blüte vorbei und kleine goldfarbene Blumen bedeckten den Boden. Dieser Rosengarten sah aus wie ein Bild aus einem Traum. Unwillkürlich ging Ivy darauf zu, doch Finn hielt sie zurück.

»Sei vorsichtig«, sagte er. »In diesem Rosengarten steckt mehr, als sichtbar ist.«

»Warum wachsen sie überhaupt hier im Poison Garden?«, fragte Ivy erstaunt. »Rosen sind doch nicht gefährlich. Oder?«

»Du kennst sicher das Märchen von Dornröschen. Hast du dich nie gefragt, wie es sein kann, dass mit einer Ausnahme alle Prinzen in der Rosenhecke umkommen?«

Das hatte Ivy sich tatsächlich noch nie gefragt – bis jetzt. Gewaltsam riss sie sich von der überwältigenden Schönheit des Rosengartens los und setzte ihre Suche fort. Sie war einige Schritte weitergegangen, als ein Funkeln sie blendete.

Ivy hob den Blick und bemerkte einzelne Lichtreflexe auf einer Wiese voller Mohnblumen. Ein Pfad führte zwischen ihnen hindurch, geradewegs auf eine dichte Lorbeerhecke zu. Ivy drehte sich zu Finn um, der die Zweige einer Eibe untersuchte.

»Hier ist etwas«, sagte sie und deutete auf das Mohnfeld. »Da vorn zwischen den Blumen.«

»Sieh ruhig nach«, gab er zurück. »In dieser Form ist der Mohn kaum gefährlich.«

Ivy unterdrückte den Impuls nachzufragen, was *kaum* bedeu-

tete. Sie betrat den Pfad, und schon nach wenigen Schritten verlor sich ihre Anspannung. Sie hatte Mohnblumen immer gemocht, aber diese hier waren größer als gewöhnlich. Ivy erinnerte sich daran, wie sie einmal mit ihrer Mutter in einem Mohnfeld ein Picknick veranstaltet hatte, und sie musste lächeln, als der Geruch von damals in ihre Nase stieg. Seit Jahren hatte sie nicht mehr daran gedacht. Es fühlte sich so vertraut an, zwischen den Blumen herumzulaufen … fast wie nach Hause kommen.

Bald hatte sie die Lorbeerhecke erreicht. Das Funkeln zwischen den Blüten jedoch war nicht näher gekommen. Es blitzte mal hier, mal dort inmitten der Blumen auf, und als Ivy über die Schulter zurückschaute, konnte sie den Anfang des Pfads nicht mehr erkennen. Sie zog die Brauen zusammen. War der Weg tatsächlich so lang gewesen? Auch Finn war nicht mehr zu sehen. Auf einmal fühlte Ivy sich inmitten all der Schönheit allein und verlassen. Und gleichzeitig kam es ihr so vor, als würde sie von jemandem beobachtet. Sie ließ den Blick über die Hecke schweifen – und erstarrte. Da vorn zwischen den Lorbeerzweigen war ein Gesicht.

Im ersten Moment ähnelte es einem verwitterten Felsen. Aber dann öffneten sich zwei große dunkelgrüne Augen. Das Wesen trat aus der Hecke und richtete sich zu voller Größe auf. Gebogene Hörner ragten aus seinem Schädel, seine Haut wirkte wie die Rinde eines alten Baumes, seine Beine mündeten in Bocksfüßen. Ivy hielt den Atem an. Es war ein Faun.

Eine kalte Feindseligkeit lag in seinem Blick, und Ivy hatte das Gefühl, in seine Augen hineinzustürzen wie in einen tiefen See, aus dem es kein Entkommen gab. Doch gleichzeitig konnte sie sich nicht von ihm abwenden. Es war, als würde er Licht und Finsternis in sich vereinen, ohne dass das eine das andere auslöschte. Und sosehr es Ivy auch irritierte, spürte sie doch deutlich: Sie hatte noch nie ein Wesen gesehen, das zugleich so schrecklich und wunderschön war wie er.

Er schien zu erwarten, dass sie Angst vor ihm hatte und schreiend davonlief. Aber sie stand nur da und sah ihn an, und alles, was sie fühlte, war, dass sie nicht wollte, dass er verschwand. Er sollte bleiben, in ihrer Wirklichkeit, wie sie es sich so lange gewünscht hatte. Unmerklich neigte er den Kopf, und etwas wie ein Lächeln huschte durch seinen Blick.

Wirklichkeit, raunte eine Stimme, die wie der Wind war, durch ihre Gedanken. *Was für eine Illusion.*

Ivy wusste nicht, ob das Lächeln auf seinen Lippen spöttisch oder herablassend war, doch sie erwiderte es unwillkürlich.

Dann glitt sein Blick an ihr vorbei. Sein Lächeln verschwand. Und ehe sie noch etwas hätte tun können, huschte er lautlos durch die Hecke davon. Im nächsten Moment trat Finn neben sie.

»Was ist los?«, fragte er. »Du siehst aus, als hättest du einen Geist gesehen.«

Ivy schüttelte den Kopf, immer noch an die Stelle blickend, an der der Faun verschwunden war. »Nein«, sagte sie leise. »Nur einen Faun.« Sie drehte sich zu Finn um. Auf einmal schien der Pfad wieder geschrumpft zu sein. Sie konnte sogar die Eibe erkennen, vor der Finn gerade noch gestanden hatte. »Seltsam«, murmelte sie. »Eben kam mir der Pfad viel länger vor. Ich konnte dich gar nicht mehr sehen.«

Finns Gesicht verfinsterte sich. »Du scheinst wirklich Aufsehen zu erregen, wenn sogar der Geist des Gartens kommt, um dich zu begrüßen.«

»Was soll das heißen?«

»Das war nicht irgendein Faun«, erwiderte Finn. »Das war Belial. Jedenfalls habe ich ihn so genannt, weil er immer wie ein Dämon irgendwo auftaucht und finster aus der Wäsche guckt. Manchmal erlaubt er sich auch Späße mit uns und verdreht die Wirklichkeit vor unseren Augen, bis wir nicht mehr sicher sein können, ob wir gerade träumen oder wach sind.«

Ivy schauderte, als sie daran dachte, wie der Pfad ihr auf einmal endlos lang erschienen war. »Ist er … böse?«, fragte sie unsicher.

Finn lächelte unmerklich. »Wenn man es genau nimmt, gibt es kein Gut oder Böse im Poison Garden. Vermutlich passt der Faun gerade deshalb so gut hierher. Seinen wahren Namen kennt niemand, nicht einmal dein Großvater. Aber er hat Belial immer mit Respekt behandelt, und das ist wohl auch besser so. Denn der Faun verfügt über große Macht, viele Geschöpfe des Poison Garden gehorchen ihm aufs Wort. Und er mag keine Menschen. Was bedeutet, dass er für uns sehr gefährlich werden kann.«

Ivy holte tief Luft. »Dann passt er ja gut hierher.« Sie schaute noch einmal zu der Stelle hinüber, an der der Faun verschwunden war, und stieß einen Laut des Erstaunens aus. »Sieh mal!«

Sie deutete auf die funkelnde Spiegelscherbe, die vor der Hecke lag. Sie war gerade einmal so groß wie Ivys kleiner Finger und mehrfach gebrochen, doch ihre Splitter hielten wie durch Zauberhand zusammen und zeigten purpurroten Nebel.

Finns Gesicht hellte sich auf. »Ich wusste doch, dass auf Richard Carlton Verlass ist!«

»Ist das ein Zauber?«, fragte Ivy und sah zu, wie Finn die Scherbe vorsichtig aufhob. Sofort sprangen unzählige Lichter über die Wiese.

»Ein Teil davon«, gab er zurück. »Oder, besser gesagt, ein Teil des Teleportzaubers, den dein Großvater verändert hat.«

Ivy seufzte. »Ich hätte vielleicht öfter Harry Potter lesen sollen, aber ich verstehe leider kein Wort.«

Finn grinste. »Ich habe dir doch von Giften und Gegengiften erzählt. Beinahe jeder Zauber lässt sich in sein Gegenteil verkehren oder mindestens verändern. Dein Großvater hat den Zauber der Magier gestört, um woanders anzukommen, als seine Angreifer es beabsichtigt hatten. Sie dürften nicht weit gekommen sein.«

Ivy betrachtete den aufwallenden Nebel in der Scherbe. »Und wo sind sie gelandet?«

»Das werden wir gleich herausfinden.« Finn griff in seine Jacke und holte ein in schwarzen Samt gewickeltes Päckchen heraus, etwa so groß wie eine Streichholzschachtel. Rasch entfernte er den Stoff um eine weitere Spiegelscherbe. Gleißendes Licht brach aus ihr hervor. Finn ließ es auf die andere Scherbe fallen – und binnen weniger Augenblicke verzog sich der Nebel. Die Scherbe zeigte zwei Blumen mit purpurfarbenen Blüten, die einen schweren, süßlichen Duft verströmten.

»Herbstanemone und Fingerhut«, sagte Finn. »Sie wachsen nur an einem Ort im Poison Garden zusammen: in der Ruine des Nebels. Das ist ein altes Gemäuer, um das sich viele Legenden ranken. Manche erzählen davon, dass kein lebendiges Wesen die Ruine gefahrlos betreten darf, andere berichten von verschwundenen Menschen, die in den Nebel gerieten und nie wiederkehrten.«

Ivy verzog das Gesicht. »Klingt wirklich einladend.«

»Immerhin haben wir jetzt eine Spur«, erwiderte Finn. »Und die Ruine ist gar nicht weit entfernt.«

Ivys Herz machte einen Satz, als sie daran dachte, dass sie ihrem Großvater womöglich schon näher war als erhofft. Aber dann fiel ihr Blick noch einmal auf die Hecke. »Und die Scherbe ist wirklich echt? Oder hat Belial sie vielleicht … verzaubert?«

Finns Gesicht verfinsterte sich wieder. »Zuzutrauen wäre es ihm. Aber ich hätte seine Magie gespürt, also gehe ich davon aus, dass er dich mit ihrem Funkeln nur anlocken wollte. Wer weiß aus welchem Grund.«

Ivy dachte an die tiefgrünen Augen des Fauns und war hin- und hergerissen zwischen Faszination und Grauen. »Er hat uns die Scherbe überlassen«, meinte sie und schaffte es tatsächlich, ihre Stimme leicht klingen zu lassen. »Das ist doch die Hauptsache.«

Finn erwiderte ihr Lächeln nicht. »Ja«, sagte er leise. »Aber wir müssen vorsichtig sein. Nicht nur in der Ruine des Nebels, sondern bei allem, was wir im Poison Garden tun. Denn ganz gleich, wie er erscheint: Belial ist gefährlich.«

Damit zerbrach die Scherbe in seiner Hand zu glitzerndem Staub, und er ging den Pfad hinab. Ivy folgte ihm fröstelnd.

Zum ersten Mal, seit sie ihm begegnet war, hatte etwas wie Furcht auf Finns Gesicht gelegen.

14

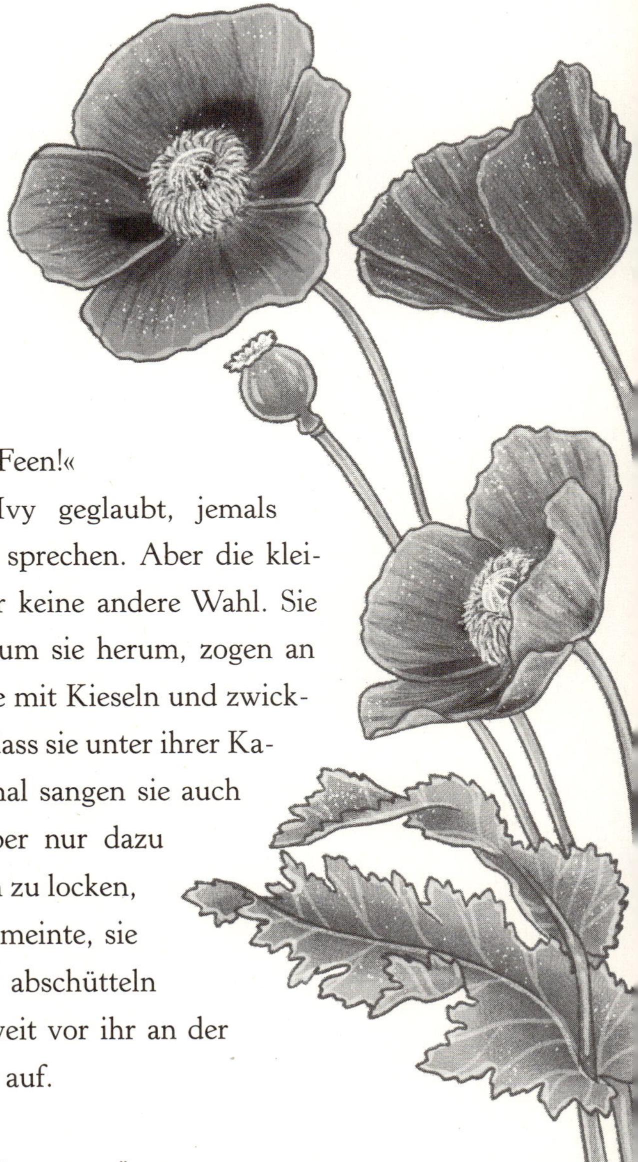

»Diese verfluchten Feen!«

Nie hätte Ivy geglaubt, jemals so über Feen zu sprechen. Aber die kleinen Quälgeister ließen ihr keine andere Wahl. Sie schwirrten moskitogleich um sie herum, zogen an ihren Haaren, bewarfen sie mit Kieseln und zwickten sie in die Nase, kaum dass sie unter ihrer Kapuze vorschaute. Manchmal sangen sie auch ein schönes Lied, das aber nur dazu diente, Ivy von den Wegen zu locken, und jedes Mal, wenn Ivy meinte, sie mit einem kurzen Sprint abschütteln zu können, tauchten sie weit vor ihr an der nächsten Gabelung wieder auf.

»Pass auf!«, rief Finn.

Eine Wacholderfee mit neongrünem Glibber in den Händen schoss mitten auf den Weg, und mit lautem Kichern schleu-

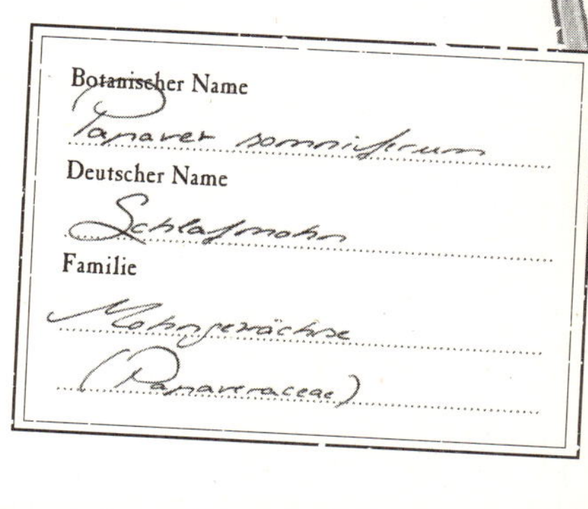

derte sie ihre widerliche Fracht durch die Luft. Ivy duckte sich noch, aber es war zu spät. Eine zweite Fee riss ihr die Kapuze vom Kopf, der Glibber landete in ihren Haaren und verwandelte eine Strähne davon umgehend in lockiges Gestrüpp. Die Feen kugelten sich vor Lachen und machten lautstark Vogelgeräusche nach.

»Sehr lustig«, murmelte Ivy und versuchte, das Gestrüpp zu entwirren. »Es würde mich nicht wundern, wenn jetzt tatsächlich ein Vogel in meinen Haaren nisten wollte!«

Finn schaffte es nicht, sein Grinsen zu unterdrücken. »Man könnte sagen, du passt dich deiner Umgebung an. Oder wirst angepasst, je nachdem.«

Ivy zog sich die Kapuze wieder über den Kopf. »So kommen wir nicht voran«, rief sie, als ein ganzer Schwarm von Feen winzige Kieselsteine auf sie niederprasseln ließ.

»Du bist neu«, erwiderte Finn lachend. »Sie finden dich einfach zu spannend, als dass sie dich dauerhaft in Ruhe lassen könnten. Aber du hast recht. Wir können nicht warten, bis sie das Interesse verlieren.«

Er stieg in ein Beet und zog eine mannshohe Staude mit zartgelben Blüten aus dem Boden. Milchsaft quoll aus der Wurzel, verwandelte sich in Nebel und verbreitete einen stechenden Geruch, der Übelkeit in Ivy aufsteigen ließ.

»Der Gemeine Stinkasant«, sagte Finn. »Oder auch Teufelsdreck genannt. Aus naheliegenden Gründen. Ich wollte es vermeiden, ihn zu benutzen, aber es geht nicht anders. Warte hier. Ich bin gleich zurück!«

Ivy nickte und beobachtete, wie Finn mit dem Stinkstängel vor den Feen herumwedelte. Sie erwartete, dass er sie damit einnebeln und ohnmächtig machen würde. Doch die Feen sahen aus, als hätten sie noch nie etwas so Köstliches gerochen. Sie ließen von Ivy ab und folgten Finn den Weg hinab. Jetzt verschwand er mitsamt den Feen hinter einer Biegung.

Erleichtert zog Ivy sich die Kapuze vom Kopf. Durch die Angriffe der Feen hatte sie eine ganze Weile kaum noch auf ihre Umgebung achten können. Sie befand sich auf einer kleinen Anhöhe. Rings um sie erstreckte sich der Poison Garden in sanft geschwungenen Hügeln. Die Sonne war durch die Wolken gebrochen, letzte Schneereste funkelten wie ein Meer aus Juwelen, und Ivy fiel es schwer, sich daran zu erinnern, dass überall in diesem Frieden Gefahren lauerten. Sie lauschte, aber sie hörte weder Finn noch die Feen. Seltsamerweise überkam sie keine Angst bei dem Gedanken, dass sie ganz allein war. Stattdessen musste sie lächeln. Der Garten sah aus wie aus einem Märchen. Ob gleich der große böse Wolf auftauchen würde? Ivy hatte Wölfe schon immer gemocht.

Sie wollte sich gerade auf einen Findling setzen, als eine kleine Gestalt hinter dem Felsen hervorschaute. Ivy stieß einen Fluch aus, denn auf den ersten Blick sah das Wesen aus wie eine Fee. Aber als es erschrocken zurückwich, erkannte sie, dass sie sich geirrt hatte. Dieses Geschöpf hatte feines Haar, das in züngelnden Flämmchen von seinem Kopf abstand. Sein Körper glühte in blassem Rot, und es trug ein flatterndes Gewand aus gelben Blättern. Flügel besaß es nicht. Als es nun in die Höhe sprang, blieb es einfach in der Luft stehen, so leicht war es.

»Keine Angst«, sagte Ivy beruhigend. »Ich will dir nichts tun!«

Das Wesen schaute sie unsicher an. Es sagte etwas in einer Sprache, die Ivy nicht verstand. Sie klang wie das leise Wispern der Blätter in den Bäumen und ließ Ivy unwillkürlich lächeln.

»Mein Name ist Ivy«, stellte sie sich vor. »Ich spreche deine Sprache leider nicht.«

Doch das Wesen schien sie zu verstehen, denn es strahlte übers ganze Gesicht. Dann bedeutete es Ivy, genau hinzuschauen. Es zog eine Grimasse, schwirrte wild durch die Luft und tat so, als würde es etwas auf Ivy schleudern. Vorsichtig schlug es die Hand gegen Ivys Schulter und gab ein Geräusch von sich wie von klebrigem Schleim. Ivy musste lachen. Das Geschöpf ahmte die Feen nach! Und das machte es verdammt gut.

Jetzt ließ es sich entkräftet auf den Felsen sinken und zeigte auf sich. Anscheinend hatten die Feen auch ihm zugesetzt. Mit dankbarer Miene schwirrte es auf Ivy zu und streckte ihr eine kleine weiße Blume entgegen. Offenbar wollte es sich bei ihr dafür bedanken, dass die Feen nun fort waren.

»Oh, gern geschehen«, sagte Ivy höflich und nahm die Blume. Ein kühler Hauch zog über ihre Finger. »Aber eigentlich haben wir das Finn zu verdanken. Ich hoffe, er führt die Feen weit weg. Und den Teufelsdreck kann er gleich bei ihnen lassen!«

Das Wesen lachte, es klang wie leichter Regen auf Metall. Jetzt deutete es auf einen der Hügel ganz in der Nähe. Es schwirrte ein

Stück den Weg entlang, dann hielt es inne und winkte. Unverkennbar wollte es, dass Ivy ihm folgte. Sie warf einen Blick über die Schulter. Finn war noch nicht zurück, allerdings würde er sie problemlos sehen, sobald er wieder da war. Kurzerhand steckte sie sich die Blume ins Knopfloch ihres Mantels und ging dem Wesen nach.

Ivy fühlte sich so leicht wie lange nicht mehr. Fast schien es ihr, als könnte auch sie sich in die Luft erheben. Es war so angenehm, nicht von winzigen Feen gepiesackt zu werden! Ivy schloss die Augen, das Lachen der kleinen Kreatur kitzelte ihre Nase und die Sonne fiel warm auf ihre Haut. Umso stärker war der kühle Windstoß, der auf einmal ihre Wangen traf. Ivy öffnete die Augen, und im selben Moment erklang direkt vor ihr ein lautes Bellen.

Instinktiv wich Ivy zurück. Sie befand sich auf einem Steg, nur wenige Schritte von ihr entfernt lag ein tiefschwarzer See. Und darin starrten geisterhafte Gesichter zu ihr herauf. Vor ihnen jedoch stand ein alter Bekannter: der Fuchs mit den goldenen Augen! Außer sich bellte er das kleine Wesen an, das Ivy hierhergeführt hatte.

Doch es war nicht mehr so süß wie gerade eben noch. Mit jedem Bellen des Fuchses verwandelte es sich stärker in seine wahre Gestalt: Seine Haare wurden zu lodernden Flammen, sein Gesicht verzerrte sich koboldhaft, seine Haut überzog sich mit Funken, die auch sein Gewand bildeten, und nicht nur seine Nägel waren scharf, sondern auch seine Zähne. Noch einmal bellte der Fuchs, und da zerbrach die Blume in Ivys Knopfloch zu Asche. Beißender

Rauch stieg ihr in die Augen, überdeutlich sah sie nun das gehässige Grinsen der kleinen Kreatur, die ihren Körper in rauschendes Feuer hüllte. Ivy jedoch zitterte, so kalt war ihr plötzlich. Sie hatte keine Ahnung, wer oder was dieses Wesen war, aber eines wusste sie: Es hatte sie verzaubert. Noch einmal schaute das Geschöpf sie tückisch an. Dann streckte es dem Fuchs die schwarze Zunge heraus und preschte mit kreischendem Lachen davon.

Der Fuchs bellte ihm hinterher, ehe er seinen Blick auf Ivy richtete.

»Ganz ruhig«, sagte sie und konnte nicht verhindern, dass ihre Zähne vor Kälte aufeinanderschlugen. »Ich will dir nichts tun. Nicht beißen!«

Der Fuchs legte den Kopf schief, und sie hätte schwören können, dass er beleidigt aussah. »Warum sollte ich dich beißen? Für einen kleinen schmackhaften Happen bist du dann doch etwas zu groß.«

Ivy starrte ihn an. »Du … kannst sprechen?«

Er schnaubte, und jetzt gab es keinen Zweifel mehr. Der Fuchs *war* beleidigt. »Was dachtest du denn? Dass ich stattdessen Briefe schreibe?«

Ivy rieb ihre Hände aneinander, um die Kälte daraus zu vertreiben. Wenn sie ehrlich war, dann war es nicht besonders seltsam, einem sprechenden Fuchs gegenüberzustehen. Nicht seltsamer jedenfalls, als eine Bärin oder einen Maikäfer mit Zylinder reden zu hören, fast von einer Riesenpflanze gefressen zu werden oder einem merkwürdigen Feuerwesen durch einen magischen

Garten zu folgen. »Wir sind uns jetzt schon zweimal begegnet«, sagte sie, um das Klappern ihrer Zähne zu übertönen. »Zum ersten Mal gleich bei meiner Ankunft. Und dann im Schnee vor dem schwarzen Tor. Das warst du doch?«

»Wie viele Füchse mit goldenen Augen kennst du?«, fragte der Fuchs zurück. »Glaubst du etwa, wir laufen hier scharenweise herum? Aber mach dir nichts draus. Ihr Menschen seht für mich ehrlich gesagt auch alle gleich aus.« Er keckerte, was wie ein Lachen klang. »Natürlich ist mir deine Ankunft nicht entgangen. Und ja, wir sind uns vor dem Tor begegnet. Ich wollte dich davor bewahren, in Audreys Maul zu landen. Aber du dachtest wohl auch da schon, ich wollte dir die Finger abbeißen.«

»Warum hast du denn nicht mit mir gesprochen?«, fragte Ivy erstaunt. »Dann hätte ich gewusst, dass du mich nicht angreifen wolltest.«

Der Fuchs machte ein abfälliges Geräusch. »Du meinst also, du hättest einen sprechenden Fuchs in der Situation gut verkraftet? Ich glaube eher, du wärest völlig durchgedreht. Oder ohnmächtig geworden. Das hätte mir gerade noch gefehlt, ein ohnmächtiges Menschenmädchen mitten in einem Schneesturm! Das habt ihr Menschen ja so an euch: Wenn es keine Probleme gibt, schafft ihr sie euch selbst. Und statt dich von mir vertreiben zu lassen, purzelst du geradewegs in eine Fresspflanze.«

Ivy biss sich auf die Lippe. »Tröstet es dich, wenn ich dir sage, dass es in Audreys Fängen ziemlich ungemütlich war?«

»Ein wenig«, gab der Fuchs zu. »Aber keine Sorge, ich bin dir nicht böse. Ich bin es gewohnt, dass man mich unterschätzt. Gestatten – Gabriel, gern mit dem Zusatz: der Geniale.«

Ivy musste grinsen. »Freut mich. Ich bin …«

»Ivy Carlton, Enkelin von Richard Carlton, jetzt auf der Suche nach ihm«, beendete Gabriel ihren Satz. »Bin voll informiert. Richard rettete mir vor einer Weile das verdammte Leben, und zwar mit der Kraft dieses verdammten Gartens. Seitdem ist es meine verdammte Pflicht, informiert zu sein. So ist das mit den Verdammnissen, nicht wahr?«

»Du fluchst offenbar genauso gern wie ich«, meinte Ivy.

»Mindestens. Es gibt doch nichts Schöneres als einen passenden Fluch zur richtigen Zeit. Außer vielleicht den Ärger deines Großvaters, wenn er ihn hören muss. Manchmal schleiche ich mich zu ihm ins Haus und haare auf den Sesseln der Bibliothek herum. Wenn ich es richtig anstelle, bekomme ich einen Fluch aus ihm heraus. Dann dreht er richtig durch. Er hasst Flüche wirklich.«

»Oh ja«, sagte Ivy und schlang die Arme um den Körper, ohne dass ihr auch nur einen Hauch wärmer wurde. »Und du weißt, was mit ihm passiert ist?«

»Einigermaßen«, erwiderte Gabriel. »Ich habe aufgeregte Stimmen gehört, bin aber zu spät gekommen, um noch was tun zu können. Ich habe gerade noch gesehen, wie Richard im schwarzen Riss verschwunden ist.«

»Und du hast keine Ahnung, wo er jetzt ist?«

»Nein. Aber wie mir scheint, habt ihr eine Spur gefunden.« Er schaute an Ivy vorbei. Sie drehte sich um und sah Finn auf sie zukommen.

»Hallo, Gabriel«, sagte er und seufzte. »Lange nicht gesehen.«

»Hallo, geplatztes Sofakissen«, erwiderte der Fuchs. »Nicht lange genug.«

Finn seufzte noch einmal. »Gabriel und mich verbindet eine Hassliebe, seit ich ihn versehentlich in eine Titanenwurz befördert habe. Sie bringt die größte Blüte im Pflanzenreich hervor, stinkt aber noch übler als der Teufelsdreck und überträgt ihren fürchterlichen Geruch auf alles, was sie berührt.«

»Versehentlich!«, schnaubte Gabriel. »Von wegen! Du hast das absichtlich gemacht, damit ich mich nicht mehr anschleichen und deine selbst gezüchteten Trauben klauen kann. Sie sind alle vor Ekel in ihre Hüllen zurückgeploppt, wenn ich mit Gestank im Fell aufgetaucht bin!«

Finn lächelte mit Unschuldsmiene. »Ich kann dich beruhigen. Inzwischen riechst du wieder wie ein richtiger Fuchs.«

»Wieso nur klingt das aus deinem Mund wie eine Beleidigung?«, murrte Gabriel.

»Vielleicht, weil *geplatztes Sofakissen* auch eine ist«, gab Finn zurück.

»Das ist die Wahrheit, nichts weiter.« Gabriel warf Ivy einen Blick zu. »Mal ehrlich: Sieht man so etwa auf dem Kopf aus? Nicht, wenn es sich vermeiden lässt, würde ich sagen.«

Finn ignorierte den Einwurf und wandte sich an Ivy. »Ich habe eine vierte Regel vergessen: Nimm im Poison Garden keine Geschenke von Wesen an, die du nicht kennst. Die Blume da war eine Traumwurzel. Sie wird von Schamanen im südlichen Afrika traditionell als traumförderndes Mittel verwendet. Dein Exemplar ist aber wie alles hier im Poison Garden magisch gewesen und wirkte noch einmal stärker. Ein paar Schritte weiter, und die Traumwurzel wäre dein Ende gewesen. In diesem See lebt noch anderes als Algen und Seerosen, das kann ich dir versprechen.«

Ivy warf einen Blick auf die reglose Wasseroberfläche. Die geisterhaften Gesichter waren verschwunden. Jetzt zog Finn einen Beutel aus seiner Tasche und streute feuerrotes Pulver auf seine Hand.

»Tief Luft holen«, sagte er zu Ivy und blies ihr das Pulver ins Gesicht. Sie folgte seinem Rat – und bereute es sofort. Ihr kam es vor, als hätte sie keine Luft, sondern pures Feuer eingeatmet. Sie nieste und hustete, wie sie noch nie geniest und gehustet hatte, bis sie mit Tränen in den Augen endlich etwas Luft bekam. Japsend rang sie nach Atem und stellte zu ihrem Erstaunen fest, dass die Kälte aus ihrem Körper verschwunden war.

»Ein echter Magier«, sagte Gabriel abschätzig, und es klang in keinster Weise beeindruckt. »Du hättest lieber die Angreifer besiegen sollen, die Richard Carlton in diesen verfluchten Riss gezerrt haben, anstatt hier diese magischen Kunststückchen zu vollführen.«

Finn senkte den Kopf. »Ich war nicht da«, sagte er leise. »Und selbst wenn, gegen drei gestandene Magier hätte ich keine Chance gehabt. Nicht in direkter Konfrontation. Du übrigens auch nicht.«

»Besten Dank, Herr Neunmalklug«, sagte Gabriel schnippisch. »So schwach, wie ich aussehe, bin ich allerdings nicht. Und wenn ich nur einem von ihnen ins Bein gebissen hätte, wäre das schon sehr befriedigend gewesen.«

Ivy wischte sich die Tränen vom Gesicht. »Was war das für ein Wesen, das mich hergelockt hat?«

»Ein Irrlicht«, erwiderte Finn. »Zwielichtige kleine Mistkerle, die den Damen vom See nur zu gern lebendige Geschenke machen.«

Mehr sagte er nicht, aber das musste er auch nicht. Ivy schauderte, als sie an die bleichen Gesichter dachte, die sie aus toten Augen angestarrt hatten. »Danke«, sagte sie zu Gabriel. »Dafür, dass dein zweiter Rettungsversuch erfolgreich war.«

»Keine Ursache«, erwiderte Gabriel geschmeichelt. »Es hat mir imponiert, wie du dein Kleid zerrissen hast, als du über die Mauer von Carlton Manor gesprungen bist. Und dein Spruch zu Iphigenie war auch nicht von schlechten Eltern. Sie ist nämlich wirklich ein wenig mopsig geworden, und das geht bei ihr auf die Gelenke. Außerdem siehst du mir ähnlich, wenn du lächelst. Da hatte ich doch gar keine Wahl.« Er kniff ein Auge zusammen, sodass es aussah, als würde er zwinkern. Dann reckte er den Kopf unternehmungslustig in die Höhe. »Also, wo geht's lang?«

»Wir gehen in diese Richtung«, sagte Finn. »Und du in die andere.«

»Ha!« Gabriel keckerte erneut. »Ich komme mit euch. Meine Nase ist überaus nützlich, glaub mir.«

»So nützlich, dass sie auch in der Ruine des Nebels zurechtkommt?« Finn sah ihn spöttisch an. »Das ist nämlich unser Ziel, falls du es genau wissen willst.«

Gabriels linkes Augenlid zuckte, doch nur für einen Moment. »Toll«, gab er zurück. »Da war ich noch nie. Habe nur allerhand Geschichten darüber gehört, über verschwundene Leute und so und unheimlichen Nebel. Aber man soll sich ja immer selbst ein Bild machen, nicht wahr? Also: Ja, meine Nase ist wie gemacht für eine Portion Zaubernebel. Und falls du jetzt überlegst, wie du mich abschütteln kannst: gar nicht.«

»Ich … weiß nicht, was ich sagen soll«, stellte Ivy fest.

»Wie wäre es mit *okay*?«, schlug Gabriel vor. »Ist übrigens sowieso die beste Antwort, wenn ich was will.«

Sie musste lächeln. »Hast du denn keine Angst?«

»Doch«, erwiderte der Fuchs. *»Aber es gibt Dinge, die man tun muss, sonst ist man kein Mensch, sondern nur ein Häuflein Dreck.*

Kennt ihr den Spruch etwa nicht? Steht in einem der Bücher, die Richard mir vorgelesen hat, als ich wie ein jämmerliches Fellknäuel um mein Leben kämpfte. Und er gilt auch für Füchse.« Ein ungewohnter Ernst trat in seinen Blick. »Richard Carlton ist mein Freund«, sagte Gabriel feierlich. »Ich lasse ihn nicht im Stich.«

Das Feuer seiner Augen glomm ruhig, aber Ivy wusste, dass es binnen eines Wimpernschlags auflodern konnte. »Ich glaube, wir könnten dich gut gebrauchen«, sagte sie. »Das war sicher nicht das einzige Irrlicht im Poison Garden. Außerdem wären wir dann nicht mehr in der Unterzahl, wenn wir den Magiern begegnen.«

Finn warf ihr einen Blick zu, dann seufzte er und fixierte Gabriel. »Unter einer Bedingung: Du hältst dich mit Kommentaren zu meiner Frisur zurück!«

Gabriel legte die Ohren an, wodurch er erstaunlich niedlich aussah. »Ich versprech's.«

Finn musterte ihn noch einmal, dann wandte er sich mit einem weiteren Seufzer ab und ging den Steg hinauf zum Ufer. Gabriel lehnte sich zu Ivy hinüber.

»Mal ehrlich«, raunte er. »*Frisur* kann man das Gestrüpp auf seinem Kopf wirklich nicht nennen!« Er maß sie mit seinem Blick. »Du siehst übrigens auch ganz schön verwirrt aus.«

»Feen«, sagte Ivy nur.

Gabriel betrachtete sie mitfühlend. »Solange es *in* deinem Kopf nicht genauso durcheinander aussieht wie obendrauf, ist alles bestens. Ach, und übrigens: Ich mag deine Fellfarbe. Sie ist fast so schön wie meine.«

Ivy fand ihr Lachen in den goldenen Fuchsaugen gespiegelt. Gabriel hatte etwas an sich, das auch den letzten Rest der Kälte in ihr vertrieb, und wieder fühlte sie eine Leichtigkeit im Herzen, die sie fast fliegen ließ. Aber dieses Mal war sie echt.

»Was ist?«, rief Finn vom Ufer aus. »Wollt ihr weiter über Haare reden oder den Magier dieses Gartens retten?«

Ivy und Gabriel wechselten einen Blick. Und mit einem Lächeln, durch das sie einander tatsächlich ähnlich sahen, ließen sie den See hinter sich.

15

Der weiße Tempel sah aus wie ein Gemälde lang vergangener Zeiten. Erhaben thronte er auf einer Anhöhe, umgeben von blauen Hortensien und sich im Wind wiegenden Gräsern. Knöterich, Efeu und Blauregen hatten die mächtigen Säulen erklommen, und während Ivy hinter Gabriel den gewundenen Pfad hinaufstieg, umwehte sie der Duft von Rittersporn und Astern.

»Ist das nicht wunderschön?«, fragte Ivy und ließ den flüsternden Wind des Poison Garden durch ihr Haar wehen. »Den Tempel würde ich gern mal zeichnen. Er ist das perfekte Motiv. Was meinst du?«

Gabriel nieste, als ihm ein paar Pusteblumensamen ins Gesicht wehten. »Herzallerliebst«, schniefte er.

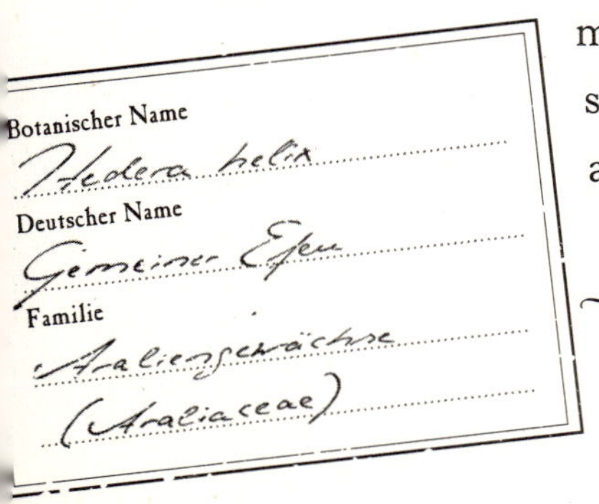

»Besonders die Säulen gefallen mir. Ich würde sagen, sie sind korinthisch. Oder doch ionisch? Ich kann das nie auseinanderhalten.«

Ivy sah ihn mit hochgezogenen Brauen an. »Sag bloß, du kennst dich mit menschlicher Architektur aus!«

»Selbstverständlich«, erwiderte Gabriel. »Was glaubst du, womit ich meine Freizeit verbringe, wenn ich nicht gerade einen alten Zausel suche, der in seinem eigenen Garten verschwunden ist? Ich lese Bücher über die Baukunst der Menschen quer durch die Jahrhunderte.« Er hielt inne. »Oder vielleicht höre ich auch nur deinem Großvater zu, der sich stundenlang darüber ereifern kann, wo welcher Knubbel an irgendwelchen Gebäuden sitzt und was das bedeuten soll.«

Ivy lachte. »Und ich dachte schon, du würdest wirklich wissen, wovon du sprichst. Das wäre etwas unheimlich gewesen.«

»*Unheimlich* ist meine Spezialität. Dafür bin ich sozusagen berühmt. Genauso wie für mein gutes Aussehen und meinen Humor.« Er warf einen Blick zurück. »Letzterer ist auch dringend nötig, wenn ich mir unser Sofakissen so anschaue. Welche Fee ist ihm denn über die Leber gelaufen?«

Tatsächlich hatte sich Finn schon vor einer Weile zurückfallen lassen. Immer wieder blieb er stehen und schaute über die Schulter zurück, als würde er erwarten, jede Sekunde etwas Schreckliches aus dem kleinen Wäldchen hinter ihm brechen zu sehen.

»Wir sind dem Faun begegnet«, sagte Ivy nachdenklich. »Finn nennt ihn Belial und fürchtet ihn.«

»Zu Recht«, meinte Gabriel. »Der Faun hat große Macht, und wie viele Wanderer zwischen den Welten steht er der Finsternis nahe. Aber ich habe noch nicht erlebt, dass er irgendwem ein Leid zugefügt hätte. Jedenfalls nicht grundlos.«

Ivy warf ihm einen Blick zu. »Ich weiß nicht, ob ich wissen will, welche Gründe du kennst, um jemandem etwas anzutun.«

»Sicher willst du das. Und vielleicht erzähle ich dir mal davon. Aber nicht jetzt. Denn da vorn ist der weiße Tempel, jetzt ist es nicht mehr weit bis zur sagenhaften Ruine des Nebels, und die Luft riecht so zauberhaft, dass einem schlecht werden könnte. Unser Sofakissen hat keinen Grund, so ein Gesicht zu machen.«

Als Finn sie erreichte, hatte sich eine steile Falte zwischen seinen Brauen gebildet.

»Was ist los?«, fragte Ivy ihn. »Du hast doch nicht etwa Belial gesehen, oder?«

»Nein«, sagte er. »Aber kennt ihr das Gefühl, beobachtet zu werden?«

Gabriel seufzte. »Oh ja. Ich werde ständig beobachtet. Aber das ist eben so, wenn man so gut aussieht wie ich.«

»Ehrlich gesagt habe ich dieses Gefühl, seit ich den Poison Garden betreten habe«, entgegnete Ivy. »Ich glaube, die Pflanzen nehmen viel mehr wahr, als ich je für möglich gehalten hätte.«

Finn ließ den Blick über die Hügel schweifen. »Normalerweise habe ich mich im Poison Garden immer sicher gefühlt. Aber jetzt … ich weiß nicht. Irgendetwas stimmt nicht.«

»Du hast gesagt, mein Großvater wäre mit den Pflanzen verbunden«, sagte Ivy. »Wenn das wahr ist, dann spüren sie, dass er in Gefahr ist. Vielleicht ist es das, was du fühlst.«

»Möglich«, erwiderte Finn. »Aber …«

Ein Knacken ließ ihn herumfahren. Auch Ivy zuckte zusammen, doch es war nur Gabriel, der auf den Stufen zum Tempel demonstrativ auf einen Zweig getreten war.

»Na?« Der Fuchs schaute keck zu ihnen herab. »Seid ihr wieder aufgetaucht aus eurer Gefühlsduselei? Ich weiß schon, warum ich niemals absichtlich menschliche Gespräche belauschen würde: Ihr Menschen redet doch nur Unsinn. Jetzt guckt mich nicht so erschrocken an! Ich werde mich schon nicht in ein Ungeheuer verwandeln und euch fressen. Es sei denn, ihr gebt mir nichts von den Keksen in eurem Rucksack ab. Dann könnte das böse enden.«

Ivy musste lachen. »Das wollen wir lieber nicht riskieren. Aber ich weiß nicht, ob wir eine Pause machen sollten.«

»Doch«, sagte Finn. »Du bist seit Stunden auf den Beinen und hast weder etwas gegessen noch getrunken. Du hilfst deinem Großvater nicht, wenn du vor Schwäche umkippst.«

»Na also«, meinte Gabriel. »Und wir brauchen ja auch nicht lange hierzubleiben. Ich bin ein Meister im Kekseverputzen. Eine ganze Schachtel im Handumdrehen. Soll ich es euch zeigen?«

»Lass gut sein«, seufzte Finn. »Gehen wir rein. Aber haltet die Augen offen nach … allem, was ungewöhnlich ist.«

War der Tempel von außen schon beeindruckend gewesen, verschlug es Ivy im Inneren schlicht den Atem. Das einfallende

Licht ließ grüngoldene Mosaike verschiedener Pflanzen in Boden und Decke erglühen. Sie schienen sich zu bewegen, so lebendig spielte das Licht mit den Farben. Vereinzelt standen kunstvoll gestaltete steinerne Ottomanen herum, auch sie halb bewachsen, und als der Wind in den Blättern des Efeus an den Säulen wisperte, glaubte Ivy, noch nie einen Ort gesehen zu haben, der so verwunschen war wie dieser.

Sie setzte sich neben Finn und Gabriel auf eine der Bänke, und während sie aßen und tranken, ließ sie den Blick durch den Raum schweifen. Es war, als wäre sie in eine lang vergangene Zeit zurückgefallen – eine Zeit, in der es keine Grenzen zwischen den Welten oder den Völkern gab. Fast meinte Ivy, elfenartige Wesen vor sich zu sehen, die auf den Bänken lagen, sich gegen die Säulen lehnten und in der Weite des Tempels miteinander lachten. Erst nach einem Moment, als Gabriel sich über die nächste Kekspackung hermachte, begriff sie, dass die Stimmen, die sie hörte, nicht nur in ihrer Vorstellung existierten.

Die geisterhaften Gestalten schienen aus dem Raum zwischen Licht und Dunkelheit hervorzutauchen, den die Pflanzen bildeten. Sie waren zu fünft, drei Frauen und zwei Männer, gekleidet in wehende Gewänder, die Körper durchscheinend wie Nebel und gleichzeitig von einem flirrenden inneren Leuchten erfüllt. Mit rätselhaftem Lächeln kamen sie auf die Neuankömmlinge zu.

»Finn«, brachte Ivy hervor. »Sieh nur!«

Doch Finn hatte die Gestalten längst bemerkt, ebenso wie Gabriel, und zu Ivys Überraschung blieben beide vollkommen ruhig sitzen. Die seltsamen Wesen jedoch ließen sich bei ihnen nieder, so nah, dass Ivy das flackernde Sonnenlicht in ihren bernsteinfarbenen Augen sehen konnte, und ihre bisher wispernden Stimmen erhoben sich zu einem sanften Gesang.

Ivy war sich sicher, noch nie zuvor etwas Ähnliches gehört zu haben. Die Stimmen der Wesen klangen menschlich und zugleich wie das Donnern eines Gewitters in der Ferne. Sie bildeten Worte in einer Sprache, die Ivy nicht verstand, und doch lösten jeder Ton, jede Silbe ein Gefühl in ihr aus, das sie auf den Gesichtern der Fremden gespiegelt fand. Und jedes Mal, wenn der Gesang anschwoll, war es, als wäre es der Wind, der da sang – unendlich schön und traurig zugleich.

»Wer sind sie?«, flüsterte Ivy so leise, dass sie sich selbst kaum verstand.

Finn neigte sich zu ihr herüber. »Es sind Sylphen«, erwiderte er nicht lauter. »Geschöpfe der Luft und des Lichts. Ihre Stimmen können heilen, so heißt es, und ein Atemhauch von ihnen genügt, um geschwächte Pflanzen wieder wachsen und blühen zu lassen. Seit Urzeiten leben sie in diesem Tempel, der womöglich sogar für sie errichtet wurde.«

Ivy sah ihn erstaunt an. »Tatsächlich?«

Finn lächelte. »Früher saß dein Großvater oft dort drüben auf den Stufen und hörte den Sylphen zu. Und jedes Mal kam er mit einem Lächeln aus dem Garten zurück. Jedenfalls war es so, wenn man Elaine glauben will.«

Ivy sah ihren Großvater vor sich, wie er dort saß, hingegeben an die Gesänge jenseits aller Zeit. »Früher«, wiederholte sie. »Kommt er denn jetzt nicht mehr hierher?«

Die Stimmen der Sylphen schienen dunkler zu werden wie der Himmel, der nun Wolken vor die Sonne schob. »Hier wohnt das Leben«, erwiderte Finn. »Und für eine lange Zeit hatte Richard Carlton damit abgeschlossen. Bis du gekommen bist, um genau zu sein.«

»Ich habe doch gar nichts gemacht«, sagte Ivy ungläubig.

Finn sah sie ernst an. »Du hast ihn erinnert. An das Leben.«

Ehe sie etwas erwidern konnte, fing eine der Sylphen Ivys Blick auf. Sie beugte sich vor, sacht strich der Saum ihres Ärmels über Ivys Wange. Es fühlte sich an wie ein Kuss aus Luft und Sonnenstrahlen, wie das Blitzen in den Augen ihres Großvaters, als er ihr Bücherchaos in der Bibliothek gesehen hatte, wie sein letztes Lächeln dort an der Tür und ihr eigener pochender Herzschlag. Für einen Moment kam Ivy sich selbst wie eine Pflanze vor, die nichts weiter brauchte als dies: Sonne und Wind und Regen … und diese tiefe Verbindung zu allem um sie herum.

Der Gesang erstarb so plötzlich, dass Ivy zusammenfuhr. Sie sah noch, wie das Lächeln von den Gesichtern der Sylphen verschwand und sie sich umschauten, furchtsam wie aufgeschreckte Tiere. Noch einmal wirbelten ihre Gewänder durch den Raum. Dann waren sie fort.

»So laut schmatze ich nun auch wieder nicht«, murmelte Gabriel. »Was …«

Er beendete seinen Satz nicht. Stattdessen wurde sein Blick

durchdringend. Er stellte sich auf die Hinterbeine, spitzte die Ohren und reckte die Nase in die Luft. Gleichzeitig richtete Finn sich auf.

»Was ist denn los?«, fragte Ivy.

Da fuhr Finn zu ihr herum. Sie erschrak bei seinem Anblick. Er sah aus wie ein gejagtes Tier.

»Wir müssen verschwinden«, raunte er und packte Ivy am Arm. »Schnell!«

16

Fieberhaft packten sie zusammen. Ivys Puls raste. Sie hatte keine Ahnung, was vor sich ging, aber Gabriel tänzelte nervös auf und ab, und obwohl Finn äußerlich ruhig wirkte, kündete sein unverwandter Blick zum Eingang nur von einem: Gefahr.

So schnell sie konnten, rannten sie durch den Tempel. Sie waren gerade in der Mitte des Raumes angekommen, als ein Windstoß über sie hinwegfegte. Schneidend kalt strich er über den Boden und ließ die Pflanzen des Mosaiks zu ihren Füßen aufglühen. Ivy traute ihren Augen kaum, doch da wuchsen die Sträucher und Ranken als lebendige Wesen in die Höhe, verdichteten sich zu undurchdringlichem Gestrüpp und

Botanischer Name
Mandragora officinarum
Deutscher Name
Gemeine Alraune
Familie
Nachtschattengewächse

versperrten ihnen den Weg. Gleichzeitig hallten Schritte durch den Tempel, und da kamen sie herein: Eleonora Conti, Fernando Alves Marquez und Dúnin Ho' Fafnor – die drei Magier, die ihren Großvater entführt hatten.

Ivy wich zurück, bis sie gegen einen dornenbesetzten Strauch stieß. Die Magier hielten inne. Sie hatten ihre Kapuzen abgenommen, aber das nahm ihrem Anblick nicht den Schrecken. Ihre Gesichter waren reglos und wie aus Eis geschlagen. Dúnin Ho' Fafnor hatte die Hand auf sein Schwert gelegt, Fernando Alves Marquez drehte zwei magische Kugeln in seiner Hand: einen schwarzen und einen weißen Ambyx, die ein unheilvolles Licht verströmten. Eleonora Conti stand einfach da, doch gerade in ihrer scheinbaren Waffenlosigkeit lag eine Kraft, die Ivy den Atem anhalten ließ.

»Was wollen die?«, flüsterte sie. »Wo ist mein Großvater?«

Gabriel witterte. »Weiß ich nicht. Aber eins ist klar: Sie sind nicht gekommen, um mit uns Kekse zu essen.«

»Wir stören ihre Pläne«, raunte Finn. »Und sie werden alles tun, um uns daran zu hindern.«

Jetzt setzten die Magier sich in Bewegung. Eleonora sagte etwas, doch ihre Worte gingen im Tosen des Sturms unter, den Finn nun in seiner Faust entfachte. Ivy bemerkte noch die Samenkapseln, die er zwischen den Fingern zerdrückt hatte. Dann jagte der Sturmwind auf die Magier zu und schlug ihnen mit solcher Wucht entgegen, dass ihre Mäntel flatterten und sie abwehrend die Hände hoben. Aber sie blieben nicht stehen. Schritt für Schritt kamen sie näher.

Ivy packte der Impuls, einfach wegzurennen, notfalls mitten durch das verdammte Gestrüpp hindurch. Doch Gabriel stand neben ihr wie eine haarige Statue, und Finn schüttelte den Kopf.

»Zu Fuß haben wir keine Chance«, flüsterte er. Damit zog er drei kupferfarbene Nüsse aus seiner Jacke und brach sie auf. Safrangelber Rauch quoll hervor und hüllte sie ein. Gleich darauf verlor Ivy den Boden unter den Füßen. Sie schwebte!

Erschrocken hielt sie sich an Finn fest und umklammerte Gabriel, der mit einem Knurren auf ihren Arm gesprungen war. Wie von unsichtbaren Händen gezogen, sausten sie in die Höhe und jagten im nächsten Moment über das Gestrüpp hinweg. Rauchschleier fegten an Ivy vorüber, so schnell waren sie. Sie riskierte einen Blick zurück – und sah, wie Fernando den weißen Ambyx nach ihnen warf.

Ivy stieß einen Schrei aus, doch es war zu spät. Finn zog sie an sich, kaum dass der Ambyx grell aufleuchtete. In seinem strahlenden Licht löste der gelbe Rauch sich auf, und sie stürzten ab.

Sie landeten auf einem Strauch mit fleischigen Blättern, der ihren Sturz zwar abfederte, sie aber umgehend in beißenden Qualm hüllte. Hustend und keuchend kletterten sie aus dem Gewächs. Um sie herum erhoben sich weitere Pflanzen. Und kaum dass der Qualm sich lichtete, sah Ivy, dass die drei Magier erschreckend nah herangekommen waren.

Finn griff in seine Tasche und schleuderte die Splitter zerdrückter Samen hoch in die Luft. Sofort brauste sein Sturm noch heftiger und zwang die Magier stehen zu bleiben. Gleichzeitig öffnete Finn die Faust, und heraus stob ein blauer Schmetterling. Eleonora stieß noch die Hand vor, als wollte sie ihn packen. Doch der Schmetterling entkam ihrem unsichtbaren Griff, flatterte geradewegs durch Finns Sturm und zerbrach direkt vor den Magiern zu blauem Rauch. Ungeachtet des Sturms hüllte er die drei ein.

Ivy fuhr herum. Sie rannte hinter Finn und Gabriel auf eine Lücke zwischen zwei Büschen zu. Undeutlich hörte sie Eleonora husten – und im nächsten Moment erklang eine Melodie. Sie durchdrang den Sturm wie ein Wispern und doch so betörend, dass Ivy nicht anders konnte, als sich umzudrehen.

Der blaue Rauch wurde blasser und verschwand. Eleonora und Dúnin stemmten sich weiter gegen den Sturm. Und zwischen ihnen stand Fernando und spielte auf seiner Geige, während seine magischen Kugeln um ihn kreisten. Er hatte die Augen geschlossen, hingegeben führte er den Bogen über die Saiten. Es war ein Instrument aus funkelndem Glas, und die Töne strömten durch Ivy hindurch wie warmer Wind, der sie gegen ihren Willen vorwärts zog, Schritt für Schritt auf die Magier zu. Sie ballte die Hände zu Fäusten, aber sie konnte sich nicht von Fernandos Spiel abwenden. Ihr schien es, als beobachtete sie einen Zauberer, der seine ganze Kunst vor ihr entfaltete und ihren Willen in seinem Meer aus Tönen erstickte.

Im nächsten Moment umfing sie der Klang einer Panflöte wie eine Umarmung. Samten strichen die Töne über Ivys Haut und weckten eine unbestimmte Sehnsucht in ihr, die sie innehalten ließ. Aus dem Augenwinkel sah sie, dass es Finn war, der spielte. Seine Musik drängte die Töne der Geige wie in einem unsichtbaren Kampf zurück, und Ivy schaffte es, sich von Fernando loszureißen. Im selben Moment hörte Finn auf zu spielen, ergriff ihre Hand und zog sie zurück. Noch immer hörte sie seine Melodie in ihren Gedanken und spürte, wie Fernandos Töne vergebens dagegen anrannten. Es war, als hätte Finn einen Schutzmantel über sie gelegt. Jetzt ließ er Ivy los und hob seinen Ambyx. Mit der freien Hand streute er rötliches Pulver darüber, das nach Schlafmohn roch. Silberfunken glommen in der Kugel auf.

»Erinnerungen«, raunte er. »Manchmal schön, manchmal schmerzhaft … und manchmal überaus nützlich, wenn es darum geht, jemanden schachmatt zu setzen.«

Ivy sah noch das Lächeln, das über sein Gesicht glitt. Dann schleuderte er den Ambyx auf Fernando. Dúnin hob beide Arme, um ihn abzufangen, doch die Kugel wich ihm aus, und mit knisterndem Geräusch hüllte sie Fernando in grelles Licht.

Undeutlich erkannte Ivy Hologramme, die um den Magier auftauchten. Es waren Bilder von überwucherten Mauern und einem sturmgepeitschten Meer. Das Spiel der Geige brach ab, die schwarze und die weiße Kugel verharrten reglos in der Luft. Ivy begriff, dass es Fernandos Erinnerungen waren, die ihn festhielten. Dúnin und Eleonora eilten zu ihm. Gabriel bellte triumphierend, aber Finn streckte die Hand nach seinem Ambyx aus, fing ihn auf und zog Ivy mit sich.

»Du musst fliehen«, sagte er eindringlich und drückte die

Zweige des Strauchs auseinander, der gerade in der Lücke zwischen den beiden Büschen gewachsen war. Rauch stieg von seinen Fingern auf, doch er zeigte keinen Schmerz. »Ich werde sie aufhalten und dir Zeit verschaffen!«

»Aber du kannst nicht ganz allein …«, fing sie an, doch Finn ließ sie nicht ausreden.

»Ich kann mehr, als du denkst. Außerdem ist Gabriel bei mir. Geh jetzt! Lauf bis zur schwarzen Eiche und versteck dich in der Höhle zwischen den Wurzeln. Wir kommen so bald wie möglich nach!«

»Wir haben uns zusammen auf den Weg gemacht! Ich lasse euch nicht allein!«

Finn sah sie an, als könnte er nicht glauben, dass ein derart dickköpfiges Wesen wie sie überhaupt existierte. Doch ehe er etwas erwidern konnte, fegte erneut eisiger Wind über sie hinweg. Im nächsten Moment schlang sich etwas um Ivys Hüfte. Es war die Ranke eines Pfefferstrauchs mit rotglühenden Körnern, die aussahen wie Beeren. Mit einem Ruck wurde sie von Finn fortgerissen und landete an einer Säule. Eleonoras Stimme hallte durch die Luft, sofort schlossen sich weitere Ranken um Ivys Leib.

Sie hielten sie fest wie Arme aus Stahl. Die Pfefferkörner verbreiteten glühende Hitze, und Ivy keuchte, als sie erkannte, dass tatsächlich Feuer darin lag. Nur ihr Mantel schützte sie vor Verbrennungen. Aus dem Augenwinkel sah sie, wie Finn und Gabriel auf sie zuliefen. Schwer atmend schaute sie zu den Magiern hinüber. Fernando hatte sich von den Erinnerungen befreit, Eleonora ballte die Faust. Ein Prasseln erfüllte die Luft, und etliche Pfefferkörner schossen unter ihrem Befehl auf Finn und Gabriel zu.

In letzter Sekunde wichen sie ihnen aus, doch da schleuderte Fernando seinen schwarzen Ambyx auf sie. Gabriel sprang zurück, aber Finn wurde von dem erstrahlenden Licht erfasst. Es warf ihn der Länge nach zu Boden. Finns Samen zerbrachen zu Asche, sein Sturm wurde fühlbar schwächer. Ein blutiger Kratzer ging über seine Wange. Eleonora hob die Hände, eisige Windböen hielten Gabriel und Finn fest. Jetzt zog Dúnin Ho' Fafnor sein Schwert und ging auf Finn zu. Ivy schrie auf. Sie musste Finn helfen!

Mit aller Kraft schaffte sie es, ihre rechte Hand zu befreien. Sie schlug auf die Ranken ein, die sie umklammerten. Funken sprühten auf. Eleonora taumelte, als hätte Ivy sie getroffen, aber Ivy achtete nicht darauf. Stattdessen spürte sie, wie die Pfefferkörner mit jedem Hieb stärker aufloderten.

Dúnin Ho' Fafnor hatte Finn fast erreicht, doch da zog dieser eine Flasche mit grauem Sand aus der Tasche und schleuderte sie dem Magier vor die Füße. Sofort verwandelte sich der Boden in Treibsand. Dúnin geriet mit dem linken Fuß hinein, schwarze Ranken tauchten aus dem Sand und zerrten an seinem Bein. Schnell packte Fernando Dúnins Arm und zog den Magier mühsam auf festen Boden zurück.

Gleichzeitig lockerten sich die Ranken unter Ivys Schlägen. Gabriel kämpfte sich zu ihr herüber und biss nach dem Strauch.

Mit aller Kraft drückte sie die Ranken auseinander. Feuer leckte über ihre Finger, aber sie spürte es kaum. Stattdessen flammte silbriges Licht auf ihrer Hand auf – das Licht des Alraunengesangs, mit dessen Kraft Finn sie in der Vorratskammer geheilt hatte! Es wurde strahlend hell und überzog den Pfefferstrauch binnen eines Atemzugs mit Eis. Keuchend stemmte Ivy sich gegen die Ranken – und war frei.

Sie fiel auf die Knie. Hinter ihr glühten die Pfefferkörner unter ihrer Eisschicht auf. Schon knackten die gefrorenen Ranken. Ivy duckte sich und zog Gabriel an sich, doch Finn hatte sich aufgerappelt. Dúnin Ho' Fafnor hatte ihn fast erreicht.

»Finn!«, schrie Ivy. »Mission Flunder!«

Er ließ sich zu Boden fallen, und das keine Sekunde zu früh. Mit ohrenbetäubendem Krachen sprengte der Pfefferstrauch den eisigen Panzer und schickte seine Körner in zischenden Glutbahnen durch den Tempel. Funkensprühend schlugen sie in den Boden ein, fegten über Gabriel hinweg, trafen die Magier und schleuderten sie unter donnernden Explosionen gegen die Säulen. Der eisige Wind erstarb.

Finn rannte auf Ivy und Gabriel zu. Seine Finger zitterten, als er die Nüsse zerdrückte und safrangelber Rauch um sie herum aufstieg. Gleichzeitig wallte sein Sturm auf, und sie erhoben sich in die Luft.

Ivy zog Gabriel an sich und sah durch den Qualm, wie die Magier auf sie zustürmten. Ihre Bewegungen waren schwerfällig wie unter Wasser, und ihre Gesichter wirkten nicht wütend, wie

Ivy erwartet hatte, sondern … sorgenvoll? Sie sah noch, wie Eleonora den Mund bewegte, und obwohl sie sie nicht hören konnte, wusste Ivy, was sie sagte.

Ivy.

Dann hüllte der Rauch sie ganz ein, und sie jagten in rasender Geschwindigkeit davon.

17

Festhalten!«

Finns Stimme ging fast im Pfeifen des Windes unter, so schnell flogen sie dahin. Dann zerriss der Rauch, und Ivy stieß einen leisen Schrei aus. Die Erde raste auf sie zu, und im nächsten Moment kugelte sie mit Gabriel in den Armen quer über harten Grund. Mehrfach prellte sie sich die Knochen und blieb endlich unter einem Wacholderstrauch liegen.

»Alles in Ordnung?« Finn rappelte sich neben ihr auf. Er war kreidebleich.

»Klar«, bellte Gabriel mit gesträubtem Fell. »Alles bestens! Wer legt denn nicht gern eine Bruchlandung hin und schlägt sich den Schädel an den härtesten Steinen überhaupt auf? So sieht meine Vorstellung von Wellness aus!«

Ivy setzte sich auf. Sie hatte ein paar

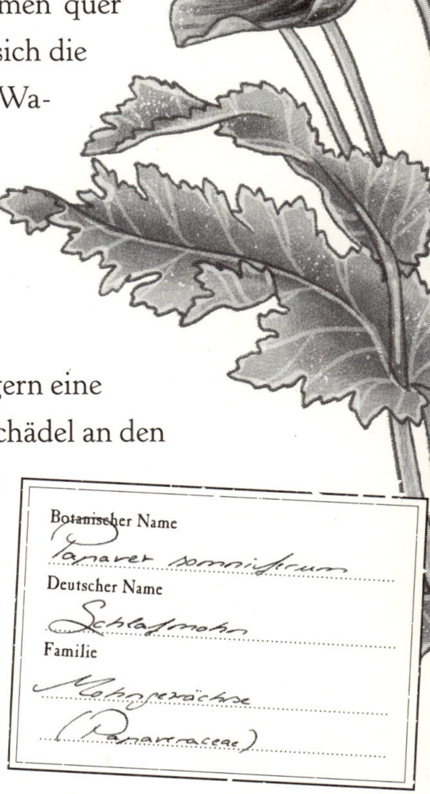

blaue Flecke davongetragen, aber ansonsten war ihr nichts geschehen. »Alles okay«, sagte sie und starrte auf ihre Hand, auf der gerade das letzte Alraunenlicht verglühte. »Habt ihr gesehen, was passiert ist? Ich habe den Pfefferstrauch vereist!«

»Du hast die Kraft der Alraune genutzt«, erwiderte Finn. »Kein Wunder übrigens, dass der Pfefferstrauch sich vom Eis befreien wollte. Feuer und Eis verstehen sich nicht besonders gut.«

»Das stimmt«, meinte Gabriel. »Normalerweise wird der Pfefferstrauch nur ärgerlich, wenn man seine Früchte pflückt. Eigene Erfahrung. Glückwunsch jedenfalls, Ivy Carlton. Das war dein erster Zauber!«

»Keine Ahnung, wie ich das gemacht habe. Es ist einfach so passiert.«

»Die besten Dinge passieren einfach so«, sagte Gabriel.

Ivy warf Finn einen Blick zu. »Dass du dich jedenfalls einfach so als Giftgärtner bezeichnest, ist ja wohl die Untertreibung des Jahrtausends. Du bist ein fantastischer Magier! Deine Zauber waren unglaublich. Und deine Musik mit der Panflöte … So was habe ich noch nie erlebt. Wie hast du das gemacht?«

Ein leises Lächeln flog über Finns Gesicht. »Die Flöte war ein Geschenk meines Bruders. Er hat mir beigebracht, auf ihr zu spielen. Er sagte immer, dass Musik nichts anderes wäre als Magie, wenn man sie richtig einsetzt. Natürlich kann man ihre Macht durch die Kraft magischer Pflanzen beeinflussen, was ich auch tue. Und der Rest … nun ja. Dein Großvater ist ein ausgezeichneter Lehrer. Ich …«

Auf einmal schwankte er und fuhr sich mit der Hand über die Augen. Seine Finger zitterten.

»Was ist los?«, fragte Ivy besorgt.

Doch Finn ließ die Hand sinken und winkte ab. »Der Kampf hat mir ganz schön zugesetzt. Man sollte nicht jeden Tag gegen drei mächtige Magier antreten. Aber keine Angst, normalerweise bin ich schnell wieder fit. Dein Großvater würde über mich lachen und mich darauf hinweisen, dass ich mehr hätte trainieren sollen.«

»Ich glaube, er wäre sehr stolz auf dich«, erwiderte Ivy. »Ohne dich wären wir gerade komplett aufgeschmissen gewesen.«

Finn hob leicht die Schultern. »Ich tue, was nötig ist. Das ist alles.«

»Jaja«, stöhnte Gabriel. »Ganz der Held mit der Föhnfrisur. Nur dass du deinen Föhn offenbar verlegt hast. Aber hey, du siehst auf einmal ganz verwegen aus, Sofakissen!«

Er schaute auf den Kratzer an Finns Wange, und dieser seufzte. »In dem Zauber lag Opium«, sagte er. »Zum Glück habe ich nicht viel davon abbekommen, sonst würde ich jetzt friedlich schlafen.«

»Soll das heißen, du wurdest vergiftet?« Ivy riss die Augen auf, doch Finn zuckte nur die Achseln.

»So kämpfen Giftgärtner nun mal. Diese kleine Menge kann mein Körper selbst abbauen, damit habe ich schon Erfahrung. Ich habe mich nicht nur einmal versehentlich selbst vergiftet.«

»Gut zu wissen«, sagte Ivy. »Soll ich dir helfen, den Heilstaub darüberzulegen?«

Sie streckte die Hand nach seiner Wunde aus, doch Finn hielt sie zurück. »Du darfst nie das Blut von jemandem berühren, der auf magische Weise vergiftet wurde. Es genügt ein kleiner Kratzer an deinem Finger, und manchmal braucht es noch nicht einmal den, um das Gift auch in deinen Körper eindringen zu lassen. Aber keine Sorge. Es ist nicht das erste Mal, dass ich mich selbst heile.« Er streute ein wenig Heilstaub auf den Kratzer, und tatsächlich konnte Ivy zusehen, wie sich die Wunde schloss. Kurz darauf war nur noch ein blassroter Strich zu sehen.

»Zauberei«, sagte sie und lächelte.

»Wenn ihr auch was gegen knackende Knochen dabeihabt, nur her damit«, murrte Gabriel. »Aber immerhin haben wir die Magier abgehängt. Das …«

Er verstummte und witterte. Finn hob warnend die Hand und spähte zwischen den Wacholderzweigen ins Freie. Ivy tat es ihm gleich. Nicht weit von ihnen entfernt lag die Anhöhe mit dem Tempel. Und dort, so schnell, dass sie wie fliegende Schatten wirkten, glitten die Magier über den gewundenen Pfad. Ihre Blicke jagten über die Hügel. Ivy schauderte. Sie suchten nach ihnen.

»Sie haben keine Ahnung, wo wir sind«, raunte Finn. »Wir müssen alles tun, damit das so bleibt. Der gelbe Rauch verschleiert unsere Fährte noch für eine Weile. Wenn wir uns beeilen, können wir unbemerkt von hier verschwinden.«

»Wie denn?«, wisperte Gabriel. »Indem wir einen Tunnel graben und unsere Reise unterirdisch fortsetzen? Würde ich nicht empfehlen. Meine Gänge sind für euch zu eng, und die Gnome können ziemlich garstig werden, wenn man in ihr Revier eindringt, so viel kann ich euch verraten.«

Ivy ignorierte den Hinweis, dass es Gnome im Poison Garden gab, und linste zu den Magiern hinüber. »Sie kommen näher«, flüsterte sie. »Wir müssen abhauen!«

»Es gibt eine Möglichkeit«, murmelte Finn. »Sie ist ehrlicherweise nicht besonders angenehm, aber sie ist unsere einzige Chance, schnell und unbemerkt von hier wegzukommen. Wenn wir den Wacholder verlassen, dürft ihr keinen Mucks von euch geben. Kriegt ihr das hin?«

Sein Blick lag auf Gabriel. Der Fuchs seufzte. »Haben wir etwa eine Wahl? Na los, Houdini. Hol uns hier raus!«

Geduckt folgten sie Finn zwischen dem Wacholder hindurch. Ivy zwang sich, nicht zurückzuschauen, doch einmal meinte sie, die Stimmen der Magier zu hören, was sie stolpern ließ. Ihr Atem ging stoßweise, was auch daran lag, dass sie sich wie eine Mischung aus Wiesel und Ente fortbewegte, allerdings ohne jegliches Geschick. Ihre Muskeln fingen zu brennen an, und nach einer Weile schmerzte ihr Rücken, als würde sie Findlinge tragen. Endlich, nachdem sie zwei Hügel umrundet hatten, hielt Finn inne.

Vor ihnen stand eine Eiche mit ausladenden Ästen und pechschwarzer Rinde. Im Schatten unter ihr wurde der Boden von einem Meer aus weißen Blüten bedeckt.

»Buschwindröschen«, flüsterte Ivy und spürte ein Kribbeln auf der Haut bei dem Bewusstsein, dass eine giftige Pflanze einen so schönen Namen trug. »Wenn man sie berührt, reizen sie die Haut bis zur Bläschenbildung. Eine schmerzhafte Angelegenheit.«

Finn warf ihr einen Blick zu. »Du scheinst aus Erfahrung zu sprechen.«

»Als kleines Kind habe ich meiner Mutter einen Blumenstrauß damit gepflückt«, sagte sie.

»Das war keine gute Idee«, meinte Gabriel. »Aber wir sind nicht zum Blumenpflücken hier, oder?«

Finn schüttelte den Kopf. »Diese Buschwindröschen sind um einiges wehrhafter als die nichtmagische Variante. Aber sie haben immer noch viele Eigenschaften ihres ungefährlicheren Zwillings. Zum Beispiel sind auch sie Selbstbestäuber, und …«

»Ich wusste es«, knurrte Gabriel. »Vergiss es, da spiele ich nicht mit!«

Verwirrt wandte Ivy sich ihm zu. »Was ist denn los?«

Finn starrte Gabriel finster an, ohne auf Ivys Frage einzugehen. »Ich wollte es auch vermeiden, aber wir haben keine andere Wahl. Die Magier kommen immer näher, meine Kräfte sind am Ende. Wir müssen von hier verschwinden, und das schnell!«

Gabriel schaute auf die Buschwindröschen wie auf ein zähnefletschendes Monster, und Ivy stemmte die Hände in die Hüfte. »Klärt mich vielleicht mal jemand auf? Wie sollen diese winzigen Pflänzchen uns helfen, von hier wegzukommen?«

»Gewöhnliche Buschwindröschen blühen im zeitigen Frühjahr«, erwiderte Finn. »Da sind erst wenige Insekten und keine Bienen unterwegs. Daher nutzen sie oft die Methode der Selbstbestäubung, um sich zu vermehren. Diese Buschwindröschen allerdings haben noch einen anderen Weg gefunden, der sie weniger von Insekten oder aufsässigen Feen abhängig macht. Sie locken größere Lebewesen mit einem betörenden Duft an, und wenn die dann in ihre Schleier aus Blütenstaub stolpern …«

»… finden sie sich nach einem übelkeitserregenden Prozess, der ihnen das Gefühl gibt, gleich den Löffel abzugeben, in der Welt der Käfer wieder«, beendete Gabriel seinen Satz. Er sah Ivy an. »Sie lassen uns schrumpfen! Wenn du in dieses Blütenmeer gehst, kommst du als Däumelinchen wieder raus.«

Unwillkürlich zog ein abenteuerliches Prickeln durch Ivys Bauch. Wie oft hatte sie sich vorgestellt, wie es sein mochte, winzig klein zu werden und zwischen Pusteblumen herumzulaufen? Aber gleichzeitig kam ihr das unschuldige Weiß der Buschwindröschen auf einmal tückisch vor … wie eine Falle, die kurz davor war, zuzuschnappen.

Die Stimmen der Magier wehten zu ihnen herüber. Sie waren nicht mehr weit von der Eiche entfernt. Jede Minute konnten sie hinter dem Hügel hervorkommen, und wenn sie dann einen Blick ins Unterholz warfen …

»Worauf warten wir?«, wisperte Ivy. »In Käfergröße können wir uns überall verstecken! Und die Wirkung lässt doch wieder nach, oder nicht?«

Gabriel warf Finn einen Blick zu, und der schaute zu Boden. »Nun ja«, murmelte er. »Es gibt das Gerücht, dass hier im Poison Garden ein Winzlingsvolk leben soll, bestehend aus Menschen, bei denen die Rückverwandlung nicht geklappt hat. Aber ich habe noch nie einen davon gesehen. Gut möglich also, dass das nur ein Gerücht ist.«

»Ich wette, sie würden sich über einen kuschligen kleinen Fuchs sehr freuen«, raunte Gabriel.

Wieder erklangen die Stimmen, noch näher dieses Mal. Ivy ballte die Hände zu Fäusten. Lieber wollte sie eine Ewigkeit als Winzlings-Ivy durch den Poison Garden hüpfen, als noch einmal in einem Pfefferstrauch mit explosiven Glutkörnern gefangen zu werden. »Tun wir's«, flüsterte sie.

»Ohne mich«, knurrte Gabriel. »Beim letzten Mal habe ich vor Schreck fast meinen eigenen Schwanz verschluckt und noch Wochen später Fellbüschel ausgespuckt. Noch mal tue ich mir das nicht an. Ich werde allein zur Ruine des Nebels laufen. Wir treffen uns dort.«

»Aber …«, begann Ivy, doch Gabriel ließ sie nicht aussprechen.

»Keine Sorge«, raunte er. »Ich bin ein Fuchs. Mich werden die Magier nicht fangen, dafür verschwinde ich viel zu schnell in einem meiner Gänge. Aber ich kann sie von euch ablenken. Und genau das werde ich jetzt tun.« Er hielt inne. »Kopf hoch. Wir sehen uns bald wieder. Versprochen!«

Er lächelte auf diese seltsam menschliche Art, und Ivy spürte, wie sehr er ihr bereits ans Herz gewachsen war: dieser sture, aufsässige, wunderbare Fuchs. Sie strich ihm sacht übers Fell. Es war so weich wie frisch gefallener Schnee. Kurz schmiegte er seinen

Kopf in ihre Hand. Dann drehte er sich um und schlüpfte aus dem Schatten der Eiche ins Freie.

Ivy und Finn warteten regungslos. Nach endlosen Augenblicken hörten sie ein Keckern in einiger Entfernung, und dann die Stimmen der Magier. Sie hatten Gabriel entdeckt. Jetzt liefen sie ihm hinterher, fort von der Eiche.

Ivy drehte sich zu den Buschwindröschen um. Und dann, mit einem tiefen Atemzug, ging sie an Finns Seite in das Blütenmeer hinein.

Botanischer Name
Anemone nemorosa
Deutscher Name
Buschwindröschen
Familie
Hahnenfußgewächse
(Ranunculaceae)

18

Für einen Moment glaubte Ivy, sich geirrt zu haben. Denn es geschah rein gar nichts, obwohl sie nun neben Finn mitten in dem Meer aus weißen Blüten stand. Aber gleich darauf bewegten die Buschwindröschen ihre Blätter, und Schwaden aus Blütenstaub stoben in die Höhe.

Wie weiße Schleier glitten sie durch die Luft, schlangen sich um Ivys Beine, streiften ihre Hände und ihre Wangen. Es fühlte sich an, als würden zarte Blütenblätter sie berühren, und sie sah staunend zu Finn hinüber. Der erwiderte ihren Blick – und legte entschuldigend den Kopf schief.

Ivys Magen krampfte sich zusammen. Keuchend fiel sie auf die Knie. Es war, als hätte ihr jemand einen Schlag versetzt. Gleichzeitig flog ein schmerzhaftes Kribbeln über ihre Haut, gefolgt von heftigem Schwindel. Ihr wurde schwarz vor Augen. Nur mühsam konnte sie Atem holen,

ihre Knochen knackten wie Reisig und das Kribbeln raste als Feuersbrunst durch ihren Leib. Jede Faser ihres Körpers war gespannt, ihr Herz hämmerte so laut, dass sie nichts anderes mehr hörte. Wieder krampfte sich ihr Magen zusammen, so stark dieses Mal, dass sie meinte, sich übergeben zu müssen. Sie fiel nach vorn wie in einen Abgrund. Und im selben Moment, da sie auf etwas Weichem landete, war es vorbei.

Ivy öffnete die Augen. In einem ersten Impuls glaubte sie, in einen Dschungel geraten zu sein. Finn richtete sich neben ihr auf. Um sie herum reckten sich Blätter in die Höhe, die größer waren als sie, und über ihnen erhob sich eine weiße Blüte wie die Kuppel eines Doms. Erst, als Ivy auf die Beine kam, begriff sie, dass es funktioniert hatte. Sie waren geschrumpft!

Finn zog sie weiter unter die Blüte. Auch er war nun so klein, dass die Buschwindröschen groß wirkten wie Häuser, doch er achtete nicht darauf. Sein Blick ruhte auf den Gestalten, die jetzt auf die Eiche zukamen. Ivy spürte ihre Schritte im Boden, es fühlte sich an wie ein leichtes Erdbeben. Gleich darauf traten sie in den Schatten des Baumes.

Ivy wagte kaum zu atmen. Die Magier waren ohnehin schon beeindruckend gewesen. Aber nun, da sie wie riesenhafte Monumente vor ihr aufragten und ihre Stimmen seltsam dröhnend über sie hinwegrollten, zitterte sie bei ihrem Anblick.

Dúnin Ho' Fafnor ließ seinen Blick über die Blüten schweifen. Ivy fühlte ihn eiskalt wie einen Wintersturm auf ihrer Haut. Jetzt trat er einen Schritt nach vorn. Ivy starrte auf seinen Stiefel, doch sie hatte gerade keinen Sinn für die kunstvollen silbernen Nähte und Zeichen auf dem Leder. Alles, was sie dachte, war, dass ein einziger weiterer Schritt in ihre Richtung sie unter diesem prächtigen Stiefel begraben würde.

Aber dann wandte Dúnin sich ab, und die Magier kehrten der Eiche den Rücken zu. In einiger Entfernung blieben sie stehen und schauten suchend über die Hügel.

»Das war knapp«, raunte Finn. »Verschwinden wir!«

Ivy stolperte über einen Grashalm, der für sie nun so groß war wie ein umgestürzter Baum. Kaum hatten sie den Schatten der Eiche verlassen, fuhr Ivy der Wind entgegen und riss sie beinahe um. Dabei bewegten sich die Blätter des Baumes nur leicht.

»Man muss sich etwas daran gewöhnen, so klein zu sein«, meinte Finn. »Aber es hat auch Vorteile.«

Damit nahm er Anlauf und sprang geradewegs auf das fleischige Blatt einer Fetthenne, die zwischen ein paar Steinen wuchs. Wie auf einem Trampolin hüpfte Finn hoch in die Luft und flog dann, von einem Windstoß erfasst, ein ganzes Stück weit über den Hügel hinweg. Er landete auf einer gelben Blüte und winkte Ivy zu.

Es war eine Weile her, seit Ivy zuletzt auf einem Trampolin gesprungen war. Unsicher hopste sie ein paar Mal hin und her, doch da brauste der Wind auf und ergriff sie wie eine Feder. Sie konnte nur mühsam einen Schrei unterdrücken, als sie kopfüber durch die Luft trudelte. Finns lachendes Gesicht tauchte vor ihr auf, und ehe sie geradewegs über seine Blume hinwegschoss, packte er sie und zog sie auf die schwankende Blüte.

»Jetzt weiß ich, wieso Gabriel sich für die dunklen Gänge entschieden hat«, sagte sie schnaufend. »Das Leben als Winzling ist nicht ohne!«

Aber Finn grinste nur, nahm ihre Hand und sprang mit ihr auf einen weiteren Blütenkopf. Die Blume lehnte sich bedenklich zur Seite, doch Finn wartete nicht darauf, dass sie zu Boden stürzten. Schon stieß er sich erneut ab, und Ivy musste lachen. Sie kam sich vor wie ein Floh, so mühelos hüpfte sie über die Pflanzen, und sie nieste laut, als sie auf einer Blume voller Blütenstaub landeten. Gerade drehte sie sich kichernd zu Finn um, als ein Schrei die Luft zerriss.

Ivy erschrak so sehr, dass sie fast von der Blume gefallen wäre. In letzter Sekunde hielt Finn sie fest. Er schaute zum Himmel hinauf, und da sah Ivy ihn auch: den schwarzen Umriss der Krähe, die über ihnen kreiste.

»Krähen fressen keine Menschen«, brachte Ivy hervor, als der Vogel einen weiteren Schrei ausstieß. »Oder etwa doch?«

»Krähen fressen so ziemlich alles«, erwiderte Finn. »Und wir haben genau die richtige Größe für einen kleinen Mundvoll!«

Wie eine Antwort schrie die Krähe zum dritten Mal, und dann stob sie zu ihnen herab, so schnell, dass Ivy vor Schreck wie gelähmt war. Finn jedoch zog sie von der Blume in die Tiefe. Dieses Mal konnte Ivy einen Schrei nicht unterdrücken. Er wurde jäh unterbrochen, als sie auf einem Pilz landeten, der empört ein paar giftgrüne Wölkchen ausstieß. Eilig rappelten sie sich auf und rannten zwischen turmhohen Blumen davon.

»Hier rein«, keuchte Finn und zog Ivy in eine kleine Höhle hinter den Wurzeln einer Kastanie. Sie flohen so weit in die Dunkelheit, bis Ivy ihre eigenen Hände kaum mehr erkennen konnte. Noch einmal hörten sie die Krähe schreien, ärgerlich dieses Mal. Dann schlug sie heftig mit den Flügeln und flog davon.

Ivy stieß erleichtert die Luft aus – bis sie die glänzenden Augen sah, die sie aus der Finsternis anstarrten. Es waren acht Augen, und sie musste nicht lange überlegen, zu welchem Tier sie gehörten.

Es war eine Spinne. Und sie überragte Ivy und Finn um mindestens drei Köpfe.

Botanischer Name
Lilium candidum
Deutscher Name
Weiße Lilie
Familie
Liliengewächse
(Liliaceae)

19

Finn hatte die Spinne auch gesehen, die dort in der hintersten Ecke der Höhle hockte. Wortlos schob er Ivy hinter sich und bedeutete ihr, sich so langsam wie möglich Richtung Ausgang zu bewegen.

Mit klopfendem Herzen folgte sie seiner Anweisung, ohne die Spinne aus den Augen zu lassen. Sie fühlte schon die Sonne auf ihrem Haar, als sie auf ein trockenes Rindenstück trat. Das Geräusch hallte in der Höhle wider. Sofort schoss die Spinne geradewegs auf sie zu. Finn stieß Ivy zu Boden und warf sich schützend über sie. Gleich darauf spürte Ivy, wie borstige Beine über sie hinwegtrampelten – und sah gerade noch das dicke Hinterteil der Spinne, die erschrocken im Unterholz verschwand.

Finn grinste. »Manchmal haben die größten Monster auch die größte Angst.«

Sie kletterten aus der Höhle, und Ivy klopfte sich Erdreste vom Mantel. »Ich hätte nicht gedacht, dass mal eine Riesenspinne vor mir Reißaus nimmt.«

»Genau genommen ist Cordula gar nicht so riesig«, sagte eine Stimme hinter ihnen. »Ihr hingegen seid auf einmal ziemlich klein!«

Finn und Ivy fuhren herum und schauten in die schwarzglänzenden Augen eines ziemlich haarigen Käfers mit Zylinder auf dem Kopf. »Herr Sumsemann!«, rief Ivy überrascht. »Was machst du denn hier?«

Der Maikäfer fächerte seine Fühler auf und putzte sich. »Komische Frage. Ich wohne hier. Cordula ist meine Untermieterin. Es muss also doch wohl eher lauten: Was macht *ihr* hier? Und dann noch in dieser Größe?«

In der Tat wirkte Herr Sumsemann nun riesig wie ein Pferd. »Wir sind auf der Flucht«, erwiderte Ivy und berichtete dem Maikäfer, was geschehen war.

»Hmmm«, brummte Herr Sumsemann. »Verstehe. Mit Menschen war noch nie gut Kirschen essen, und für Krähen gilt dasselbe. Cordula hingegen ist die Freundlichkeit in Person. Sie ist etwas schreckhaft, was Menschen betrifft, seit sie mal unter einen Turnschuh geraten ist und fast zerquetscht wurde.«

»Kann ich gut nachfühlen«, murmelte Ivy und sah wieder Dúnins Stiefel vor sich.

»Aber auch sonst hätte sie euch nicht gefressen«, fuhr Herr Sumsemann fort. »Jedenfalls nicht komplett. Vielleicht nur ein Beinchen oder so. Und wir Sumsemanns wissen ja, dass man darauf durchaus verzichten kann.«

»Wir würden schon gern beide Beine behalten«, warf Finn ein. »Und am besten auch beide Arme.«

Herr Sumsemann legte den Kopf schief, als hätte er selten ein so jämmerliches Geschöpf wie Finn gesehen. »Verständlich, wenn man nur zwei davon hat«, sagte er nachdenklich. »Ja, durchaus, das ist eine Überlegung wert ...«

»Sag mal, Herr Sumsemann«, meinte Ivy. »Du kannst doch fliegen, nicht wahr?«

Der Maikäfer bewegte propellerartig die Fühler, um seiner Empörung Ausdruck zu verleihen. »Fliegen? Ich? Junge Dame, mit schnödem *Fliegen* hat meine Kunstfertigkeit, den Himmel zu erobern, wenig zu tun. Aber ich sehe ein, dass dir dafür das Verständnis fehlt. Woher sollte es auch kommen, wenn man tagein, tagaus auf zwei albernen Beinen durch die Welt stolpert?«

»Wie wäre es, wenn du uns eine Kostprobe deines Könnens präsentieren würdest?«, schlug Ivy vor. »Könntest du uns ein Stück mitnehmen?«

Herr Sumsemann starrte sie an, als hätte er sich verhört. »Ein Abenteuer«, brummte er aufgeregt und schwirrte eine Runde durch die Luft, ehe er wieder vor ihnen landete. »Wohin soll es gehen?«

»Zur Ruine des Nebels«, sagte Finn schlicht.

Herr Sumsemann stieß ein erschrockenes Brummen aus. »Finstere Gegend«, murmelte er. »Und ein weiter Weg bis dahin! Also, ich täte nichts lieber als das, doch wie ihr vielleicht wisst, haben Krähen auch uns Maikäfer zum Fressen gern. Das weiß ich bekanntermaßen aus eigener Erfahrung.« Er wackelte mit seinem geknickten Fühler. »Einen von euch könnte ich wohl tragen, aber dann wäre ich viel zu schwerfällig, um noch vor dem Federvieh fliehen zu können. Und außerdem bin ich für Abenteuer und Gefahren einfach nicht gemacht.«

»Unsinn«, sagte Ivy. »Du bist der Krähe damals genauso entkommen wie kürzlich den Feen, schon vergessen?«

»Schon«, meinte Herr Sumsemann. »Aber nur mit Hilfe.«

»Und wennschon. Außerdem hast du mich von Anfang an beobachtet. Du hast mich neugierig an meinem Fenster begrüßt. Und weißt du, warum?«

Herr Sumsemann kratzte sich unter seinem Zylinder. »Eine Sache der Höflichkeit, das ist doch selbstverständlich.«

»Sicher«, stimmte Ivy ihm zu. »Aber du bist auch an mein Fenster gekommen, weil du auf der Suche nach etwas warst, wovor du dich eigentlich fürchtest: Abenteuer! Und jetzt bist du hier, um nach uns zu sehen, obwohl gerade noch die Krähe hier rumgeflogen ist. Du bist viel mutiger, als du denkst, Herr Sumsemann. Und mit Mut kann man eine ganze Menge anfangen.«

Der Maikäfer wiegte den Kopf hin und her, dass sein Zylinder wackelte. Er krabbelte ein Stück nach links, dann ein Stück nach rechts, und dann sah es so aus, als würde er sich einfach abwenden und davonfliegen. Doch schließlich fächerte er seine Fühler auf und sah Ivy in die Augen. »Weil du es bist, Menschenmädchen«, wisperte er. »Aber sag hinterher nicht, ich hätte dich nicht gewarnt!«

Damit stieß er ein lautes Brummen aus, und kurz darauf brach ein grünschimmernder Käfer aus dem Unterholz. Er krabbelte auf Herrn Sumsemann zu, sie begrüßten einander, indem sie sich mit den Fühlern berührten. Ivy hörte, wie sie sich schnarrend unterhielten, ehe sie sich ihnen zuwandten.

»Das ist Frau Sausewind«, stellte Herr Sumsemann den anderen Käfer vor. »Sie weigert sich zwar, die menschliche Sprache zu sprechen, aber sie wird deinen struppigen Freund da sicher ans Ziel bringen.«

Er deutete mit dem geknickten Fühler auf Finn, worauf Frau Sausewind sich in Bewegung setzte. Kurz tastete sie über Finns Kopf, entschied dann offenbar, dass dieser würdig war, auf ihr zu reiten, und beugte sich ein wenig hinab, damit Finn aufsitzen konnte. Er hielt sich an dem wolligen Haarkranz fest, der den Kopf der Käferdame umgab.

»Pass auf dich auf«, riet er Ivy noch. »Und halt dich ...«

Weiter kam er nicht, denn da entfaltete Frau Sausewind ihre Flügel und übertönte Finns Worte. Schon erhob sich die Käferdame in die Luft und flog mit Finn davon.

»Eine Bitte hätte ich noch«, sagte Herr Sumsemann, als Ivy sich auf seinen Rücken zog. »Wenn dir schlecht wird: immer nach hinten spucken!«

Ivy wusste nicht, was sie darauf erwidern sollte, und offenbar erwartete der Maikäfer auch keine Antwort. Denn jetzt entfaltete auch er seine Flügel. Schillernd wirbelten sie zu beiden Seiten seines Körpers durch die Luft, und dann ging es mit lautem Brummen in die Höhe.

Ivy grub die Hände in den flauschigen Haarkranz. Schon sausten sie über die Hügel und Finn hinterher, der sich auf Frau Sausewinds Rücken weit nach vorn gelehnt hatte. Ivy fühlte den kühlen Wind, aber sie fror nicht. Stattdessen hallte das Brummen des Maikäfers in ihr wider, und als Herr Sumsemann einen waghalsigen Looping flog, kreischte sie vor Vergnügen.

Der Schatten der Krähe tauchte wie ein Schwertstreich am Himmel auf. Ivy sah, wie Frau Sausewind weit vorn zwischen den Blättern einer Kastanie verschwand, doch in ihrer Nähe gab es kein Versteck. Das Brummen von Herrn Sumsemann wurde schriller. Jetzt hatte die Krähe sie entdeckt und jagte ihnen hinterher.

Für einen Moment glaubte Ivy, der Maikäfer würde sich bei diesem Anblick einfach fallen lassen und auf den Rücken drehen in der Hoffnung, kein würdiges Opfer mehr zu sein. Aber dann brummte er laut auf, genauso wie bei ihrer ersten Begegnung, als er von den berühmten Abenteurern seiner Familie erzählt hatte. Und ehe Ivy sichs versah, drehte er sich um und jagte geradewegs auf die Krähe zu.

Ivy wich die Luft aus der Lunge, und das nicht nur, weil Herr Sumsemann rasend schnell dahinschoss. Denn die Krähe sah nicht mehr aus wie ein niedlicher schwarzer Vogel, sondern wie ein riesiger, bösartiger Drache. Jetzt stieß sie ein Krächzen aus, das Ivy durch Mark und Bein ging. Der geöffnete Schnabel der Krähe raste wie ein dunkler Abgrund auf sie zu. Jede Sekunde würde er sich über ihnen schließen, und dann …

Herr Sumsemann fuhr so schnell herum, dass Ivy fast abgeworfen wurde. Im letzten Moment krallte sie sich an ihm fest und spürte das Grollen, das durch seinen Körper ging. Gleich darauf breitete sich ein pestilenzartiger Gestank um sie aus. Ivy warf einen Blick über die Schulter und schaute in eine neongelbe Wolke, die sich aus Herrn Sumsemanns Leib ergoss und die Krähe einhüllte. Deren Krächzen wurde zu einem heiseren Piepsen. Der Vogel flatterte entsetzt mit den Flügeln und segelte in zackigem Flug aus der gelben Wolke hervor. Dabei nieste er ununterbrochen. Seine Federn standen wild von seinem Körper ab, und als Herr Sumsemann erneut ein Brummen hören ließ, änderte die Krähe die Richtung und schoss mit einem letzten matten Piepsen davon.

»Herr Sumsemann!«, schrie Ivy und warf die Arme in die Luft. »Du hast es geschafft!«

»*Wir*«, gab der Maikäfer zurück. »Das waren *wir!*«

Damit stieß er ein Brummen aus, und Ivy fiel in sein Lachen ein. Sie rasten auf Finn und Frau Sausewind zu, die nun aus dem Blätterwerk der Kastanie hervorkamen, und Ivy spürte, wie all die Anspannung der letzten Stunden von ihr abfiel. Sie fühlte sich so lebendig wie lange nicht mehr, eigentlich wie noch nie. Vielleicht war sie keine große Heldin wie die Figuren aus ihren Geschichten. Aber sie hatte einen Maikäfer dazu gebracht, an sich selbst zu glauben. Und das würde sie niemals vergessen.

Ivy wusste nicht, wie lange sie geflogen waren. Sie beobachtete gerade, wie die Sonne unterging und unter ihnen ein Meer aus Nachtfalterblumen ihre schillernden Blüten öffneten, als ein Kribbeln über Ivys Haut zog. Ihr Magen krampfte sich zusammen, und ehe sie noch begriff, was vor sich ging, brummte Herr Sumsemann unter ihr auf.

»Du wächst«, keuchte er und sank tiefer. »Wir müssen landen!«

Auch Finn schien zu seiner ursprünglichen Größe zurückzukehren, denn Frau Sausewind kam vor ihnen gerade auf einem Felsen auf. Ivy spürte noch, wie Herr Sumsemann zur Landung ansetzte. Dann wurde ihr schwarz vor Augen.

Als sie die Augen wieder öffnete, lag sie neben dem Felsen und etwas kitzelte sie an der Nase. Es war Herr Sumsemann, der mit wedelnden Fühlern auf sie herabsah.

»Alles beim Alten«, sagte er zufrieden und schaute zu Finn hinüber, der sich neben Ivy aufrichtete. Beide hatten sie ihre vertraute Größe wiedererlangt, und Finns Gesicht hatte wieder etwas Farbe bekommen.

Ivy setzte sich auf. »Vielen Dank, dass ihr uns getragen habt.«

»Normalerweise haben die Blätter zwar einen anderen Zweck«, meinte Finn und zog eine Schachtel aus der Tasche. »Aber was gibt es für einen besseren Zweck, als zwei Lebensrettern zu danken?«

Ivy lächelte, als sich Herr Sumsemann und Frau Sausewind begeistert über ein paar Rotbuchenblätter hermachten.

»Nun«, sagte Herr Sumsemann anschließend. »Es war uns eine Ehre. Habt eine gute Reise, meine Freunde. Und … nicht sterben, in Ordnung?«

Er wackelte mit seinem geknickten Fühler. Dann tippte er gegen seinen Zylinder und breitete die Flügel aus. Mit einem letzten Surren flogen Herr Sumsemann und Frau Sausewind davon.

Ivy sah ihnen nach. »Warum hatten sie es plötzlich so eilig?«

»Nun ja«, murmelte Finn. »Nicht jeder hat diesen Teil des Poison Garden besonders gern.«

Sie folgte seinem Blick – und konnte die Eile der Käfer auf einmal sehr gut verstehen.

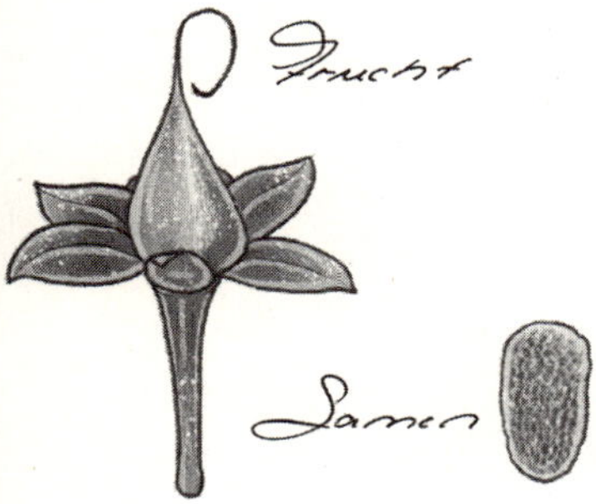

20

Die Ruine des Nebels empfing Ivy und Finn mit tiefem Schweigen. Efeu überwucherte die verfallenen Mauern, aus dem zusammengebrochenen Dach eines Turms flutete ein Strom weißer Blüten, und überall wuchsen Herbstanemonen und Fingerhut. Es lag etwas Verwunschenes über der Ruine, und Ivy konnte sich nicht entscheiden, ob das trotz oder wegen des Nebels so war, der über die Mauerreste strich.

»Es ist wunderschön hier«, sagte sie leise.

»Ja«, erwiderte Finn. »Das sind die gefährlichsten Orte meistens.«

Er schaute wachsam über die Trümmer, als erwartete er jederzeit einen weiteren Angriff der Magier. Auch Ivy

Botanischer Name
Digitalis purpurea
Deutscher Name
Roter Fingerhut
Familie
Wegerichgewächse
(Plantaginaceae)

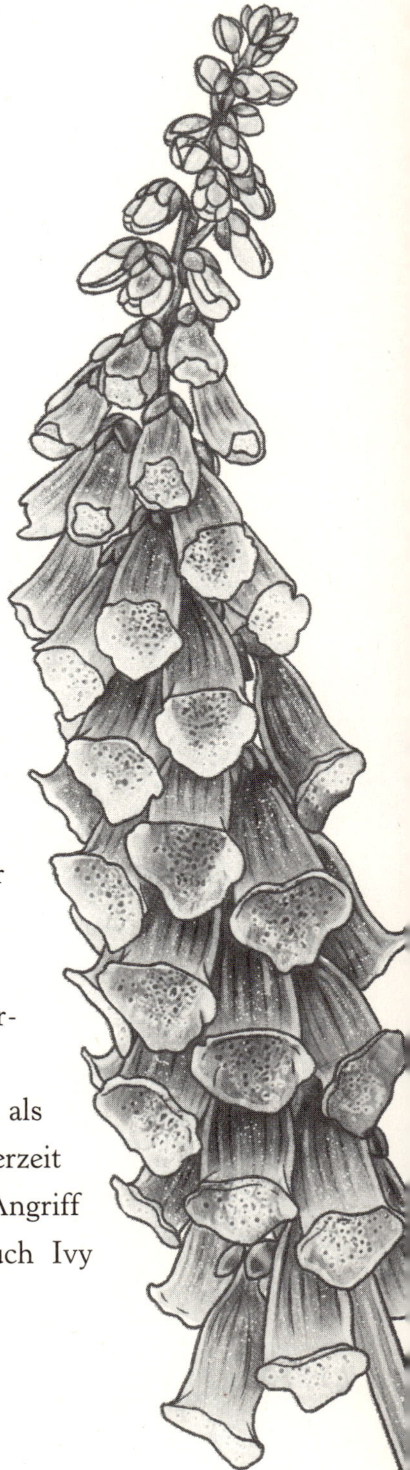

lauschte angestrengt in die Stille. Ihre Verfolger waren schon einmal ganz plötzlich aufgetaucht. Sie durften sich nicht noch einmal überrumpeln lassen. Ivy wusste: Irgendwo in dieser Ruine war ihr Großvater gelandet. Sie mussten seine Spur finden und schnell wieder verschwinden.

So leise wie möglich bewegten sie sich durch den Nebel. Ivy entdeckte glitzernde Kristalle in den Wänden, die leichte Kälteschleier verbreiteten, und überall um sie herum erwachten Nachtfalterblumen zum Leben. Viele von ihnen leuchteten aus sich selbst heraus und verliehen der Ruine einen düsteren Zauber. Ivy ließ ihren Blick über die Blüten schweifen – und erschrak, als eine geflügelte Frauengestalt durch den Dunst tauchte.

»Keine Sorge«, raunte Finn ihr zu. »Das ist nur eine Statue. Davon gibt es hier jede Menge.«

Erleichtert stieß Ivy die Luft aus. Tatsächlich entdeckte sie zahlreiche Steinfiguren, als sie weitergingen. Greifen standen neben Löwen, menschliche Kriegerinnen neben Medusen und Basilisken, und sie alle wirkten so lebendig, als könnten sie jede Sekunde blinzeln. Ivy streckte die Hand nach einem Steinfuchs aus, um über ein Mauerstück zu klettern – und schrie auf, als seine Augen in goldener Glut erstrahlten.

»Gabriel, zum Teufel!«, rief sie. »Musst du mich so erschrecken?«

»Natürlich«, erwiderte der Fuchs und schüttelte sich eine Ladung Steinstaub aus dem Fell. »Darauf habe ich mich doch die ganze Zeit gefreut!«

Er blinzelte so frech zu ihr hoch, dass sie lächeln musste. Wie immer schaffte er es im Handumdrehen, ihr die Anspannung zu nehmen, und ein Gefühl der Wärme stieg in ihr auf, als sie über sein Fell strich. »Ich freue mich auch, dich wiederzusehen«, seufzte sie. »Auch wenn du ein Satansbraten bist. Oder vielleicht gerade deshalb.«

Gabriel neigte geschmeichelt den Kopf, aber Finn warf ihm einen finsteren Blick zu, als sie ihren Weg fortsetzten. »Du weißt sehr gut, wo wir uns befinden. Hier ist nicht der passende Ort für solche Aktionen!«

»Oha«, meinte Gabriel. »Sag bloß, du glaubst diese albernen Legenden von verschwundenen Leuten tatsächlich!«

»Das sind mehr als Legenden«, gab Finn zurück. »Die Bibliothek von Carlton Manor ist voll mit Geschichten darüber. Es gibt auch Erlebnisberichte von Menschen, die nur mit Ach und Krach dem Nebel dieser Ruine entkommen sind. Einige sind schon zu Zeiten von Richards Großvater entstanden. Und keiner davon liest sich wie eine Erfindung.«

»Einer guten Geschichte merkt man nicht an, dass sie erfunden wurde«, sagte Gabriel fachmännisch. »Das ist ja der Witz dabei. Aber im Ernst: Wenn du die Berichte über diese Ruine für wahr hältst – glaubst du dann auch daran, dass die angeblichen früheren Bewohner für die Geschehnisse verantwortlich waren?«

Finns Augen wurden schmal. »Immerhin steckt ihre Magie in diesen Mauern, nicht wahr? Jedenfalls ein paar Reste davon. Aber es ist völlig egal, was ich glaube. Wir sind hier, um Richard Carlton zu finden, schon vergessen? Und nicht, um uns Geschichten zu erzählen.«

»Welche Bewohner?«, fragte Ivy prompt.

Finn warf Gabriel einen vernichtenden Blick zu. »Die Elfen«, erwiderte er widerstrebend. »Jedenfalls, wenn man den Liedern aus den Büchern deines Großvaters glaubt.«

Erstaunt hob Ivy die Brauen. Bei dem Begriff *Elfen* hatte sie sofort Bilder von langhaarigen, menschenähnlichen Wesen mit spitzen Ohren im Kopf. Doch sie ahnte, dass ihre Vorstellung meilenweit von der Realität entfernt lag. »In dieser Ruine haben mal Elfen gelebt? Dann sind die Kristalle dort Reste ihrer Magie?« Sie wartete, bis Finn nickte, dann fragte sie: »Und wo sind die Elfen jetzt?«

»Die meisten haben sich vor langer Zeit in ihre eigene Welt zurückgezogen«, entgegnete Finn leise. »Sie liegt hinter nebligen Schleiern vor den Menschen verborgen, wenn es stimmt, was man so liest. Manche nennen diese Welt Avalon.«

Ivy erinnerte sich an diesen Namen, der klang wie eine geheimnisvolle Melodie. Sie hatte ihn in den Regalen ihrer Mutter auf etlichen Buchrücken gesehen. Aber sie war nie auf den Gedanken gekommen, dass mehr hinter ihm stecken könnte als ein Reich der Fantasie. »Warum haben sie unsere Welt verlassen?«

Finn schaute mit einem Anflug von Traurigkeit in den Nebel. »Darüber gibt es ebenso viele Geschichten wie über das Volk der Elfen selbst. Letztlich laufen sie alle auf dasselbe hinaus: Die Menschen haben die Magie aus der Welt vertrieben, und mit ihr alle magischen Wesen. Die meisten Lieder erzählen von blutigen Übergriffen auf Anderwesen, die nicht freiwillig verschwinden wollten. Auch auf die Elfen, die sich mit mächtigen Zaubern zur Wehr setzten.« Er strich nachdenklich über ein Mauerstück. »All das ist lange her, aber noch immer sollen die Elfen nicht sonderlich gut auf die Menschen zu sprechen sein.«

Gabriel schnaubte. »Wenn auch nur ein Bruchteil der Lieder wahr ist, dann ist das die Untertreibung des Jahrtausends. Die meisten Elfen hassen die Menschen. Sie sind ausgezeichnete Krieger mit großen magischen Kräften. Und eins ist sicher: Sollten sie je beschließen, sich diese Welt zurückzuholen, würde das für die Menschen ziemlich ungemütlich werden.«

»Was sogar irgendwie verständlich wäre, wenn ihr mich fragt«, meinte Finn. »Die Elfen waren ein starkes Volk, das schwer verwundet wurde. Die Legenden sagen, dass nicht nur ihre Magie, sondern auch ihr Zorn bis heute in diesen Mauern schwelt.«

Ivy zog unter einem kühlen Nebelstreif die Schultern hoch. Doch Gabriel seufzte nur. »Jetzt übertreib mal nicht. Alles, was hier schwelt, ist meine wachsende Ungeduld, endlich eine Spur von Richard Carlton zu finden.«

»Apropos«, sagte Finn. »Richard Carlton glaubt übrigens auch an die alten Geschichten von verschwundenen Leuten. Und er ist der Einzige, der diese Ruine gern betritt. Was womöglich daran liegt, dass nach den Legenden nur die Beschützer des Poison Garden das Recht haben, hier zu sein. Alle anderen werden gern mal vom Nebel verschluckt und kehren nie mehr zurück.«

»Gut, dass ich mit Richards Enkelin hier bin«, meinte Gabriel. »Möge dein Blut mich schützen, Erbin von Carlton Manor!«

Er sagte das so theatralisch, dass Ivy lachen musste. Auch Finn konnte ein Grinsen nicht unterdrücken. »Mach dich nur lustig«, gab er zurück. »Aber ich warne dich: Es sollen auch schon freche Füchse verschwunden sein.«

»Papperlapapp«, entgegnete Gabriel, doch er klang nicht mehr ganz so selbstbewusst wie zuvor. »Und jetzt hört auf, mir Angst einzujagen. Seht lieber zu, dass ihr eine Spur von Richard Carlton findet!«

Sie traten durch einen überwucherten Durchgang und gelangten in einen Innenhof, der von Säulen umrahmt wurde. Die gläserne Kuppel, die ihn früher einmal überspannt hatte, war zerbrochen. Nur das Metallgerüst ragte noch auf, und die Scherben lagen am Boden wie blinde Spiegel. Auch hier standen Statuen herum. Ivy entdeckte eine Gruppe von Zentauren und eine majestätische Sphinx, die mit geschlossenen Augen dasaß. Ivy betrachtete die silbrigen Kristalle, die auch hier in den Wänden steckten, und unwillkürlich stellte sie sich vor, dass früher womöglich tatsächlich einmal Elfen durch diesen Hof gelaufen waren. Sie beobachtete, wie Finn mit einem kaum wahrnehmbaren Schmerz in den Augen an den Kristallen vorüberging, und sie konnte seine Empfindungen gut verstehen. Jeder funkelnde Kristall gab ihr das Gefühl, dass die Ruine des Nebels nur ein kläglicher Rest von etwas anderem war – etwas so Großem, dass sie schon bei dem Gedanken daran schauderte und dessen Verlust dennoch eine tiefe Traurigkeit

auf ihre Schultern legte. Da fiel ihr Blick auf einige schneeweiße Scherben, die zwischen den Pranken der Sphinx lagen.

»Seht mal«, raunte sie den anderen zu und bückte sich. Jetzt erkannte sie, dass die Scherben einmal ein marmornes Schwert gewesen waren, das auf den Pranken der Sphinx gelegen hatte. Der Griff war mit Efeuranken verziert, und auf den Bruchstücken waren rätselhafte Zeichen zu sehen.

Finn ging neben ihr in die Knie. »Ein Elfenschwert«, sagte er leise. »Ein Symbol für die Freundschaft zwischen Elfen und Menschen. Wie passend, dass es zerbrochen ist.«

»Sieh nur.« Ivy hob eine Scherbe auf. Sie war schwerer als erwartet und seltsam kühl. »Kein Moos und auch sonst keine Verwitterung wie bei den anderen Trümmern. Das Schwert muss erst vor Kurzem zerbrochen sein. Wahrscheinlich ist mein Großvater genau hier gelandet!«

Gabriel warf ihr einen anerkennenden Blick zu. »Nicht schlecht, Miss Marple. Du ...« Er hielt inne und spitzte die Ohren. »Habt ihr das eben auch gehört?«

Ivy saß da wie erstarrt. Ein tiefes Grollen hatte den Boden durchwühlt wie ein Fluch. Jetzt wiederholte es sich, lauter als zuvor. Es schien von überall zugleich zu kommen. Und da glomm die Scherbe in Ivys Hand in glitzerndem Licht auf und verströmte eine namenlose Kälte.

Erschrocken ließ sie sie fallen und kam auf die Beine. Finn zerrte ein paar Samen aus seiner Jacke, und Gabriel sträubte sein Fell. Auch die anderen Scherben des Schwerts begannen zu leuchten, und silbrige Lichtfäden zogen von ihnen fort durch den Boden. Knisternd glitten sie auf die Steinfiguren zu und an ihnen hinauf.

Zum dritten Mal erklang das Grollen, so laut nun, dass Ivy meinte, in einer riesigen Glocke zu stehen. Die Kristalle an den Wänden erglühten in Eiseskälte, gleich darauf erstrahlten die Augen der Zentauren – und die Steinfiguren wurden lebendig. Sie zogen ihre Bögen.

Und ehe Ivy begriff, was vor sich ging, zischten die Pfeile geradewegs auf sie zu.

Botanischer Name
Atropa belladonna
Deutscher Name
Schwarze Tollkirsche
Familie
Nachtschattengewächse
(Solanaceae)

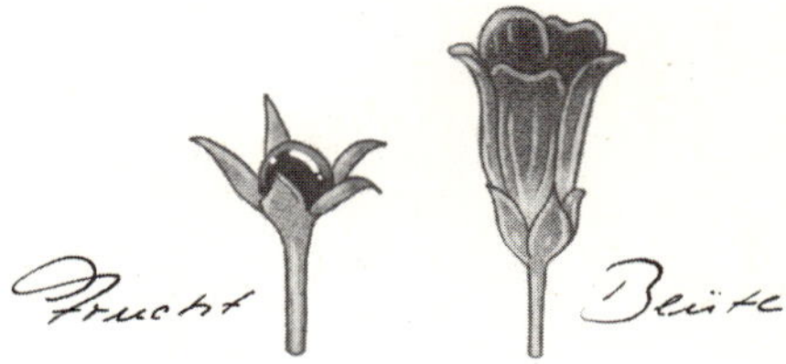

21

Finn zog Ivy hinter sich und warf die Samen in die Luft. Prasselnd entfachten sie sich zu Flammen und ließen die Pfeile verbrannt zu Boden fallen. Eilig griff Finn in einen der Lichtfäden, die noch immer von dem zerbrochenen Schwert fortliefen, und ballte ihn zu einer silbernen Kugel zusammen. Ein Wispern kam über seine Lippen. Dann schleuderte er seinen Zauber auf die Zentauren. Sie hoben noch die Arme, doch die Magie hüllte sie ein. Mit einem Knistern erlosch jedes Licht. Die Zentauren standen reglos. Ihre Körper hatten sich in glänzendes Silber verwandelt.

Fassungslos starrte Ivy die Kreaturen an, doch gleich darauf ertönte wieder das Grollen, wilder noch als zuvor. Die Erde bebte, Ivy duckte sich vor fallenden Gesteinsbrocken, und dann zerriss ein lautes Knirschen die Luft. Sie fuhr herum. Eiskaltes Licht fiel ihr ins Gesicht, und das Blut wich ihr aus dem Kopf.

Die Sphinx saß noch immer regungslos. Aber jetzt gruben sich ihre Krallen tiefer in den Boden, ihre Muskeln spannten sich und aus ihren geöffneten Augen flutete gleißendes Silberlicht. Es war so hell, dass Ivy die Hand vor ihr Gesicht hob, und doch konnte sie sich nicht abwenden. Reglos starrte die Sphinx sie an, und Ivy spürte, dass keine Waffe der Welt gegen diese Kreatur etwas ausrichten konnte. Ihr Blick durchdrang Fleisch und Knochen und zermahlte jeden Gedanken zu Staub.

Finn packte Ivys Arm und zog sie hinter eine Säule. Die Kühle des Steins erschien ihr heiß angesichts des Silberlichts der Sphinx. Gabriel knurrte, während Finn seinen Ambyx hervorzog. Mit rasendem Herzen hörte Ivy, wie die Sphinx sich auf die Beine stemmte. Sie schlug mit den Flügeln, ein eisiger Sturmwind fegte durch den Hof. Ivy duckte sich im Schutz der Säule. Gabriel kauerte neben ihr. Die Sphinx kam mit donnernden Schritten näher, und Ivy dachte nur noch eines: Sie mussten fliehen. Sofort.

Im selben Moment begegnete sie Finns Blick. Er stand reglos da, mit einer Handvoll Samen und seiner Glaskugel in den Händen, und sah mit einem kaum merklichen Lächeln auf sie herab. Es gab keine Fluchtmöglichkeit vor der Sphinx aus dieser Ruine, das las sie in seinen Augen. Nicht für sie alle. Ehe Ivy ihn aufhalten konnte, sprang er hinter der Säule hervor und stellte sich der Sphinx entgegen.

»Hat er jetzt völlig den Verstand verloren?« Gabriels Fell stand in allen Richtungen von seinem Leib ab. Ivy stockte der Atem, als sie Finns Gestalt vor der riesigen Sphinx sah. Deren gleißender Blick richtete sich nun auf ihn. Finn schwankte – und breitete die Arme aus. Schemenhaft erkannte Ivy die Samen, die um ihn herumwirbelten. Die Sphinx hob die Pranke. Doch ehe sie Finn treffen konnte, schoss er hoch in die Luft, sprang auf den Rücken der Kreatur und schlug den Ambyx in ihren Nacken. Roter Dampf stieg auf, die Sphinx stieß ein markerschütterndes Brüllen aus.

Sie bäumte sich auf, sodass Finn von ihrem Rücken fiel. Hart landete er am Boden und stemmte sich rückwärts, aber irgendetwas war mit seinem rechten Knöchel, denn er verzog schmerzerfüllt das Gesicht. Ehe er noch den Schutz einer Mauer erreicht hatte, fuhr die Sphinx herum. Ihre Augen glühten auf, der Dampf verschwand von ihrem Leib. Mit tief geneigtem Kopf ging sie auf Finn zu.

»Er ist verletzt«, wisperte Ivy, als Finn nicht auf die Beine kam. »Wir müssen ihm helfen!«

Sie hörte noch, dass Gabriel einen Fluch ausstieß. Dann sprangen sie aus der Deckung und rannten auf die Sphinx zu. Ivy zerrte die Tüte mit den Knallerbsen aus ihrem Mantel. Gabriel preschte voraus und verfiel in wütendes Bellen. Die Sphinx wandte sich von Finn ab – und da schleuderte Ivy ihr eine Handvoll Knallerbsen entgegen. Krachend schlugen die Früchte am Boden auf und explodierten zu funkensprühenden Rauchsäulen.

Die Sphinx wich zurück. Ivy meinte einen Anflug von Erstaunen auf ihren Zügen zu erkennen. Doch dann holte sie tief Luft. Gabriels Fell flatterte in ihrem Atemzug – und gleich darauf purzelte der Fuchs im Fluss ihres ausströmenden Atems vor Ivys Füße, umweht von den Schwaden der zerfetzten Rauchsäulen. Die Sphinx maß sie beide mit einem Blick und ließ keinen Zweifel daran, dass keiner von ihnen eine würdige Beute war. Sie hatte es auf Finn abgesehen.

Finn war bis zur Mauer zurückgewichen. Er hielt seine Glaskugel in der Hand, aber sein Atem ging schnell. Die Sphinx neigte den Kopf, langsam schritt sie auf Finn zu. Ivy konnte das eisige Feuer spüren, das sie in ihren Augen sammelte. Jede Sekunde würde sie Finn damit verbrennen.

Finns Ambyx zerschellte wirkungslos an der Pranke der Sphinx, und Ivy wusste mit einem Schlag, dass kein Zauber aus der Vorratskammer ihres Großvaters diese Kreatur aufhalten würde. Verflucht, wenn er jetzt nur hier sein könnte! Er würde der Sphinx Einhalt gebieten, er war der Beschützer des Poison Garden, er …

Mitten in ihre Panik hinein blitzte der letzte Blick ihres Großvaters vor ihrem inneren Auge auf, mit diesem Lächeln, das nur ihr gegolten hatte, und sie hörte Gabriels lächerlich theatralische Stimme in ihrem Kopf: *Möge dein Blut mich schützen, Erbin von Carlton Manor!*

Ivys Herz raste, als sie sich in Bewegung setzte. Ihr Großvater mochte nicht hier sein – doch ein Teil von ihm war es. Ivy war da als seine Enkelin, und sie würde nicht davonlaufen. Um nichts in der Welt!

Ihre Finger zitterten, als sie nach dem Beutel in ihrer Tasche griff. Hinter ihr stieß Gabriel ein Heulen aus. Aber sie achtete nicht darauf. Sie sah nur die Sphinx, die Finn fast erreicht hatte. Mit einem einzigen Satz sprang sie vor die mächtigen Pranken. Das eisige Licht umfasste Ivy wie eine Faust aus Eisen. Die Luft gefror in ihrer Lunge, sie rang nach Atem, doch sie wandte sich nicht von der Kreatur ab, die sie nun direkt ansah.

»Bleib stehen!«, rief Ivy so laut sie konnte. »Lass ihn in Ruhe!«

Die Sphinx legte leicht den Kopf schief. Aber sie ging weiter, geradewegs auf Ivy zu. Blitzlichtartig stellte Ivy sich vor wie es sein musste, von diesen mächtigen Pranken zerquetscht zu werden. Doch sie zwang die Angst in sich nieder. Sie war vielleicht keine würdige Beute – aber eine würdige Gegnerin sehr wohl!

»Hörst du nicht«, schrie sie jetzt, griff in ihren Beutel und zerdrückte zwei Flugsamen in ihrer Faust. Sofort wurde sie in die Höhe gerissen, direkt auf die Sphinx zu. Für einen Moment schwebte Ivy vor dem gewaltigen Gesicht und schaute in die silbernen Augen wie in zwei Meere aus gleißendem Licht. Ihr Haar und ihr Mantel flatterten im eisigen Wind. »Ich bin Ivy Carlton!«, brüllte sie. »Und ich habe gesagt: Bleib stehen!«

Damit ließ sie sich fallen und stieß die Faust vor. Sie schlug so fest zu, wie sie nur konnte. Ihre Knöchel platzten auf, sie hinterließen eine winzige Blutspur auf der Brust der Sphinx. Dann landete Ivy am Boden und schaute zu der Kreatur auf. Kurz ging ein Schauer über den gewaltigen Leib. Und die Sphinx blieb stehen.

Ivy grub die Finger in Gabriels Fell, der jetzt an ihre Seite huschte und knurrend zur Sphinx hinaufsah. Doch das kalte Licht war erloschen. Stattdessen färbten sich die Augen der Kreatur golden. Ivy hielt den Atem an. Es war, als würde die grausame Maske von der Sphinx abfallen, und darunter fanden sich weder Gewalt noch Kälte, sondern eine uralte Weisheit und Einsamkeit.

Aus dem Augenwinkel sah sie, wie die Sphinx die Pranke hob. Sie war riesengroß. Und doch erinnerte Ivy sich nicht daran, jemals so sanft berührt worden zu sein wie nun, da die Sphinx behutsam über ihre Wange strich.

Ivy Carlton, grollte eine uralte Stimme durch ihre Gedanken. *Ich werde dich nicht vergessen.*

Die Sphinx schien zu lächeln. Und Ivy spürte, wie das goldene Licht dieses Wesens in ihren Kopf eindrang, wie es in ihr Herz sank und jede Kälte vertrieb, die sie gerade noch empfunden hatte. Wie durch Zauberhand schloss sich die Wunde an ihren Knöcheln. Sie merkte, dass sie ebenfalls lächelte. Dann senkte die Sphinx die Lider, und im selben Moment, da das goldene Licht erlosch, erstarrte sie wieder zu Stein. Die Kristalle an den Wänden glitzerten nur noch leicht, ebenso wie die Scherben des Schwerts.

Gabriel stieß ein Seufzen aus, so tief, dass Ivy glaubte, er würde in Ohnmacht fallen. Aber dann setzte er sich nur auf sein Hinterteil und schaute zu ihr auf. »Gut gemacht«, sagte er. »Hätte ich selbst nicht besser hinbekommen.«

Ivy fuhr ihm zärtlich durchs Fell. Dann lief sie zu Finn hinüber. »Ivy Carlton«, sagte er und lehnte sich gegen die Mauer. »Du bist noch viel verrückter, als ich angenommen hatte.«

»Es gibt schlimmere Beleidigungen als das«, erwiderte sie.

Finn holte tief Atem. Er öffnete den Mund, um etwas zu sagen, und schloss ihn gleich wieder. Doch in seinen Augen blieb ein Gefühl zurück. Es war dasselbe, das Ivy empfunden hatte, jedes Mal, wenn er ihr die Haut gerettet hatte.

»Gern geschehen«, sagte sie leise.

Und ein sachtes Lächeln huschte über sein Gesicht.

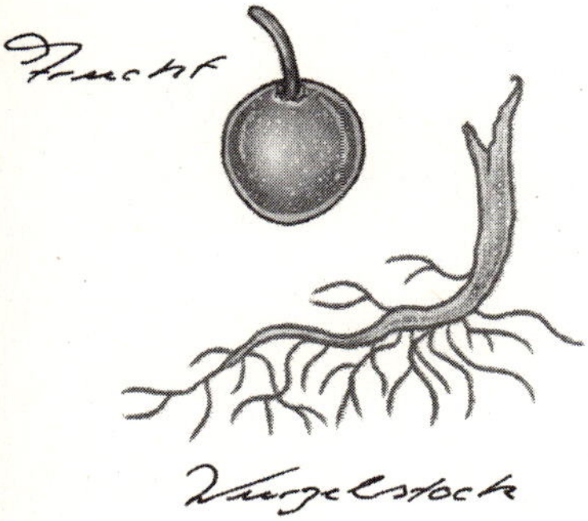

22

HATSCHI!« Gabriel fuhr sich über die Nase. »Diese verfluchte Elfenmagie! Sie kriecht mit ihrem Geglitzer noch bis in mein Gehirn!«

Ivy grinste. »Dann pass lieber auf, dass du dich nicht in einen Elf verwandelst. Mit deinen spitzen Ohren siehst du ja schon fast wie einer aus.«

Gabriel sah sie empört an, aber statt einer Antwort nieste er nur noch einmal. Dann schaute er missmutig auf die Scherben unter seinen Pfoten. Seit einer ganzen Weile versuchte er nun schon, die Fährte von Ivys Großvater aufzunehmen, doch die Elfenmagie machte ihm immer wieder einen Strich durch die Rechnung.

»Es ist wie verhext«, murmelte er. »Jedes Mal, wenn ich meine, etwas zu riechen, kommt eine Schwade Glitzerstaub und … HATSCHI!« Er schüttelte sich. »Immerhin wissen wir jetzt, wieso dein Großvater ausgerechnet hier gelandet ist. Er hatte

Botanischer Name
Convallaria majalis
Deutscher Name
Maiglöckchen
Familie
Spargelgewächse
(Asparagaceae)

vor den wehrhaften Statuen nichts zu befürchten. Aber ich gehe jede Wette ein, dass die drei Magier sich genauso mit ihnen herumschlagen mussten wie wir.«

Finn warf ihm einen Blick zu. Er saß neben Ivy auf einem Mauerstück und betastete den Verband, den er um seinen Knöchel gelegt hatte. Die Kräutermischung darin hatte zusammen mit ein paar Pulvern dafür gesorgt, dass er sein Bein wieder belasten konnte. Jetzt war er zwar noch etwas blass um die Nase, doch ansonsten wieder fast der Alte, auch wenn er es vermied, zur Sphinx hinüberzuschauen.

»Ivy hat recht«, meinte er zu Gabriel. »Je länger du da rumschnüffelst, desto glitzeriger wirst du. Irgendwann siehst du aus wie eine Christbaumkugel. Eine ziemlich haarige allerdings.«

»Sehr witzig«, schnaubte der Fuchs. »Ich frage mich, ob ihr immer noch Späße macht, wenn die drei Magier hier auftauchen, weil ich es einfach nicht hinkriege, Richards Fährte aufzunehmen!«

Finn hob abschätzig die Brauen. »Hast du nicht behauptet, deine Nase wäre wie geschaffen für ein bisschen Zaubernebel?«

Gabriel nieste noch einmal. »Offenbar habe ich mich geirrt.«

»Unsinn.« Ivy rutschte von der Mauer und strich Gabriel ermutigend übers Fell. »Du wirst es schaffen. Hast du etwa vergessen, dass du auch Gabriel, der Geniale genannt wirst?«

»Genial vorlaut vielleicht«, murmelte er niedergeschlagen. »Das war es dann aber auch. In Wahrheit bin ich doch nur ein ganz gewöhnlicher Fuchs.«

»Ach ja? Wie viele gewöhnliche Füchse sind mit einem alten

Griesgram wie meinem Großvater befreundet? Wie viele riskieren ihr Leben für einen Menschen? Und wie viele haben goldene Augen, weil ihnen mit der Kraft eines magischen Gartens das Leben gerettet wurde?«

Gabriel seufzte. »Möglicherweise nicht besonders viele. Aber …«

»Außerdem bist du eine Nervensäge«, fuhr Ivy fort. »Du willst meinen Großvater finden, oder etwa nicht? Und genau deshalb wirst du es auch schaffen. Du bist eben ein Dickkopf. Genau wie ich.«

Gabriel blinzelte zu ihr hoch. »Hättest Motivationstrainerin werden sollen«, meinte er. »Das machst du gar nicht mal so schlecht.«

Ein warmes Blitzen ging durch seinen Blick. Dann senkte er wieder die Nase über die Scherben und schloss die Augen. Ivy rechnete damit, dass er erneut niesen würde. Doch stattdessen stieß er ein freudiges Knurren aus. »Da ist sie«, raunte er, ohne den Kopf zu heben. »Die Fährte von Richard Carlton!«

Er setzte sich in Bewegung, die Nase dicht über dem Boden. Ivy und Finn folgten ihm durch einen Torbogen und gelangten, nachdem sie mehrere verfallene Räume durchquert hatten, auf einen Hügel, der an die Ruine angrenzte. Ringsum blühten die Nachtpflanzen, der Mond erhellte Findlinge zwischen Polstern aus Moos und hohen Gräsern. Und vor ihnen bildeten verbrannte Blätter ein klar umrissenes Oval.

Ivy blieb stehen. Die mit seltsamen Zeichen bemalten Steine

und die Überreste der verkohlten Blätter erinnerten sie an die Zeichnungen, die sie in dem Buch über Zauberkunst in der Vorratskammer ihres Großvaters gesehen hatte. Ohne Zweifel standen sie vor einem erloschenen Zauberritual.

»Hier endet die Fährte«, sagte Gabriel, der in der Mitte des Ovals stehen blieb. »Richard Carlton wurde verwundet, ich kann sein Blut riechen. Im Gegensatz zu den drei Magiern. Dein Großvater war allein hier.«

Ivys Herz machte einen Satz. »Dann ist er ihnen entkommen?«

»Vielleicht. Die Elfenmagie im Innenhof ist so stark, dass es schwierig ist, feine Nuancen wahrzunehmen. Richards Blut war eine klare Spur, gut möglich, dass die anderen drei tatsächlich von der Sphinx angegriffen und in die Flucht geschlagen wurden. Und währenddessen konnte Richard hierherkommen, um seinen Zauber zu wirken.«

Finn zerrieb die verbrannten Blätter zwischen den Fingern. Ein würziger Geruch erfüllte die Luft. »Ein Portalzauber«, sagte er. »Er öffnet eine Tür an einem anderen Ort. Sobald der Magier sie durchschritten hat, schließt sich das Portal für immer.«

Ivy trat über den Rand des Ovals. Es war ein seltsames Gefühl, mitten in einem erloschenen Zauberritual zu stehen. »Und wie finden wir raus, wo mein Großvater jetzt ist? Die Magie … Oh!« Sie hatte eine Handvoll Blätter aufgehoben – und mit leisem Rauschen entfachten sie sich zu weißem Feuer. Es verbrannte Ivy nicht, aber die Flammen tanzten so zügellos über ihre Hand, dass sie ihr fast wie lebendige Wesen vorkamen. Sie schaute zwischen ihrer brennenden Hand und den ascheschwarzen Blättern auf Finns Fingern hin und her. »Wieso brennen die Blätter bei mir, und bei dir passiert gar nichts? Bin ich auf einmal radioaktiv oder so was?«

Gabriel stieß ein Husten aus, das wie ein Lachen klang. »Klar. Das würde einiges erklären.«

»Du bist Richards Erbin«, entgegnete Finn. »Ihr habt dasselbe Blut. Deswegen konntest du die Sphinx aufhalten. Und deshalb reagiert die übrig gebliebene Magie in diesen Blättern auf dich.« Er hielt inne. »Vielleicht kannst du den Portalzauber für einen Augenblick aufleben lassen. Dann können wir sehen, wohin dein Großvater gereist ist.«

Ivy ließ die Blätter fallen. »Aber ich habe doch gar keine Ahnung von Magie!«

»Typisch«, meinte Gabriel. »Das denken die Menschen immer, bis sie das Gegenteil herausfinden. Wer hat denn den ollen Pfefferstrauch dazu gebracht, die Magier mit Feuerkörnern zu bespucken? Und wer hat gerade eine riesige Sphinx wieder zu Stein verwandelt? Ich würde ja sagen, dass du das warst. Aber vielleicht bin ich es auch gewesen, in meinen Träumen oder so.«

»Das mit dem Pfefferstrauch war nur Zufall«, gab Ivy zurück. »Und bei der Sphinx hatte ich mehr Glück als Verstand. Aber bei einem magischen Ritual reicht es sicher nicht, einfach nur die Enkelin von Richard Carlton zu sein. Ich bin doch keine Zauberin!«

»Das ist auch nicht nötig«, erwiderte Finn. »Ich werde dir helfen. Du brauchst dich nur auf das zu konzentrieren, was du sehen wirst, wenn du deine Augen schließt. Das ist alles.«

Ivy schaute auf den schwarzen Blätterrand zu ihren Füßen und kam sich selbst lächerlich vor. Es gab doch wirklich keinen Grund, vor ihm mehr Angst zu haben als vor einer Sphinx! Sie nickte unmerklich. Dann schloss sie die Augen.

Sacht wie ein Windhauch strich Finn über ihre Stirn und ließ eine klare Kälte auf ihrer Haut zurück. Gleichzeitig erschien ihr der Wind in den Gräsern ringsum auf einmal übernatürlich laut. Ein stechender Kopfschmerz jagte durch ihre Schläfen, so angestrengt starrte sie gegen die Dunkelheit ihrer Lider. Sie sah nicht das Geringste. Dafür spürte sie die Blicke von Finn und Gabriel umso deutlicher. Die beiden setzten ihre Hoffnungen in sie, das konnte sie fühlen. Langsam sog sie die Luft ein, und die Kühle auf ihrer Stirn zog beruhigend über ihren Körper. Ihre Freunde glaubten an sie. Und sie würde sie nicht enttäuschen.

Das Rauschen einer Baumkrone fegte durch ihre Gedanken wie das Tosen von Meereswellen. Ivy zog die Brauen zusammen. Hier auf dem Hügel standen keine Bäume. Jetzt flackerte grünes und rotes Licht über ihre geschlossenen Lider, und sie öffnete die Augen.

Im ersten Moment glaubte sie zu träumen. Sie befand sich unter einer gewaltigen Blutbuche. Ihr Stamm war so dick wie ein Haus, und in ihren Ästen glühten Spiegelscherben jeder Form und Größe. Sie schienen mit dem Baum verwachsen zu sein, ohne ihm zu schaden. Magische Feuer brannten in der turmhohen Krone, und rätselhafte Zeichen pulsierten in der Rinde. Ivy merkte erst nach einem Moment, dass sie den Rhythmus ihres eigenen Herzschlags angenommen hatten.

Instinktiv wich sie zurück und stieß gegen einen Ast, der sich lautlos zu ihr herabgeneigt hatte. Auch andere Äste senkten sich nun nieder. Spitze Zweige fuhren ihr ins Haar, es war, als tastete der Baum nach ihr. Aber wie in einem Traum blieb Ivys Angst seltsam dumpf. Sie betrachtete ihr Spiegelbild in einer der Scherben, und als es die Hand ausstreckte, konnte sie nicht anders, als auf den Spiegel zuzugehen. Wie gegen ihren Willen hob sie ebenfalls die Hand und legte die Finger auf das Glas, gerade an der Stelle, an der ihr Abbild dasselbe getan hatte. Jetzt verstärkte ihr Spiegelbild sein Lächeln – und seine Augen färbten sich pechschwarz. Erschrocken riss Ivy die Hand zurück. Der Spiegel zerbrach, und da hörte sie jemanden nach ihr rufen.

Ivy.

Es war eine männliche Stimme, die sie noch nie gehört hatte und die ihr doch seltsam vertraut vorkam. Gleichzeitig zogen sich die Risse des Spiegels nun über den gesamten Baum. Das Blätterrauschen wurde ohrenbetäubend laut. Es hob Ivy in die Luft und jagte durch ihren Körper, und sie spürte, dass es jeden Gedanken in ihr auslöschen würde bis auf diesen: Sie wollte wissen, wer sich hinter dieser Stimme verbarg.

Heftiger Schmerz durchzuckte ihren Schädel. Ihr wurde schwarz vor Augen, und gleich darauf fand sie sich neben Finn und Gabriel auf dem Hügel wieder.

»Was war das?«, fragte sie benommen. »Habt ihr das auch gesehen?«

Finn nickte, aber es war Gabriel, der das Wort ergriff. »Jetzt wissen wir, wo Richard Carlton steckt«, murmelte er düster. »Er ist im Baum der Spiegel – dem gefährlichsten Ort des Poison Garden.«

Ivy zog die Arme um den Körper und versuchte vergeblich, den Widerhall des Blätterrauschens aus ihrem Schädel zu verbannen. »Was soll das heißen? Warum sollte mein Großvater ausgerechnet dorthin reisen?«

»Weil dieser Ort gleichzeitig der sicherste Platz im Poison Garden ist«, erwiderte Finn. »Umso mehr, wenn dein Großvater verwundet wurde. Der Ort birgt die magische Quelle des Gartens, er ist sein Herz. Einst sollen die Elfen über ihn geherrscht haben. Der Baum der Spiegel besitzt eine Verborgene Pforte, doch niemand außer deinem Großvater kennt den Weg hinein. Wenn man den Geschichten glaubt, sind schon viele bei dem Versuch umgekommen, diesen Weg zu finden.«

»Ich habe eine Stimme gehört«, sagte Ivy nachdenklich. »Die Stimme eines Mannes. Sie hat meinen Namen gerufen.«

Finn schwieg für einen Moment. »Manche sagen, die Gesänge des Spiegelbaums entfachen unsere größte Sehnsucht – und nicht wenige gehen daran zugrunde. Wärest du der Stimme jenseits dieser Illusion gefolgt, würdest du nun für immer in den Zweigen der Buche hängen, ohne Bewusstsein, mit dem ewigen Geflüster der Blätter in deinem Kopf.«

»Großartige Aussichten«, knurrte Gabriel, und sein Fell sträubte sich.

»Ivy«, sagte Finn leise. »Ich habe dir schon einmal angeboten, allein nach deinem Großvater zu suchen, und ich wiederhole es jetzt, auch auf die Gefahr hin, dass du mich wieder mit diesem Blick ansiehst, als wäre ich nicht ganz richtig im Kopf. Ich weiß, dass du deinen Großvater unbedingt finden willst, das will ich auch. Aber der Baum der Spiegel ist gefährlicher als alles, was wir bisher in diesem Garten erlebt haben. Und ich …« Er holte tief Luft, als müsste er die Worte gewaltsam über seine Lippen treiben. »Ich will nicht, dass dir etwas passiert.«

Ivy sah ihn an. Nur die Zärtlichkeit in seinen Worten hinderte sie daran, verächtlich die Luft auszustoßen. »Du willst, dass ich aufgebe?«

»Nein«, erwiderte er. »Ich weiß, dass du das niemals tun würdest. Aber der Baum der Spiegel kann dir Schlimmeres antun als eine Sphinx aus Stein. Bist du dir wirklich sicher, dass du weitergehen willst?«

Ivy schlang die Arme um den Körper. Noch einmal hörte sie das unheilvolle Blätterrauschen in ihrem Kopf und ihren Namen, geflüstert von dieser rätselhaften Stimme, die sie unwiderstehlich anzog. Doch bevor die Angst sie packen konnte, erinnerte sie sich an ihren Großvater, halb von ihr abgewandt, in der Tür der Bibliothek. Und mit aller Macht drängte sie das Blätterrauschen mitsamt der Stimme aus ihrem Kopf. Sie sah, wie ihr Großvater lächelte, und erwiderte die Geste unmerklich.

»Ich werde den Weg zu meinem Großvater finden«, sagte sie mit fester Stimme. »Und niemand sonst.« Sie hielt inne. »Aber allein schaffe ich das nicht.«

»Zum Glück hast du ein geplatztes Sofakissen und einen genialen Fuchs an deiner Seite«, sagte Gabriel. »Ist doch wohl klar, dass wir dich begleiten.«

Finn sah Ivy unverwandt an. Seine Augen hatten einen ungewohnten Glanz, als er langsam nickte und dann mit einem schiefen Lächeln sagte: »Offenbar liegt der Wahnsinn in deiner Familie.«

Ivy lachte. »Ich glaube, da ist Widerspruch zwecklos. Auch wenn ich gern was anderes behaupten würde.«

»Du bist eben ein Dickkopf«, sagte Gabriel und keckerte. »Genau wie ich!«

Botanischer Name
Lilium candidum
Deutscher Name
Weiße Lilie
Familie
Liliengewächse
(Liliaceae)

23

Die schwarzen Lilien zogen sich über die nächtliche Ebene wie ein Meer aus dunkler Seide. Wellengleich wiegten sie sich im Wind und umrahmten einen kleinen weißen Pavillon mit einer Statue darin. Verschlungene Pfade führten zu ihm, sodass er inmitten der schwarzen Blumen wirkte wie ein Stern in der Nacht.

»Seid vorsichtig«, sagte Finn, der vorausging. »Diese Lilien sind gefährlicher, als sie aussehen. Wenn man sie bricht, entfalten sich ihre Düfte. Und die können innerhalb kürzester Zeit töten.«

Gabriel hatte gerade die Nase in eine Lilie gesteckt und nieste nun lautstark. »Steht uns mit dem Baum der Spiegel nicht schon genug Nervenkitzel bevor? Musst

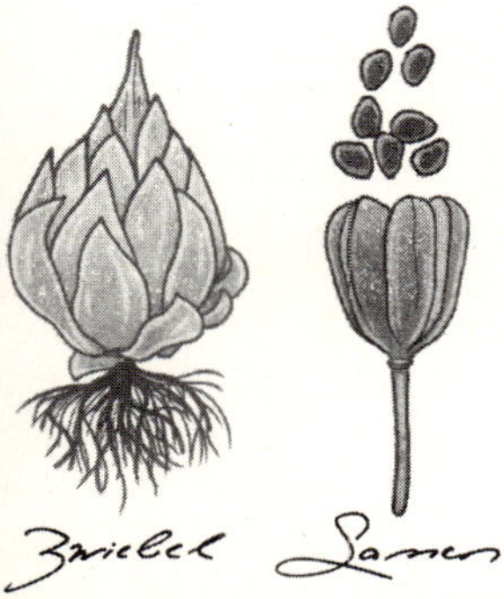

du uns vorher unbedingt noch in ein Bootcamp der gefährlichsten Pflanzen schicken?«

Ivy warf ihm einen Blick zu. »Woher weißt du, was ein Bootcamp ist?«

»Ich weiß mehr über euch Menschen als ihr über mich, das ist mal sicher. Was übrigens für die meisten Füchse gilt.«

»Dann weißt du sicher auch, dass wir nicht ungeschützt zum Baum der Spiegel gehen können«, erwiderte Finn. »Diese Lilien sind sehr mächtig. Ihre Kraft führt an den einzigen Ort, an dem die Menschen wirklich frei sind: in ihre Gedanken. Richard Carlton nutzt sie nur selten, denn natürlich ist das eine große Verantwortung. Gelangt man in fremde Gedanken, kann man beobachten, heilen oder zerstören, je nachdem, welche Absicht man hat.«

Gabriel schnaubte. »Ich kann mir Besseres vorstellen, als ein Sofakissen in meinem Kopf zu haben.«

Finn lachte auf. »Keine Sorge. Der Spiegelbaum wird versuchen, uns den Verstand zu rauben. Wir werden die Lilien nur dafür nutzen, um uns zu schützen.«

»Und wie?«, fragte Gabriel skeptisch. »Indem wir sie essen?«

»Du würdest innerhalb eines Atemzugs zu Asche verbrennen«, gab Finn zurück. »Ich werde eine Tinktur herstellen, die sich wie ein Schutzfilm auf unsere Haut legt.«

Vorsichtig bewegten sie sich zwischen den Lilien hindurch. Ihr Duft war betörend. Ivy ließ den Blick über die Ebene schweifen. Sie konnte die Gefahr spüren, die von den Blumen ausging, und trotzdem fühlte sie sich an diesem Ort so ruhig wie lange nicht mehr.

»Es ist so still hier«, sagte sie. »Man hört nur den Wind und das Flüstern der Blumen.«

»Ja«, meinte Finn. »Nirgends im Poison Garden ist es so friedlich. Aber in den schwarzen Lilien steckt mehr als Stille und Dunkelheit.«

Er blieb neben einer besonders großen Lilie stehen und zog den Ambyx hervor sowie einen schwarzen Samtbeutel, aus dem er vorsichtig eine Prise silbernen Staub herausnahm. Er pustete den Staub vorsichtig über die Blüte, und gleich darauf tauchten Farben aus der Schwärze. Zuerst Grau, dann Braun, gefolgt von Gelb, Orange und Rot, bis die Lilie in hellem Violett erstrahlte. Finn bewegte die Hand, der Staub löste sich mitsamt der Farbe von der Blüte und ließ ein samtenes Nachtblau zurück. Wie ein Schleier flog die Farbe in die Glaskugel hinein und schmolz auf ein schwaches Flackern zusammen. Es sah aus wie ein winziges Nordlicht.

Gabriel begutachtete es fachmännisch. »Wie lange braucht denn dein Schutzzauber, bis er fertig ist?«

»Eine Weile«, seufzte Finn und setzte seinen Weg fort. »Ehrlich gesagt muss der Ambyx komplett gefüllt sein, damit es für die Tinktur reicht. Richard Carlton kann diese Ebene im Nullkommanichts bunt färben, indem er den Staub mit einem einzigen Atemzug über allen Pflanzen verteilt. Aber ich habe keine Ahnung, wie er das macht. Das gehört wohl zu den Geheimnissen des Poison Garden, die nur er kennt.«

Sie hatten den Pavillon erreicht. Hier waren die Lilien mannshoch, doch Ivy achtete kaum darauf. Ihr Blick ruhte auf der Frauenstatue im Pavillon. Sie saß in einem fließenden Gewand auf einem Marmorsockel. Ihr langes Haar fiel über ihre Schultern, zwischen den Fingern hielt sie eine Lilie. Ein Lächeln zierte ihr Gesicht, ihr Ausdruck war entschlossen und liebevoll zugleich. Unwillkürlich trat Ivy einen Schritt auf die Frau zu.

»Meine Großmutter«, flüsterte sie. »Warum steht hier eine Statue von ihr?«

Finn schwieg für einen Moment. »Ich wünschte, dein Großvater könnte dir das selbst erzählen«, sagte er dann. »Er war noch ziemlich jung, als er Carlton Manor von seinem Vater übernommen hat. Er ist mit seiner Frau Amelia hierhergezogen, lehrte an der Universität, und als seine Tochter Violet geboren wurde, schien sein Glück perfekt.«

Unwillkürlich dachte Ivy an ihre Mutter. Sie hatte mit ihrer eigensinnigen Art und ihren ausgefallenen Klamotten nie so richtig nach Carlton Manor gepasst, jedenfalls hatte sie das selbst immer so gesagt. Doch jetzt meinte Ivy, das fröhliche Lachen ihrer Mutter zu hören, wie es an den steinernen Wänden des Herrenhauses widerhallte und in den wilden Garten hinausbrach.

»Aber dann wurde Amelia krank«, fuhr Finn fort. »Niemand konnte sagen, was ihr genau fehlte. Es war eine tiefe Traurigkeit, gegen die es kein Heilmittel gab. Richard suchte lange im Poison Garden nach etwas, das ihr helfen konnte. Und er schuf einen ganz besonderen Zauber. Er nannte ihn den Zauber der schwarzen Lilie. Einmal am Tag ließ er Amelia an einer dieser Blumen riechen, und tatsächlich schien sich ihr Zustand zu bessern.«

Ivy betrachtete das leise Lächeln ihrer Großmutter. »Wusste sie über den Poison Garden Bescheid?«

Finn schüttelte den Kopf. »Dein Großvater wollte seine Familie immer beschützen. Deswegen hat er sein Wissen über den Garten geheim gehalten. Doch eines Tages verletzte er sich selbst an einer giftigen Pflanze und verlor mitten im Poison Garden das Bewusstsein. Erst nach drei Tagen kam er wieder zu sich.«

»Und meine Großmutter?«, fragte Ivy.

»Sie hat sich Sorgen gemacht und ist in den Garten gelaufen, um ihn zu suchen«, sagte Finn. »Dort hat sie sich verirrt und kam zu diesem Lilienfeld. Natürlich hat sie den Duft sofort erkannt. Sie brach eine Lilie und roch daran, so lange, bis die Blume ganz weiß geworden war und all ihre Zauberkraft verloren hatte. Richard fand seine Frau hier auf diesem Feld zwischen den Blumen, eine weiße Lilie auf dem Schoß. Beide waren zu Stein geworden.«

Ein Windstoß fuhr Ivy in den Nacken, und kurz glaubte sie, den verzweifelten Schrei ihres Großvaters zu hören: einen Schrei von solchem Schmerz, dass er ihr die Kehle zusammenzog.

»Es hat ihm das Herz gebrochen«, fuhr Finn fort. »Elaine MacGill hat mir erzählt, dass er zu ihr sagte: *Ich habe Amelia nicht an die Traurigkeit verlieren wollen, und nun habe ich sie an die Freude verloren*. Seitdem soll er sich sehr verändert haben.«

Gabriel hatte bisher fast reglos neben Ivy gesessen. Nun richtete er sich ein wenig auf. »Ich kenne niemanden, der so viele

Mauern um sich gezogen hat wie Richard Carlton. Viele davon sind dicker als die Wände von Carlton Manor.«

Finn nickte unmerklich. »Aber jede Mauer kann durchbrochen werden. Jedenfalls von der richtigen Person.«

Ivy hob die Brauen. »Warum siehst du mich so an?«

»Ach, nur so«, meinte er mit einem Lächeln. »Oder vielleicht, weil du deinen Großvater im Handumdrehen ein ganzes Stück zurück ins Leben geholt hast. Weit genug jedenfalls, dass er bereit war, dir das Geheimnis des Poison Garden zu erzählen. Ich habe dir das schon einmal gesagt. Im Tempel der Sylphen, erinnerst du dich? Und es ist noch immer wahr.«

Ivy wollte lachen, so absurd erschien ihr der Gedanke, dass ausgerechnet *sie* die harte Schale des unnahbaren Richard Carlton durchdrungen haben sollte. Doch dann erinnerte sie sich an sein wütendes Gesicht vor dem Tor des Poison Garden, an die Sorge in seinem Blick – und an die Wärme, mit der er sie mitten in ihrem Bücherchaos in der Bibliothek angeschaut hatte. Erneut sah sie das Lächeln, mit dem er sich zu ihr umgedreht hatte. Es war ihm schwergefallen, dieses Lächeln, das spürte sie auf einmal ganz deutlich. Und sie konnte Finn nicht mehr widersprechen.

Sie sah zu, wie er weitere Farben in den Ambyx schickte, und schaute dann über das mondbeschienene Feld der Lilien hinweg. »Hier war er nie einsam, oder?«, fragte sie.

Finn schüttelte den Kopf. »Elaine sagte mir einmal, dass der Poison Garden deinen Großvater aufgefangen hat, als nichts anderes das konnte. Ich glaube, für ihn ist dieser Garten wie …«

»Nach Hause kommen«, beendete Ivy seinen Satz, und erst, als sie es aussprach, wusste sie, dass es die Wahrheit war. Gabriel hob den Kopf, aber er sagte nichts. Stattdessen schaute er über die Ebene hinweg wie in eine weite Ferne, und Ivy spürte, dass er genauso empfand. Sie holte tief Luft. »Es ist gar nicht so leicht, nach Hause zu kommen, wenn man noch nie irgendwo zuhause war.«

»Das Gefühl kenne ich gut«, erwiderte Finn. »Aber ich habe gesehen, wie du den Sylphen zugehört hast. Ich habe dich auf dem Rücken von Herrn Sumsemann lachen gehört. Und ich weiß, wie glücklich du warst, als du zum ersten Mal den Feen begegnet bist. Hab keine Angst vor diesem Gefühl, Ivy Carlton. Es wird nicht einfach verschwinden. Der Poison Garden ist für immer.«

Ein warmer Schauer flog über Ivys Haut, als sie sich zu den schwarzen Lilien umdrehte. In ihren Gedanken hörte sie die Stimme ihres Großvaters, und sie sah ihn vor sich, wie er den Sylphen in ihrem Tempel zuhörte, wie er über die gewundenen Pfade seines Gartens ging – und wie er auf dieser Ebene stand, die Arme weit ausgebreitet, das Lächeln ihrer Großmutter in seinem Kopf.

Der Wind fuhr Ivy ins Gesicht wie ein Atemzug, und da wusste sie, dass es stimmte: Ihr Großvater war hier nie einsam gewesen. Genauso wenig wie sie. Sie roch den Duft der Lilien und spürte die Stille, die in jeder Blüte war, und als sie Luft holte, da war es, als würde der Wind ihr Antwort auf eine ungestellte Frage geben, ebenso wie alle Pflanzen ringsherum. So oft hatte sie sich vor ihnen gefürchtet und dennoch die tiefe Faszination für den Poison

Garden in jeder Faser ihres Körpers gefühlt. Doch erst hier, auf der Ebene der schwarzen Lilien, spürte sie ohne jeden Zweifel, dass sie ein Teil von ihm geworden war – und er von ihr.

Wortlos nahm sie Finn den schwarzen Samtbeutel mit dem Silberstaub aus der Hand. Sie wandte sich nicht von den Lilien ab, auch dann nicht, als es in dem Beutel zu flattern begann. Mit pochendem Herzen hob sie ihn vor ihr Gesicht – und da stob der Silberstaub in Gestalt eines schillernden Schmetterlings daraus hervor. Er landete auf Ivys Fingern und bewegte die Fühler, als würde er sie genau betrachten. Dabei sah er so niedlich aus, dass sie lachen musste. Dann beugte sie sich vor und ließ die Luft aus ihrer Lunge strömen.

Ihr Atemzug trug den Schmetterling weit über die Ebene. Mit jedem Flügelschlag fielen Schleier aus Silberstaub auf die Lilien, und da brachen Farben aus der Dunkelheit, strahlend wie ein Feuerwerk. Wellen aus Rot und Grün flossen ineinander, Ströme aus Gold und Violett verschmolzen mit Blau und Orange, und als Ivy die Hand hob, stieg der Schmetterling hoch in die Luft und nahm einen Strom aus Farben mit sich.

In wilden Kreisen kam er zu Ivy zurück und hüllte sie in bunte Schleier, und sie spürte die Freude ihres Großvaters, die in jedem farbigen Staubkorn steckte, so kraftvoll in sich widerklingen, dass ihr ganz leicht ums Herz wurde. Ihre Füße hoben sich vom Boden, und als sie die Arme ausbreitete und den Strom der Farben um sich herumfließen ließ, spürte sie erstmals mit aller Macht, dass er recht gehabt hatte: *Es ist gut, dass du da bist, Ivy. Hier im*

Poison Garden. Hier bei mir. Es war, als wäre sie zum ersten Mal in ihrem Leben genau am richtigen Platz.

Lautlos kam Ivy am Boden auf. Der Schmetterling strich ihr noch einmal mit den Flügeln über die Wange. Dann stoben alle Farben in seinen Leib, und er schoss geradewegs in den Ambyx hinein. Dort verwandelte er sich in Kaskaden aus glühenden Lichtern. Schnell gab Finn einige Tropfen eines Öls dazu, und die Farben wurden zu einem wogenden Meer, das sich zusehends intensiver verfärbte. Der Duft von Asche und Wind zog durch die Luft wie immer, wenn Finn Magie wirkte. Mit klopfendem Herzen erwiderte Ivy sein Lächeln. Bald schon würde der Zauber bereit sein.

Die Lilien jedoch erstrahlten in dem schönsten Blau, das Ivy je gesehen hatte. Feen glitten darüber, offenbar neugierig angesichts der veränderten Blumen. Ihre Flügel funkelten im Mondschein, und das Meer der Lilien sah aus wie der Nachthimmel über ihnen.

Gabriel schmiegte sich an Ivy, und sie holte tief Luft. Es steckte tatsächlich mehr in diesen Blumen als Stille und Dunkelheit. So viel mehr als das. Behutsam berührte sie ihre Wange und lächelte, als sie den Staub darauf fand … den Staub eines silbernen Schmetterlings.

Botanischer Name
Anemone nemorosa
Deutscher Name
Buschwindröschen
Familie
Hahnenfußgewächse
(Ranunculaceae)

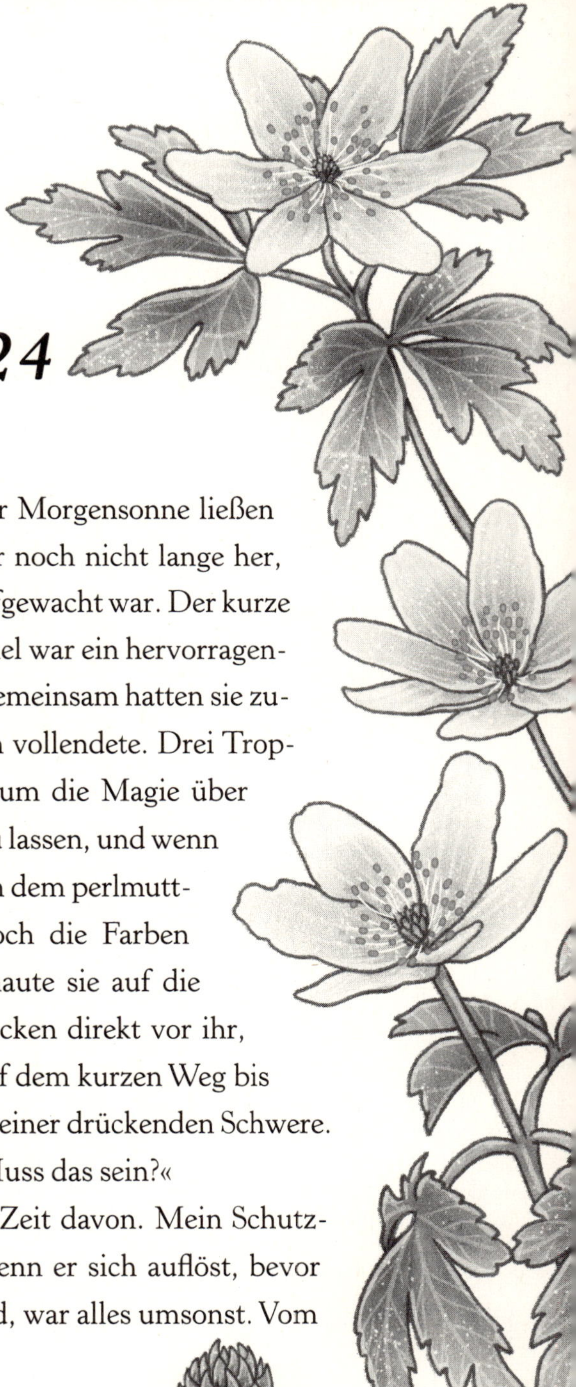

24

Die ersten Strahlen der Morgensonne ließen Ivy blinzeln. Es war noch nicht lange her, seit sie im Pavillon aufgewacht war. Der kurze Schlaf hatte ihr gutgetan. Gabriel war ein hervorragendes Kopfkissen gewesen, und gemeinsam hatten sie zugesehen, wie Finns Zauber sich vollendete. Drei Tropfen davon hatten ausgereicht, um die Magie über Ivys gesamten Körper ziehen zu lassen, und wenn sie genau hinsah, erkannte sie in dem perlmuttfarbenen Schimmer immer noch die Farben der Lilien. Jetzt allerdings schaute sie auf die undurchdringlichen Lorbeerhecken direkt vor ihr, und das Hochgefühl, das sie auf dem kurzen Weg bis hierher empfunden hatte, wich einer drückenden Schwere.

»Ein Irrgarten«, sagte sie. »Muss das sein?«

Finn nickte. »Uns läuft die Zeit davon. Mein Schutzzauber hält nicht ewig, und wenn er sich auflöst, bevor wir beim Baum der Spiegel sind, war alles umsonst. Vom

Zentrum dieses Irrgartens aus können wir reisen, wohin auch immer wir wollen.«

»Dann würde ich gern in einem riesigen Blaubeerhaufen landen«, murmelte Gabriel. »Oder besser noch in Ivys Zimmer, das bestimmt sehr gemütlich ist. Wisst ihr, ein Fuchs wie ich braucht gar nicht viel. Liebe, Gemütlichkeit und saftige Blaubeeren, das ist schon alles.«

»Das findest du da drin sicher nicht«, erwiderte Ivy. Sie konnte nur wenige Schritte weit in den Irrgarten hineinschauen. Dahinter verlor sich trotz der Sonnenstrahlen alles in einem unheilvollen Zwielicht.

»Es ist der kürzeste Weg«, beharrte Finn. »Jedenfalls, wenn man die richtigen Pfade kennt.«

Gabriel knurrte missmutig. »Und die kennst du?«

»Ich glaube, ich erinnere mich an den einen oder anderen.« Finn grinste. »Keine Sorge. Ich habe oft genug die Hecken da drin geschnitten, um mich einigermaßen auszukennen.«

Ivy zog die Arme um den Körper. »*Einigermaßen*. Das ist nicht ganz das, was ich jetzt hören wollte.«

Gabriel warf Finn einen Blick zu. »Kennst du wenigstens den Minotaurus gut genug, damit er uns nicht frisst?«

Finn zuckte die Achseln. »Meistens ist er ganz friedlich.«

»Ein Minotaurus?« Ivy schluckte schwer. »So wie der in der Sage, der die Menschen gefressen hat?«

Gabriel sträubte sein Fell. »Ich weiß schon, wieso ich mich von diesem Irrgarten bisher ferngehalten habe.«

»Gut, dass ihr keine Vorurteile habt, was mystische Wesen betrifft«, meinte Finn. »Haltet euch fern von den Hecken, dann wird uns der Irrgarten schon nicht verschlingen.«

»Nein«, seufzte Gabriel düster. »Der Garten selbst vielleicht nicht.«

Doch Finn setzte sich in Bewegung, und ihnen blieb nichts anderes übrig, als ihm zu folgen. Kaum hatten sie den Irrgarten betreten, hüllte sie grüne Dämmerung ein. Die Hecken ragten viel höher auf, als es gerade noch ausgesehen hatte. Glimmende Blüten wuchsen darin, und fremdartige Vögel schwirrten zwischen ihnen umher. Vereinzelt entdeckte Ivy auch Feen, die mit leuchtenden Augen zu ihr herüberschauten, nur um gleich darauf davonzuhuschen. Sie legte den Kopf in den Nacken. Der Himmel erschien ihr in so weiter Ferne, als wäre sie in ein Verlies hinabgestiegen. Es herrschte eine so angespannte Stille, als würde der Irrgarten den Atem anhalten.

»Seltsam«, sagte Finn. »Normalerweise ist hier ein Heidenlärm. Vogelgezwitscher. Insektengesumm. Und das Geplapper der Feen.«

»Sehr ermutigend«, erwiderte Gabriel. »Vielleicht hat der Irrgarten heute schlechte Laune und keine Lust darauf, malerisch und freundlich zu sein. Möglicherweise ist er heute lieber ein bisschen grausam.«

Ivy folgte seinem Blick und sah gerade noch, wie eine Fliege von einer Blüte gefangen wurde. Ein Windhauch streifte ihren Nacken, warm wie ein Atemzug, und ließ sie schaudern. »Als

Kind mochte ich Irrgärten«, wisperte sie. »Es war lustig, die richtigen Wege zu finden. Aber hier …«

»… sind wir im Poison Garden«, beendete Gabriel ihren Satz. »Und hier ist nichts so, wie es scheint.«

Finn ließ seinen Ambyx aufleuchten. Sofort flatterten etliche Feen aus dem Lichtkegel, auch einige Pflanzen zogen sich ins Dunkel zurück. »Gehen wir. Je eher wir hier wieder rauskommen, desto besser.«

Sie achteten darauf, den größtmöglichen Abstand zu den Hecken zu halten. Kurz wollte Ivy Finn fragen, wie er es geschafft hatte, diese grünen Monsterwände zu schneiden. Aber dann dachte sie an die rüstungsähnlichen Anzüge in den geheimen Gängen und beschloss, lieber keine Details über die mörderischen Fähigkeiten dieser Pflanzen erfahren zu wollen. Es genügte ihr vollkommen, dass manche Blüten mit leisem Zischen die Luft einsogen, wenn sie vorüberging – so als würden sie prüfen, ob sie sich mit kleinen Snacks in Fliegengröße zufriedengeben oder doch einmal einen größeren Happen probieren sollten.

Und die unheimlichen Pflanzen waren noch nicht das Schlimmste. Bald hatte Ivy das Gefühl, dass ihnen jemand folgte. Aber jedes Mal, wenn sie sich umdrehte, war da nichts als ein verlassener Gang, der sich im Zwielicht verlor.

»Hier lang«, raunte Finn.

Ivy folgte ihm durch einen schmalen Durchgang und spürte eine Berührung an der Schulter. Sie wandte den Blick – und schrie auf. Eine blühende Ranke war geradewegs auf sie zugeglitten und schnappte nach ihr. In letzter Sekunde sprang Ivy zurück, und die Ranke verkohlte in Finns Licht. Flüsternd fielen ihre Blätter zu Boden.

»Irgendwas stimmt hier nicht«, murmelte Finn. »Normalerweise tun die Blumen so was nicht.«

»Was soll das heißen?«, fragte Gabriel. »Dass sie für gewöhnlich Lieder singen und Gedichte schreiben?«

»Das heißt, dass sie normalerweise keine Menschen angreifen«, erwiderte Finn.

Da glitt ein Windstoß durch die verkohlten Blütenblätter. Er wirbelte sie in die Luft, und gleichzeitig ertönte eine schauerliche Wehklage, die rasend schnell durch die Gänge hallte. Sie schwoll zu einem Geräusch an, das klang wie berstendes Glas. Dann brach sie ab – und Finns Licht erlosch.

»Verflucht, was …«, entfuhr es Gabriel, doch Finn brachte ihn mit einer Handbewegung zum Schweigen. Ivy sah zu, wie er vergeblich versuchte, den Ambyx wieder zu entfachen, und begriff mit Entsetzen, dass seine Magie in diesem Irrgarten nicht mehr wirkte. Im selben Moment hörte sie die Schritte. Oder vielmehr fühlte sie sie, denn sie waren so schwer, dass der Boden erzitterte. Und sie kamen direkt auf sie zu.

»Raus hier«, keuchte Gabriel und wich zurück. »Schnell!«

Sie rannten los, geradewegs den Gang hinab. Gabriel hastete neben ihnen her wie eine flackernde rote Flamme, und Ivy spürte einen Windstoß im Nacken, glühend heiß nun wie ein Atemzug direkt aus der Hölle. Die Pflanzen ringsum begannen unheilvoll zu wispern. Ohne dass sie es verhindern konnte, tauchten Bilder vor Ivys innerem Auge auf. Eine Kreatur mit dem Körper eines Mannes und dem Kopf eines Stieres, das Maul zu einem wütenden Schrei aufgerissen, die Augen in rotem Feuer entfacht. Wie oft hatte sie die Sage vom Minotaurus gelesen, wie oft sich vorgestellt, selbst in einem Labyrinth zu sein und das Ungeheuer zu besiegen. Natürlich hatte sie jedes Mal gewonnen, so mächtig der Minotaurus auch gewesen war. Aber jetzt, da hinter ihr ein Brüllen erklang, so laut, dass ihr die Luft aus der Lunge wich, begriff sie mit schmerzhafter Klarheit, wie groß der Unterschied zwischen Fantasie und Wirklichkeit sein konnte. Niemals hätte sie sich etwas so Schreckliches vorstellen können wie das, was ihnen nun folgte. Niemals hätte sie sich ausmalen können, je solche Angst zu haben wie jetzt.

Finn zerrte sie in einen anderen Gang. Offenbar wusste er noch immer, wie sie zum Zentrum des Irrgartens kamen. Doch da ging ein Rauschen durchs Unterholz. Und direkt vor ihnen schoben sich zwei Hecken ineinander. Im letzten Moment wichen sie zurück und schlugen einen anderen Weg ein. Aber dort erging es ihnen nicht besser, und auch im folgenden Gang nicht. Sobald sie ein paar Schritte gelaufen waren, versperrten ihnen die Hecken den Weg. Und ihr Verfolger kam immer näher.

Ivy fühlte sich wie in einem Albtraum, aus dem es kein Entkommen gab. Der Boden bebte nun so heftig, dass sie taumelte. Etwas griff nach ihrem Bein, sie stürzte. Keuchend wollte sie sich aufrappeln, doch eine Wurzel hielt ihren linken Knöchel um-

klammert und wickelte sich in rasender Geschwindigkeit um ihre Hüfte. Sie schrie und hörte Finn wie aus weiter Ferne ihren Namen rufen. Aber sie konnte sich nicht zu ihm umdrehen. Alles, was sie sah, war die Gestalt, die nun in den Gang trat – so gewaltig, dass sie den Himmel verdeckte.

Die Schritte des Minotaurus hallten in Ivys Leib wider. Ihre Zähne schlugen aufeinander, doch sie konnte den Blick nicht von der Kreatur abwenden. Gerade noch hatte sie über Fantasie und Wirklichkeit nachgedacht und darüber, wie weit beides manchmal auseinanderklaffte. Aber jetzt, da sie vor diesem Geschöpf lag, begriff sie, dass sie sich geirrt hatte. Manchmal war beides dasselbe. Und es gab nichts Entsetzlicheres als das.

Der Minotaurus sah aus rotglühenden Augen auf sie nieder. Rauch stieg aus seinen Nüstern, mächtige Hörner ragten aus seinem Schädel. Er hob seine Axt, und Ivy rechnete damit, jede Sekunde von ihr gespalten zu werden. Der Minotaurus holte aus – und die Axt grub sich in den Sand neben ihrem Kopf. Eine eisige Flüssigkeit traf ihre Stirn. Dann fiel die kindskopfgroße Knospe einer Blume neben ihr in den Sand. Ivy starrte fassungslos auf die messerscharfen Blütenblätter, die im Zeitraffer vertrockneten, und fühlte, wie sich die Wurzeln um ihren Leib zurückzogen. Außer Atem sah sie zum Minotaurus auf. Er hatte sie nicht verwundet. Er hatte sie gerettet!

»Asterios!« Es war Finns Stimme, die die Stille durchbrach. Er zog Ivy auf die Beine, dann trat er auf den Minotaurus zu. »Was zur Hölle ist hier los?«

Gabriel huschte neben ihn, er sah aus wie eine Flaschenbürste. »Ihr kennt euch?«

»Unsere letzte Begegnung liegt lange zurück«, erwiderte Asterios mit einer Stimme wie Donner. »Und wenn ich mich recht erinnere, war sie nicht besonders angenehm. Zumindest nicht für dich.«

Finn nickte. »Ich bin in eine deiner Hecken geraten, und du hast mich daraus befreit. Seitdem habe ich einiges gelernt. Ich hätte nicht gedacht, dass ich noch einmal deine Hilfe brauchen würde.«

Asterios schnaubte verächtlich und richtete seinen Flammenblick auf eine Ranke, die verstohlen auf Finn zugeglitten war. Wispernd zog sie sich in die Hecke zurück. »Mein Irrgarten spürt eine große Unruhe im Poison Garden. Eine Gefahr hat sich unter uns geschlichen, und mein Garten versucht, sich selbst zu schützen. So, wie er es seit jeher getan hat. Er war noch nie für euch bestimmt. Ihr müsst von hier verschwinden!«

»Nichts lieber als das«, murmelte Gabriel, doch Finn schüttelte den Kopf.

»So einfach ist das nicht«, sagte er eindringlich. »Wir sind nicht grundlos hierhergekommen.«

»Natürlich nicht«, grollte Asterios. »Ihr tut doch nie etwas ohne Motiv, nicht wahr? Aber mich interessieren eure Gründe nicht. Ich habe für meinen Garten Sorge zu tragen. Und ihr versetzt ihn in Aufruhr!«

»Wir sind auf dem Weg zu meinem Großvater«, sagte Ivy und

meisterte den Blick in die flammenden Augen des Minotaurus. »Er wurde von drei Magiern angegriffen, sie sind die Gefahr, die ihr fühlt. Er wurde verwundet und …«

»… und er weiß, dass dieser Irrgarten seinen eigenen Willen hat«, beendete Asterios ihren Satz. »Er hätte sich niemals Hals über Kopf mitten hineingestürzt! Ihr habt hier nichts zu suchen. Ihr seid zu schwach. Zu zerbrechlich. Wir wollen euch hier nicht!«

Er stampfte mit dem Fuß auf, und unter dunklem Ächzen formte sich ein Weg vor ihnen. Ivy wusste, dass er zum Eingang des Irrgartens zurückführte. Und mit einem Schlag war ihre Ehrfurcht wie weggewischt. »Du befiehlst deinen Pflanzen«, sagte sie. »Du kannst uns helfen!«

Doch Asterios lachte auf, hart und freudlos. »Warum sollte ich das tun? Weil du die Enkelin von Richard Carlton bist? Das interessiert mich nicht im Geringsten. Ich schulde euch Menschen gar nichts. Ihr könnt froh sein, dass ich euch nicht fresse, wie ihr es in euren Geschichten über mich erzählt!«

Der Donner seiner Stimme schlug ihr das Haar zurück. Finn griff nach ihrem Arm, aber Ivy blieb stehen, wo sie war. Sie sah den Minotaurus an, und auf einmal wusste sie, dass all die Geschichten über ihn gelogen waren. Sie konnte nicht sagen, woher diese Erkenntnis kam, doch sie spürte es unzweifelhaft, genauso wie den Zorn in Asterios' Stimme … und das warme Flackern weit hinten in seinen Augen, in dem ein goldener Schimmer lag.

»Die Geschichten müssen falsch sein«, sagte sie. »Denn du lebst. In den Geschichten wirst du getötet.«

»Natürlich«, gab er zurück. »So, wie ihr Menschen immer tötet, was ihr nicht versteht. Aber jetzt ist nicht die Zeit für Gespräche dieser Art. Mein Garten hat seinen eigenen Willen, und ich werde ihn für euch nicht brechen. Ihr solltet verschwinden, wenn euch euer Leben lieb ist!«

Wieder richtete er seinen Flammenblick in eine Richtung und trieb eine Wurzel zurück, die sich Gabriel genähert hatte. Ivy spürte noch einmal den eisenharten Griff der Wurzeln. Asterios hatte recht. Seine Pflanzen konnten ihre Knochen zerbrechen wie morsche Zweige, und offensichtlich war es auch ihnen völlig egal, ob sie die Enkelin ihres Großvaters war oder nicht. Doch gleichzeitig sah sie den farbigen Schimmer der Lilien auf ihren Fingern, und sie spürte eine ungeahnte Kraft in sich aufkeimen. Sie war am richtigen Ort, und sie würde sich nicht fortschicken lassen – auch nicht von einer Gestalt aus einem ihrer Märchen.

»Nein«, sagte sie und schaute dem Minotaurus geradewegs ins Gesicht. »Mein Großvater hat diesen Irrgarten gegen die Welt da draußen beschützt, genauso wie dich. Unser Weg zu ihm führt uns mitten hindurch. Und ich werde ihn gehen!«

Asterios starrte sie an. Ivy spürte, wie seine Hitze sie einhüllte, aber sie wandte sich nicht ab. Sie dachte an ihren Großvater, der diesem Blick einst ebenfalls standgehalten haben musste. Er hatte darauf vertraut, dass sie es wert war, die Geheimnisse des Poison Garden zu erfahren. Und sie würde ihn nicht enttäuschen.

Das Lächeln des Minotaurus glitt als kühler Windhauch über Ivy hinweg. Er stampfte erneut mit dem Fuß auf. Sein Donner

hallte durch den Garten, und das Wispern der Pflanzen verstummte. »Ein starker Wille«, sagte Asterios anerkennend. »Diesen Willen braucht es, um in meinem Irrgarten zu bestehen.«

Er streckte die Hand nach ihr aus. Ivy warf Finn einen Blick zu, und als er sie losließ, trat sie auf Asterios zu. Er war so groß, dass sie den Kopf zurücklehnen musste, um ihm in die Augen zu schauen. Behutsam legte er ihr etwas in die Hand. Es war ein zusammengerollter roter Faden, dessen Ende sich zwischen den Hecken verlor.

»Mein Garten ist so eigensinnig wie ich«, grollte er. »Seid wachsam und folgt dem Faden der Ariadne. Dann werdet ihr den Ausweg finden.«

Ivy schaute auf den Faden. Laut den Geschichten ihrer Welt stammte er von der Königstochter Ariadne und hatte einst Theseus, einen der berühmtesten Helden der griechischen Mythologie, durch das Labyrinth des Minotaurus geführt. Nach diesen Geschichten hatte Theseus den Minotaurus getötet. Und auf einmal klang die Stimme Belials durch Ivys Sinn. *Wirklichkeit*, wisperte sie wie der Wind. *Was für eine Illusion.* Ivy sah Asterios in die Augen. Sie öffnete den Mund, um etwas zu sagen, doch er schüttelte den Kopf.

»Nein«, sagte er dunkel. »Danke mir noch nicht.«

Dann stampfte er ein drittes Mal auf. Zwei Hecken schoben sich auseinander, und jetzt erkannte Ivy, dass der Faden einen Weg hinaufführte. Sie ging mit Finn und Gabriel darauf zu, warf aber noch einen Blick über die Schulter.

Sie sah Asterios da stehen, reglos wie eine Statue, allein in der Dämmerung. Und sie begriff erneut, dass sie sich geirrt hatte. Manchmal waren Fantasie und Wirklichkeit dasselbe. Und es gab nichts Schöneres als das.

Für einen Atemzug glommen die Augen des Minotaurus auf. Dann schlossen sich die Hecken zwischen ihnen.

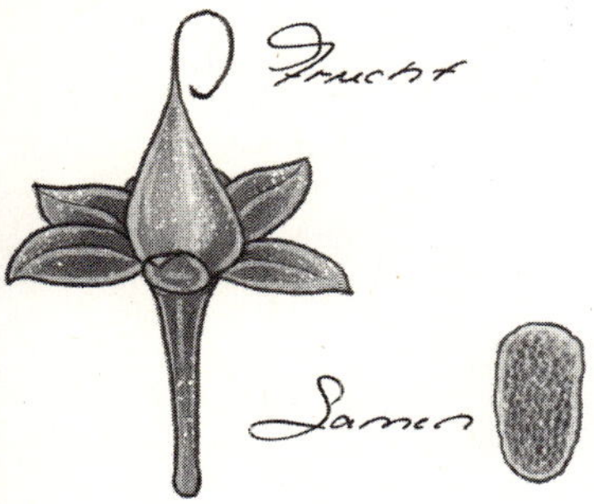

25

Der rote Faden leuchtete im Zwielicht des Irrgartens wie Feuer. Ivy wickelte ihn sich mit jedem Schritt weiter um die Hand, darauf bedacht, dass er sich nicht im Dickicht verhedderte. Sie wusste nicht, wie lange es her war, seit sie den Minotaurus hinter sich gelassen hatten, doch das Knäuel war schon faustgroß und noch immer ragten vor ihnen Hecken um Hecken auf.

»Ich kann dieses Grünzeug nicht mehr sehen«, knurrte Gabriel, der neben ihr lief. »Langsam habe ich den Eindruck, dass wir in einer Endlosschleife feststecken. Alle Ecken in diesem Irrgarten sehen gleich aus.«

»Das ist der Sinn eines Irrgartens«, sagte Finn. »Schließlich soll

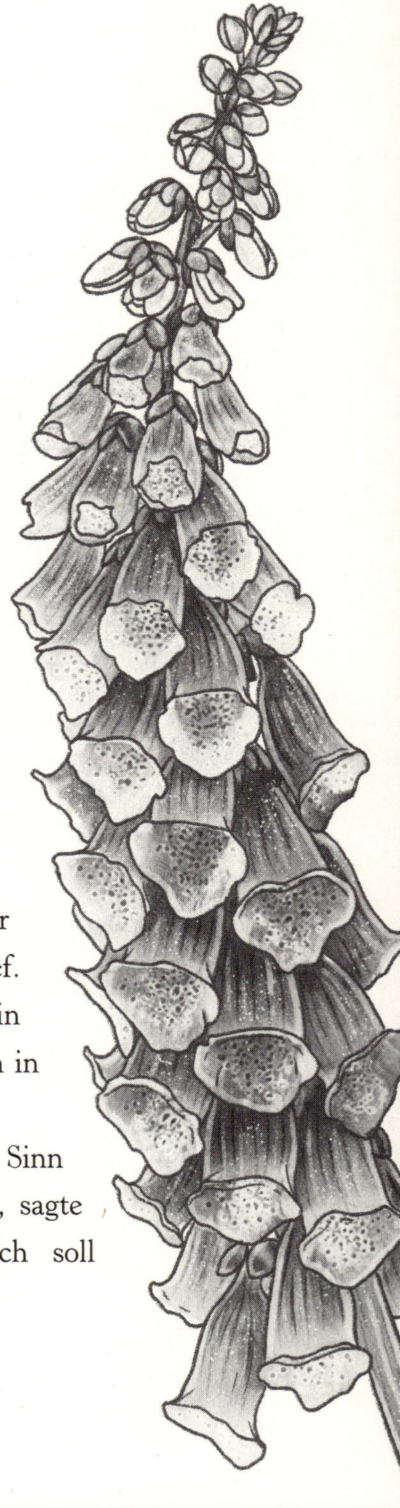

Botanischer Name
Digitalis purpurea
Deutscher Name
Roter Fingerhut
Familie
Wegerichgewächse
(Plantaginaceae)

man sich darin verlaufen. Aber wir kommen voran. Die Hecken stehen dichter zusammen – es ist nicht mehr weit bis zum Zentrum.«

Ivy wischte sich eine Haarsträhne aus dem Gesicht und wich einer Blume aus, die lautlos auf sie zugeglitten war. Die meisten Pflanzen hielten sich von ihnen fern. Ob das an dem Faden lag, der sein Licht über sie schickte? Kurz flammte die Gestalt des Minotaurus vor Ivys innerem Auge auf, und sie musste lächeln. Vielleicht hatte Asterios ihnen doch mehr geholfen, als er zugegeben hatte.

Das Lachen glitt wie ein Messer durch die Luft, scharf und tückisch. Ivy fuhr herum, und da sah sie, dass sich Feen genähert hatten. Aber sie ähnelten nicht den scheuen Wesen, die ihnen am Anfang des Irrgartens begegnet waren. Diese Feen hatten dunkelgrüne Haut, die an vertrocknetes Laub erinnerte. Ihre Nägel und Haare waren leuchtend rot, und als sie grinsten, offenbarten sie messerscharfe Zähne.

»Zurück«, zischte Finn ihnen zu und hob den Ambyx. Grelles Licht brach in ihm auf, und für einen Moment wichen die Feen tatsächlich zurück, nur um gleich darauf wieder näher zu kommen.

»Was ist denn los?«, flüsterte Ivy. »Das sind doch nur Feen!«

»Das sind Grünlinge«, knurrte Gabriel. »Die Kinder der Dunklen Fae, die vor vielen hundert Jahren unter den Menschen lebten und Spaß daran hatten, ihnen übel mitzuspielen. Sie sind tückisch wie alle Feen und ebenso grausam. Aber sie essen Fleisch.«

»Normalerweise schlafen sie um diese Zeit«, murmelte Finn. »Jemand muss sie geweckt haben.«

Ivy stolperte über eine Wurzel, und die Feen, die sich in der Hecke zusammengerottet hatten, juchzten vor Vergnügen auf. Finn zog Ivy auf die Beine. Der Ambyx in seiner Hand flackerte.

»Lauft!«, schrie er, und Ivy zögerte keine Sekunde. Sie rannte an Gabriels Seite den Weg hinauf. Finn war dicht hinter ihnen. Ivy warf einen Blick über die Schulter und sah, wie er eine Handvoll Samen auf die Feen schleuderte, die ihnen als kreischender grüner Schwarm nachjagten. Die Samen schlugen am Boden auf und rankten als Dornengestrüpp rasend schnell in die Höhe. Etliche Grünlinge gerieten schreiend hinein, doch viele wichen den Ranken aus und setzten ihren Weg fort.

»Verfluchte Mistviecher!« Gabriel biss nach einer Fee, die in seinem Fell hockte, und ehe Ivy ihm helfen konnte, durchfuhr sie ein stechender Schmerz am Handgelenk. Sie war noch nie von einer Schlange gebissen worden, aber so stellte sie es sich vor. Wütend packte sie die Fee, die dort hockte, und schleuderte sie in den Schwarm zurück. Eisige Kälte flutete ihren Arm.

»Wir müssen sie loswerden.« Finn griff nach ihrem Handgelenk. Grüner Staub haftete an seinen Fingern, und Ivy spürte, wie die Kälte aus ihren Gliedern gezogen wurde. Gleich darauf ließ er sie los und zog einen Holzsplitter aus seiner Tasche. »Luft anhalten!«

Damit zerbrach er den Splitter. Sofort wallte beißender Rauch auf und hüllte sie komplett ein. Blind rannte Ivy weiter. Die Grünlinge husteten, und auch Ivys Körper verlangte nach Luft. Brennend drang der Rauch in ihre Lunge. Sie keuchte und stolperte weiter. Aber alles, was sie einatmete, war Rauch. Ihr wurde schwindlig, schwarze Schlieren zogen an ihren Augen vorbei. Doch gerade, als sie nicht mehr konnte, lichtete sich der Rauch.

Hustend fiel Ivy auf die Knie. Sie sog die Luft ein wie eine Ertrinkende. Ihre Lunge brannte, jede Faser ihres Körpers schmerzte, und für einige Atemzüge saß sie nur da, ihren rasenden Herzschlag in den Ohren.

Dann kam sie auf die Beine und sah sich um. Die Grünlinge waren verschwunden, ebenso wie der Rauch.

Und auch Finn und Gabriel waren nicht mehr da.

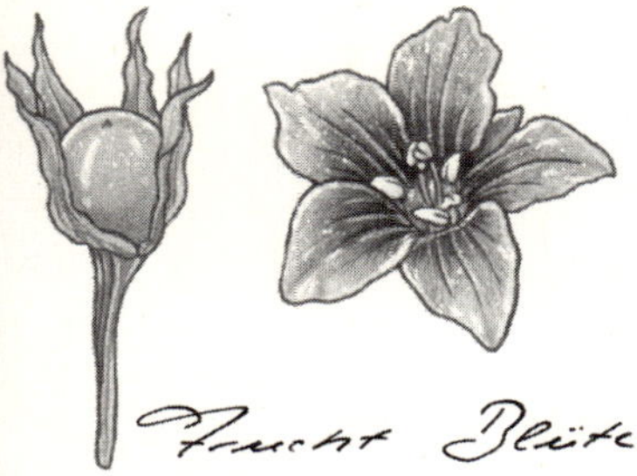

26

Ivy starrte hilflos ins Dämmerlicht des Irrgartens. »Finn«, rief sie. »Gabriel!« Doch die Namen hallten merkwürdig dumpf von den Hecken wider, und es gab keine Antwort.

Ivy zwang sich, ruhig zu atmen. Sie durfte jetzt nicht durchdrehen. Wahrscheinlich waren Finn und Gabriel im Rauch woanders abgebogen. Aber sie hatten keinen roten Faden, der ihnen Orientierung und Schutz bot. Ivy setzte sich in Bewegung. Sie musste die beiden finden.

Sie umklammerte den Ariadnefaden mit beiden Händen. Es war ein seltsames Gefühl, allein in diesem Irrgarten zu sein. Jedes Mal, wenn ein Wispern durch die Hecken strich, fürchtete sie, dass die Feen zurückkehren und sie er-

Botanischer Name
Mandragora officinarum
Deutscher Name
Gemeine Alraune
Familie
Nachtschattengewächse

neut angreifen würden. Doch ihr begegnete niemand, und auch Finn und Gabriel blieben verschwunden.

Ivy biss sich auf die Lippe. Vielleicht waren sie in dem verfluchten Rauch in die entgegengesetzte Richtung gelaufen. Sie schaute den Weg hinab und beschloss, noch einen Blick hinter die nächste Biegung zu werfen. Wenn sie die beiden auch dort nicht finden würde, dann würde sie umkehren.

Eilig bog sie um die Ecke und blieb wie angewurzelt stehen. Sie merkte kaum, dass der rote Faden in ihrer Hand verkohlte und das Knäuel sich in flüsternde Asche verwandelte. Alles, was sie deutlich wahrnahm, war das zerfallene Amphitheater, das vor ihr lag. Die steinernen Stufen wurden von Hecken gesäumt, Felsbrocken lagen in der Arena verteilt. Und in der Mitte schwebte eine hölzerne Tür. Ivys Herz machte einen Satz. Das Zentrum des Irrgartens!

Instinktiv ging Ivy auf die Tür zu. Alles in ihr drängte sie dazu, den bronzenen Knauf zu drehen. Aber erst musste sie Finn und Gabriel finden. Leider war das Theater, abgesehen von der Tür, leer. Ivy schaute zur Sicherheit noch hinter die Tür, doch dann bestand kein Zweifel mehr: Finn und Gabriel waren nicht hier. Waren sie womöglich schon durch die Tür gegangen? Bereits der Gedanke erschien Ivy absurd. Keiner von beiden hätte sie hier allein zurücklassen. Und sie würde das auch nicht tun.

Entschlossen drehte sie sich um. Finn und Gabriel mussten noch im Irrgarten sein, vielleicht allein und in Panik, vielleicht verletzt, vielleicht in der Gewalt der Feen. Sie musste den Weg zurücklaufen. Eilig rannte sie auf den Eingang zu – und prallte gegen eine Gestalt, die ihr in den Weg trat.

Ivy taumelte zurück. Sterne tanzten vor ihren Augen, so heftig war der Zusammenstoß gewesen. Benommen hob sie den Blick und schaute in zwei eisblaue Augen, so dicht vor ihr, dass sie meinte, deren Kälte spüren zu können. Lange helle Haare umrahmten ein makelloses Gesicht, reglos wie ein Gemälde. Ivy erstarrte. Vor ihr stand Dúnin Ho' Fafnor.

»Ivy«, sagte er, und seine Stimme dröhnte in ihrem Schädel wie der Klang einer sehr großen Glocke. »Bleib stehen.«

Seine Worte schlangen sich um ihre Glieder, und ohne dass sie etwas dagegen tun konnte, folgte sie dem Befehl.

Kaum war seine Stimme verklungen, konnte sie sich wieder bewegen. Aber sie tat es nicht. Sie stand nur da und starrte ihn an. Dieser Kerl war kein Mensch, das spürte sie jetzt mit aller Macht. Er war etwas anderes, etwas, das uralt und mächtig und gnadenlos war, etwas, das die Menschen hasste und sie vernichten wollte, etwas, dessen Magie noch immer im Poison Garden steckte. Dúnin Ho' Fafnor war ein Elf.

»Ich wünschte, wir hätten uns unter anderen Umständen kennengelernt«, sagte er nun. Etwas Sanftes hatte sich in seine Stimme geschlichen, das die Anspannung von Ivys Gliedern löste wie eine warme Decke. Alarmiert wich sie vor ihm zurück. Sie durfte sich nicht einlullen lassen. Sie musste an ihm vorbeikommen und im Zwielicht des Irrgartens untertauchen.

»Was wollen Sie?«, stieß Ivy aus und zwang sich, nicht auf das funkelnde Schwert an seinem Gürtel zu achten. So unauffällig wie möglich schob sie sich in Richtung Eingang.

Er legte den Kopf schief wie jemand, der es nicht gewohnt war, so unhöflich angeredet zu werden. »Ich bin ein alter Freund deines Großvaters. Und ...«

»... und alte Freunde verwundet man neuerdings und verschleppt sie?« Ivy spürte ihren Herzschlag in der Kehle, aber die Wut vertrieb ihre Angst, und das war gut so, denn sie war dem Eingang schon näher gekommen. Und wenn sie eins bei ihrer Flucht nicht gebrauchen konnte, dann waren das zitternde Knie.

»Es ist nicht so, wie du denkst«, erwiderte Dúnin.

»Oh, ich verstehe sehr gut«, gab Ivy zurück. »Sie waren es, der die verdammten Grünlinge auf uns gehetzt hat, nicht wahr? Sie haben mich hierhergelockt, so war es doch?«

Sein Schweigen war Antwort genug.

»Ich weiß, was Sie wollen«, fuhr sie fort. »Die Macht über den Poison Garden! Ich habe gesehen, wie Sie mit meinem Großvater gestritten haben. Ich habe gesehen, wie Sie und Ihre ... *Kumpane* ihn angegriffen und entführt haben. Aber er ist Ihnen entkommen. Dumm gelaufen, was? Jetzt wollen Sie rausfinden, wo er ist, doch das werde ich Ihnen nicht verraten!«

»Du irrst dich«, unterbrach er sie, so laut auf einmal, dass sie zusammenfuhr. »Du hast keine Ahnung, was hier eigentlich passiert!«

»Das gilt wohl eher für Sie«, gab Ivy zurück. »Sie haben keine Ahnung, wer ich bin!«

Damit riss sie eine Handvoll Knallerbsen aus ihrer Tasche und schleuderte sie auf den Magier. Die Früchte explodierten, und Ivy wartete nicht darauf, was Dúnin tun würde. Sie rannte auf den Eingang zu. Nur noch wenige Schritte, dann würde sie im Dämmerlicht verschwinden und …

Die dunklen Gestalten tauchten so plötzlich vor ihr auf, dass es fast wieder einen Zusammenstoß gegeben hätte. Im letzten Moment fing Ivy ihren Lauf ab und wich zurück. Dort vor ihr standen die anderen beiden Magier. Fernando Alves Marquez sah erschöpft aus, ein blutiger Riss klaffte in seinem Ärmel, und Eleonora Conti hatte einen Kratzer an der Wange. Blitzartig begriff Ivy, dass sie gekämpft hatten. Sie sog die Luft ein und roch den vertrauten Duft von Asche und Wind. Ihr Magen krampfte sich zusammen. Die Magier hatten gegen Finn gekämpft. Das Blut wich ihr aus dem Kopf.

»Was haben Sie mit meinen Freunden gemacht?«, flüsterte sie.

Eleonora setzte zu sprechen an, doch da hob Dúnin die Hand. »Wir werden dir alles erklären«, sagte er unerträglich sanft. »Aber jetzt ist keine Zeit. Du musst mit uns kommen.«

Ivy spürte, wie seine Worte sich wieder um ihren Körper legten. Mit aller Kraft stemmte sie sich gegen den Drang, auf ihn zuzutreten. »Wo sind meine Freunde?«, schrie sie so laut sie nur konnte. Und plötzlich war sie frei. Es schien, als hätte dieses letzte Wort Dúnins Fesseln gesprengt. Getragen vom Klang ihrer eigenen Stimme jagte dieses Wort auf ihn zu – und streifte scharf wie ein Messer seine Wange.

Wie in Zeitlupe wich der Elf zurück. Seine blauen Augen sahen aus wie der Himmel kurz vor einem Gewitter, und als er den Schmiss an seiner Wange berührte, schaute er in vollendetem Unglauben auf das Blut an seinen Fingern. Dann sah er Ivy an, und ein seltsamer Ausdruck lag hinter der kalten Fassade, die nun von ihm abbröckelte. *Sorge*, schoss es Ivy durch den Kopf. Sorge um sie.

Jetzt griff Fernando nach seiner Geige, und noch ehe Ivy die Töne hörte, schlangen sie sich um ihren Körper und trieben sie auf die Magier zu. Eleonora trat ihr entgegen, doch da fegte ein Sturmwind über sie hinweg, so heftig, dass er Ivy von den Füßen riss. Das Spiel der Geige brach ab, atemlos hob Ivy den Blick. Und da vor ihr, das helle Haar im Sturm flatternd, stand Finn.

Für einen Wimpernschlag sahen sie einander an. Blutige Striemen zierten sein Gesicht, aber ein Lächeln stand in seinen Augen, das Ivy auf die Beine zog. Dann fuhr er herum, und der Ambyx schoss als gleißender Blitz auf die Magier zu. Krachend schlug er vor ihren Füßen ein. Gabriel sprang an Ivys Seite, und Finn zögerte keine Sekunde. Er packte Ivys Hand, und gemeinsam rannten sie auf die hölzerne Tür zu.

Der Boden erbebte. Ivy warf einen Blick über die Schulter. Eleonora hatte beide Hände ausgestreckt, der Blitz schwebte über ihr in der Luft. Funken sprühten von ihm fort, sie schlugen im Boden ein wie brennende Steine und jagten ihnen nach. Einer davon traf Ivy an der Schulter. Ein stechender Schmerz schoss durch ihren Rücken, sie wurde nach vorn geschleudert und stürzte der

Länge nach hin. Dann erfüllte ohrenbetäubender Donner die Luft, und Eleonora warf den Blitz geradewegs auf sie zu. Wie gelähmt starrte Ivy in die zuckenden Lichter. Und da sprang ein Schatten vor sie.

Der Zauber traf Finn vor die Brust. Ivy hörte ein entsetzliches Knirschen, dann landete Finn in ihren Armen. Sein Gesicht war kalkweiß, und obwohl sie keine Wunde erkennen konnte, spürte sie, wie alle Kraft aus seinen Gliedern wich. Aber es war sein Blick, der ihr den Atem raubte. Er hatte sein Leben gegen das ihre getauscht – und er lächelte, als wäre das das Beste gewesen, was er je getan hatte.

Gabriel stieß ein Heulen aus, so laut, dass es Ivy auf die Beine trieb. Sie packte Finns Ambyx. Noch immer zuckten einzelne Blitze darin, und Ivy schleuderte sie auf die Magier, die nun durch seinen schwächer werdenden Sturm näher kamen. Sie sah noch, wie die drei in flackerndes Licht gehüllt wurden. Dann zerrte sie Finn auf die Beine.

Er konnte kaum noch stehen. Ivy schleppte ihn zur Tür und riss sie auf. Dahinter lag wirbelnder Sternenstaub, doch Ivy zögerte nicht. Sie umfasste Finn fester, und Seite an Seite mit Gabriel stürzte sie sich hinein.

Die Tür schloss sich lautlos, und Ivy hatte das unwirkliche Gefühl zu schweben. Sie spürte Finns stockenden Atem an ihrer Wange. Dann kam eine namenlose Kälte über ihn, und er verlor das Bewusstsein.

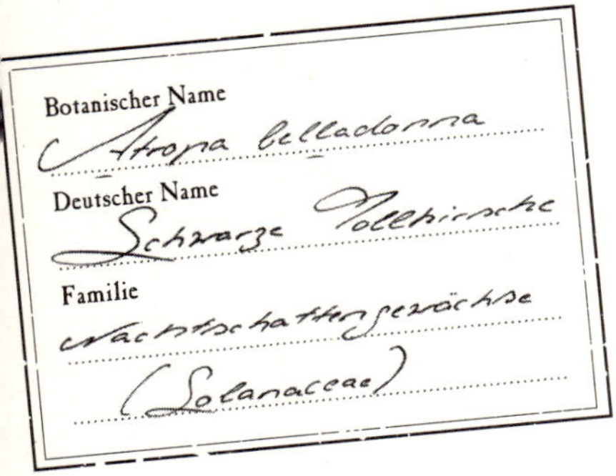

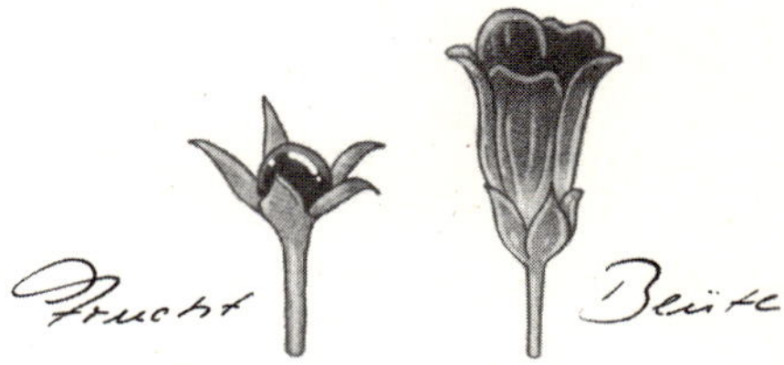

27

Das Sternenmeer zerriss wie ein Nebelstreif. Die letzten Schwaden aus Glitzerstaub flogen über Ivys Wangen. Im nächsten Moment landete sie neben Finn und Gabriel unsanft auf einer Wiese.

Ivy richtete sich auf. Hohe Blumen wuchsen ringsherum, die Magier waren nirgends zu sehen. Stattdessen rauschte ein Bach in ihrer Nähe, und die Blätter einer alten Kastanie wisperten im Wind. Doch das friedliche Bild stand in herbem Kontrast zu Finns regloser Gestalt. Wie ein verwundeter Krieger lag er neben ihr, eine blutende Wunde an der linken Schläfe, totenbleich.

»Finn wollte uns zum Baum der Spiegel bringen«, raunte Gabriel. »Aber dann wurde er bewusstlos, deshalb sind wir hier gelandet. Es steht nicht gut um ihn. Sein Puls rast.«

Ivy zog ihren Mantel aus und schob ihn vorsichtig unter Finns Kopf. Sie schauderte, als sie seine Stirn berührte. Er war eiskalt. Behutsam hob sie seine Lider. »Seine Pupillen sind riesig«, flüsterte sie. »Der Zauber hat ihn nicht nur verwundet. Er wurde vergiftet!«

Sie schob seinen Pullover hoch. An seiner Brust war keine offene Wunde zu sehen, aber ein Netz feiner schwarzer Adern, das sich langsam über seinen ganzen Körper ausbreitete.

»Sein Zauber war stark«, sagte Gabriel. »Und er wurde noch mächtiger, als Eleonora ihn zurückgeworfen hat. Seine Zerstörungskraft war gewaltig. Wie man sieht …«

Finn zuckte krampfartig zusammen. Ivy griff nach seiner Hand und drängte ihre Panik zurück. »Es war ein Giftzauber. Geweitete Pupillen, beschleunigter Puls, Krämpfe … Nur welches Gift hat diese Wirkung?«

Gabriel schnupperte an Finns Atem, der nun schneller ging. Seine goldenen Augen verfinsterten sich, als er Ivy ansah. »Tollkirsche«, sagte er nur.

Ivy wurde kalt. Tollkirschen gehörten zu den giftigsten Pflanzen überhaupt, das hatte sie schon gewusst, bevor sie auch nur einen Fuß in den Poison Garden gesetzt hatte. Doch hier handelte es sich nicht nur um eine gewöhnliche Vergiftung. Hier war Magie im Spiel. Ivy mochte sich nicht vorstellen, welche Kräfte die Tollkirsche entfalten konnte, wenn sie aus dem Poison Garden kam und für einen Angriffszauber verwendet worden war.

»*Gegen die meisten Gifte gibt es ein Gegenmittel*«, flüsterte sie und hörte Finns Stimme in ihrem Kopf, der das in den Geheimen Gängen zu ihr gesagt hatte. »*Man muss nur wissen, wo*.«

Sie zog etliche Beutel und Schachteln aus Finns Taschen, bis sie endlich die schwarze Pillendose in der Hand hielt.

»Was ist das?«, fragte Gabriel, als sie den Deckel aufspringen ließ und die bunten Pillen ihnen entgegenleuchteten. »Die sehen auch ziemlich giftig aus.«

»Sind sie auch. Aber man kann sie nicht überdosieren, dafür hat mein Großvater gesorgt. Finn hat sie nur für den Notfall mitgenommen. Und das hier ist ja wohl ein Notfall.«

»Okay. Und was, wenn man die falsche benutzt?«

Ivy holte tief Atem. »Ich vermute, das wäre keine gute Idee. Wir müssen die richtige Pille finden.«

Sie schloss die Augen und zwang sich im Geist zurück in die Geheimen Gänge. Sie sah Finn vor sich, wie er aus den verschiedenen Schubladen die unterschiedlichsten Pillen zog, und sie hörte seine Stimme. *Gegen das Gift des Knollenblätterpilzes wirkt zum Beispiel Silibinin, das aus den Früchten der Mariendistel gewonnen wird. Und gegen das Atropin in der Tollkirsche hilft Physostigmin, das in den Früchten des Manchinelbaums enthalten ist.*

»Der Manchinelbaum«, flüsterte Ivy und öffnete die Augen. »Finn hat ihn erwähnt, er soll gegen das Gift der Tollkirsche helfen. Aber welche Pille von diesem Baum ist, hat er nicht gesagt.«

Finn keuchte auf. Fahrig griff er sich ans Herz und murmelte etwas, das Ivy nicht verstand. Er stöhnte wie unter einem Albtraum.

Gabriel streckte die Nase nach der Pillendose aus. »Die Früchte des Manchinelbaums riechen frisch«, sagte er. »Fast verlockend. Es wäre doch gelacht, wenn ich nicht …« Doch ehe er weitersprechen konnte, nieste er drei Mal hintereinander. »Verfluchte Magie«, schniefte er. »Sie ist zu stark. Ich rieche nichts als flirrende Funken.«

Ivy erinnerte sich, wie er geniest hatte, als er die Nase in die schwarzen Lilien gesteckt hatte. Für sie hingegen war der Geruch betörend schön gewesen. Ihr Herz klopfte bis zum Hals, als sie eine Pille aus der Dose nahm. Sie roch daran – und verzog angeekelt das Gesicht. »Stinkt zum Himmel«, murmelte sie.

»Hervorragend!« Gabriels Züge hellten sich auf. »Du kannst die Magie riechen! Mach weiter!«

Ivy nahm die nächste Pille, die nach Paprika und Pfeffer roch, und wieder die nächste, bei der sie ein Aroma von faulendem Brokkoli umgab. Finn keuchte auf, als wollte er jemanden abwehren. Ivy legte die Hand auf seine Stirn, und im selben Moment entfaltete die Pille, die sie zwischen ihren Fingern hielt, einen intensiven Duft – fruchtig und verlockend.

»Diese!« Ivy hob die grüne Pille vor Gabriels Augen.

»Ich frage dich nicht, ob du dir sicher bist«, erwiderte der Fuchs. »Aber wenn du dich irrst …«

Ivy roch noch einmal an der Pille und stieß entschlossen die

Luft aus. »Es ist die einzige, die frisch und verlockend riecht. Ich bin mir sicher.« Damit zerrte sie eine Wasserflasche aus dem Rucksack. Eilig zog sie Finn ein wenig hoch, schob ihm die Pille in den Mund und flößte ihm Wasser ein. Er hustete, doch er schluckte die Pille. Der Geruch des Manchinelbaums breitete sich aus, so stark, dass Ivy übel davon wurde. Mit einem Stöhnen sank Finn zurück auf ihren Mantel.

Gabriel saß da wie erstarrt, und Ivy schaute auf Finns rasenden Herzschlag, der seinen Brustkorb beben ließ. Ein Frösteln lief über seinen Leib. Dann verschwand das dunkle Adergeflecht von seiner Haut. Ivy hielt erleichtert den Atem an. Doch gleich darauf sog er die Luft ein wie ein Ertrinkender, atmete aus … und erst nach einer ganzen Weile wieder ein, schwach und versagend.

Ivy saß da wie betäubt. »Was passiert hier?«, stieß sie aus. »Warum funktioniert es nicht?«

Gabriels Blick verfinsterte sich. »Du hast Finn die Waffe gegen das Gift gegeben. Aber er muss sie auch nutzen.«

Ivy starrte ihn an. »Wie meinst du das?«

»Sein Körper ist noch hier, aber sein Geist ist in die Zwischenwelt gereist. Dorthin, wo wir uns zwischen Schlafen und Wachen befinden und wo wir alle hingehen, wenn wir unsere letzte Reise antreten. Vielleicht hält ihn etwas dort fest. Ein Gefühl. Eine Erinnerung. Etwas, das er verlieren würde, wenn er zu uns zurückkehrt.«

»Wie komme ich zu ihm?« Ivy hörte ihre eigenen Worte kaum, so leise hatte sie sie ausgesprochen.

Gabriel erwiderte ihren Blick regungslos. »Gar nicht«, entgegnete er nicht lauter. »Es sei denn, du gehst denselben Weg wie er.«

Ivy wurde schwindlig. Mit pochendem Herzen schaute sie in Finns regloses Gesicht, und sie erinnerte sich daran, wie er sie angesehen hatte, ehe er das Bewusstsein verloren hatte, sie, der er das Leben gerettet hatte, indem er sein eigenes aufs Spiel setzte. Er hatte gelächelt – so sanft, als wäre ihre Rettung das Beste gewesen, was er in seinem Leben je getan hatte.

»Das Gift ist in seinem Blut, oder nicht?«, fragte sie. Noch einmal saß sie neben Finn unter dem Wacholderstrauch und hörte seine Warnung, niemals das Blut eines Vergifteten zu berühren. Und ohne eine Antwort abzuwarten, schob sie ihren Ärmel zurück. Die Bisswunde der Fee blutete noch immer.

»Ivy, was …« Gabriel starrte sie an. »Du willst doch nicht …«

»*Es gibt Dinge, die man tun muss*«, erwiderte sie. »Erinnerst du dich?«

Unmerklich neigte Gabriel den Kopf, und sie presste das Handgelenk auf Finns Wunde. Für einen Moment spürte sie nur seinen Herzschlag, irgendwo in der Ferne. Dann kam die Kälte wie eine gewaltige schwarze Welle und riss sie mit sich.

28

Das Pochen wurde ohrenbetäubend laut. Ivy wusste nicht, ob es ihr eigener Herzschlag war oder der von Finn. Schwindel erfasste sie, und gerade als die Finsternis um sie herum unerträglich wurde, dämmerte es, und sie bekam festen Boden unter den Füßen.

Wie in einem Traum richtete sie sich auf. Sie stand auf einer endlos weiten Ebene. Nebelschwaden flogen an ihr vorüber. Undeutliche Schemen tanzten um sie herum, und als sie ihre Hände berührten, durchströmte Ivy eine ungeheure Leichtigkeit. Sie überkam der Drang, mit den Schemen zu tanzen, nur um dieses Gefühl nicht zu verlieren. Aber sie konnte ihn noch immer hören, den dumpfen Herzschlag, der diese Nebelwelt durchdrang und dem ihr eigener Herzschlag Antwort gab. Entschlossen wandte

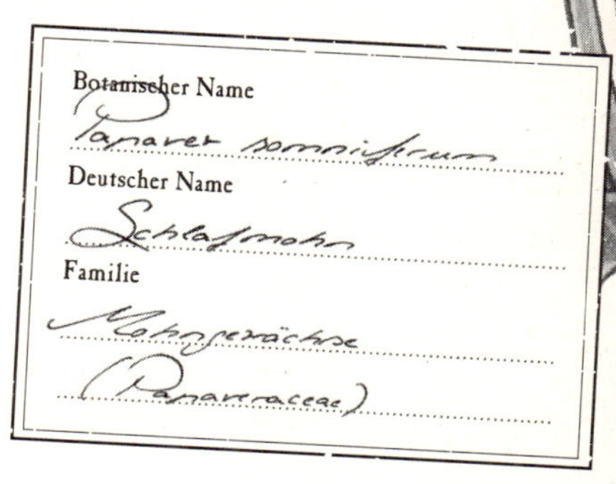

sie sich von den Schemen ab, und da fand sie ihn: Finn, der nicht weit von ihr entfernt neben einem jungen Mann stand und lachte.

Er sah sie nicht. Er erwiderte den Blick des jungen Mannes, der ihm erstaunlich ähnlich sah: das gleiche blonde Haar, die gleichen strahlenden blauen Augen, das gleiche Lächeln. Ivy wurde klar, dass dieser Mann Finns Bruder sein musste, und ein Gefühl von Wärme durchflutete sie, so friedlich war das Bild der beiden Brüder, die miteinander lachten. Noch nie hatte sie Finn so glücklich gesehen. Gabriel hatte recht gehabt, schoss es Ivy durch den Kopf. Finn war in eine seiner Erinnerungen geraten und hielt sich daran fest.

Da wurde der Körper seines Bruders durchscheinend. Sein Lachen verstummte, und stattdessen trat ein Lächeln auf seine Lippen, sanft und traurig zugleich. Er strich über Finns Haar, als täte er es zum letzten Mal, und da begriff Ivy, dass es genau so war: Es war ein Abschied, den sie sah. Finn streckte die Hand nach seinem Bruder aus. Doch ehe er ihn berühren konnte, löste dieser sich in Nebel auf.

Finns Schrei war so markerschütternd, dass der Nebel ringsum sich zu tosendem Sturm zusammenzog. Ivy duckte sich unter unsichtbaren Hieben, und sie spürte Finns Verzweiflung in sich selbst. Dann sank er auf die Knie und rührte sich nicht mehr. Er saß einfach nur da, umtost von seinem Sturm, den Kopf tief geneigt, als wäre er zu Stein geworden. Ivy bemerkte erschrocken, dass sein Körper nun ebenso durchscheinend wurde wie zuvor der seines Bruders. Er durfte nicht länger hierbleiben!

Entschlossen kämpfte sie sich zu Finn hinüber und legte ihm die Hand auf die Schulter. Er fuhr zusammen, ebenso wie sie, denn er war kalt wie Eis. Doch als er sich zu ihr umdrehte, standen Tränen in seinen Augen, und Ivy spürte sie mit aller Macht: die Sehnsucht nach seinem Bruder, die ihn dazu drängte, einfach hierzubleiben in diesem Meer aus Nebel, bis es keinen Schmerz und keine Traurigkeit mehr gab.

Wortlos sahen sie einander an. Für einen Moment standen sie sich noch einmal in der Küche von Carlton Manor gegenüber, und Ivy musste an ihren Vater denken und an den kalten dunklen Punkt tief in ihrem Inneren – diese Lücke wie von einem fehlenden Puzzleteil, das sie nie finden würde. Sie hatte geahnt, dass Finn wusste, was das bedeutete. Aber erst jetzt, da sie an diesem Punkt in seinem Inneren stand, begriff sie ohne jeden Zweifel: Er verstand ihre Traurigkeit, so, wie sie die seine verstand, und das auf eine Weise, die ihr den Atem raubte. Zeit ihres Lebens war sie mit diesem Gefühl ganz allein gewesen … bis jetzt.

Ihre Hand zitterte ein wenig, als sie die seine ergriff. *Du bist nicht allein*, flüsterte sie in Gedanken und wusste, dass er sie hören konnte. *Jetzt nicht mehr.*

Er sah sie nur an und kurz glaubte sie, er würde seine Hand fortziehen und sich mitten hineinstürzen in die Nebel, die noch immer um sie tosten. Doch dann schloss er die Finger um ihre, und mit einem mächtigen Aufbrausen seines Sturms zerriss der Nebel.

Ivy fand sich auf der Wiese wieder. Atemlos drehte sie sich zu

Finn um, und im selben Moment sog er die Luft ein. Benommen setzte er sich auf, noch immer blass wie ein Toter, und sah sie an.

»Ivy Carlton«, flüsterte er. »Du bist vollkommen verrückt, weißt du das eigentlich?«

»Dein Glück«, erwiderte sie.

Der leichte Druck seiner Finger machte ihr klar, dass sie einander noch immer an den Händen hielten. Und da flammte ein Lächeln über sein Gesicht, so sanft und warm, dass sich jede Kälte in ihr auflöste.

Ein struppiges Fellbüschel drängte sich zwischen sie. »Verfluchte Menschen«, knurrte Gabriel. »Habt ihr beide den Verstand verloren?« Er fixierte Ivy. »Stürzt du dich einfach in den Nebel der Zwischenwelt wie in ein Bällebad! Und du!« Er fuhr zu Finn herum. »Du meinst wohl, es wäre komisch, wenn du mich mit einer Kamikaze-Nummer in Panik versetzt!«

»Sicher«, sagte Finn. »Aber das nächste Mal setze ich mir vorher eine Clownsnase auf. Kommt sicher gut, ein Sofakissen mit roter Nase, meinst du nicht auch?«

Gabriel schnaubte. »Das nächste Mal!« Sein Blick wurde ganz weich. »Das nächste Mal komme ich mit in den Nebel, und damit basta!«

Und mit tiefem Seufzen kauerte er sich in Ivys Schoß zusammen, den Kopf in Finns Hand vergraben.

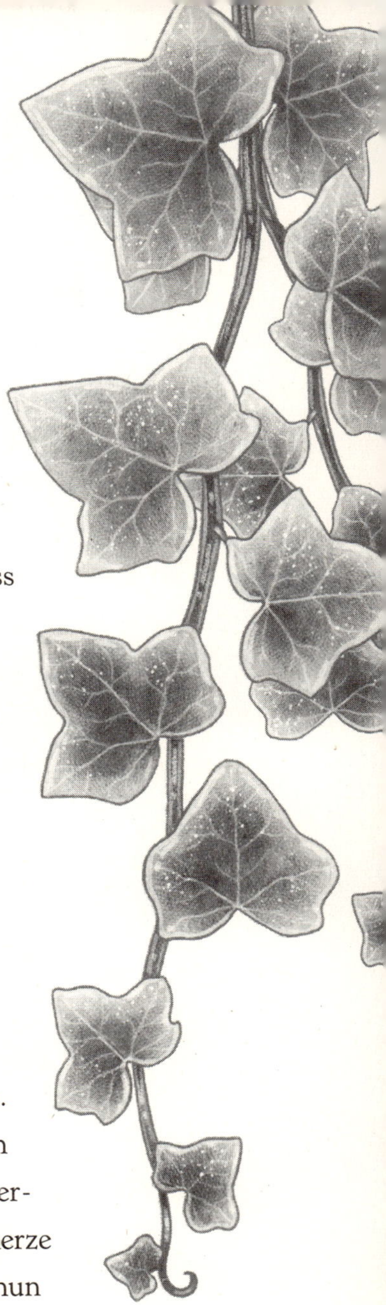

29

Der See lag da wie ein glitzernder schwarzer Stein. Er war so groß, dass er sich zu beiden Seiten hinter bewachsenen Inseln verlor. Das gegenüberliegende Ufer ragte in der Ferne hinter dunstigen Schleiern auf. Nur hin und wieder bewegte der Wind das Wasser wie schwere Tücher. Die Vögel, die darüber hinflogen, spiegelten sich nicht darin.

»Ein seltsamer See«, sagte Ivy und ließ den Blick über die unergründliche Oberfläche schweifen. »So … still.«

»Gut für uns, wenn es so bleibt«, meinte Finn. Er war noch immer ziemlich blass. Auf dem Weg am Fluss entlang hatte er sich ein wenig erholt und sogar Scherze getrieben. Doch nun blickte er ernst auf den

Botanischer Name
Hedera helix
Deutscher Name
Gemeiner Efeu
Familie
Araliengewächse
(Araliaceae)

See, und dessen unheilvolle Schwärze ließ ihn noch bleicher wirken. »Der Baum der Spiegel liegt gleich hinter dem See, aber dieses Gewässer birgt mehr, als es auf den ersten Blick den Anschein hat. Wir sollten nicht länger hierbleiben als unbedingt nötig.«

Er betrat den Steg, an dem ein Ruderboot lag. Ivy und Gabriel folgten ihm. »Füchse sind nicht fürs Wasser gemacht«, murmelte Gabriel. »Und für dieses schon gar nicht.«

Ivy warf ihm einen Blick zu. »Was meinst du damit? Lebt etwa ein fuchsfressendes Monster in diesem See?«

»Möglich.« Er schaute finster auf die Wellen, die gegen den Steg schlugen. »Ich weiß nur, dass der Schwarze See von der Angst lebt. Das erzählen nämlich die Feen. Je mehr wir uns fürchten, desto mächtiger wird er … und alles, was in ihm lauert.«

Ivy seufzte. »Klingt nach sonnigen Aussichten.«

»Dein Großvater rudert oft auf diesem See«, sagte Finn beruhigend. »Und ihm ist nie was passiert.«

»Wenn er das tut, trägt er immer eine Muschelkette um den Hals, schwarz wie das Meer in der Nacht«, warf Gabriel ein. »Wie ich hörte, ist das ein Zeichen für Schutz und Freundschaft mit diesem Gewässer … etwas, wovon wir wahrscheinlich nur träumen können.«

Finn beugte sich über das Boot. »Ganz schutzlos sind wir auch nicht.« Er träufelte ein paar Tropfen aus einer Phiole auf das Holz, das sich mit bläulichem Glanz überzog und gleich darauf unsichtbar wurde. »Wasserschierling kann mehr als töten. Niemand wird dieses Boot bemerken – oder die, die darin fahren.«

Ivy schaute auf die Stelle, an der gerade noch das Boot gewesen war. Nun sah sie dort nur noch die lautlosen Wellen. Gabriel näherte sich dem unsichtbaren Boot zögerlich.

»Ist das ein Scherz?« Er linste zu Finn hoch. »Wenn ich gleich als begossener Pudel wieder auftauche, lernst du mich aber kennen!«

Finn grinste. »Keine Sorge, ihr werdet das Boot wieder sehen können, sobald ihr drinsitzt.«

Ivy und Gabriel wechselten einen Blick. Dann kletterte der Fuchs vorsichtig an Bord. Kaum berührte er das Boot, wurde auch er unsichtbar. Ivy folgte ihm, und tatsächlich war es, als würde sie durch eine verborgene Tür treten, hinter der das Boot auf sie gewartet hatte. Es schwankte bedenklich, bis sie Platz genommen hatte. Finn sprang hinterher, löste das Seil und ruderte auf den See hinaus.

Fasziniert stellte Ivy fest, dass die Ruder keine Wellenbewegung verursachten. Es war, als wäre das Boot gar nicht da. Dafür bemerkte sie nach kurzer Zeit fliegende Fische, die mit schillernden Flossen durch die Luft glitten. Die Inseln erinnerten Ivy an Mangrovenwälder, und sie staunte über die vielen Seerosen, die auf der Wasseroberfläche blühten. In einer davon saß ein kleines türkisfarbenes Wesen. Seine algenartigen Haare bewegten sich im Wind, und als es die Flügel entfaltete, erkannte Ivy, dass es eine Fee war. Sie hatte Schwimmhäute zwischen den Fingern, ihre Haut war mit winzigen Muscheln bedeckt. Ivy lächelte bezaubert, und als hätte die Fee diese Regung gespürt, drehte sie den Kopf und schaute Ivy direkt an. Ein tückisches Blitzen ging durch ihren Blick. Dann schoss sie hoch in die Luft und tauchte in den See ein.

»Unbemerkt kommen wir nicht ans andere Ufer, das ist mal klar«, murmelte Gabriel.

Finn hob den Finger an die Lippen zum Zeichen, dass sie keinen Ton von sich geben sollten. Er ruderte weiter, ruhig und gleichmäßig, aber er schaute angespannt über den See. Und da ging ein Knirschen durch das Boot, dicht gefolgt von einer heftigen Erschütterung.

»Was zur Hölle …«, entfuhr es Gabriel. Ivy krallte sich an der Reling fest. In ihren Ohren hatte es geklungen, als wären messerscharfe Fingernägel über Holz gezogen worden. Noch während sie auf den Boden starrte, dorthin, woher das Geräusch gekommen war, wurden die Bretter vor ihren Augen durchscheinend. Und dahinter, den Mund zu einem boshaften Lächeln verzerrt, war ein Gesicht.

Ivy schrie auf. Finns Zauber flackerte über dem Boot, doch Ivy konnte sich nicht von der Kreatur abwenden, die sie unverwandt anstarrte. Sie hatte blaue Haut und blaue Haare, ihre Lippen und Nägel waren ebenso schwarz wie ihre Augen. Ihr Oberkörper war nackt und dort, wo ihre Beine hätten sein sollen, war ein schuppenbedeckter Fischschwanz.

Eine Nixe, schoss es Ivy durch den Kopf, und als hätte sie dieses Wort gehört, öffnete die Kreatur ihren Mund zu einem Grinsen. Ihre Zähne waren ebenfalls schwarz und messerscharf.

Finns Ambyx loderte grell auf. Er schleuderte ihn zu Boden,

mit zornigem Blick glitt die Nixe davon. Prasselnde Lichtfunken stoben über das Boot.

»Haltet euch fest!« Finn packte die Ruder. »Und was auch passiert: Schaut nicht ins Wasser!«

Ivy zog den Kopf ein und fixierte Gabriel, der blitzschnell an ihre Seite gesprungen war. Mit der linken Hand hielt sie sich an der Reling fest, mit der rechten umklammerte sie den Fuchs. Seine Wärme umgab sie wie eine Umarmung, und sie bemühte sich, nicht auf die Hiebe zu achten, die das Boot nun von allen Seiten trafen. Mehrfach fuhr Finn zusammen, als an den Rudern gerissen wurde, mehrfach stieß er einen Fluch aus und schleuderte Samen ins Wasser, die sich in grellen Explosionen in die Tiefe senkten. Doch inmitten des Lärms hörte Ivy auf einmal etwas anderes, das wie ein sanfter Regenschauer über ihre Haut strich.

Es war Gesang. Und er kam nicht aus menschlichen Kehlen. Denn er erzählte nicht von Dunkelheit, Wellenklang und unendlichen Meeren – er *war* all das. Obwohl Ivy die fremde Sprache nicht verstand, genügte ein einziger Ton, um sie Salz auf ihren Lippen schmecken zu lassen, als würde sie gerade an einem endlosen Meer stehen. Gleichzeitig rief der Gesang eine tiefe Sehnsucht nach diesem Meer und seiner unbändigen Freiheit in ihr wach. Ihr Blick glitt über die Wellen hinweg – und über jene, die dort sangen.

Es mussten mindestens zwei Dutzend Nixen sein, die Körper blau und grün und türkis, die Augen schwarz wie die Wellen und die Münder zu diesem geheimnisvollen Gesang geöffnet. Ivy kam auf die Beine. Sie spürte, dass Finn nach ihr griff, fühlte auch, wie Gabriel die Zähne in ihren Mantel grub. Aber irgendetwas anderes hatte sie gepackt – ein Wille, der sich um ihren eigenen schloss und ihren Körper in die Höhe zog. Sie hörte noch einen Schrei und begriff, dass das ihre eigene Stimme war. Dann stieß sie Finn zurück und streifte ihren Mantel ab. Und ehe sie noch verstand, was mit ihr geschah, stürzte sie sich ins Wasser.

Die Kälte raubte ihr den Atem und brachte sie augenblicklich zur Besinnung. Doch es war zu spät. Eisige Arme schlangen sich um ihren Körper und zogen sie in die Tiefe, so schnell, dass sie nichts mehr sah als wirbelnde Haare und schuppige Leiber. Sie schlug auf dunklem Sand auf, wurde aber sofort wieder in die Höhe gezerrt.

Um sie herum erhoben sich Korallen in den wundersamsten Formen und Farben. Bunte Fische glitten zwischen ihnen hindurch, und für einen Moment glaubte Ivy, in einen Traum geraten zu sein, wie sie ihn früher oft gehabt hatte: einen Traum von einer Reise auf den Meeresgrund, wo fantastische Welten und Abenteuer warteten. Doch dann spürte sie den Drang, Luft zu holen, und sie erkannte die Nixen ringsherum, wie schwebend im trüben Dämmerlicht des Sees. Sie warteten auf etwas.

Ivy rang nach Atem und stellte zu ihrem Befremden fest, dass

salzige Luft in ihre Lunge drang. Sie berührte ihr Gesicht und bemerkte erst jetzt den grünlichen Glanz eines Zaubers, der auf ihrer Haut lag. Die Nixen bewegten die Köpfe. Sie schienen auf etwas zu lauschen, und Ivy spürte es auch: eine Bewegung im Wasser wie von schnellen Flossenschlägen.

Unwillkürlich folgte sie den Blicken der Nixen und schaute in das Zwielicht direkt vor ihr. Ein Kältehauch wie von einem Atemzug traf ihr Gesicht. Und dann tauchte eine Gestalt aus der Dämmerung, die Ivy das Blut aus dem Kopf zog.

Es war eine Nixe mit silbernen Haaren und dunkelblauer Haut. Prächtiger Schmuck zierte ihre Arme und ihr Haar. Ihr Fischschwanz schimmerte in allen Nuancen des Meeres, es war, als würden Flüsse unter ihrer Haut dahinströmen. Diese Nixe war uralt, das spürte Ivy. Sie war eine Königin, die nichts als Verachtung für die Menschen übrighatte – die Menschen, die ihr Volk einst in Refugien wie dieses zurückgetrieben hatten und nicht einmal mehr wussten, dass es Kreaturen wie sie überhaupt gab.

Jetzt kam sie näher. Ivy wurde losgelassen, der Zauber über ihrem Gesicht erlosch. Sofort wurde der Drang nach Luft übermächtig. Panik ergriff sie, ihr Herz raste. Die Königin lächelte. Ivy konnte sehen, dass es genau das war, was sie wollte: die Angst zu schüren, bis sie unerträglich wurde. Doch gleichzeitig bemerkte sie etwas Erstaunliches. Die Augen der Nixe waren nicht schwarz, wie sie erwartet hatte. Sie sahen aus wie ein in stillem Wasser gespiegelter Nachthimmel – der Nachthimmel einer Welt, die einst für alle Wesen eine Heimat gewesen war. Und es lag nichts als Sehnsucht darin. Ivy schaute in die Augen dieser uralten Kreatur, und auf einmal war die Angst fort. Stattdessen fühlte sie nur noch eines: tiefe Dankbarkeit dafür, ein solches Wunder sehen zu dürfen.

Die Nixe hielt inne. Etwas wie Erstaunen ging durch ihren Blick. Dann streckte sie die Hand aus. Ivy fuhr nicht zurück, als die Nixe sich vorbeugte. Ihre Lippen waren warm auf Ivys Mund, und Luft strömte in ihre Lunge. Es war ein Gefühl, wie von tausend Wellen emporgehoben zu werden. Grollendes Meeresrauschen erfüllte ihren Körper, sie spürte Stromschnellen und Wasserwirbel auf ihrer Haut, und kurz war es, als wäre auch sie eine Nixe – pfeilschnell und eins mit den Wassern um sie herum. Noch nie zuvor, das wusste sie, hatte sie sich so frei gefühlt wie in diesem Moment.

Als die Königin sich von ihr löste, hatten ihre Augen sich verändert. Ivy sah sich selbst darin in einem endlosen Meer. Aber es war nicht länger ein schwarzes Sternenmeer. Es war ein Meer aus bunten Lilien, und Ivy begriff, dass sie soeben in den Gedanken der Königin gewesen war … und die Königin in ihren. Und sie würden nie vergessen, was sie darin gefunden hatten.

Sie sah noch, wie die Königin lächelte. Nie war sie schöner gewesen als in diesem Augenblick, und ein Wort wisperte durch Ivys Kopf.

Menschenkind, rauschte es voller Zärtlichkeit.

Dann wurde Ivy schwarz vor Augen.

Das Brennen in Ivys Lunge wurde unerträglich. Hustend fuhr sie hoch und spuckte Wasser. Eisige Kälte umgab sie, und Stimmen hüllten sie ein, dumpf und wie von Ferne. Keuchend rappelte sie sich auf, und da erst sah sie, dass sie zurück im Boot war und Finn und Gabriel sie besorgt ansahen.

»Verfluchte Fischweiber!«, rief Gabriel außer sich. »Ihr Gesang kommt geradewegs aus den dunkelsten Tiefen des Sees! Sie haben dich einfach mitgenommen, und wir konnten nichts tun! Finn ist hinterhergesprungen, aber die Nixen hätten ihn fast umgebracht, und …«

Erst jetzt sah Ivy, dass auch Finn klatschnass war. »Du bist ihnen entkommen«, sagte er, und legte den Mantel um Ivys Schultern. »Wie hast du das gemacht?«

Ivy fuhr sich über den Mund. Noch immer spürte sie den Kuss der Königin auf ihren Lippen, sanft und warm. »Ich weiß es nicht«, sagte sie leise.

»Wie auch immer du es gemacht hast«, meinte Gabriel. »Du hast es gut gemacht. Normalerweise sind die Nixen ausgesprochen grausam.«

Ivy schüttelte den Kopf. »Das waren sie nicht. Nicht wirklich. Sie waren … wunderschön.«

Finn sah sie schweigend an. Dann hielt er ihr ein paar Beeren hin. »Hier«, sagte er. »Iss die. Gegen die Kälte.«

Die Beeren schmeckten fürchterlich, doch tatsächlich wurde Ivy rasch wärmer. Finn ließ seinen Ambyx aufglimmen, und er verbreitete eine Hitze, die ihre nassen Kleider trocknete. Da reckte Gabriel den Kopf. »Was ist das denn?«, fragte er.

Ivy berührte ihre Brust und fand dort einen flachen, kühlen Gegenstand.

»Eine ganz besondere Kette.« Finn lächelte unmerklich. »Scheint ganz so, als hättest du neue Freunde gefunden.«

Ivy betrachtete den Anhänger. Ein warmes Gefühl flog durch ihren Körper, wärmer, als jede Beere es vermocht hätte. Diese Kette war von der Königin der Nixen, das wusste sie. Und daran hing eine Muschel … schwarz wie das Meer in der Nacht.

30

Das Mohnfeld erstreckte sich über sanfte Hügel. Die roten Blüten glühten im Schein der untergehenden Sonne und umrahmten die Anhöhe, die wie ein Thron inmitten der Blumen aufragte. Und darauf, so riesig, dass seine Äste weit über das Feld reichten, stand der Baum der Spiegel.

Ivy ging mit Finn und Gabriel darauf zu und konnte sich nicht von dem Anblick abwenden. Zweifellos musste dieser Baum viele hundert Jahre alt sein. Ivy spürte die Magie, die im Rauschen der Blätter lag, in den rätselhaften Zeichen auf den kräftigen Ästen und im Funkeln der Spiegel in den Zweigen. Es war, als erzählte der Baum Geschichten aus lang vergangener Zeit.

Doch ein Blick in den Baumschatten genügte, um sie an die düsteren Legenden über diesen Ort denken zu lassen. Die Wurzeln sahen aus wie Klauen, und darüber schwebten geisterhafte Gestalten, reglos und mit tief geneigten Köpfen, die weißen Nebelaugen auf alles Lebendige gerichtet, das sich ihnen näherte. Ivy blinzelte, und die Schemen waren verschwunden.

»Heimelig«, murmelte Gabriel. »Wenn ich ein Gespenst wäre, würde es mir hier bestimmt gut gefallen.«

Ivy nickte. »Und sicher würdest du ganz schnell Freunde finden.«

»Es ist nicht schwer, hier zu einem Gespenst zu werden«, meinte Finn. »Mein Zauber schützt unseren Verstand, aber wir müssen trotzdem vorsichtig sein. Wir sollten so schnell wie möglich die Verborgene Pforte finden.«

»Oh, wirklich? Und ich dachte, ich könnte mich auf den unheimlichen Wurzeln ein bisschen ausruhen.« Gabriel schnaubte. »Glaubst du etwa, wir wollen länger als unbedingt nötig diesem verfluchten Rauschen zuhören?«

Ivy zog die Schultern hoch. Das Wispern der Blätter grub sich beharrlich in ihre Gedanken, und als sie Finn in den Schatten des Baumes folgte, war es, als hätte sich eine Tür hinter ihnen geschlossen. Kein Sonnenstrahl bahnte sich mehr seinen Weg durch die Zweige. Das einzige Licht kam von den glimmenden Zeichen auf den Ästen. Ivy schluckte. Wie in ihrer Vision pulsierten diese im Rhythmus ihres Herzschlags. Ihr Blick schweifte über die Zweige, die sich wirr in alle Richtungen gebogen hatten. Sie glaubte, Gesichter in ihnen zu erkennen, und stolperte über die Wurzeln.

Gabriel witterte. »Ich rieche nichts als Moos und Erde. Wo ist die Verborgene Pforte?«

»*Hinter der Illusion*«, erwiderte Finn. »Das hat Richard Carlton immer gesagt. Was auch immer er damit meinte.« Er hob seinen Ambyx, und Ivy bemerkte in ihrem Schein viele kleine Wesen, die über Boden und Äste davonhuschten. Sie sahen aus wie feenähnliche Insekten mit langen Fühlern und Facettenaugen. Lautlos wichen sie aus dem Lichtkreis zurück, verharrten jedoch, sobald sie den Schatten erreichten.

»Sind sie wirklich da?«, flüsterte Ivy.

»So etwas könnte ich nicht träumen«, sagte Gabriel. »Nicht mal nach einem Snack aus gegorenen Früchten.«

»Alles ist wirklich in diesem Schatten«, raunte Finn. »Und gleichzeitig ist alles Illusion. Darin liegt die Gefahr. Das Blätterrauschen sucht einen Weg in unsere Gedanken. Und mein Zauber ist nicht unangreifbar. Es ist leicht, sich in dieser Dämmerung zu verlieren. Bleibt wachsam!«

Ein Windstoß ging durch die Zweige, und da neigten sich die Äste zu ihnen herab. Fast zärtlich berührten sie Ivys Gesicht, streiften ihre Schultern und tasteten nach ihren Händen. Ivy schauderte, so menschenähnlich fühlten die hölzernen Finger sich an. Und wie eine Antwort darauf erhellten sich die Spiegel.

Hatten sie gerade noch ihre Umgebung gezeigt, tauchten nun Bilder in ihnen auf. Wie in ihrer Version zeigte sich direkt vor Ivy ihr eigenes Abbild. Es verzerrte sich fratzenhaft und streckte die klauenartigen Hände vor. Schnell zog Ivy einen Zweig mit einem anderen Spiegel vor sich. Ihr Ebenbild starrte darauf und keuchte entsetzt. Wütend funkelte es Ivy an und ließ mit heiserem Kreischen den Spiegel zerspringen.

Die Splitter flogen wie Geschosse durch die Luft. Finn und Ivy duckten sich, Gabriel zog sich hinter einen dicken Ast zurück. Knirschend gruben sich die Scherben in die Rinde, und da ging ein Dröhnen durch den Baum, als würde ein Riese aus tiefstem Schlaf erwachen. Ein Zweig neben Ivy holte zum Schlag aus. Instinktiv wich sie aus, doch Gabriel wurde erwischt und landete knurrend am Boden, und Finn konnte nur mit einem Aufleuchten seiner Glaskugel ein Geflecht aus Zweigen zurücktreiben, das sich wie ein Netz um ihn schließen wollte. Ivy entkam einem weiteren Schlag – und wurde am Hinterkopf getroffen.

Benommen fiel sie auf die Wurzeln, die sich unter ihren Händen bewegten. Sie rappelte sich hoch. Schwindel pochte hinter ihrer Stirn, das Blätterrauschen war ohrenbetäubend laut. Gabriel wich bellend vor einem peitschenden Zweig zurück, und Finn ging unter dem Hieb eines Asts zu Boden. Der Ambyx glitt ihm aus den Händen, landete zwischen zwei Wurzeln und erlosch. Im selben Moment flackerte es in den Schatten. Da waren sie wieder, die geisterhaften Gestalten. Aber dieses Mal standen sie nicht einfach nur da. Sie kamen geradewegs auf sie zu.

Schon streckten sie die Hände nach Finn aus, und Ivy sah zu ihrem Entsetzen, wie sich die Farben von seinem Körper lösten, als wäre er ein Gemälde. Sie duckte sich unter einem Zweig, der blitzartig auf sie zuschoss, und fiel neben Finn auf die Knie. Doch kaum hatte sie ihn berührt, glitt ein eisiger Schauer über ihre Haut, und auch ihre Finger verloren die Farbe. Sie schauderte. Es war, als würden die Geister ihnen das Leben aussaugen.

Das Bellen drang wie ein Peitschenhieb in Ivys Bewusstsein. Gabriel sprang an ihre Seite, und als seine goldenen Augen aufglühten, wichen die Geister zurück. Ivy grub die Hände in Gabriels Fell. Ein Strom aus Wärme flutete ihre Glieder, und da bemerkte sie Finns Ambyx, der gerade von den Wurzeln ins Innere der Erde gezogen wurde. Eilig stürzte Ivy darauf zu, und gemeinsam mit Finn zerrte sie die Kugel zurück ins Freie. Finn presste beide Hände darauf, sie erstrahlte in gleißendem Licht. Die Gesichter der Geister verzerrten sich in unendlichem Erstaunen. Dann strömte das Licht über sie hinweg, und als es wieder schwächer wurde, waren die Gestalten verschwunden.

Zweige und Äste rührten sich nicht mehr, doch das Blätterrauschen schwoll an, und da glühten die Spiegel ringsum grell auf. Ivy spürte die Kälte, die von ihnen ausging. Aber sie konnte sich nicht von den Bildern abwenden, die nun in ihnen auftauchten.

Sie sah bunte Himmel über einem weiten, endlosen Land, eine Horde Zentauren, die durch einen dunklen Wald galoppierten, und Menschen, Seite an Seite mit Feen in einem See. Die Farben dieser Bilder strichen sanft über Ivys Haut. Wie im Traum kam sie auf die Beine. Finn und Gabriel näherten sich den Spiegeln hinter ihr, und da erregte eines der Bilder Ivys Aufmerksamkeit. Langsam ging sie darauf zu.

Der Spiegel zeigte eine regennasse Straße. Ivy erkannte sie wieder. Es war die Straße, die an der Wohnung in Dublin vorbeigeführt hatte, in der sie mit ihrer Mutter gewohnt hatte, früher, als sie noch klein gewesen war. Die Wohnung hatte nur zwei winzige Zimmer gehabt, aber sie war gemütlich gewesen. Damals war ihre Mutter oft weg gewesen, und Ivy hatte mit dem Kindermädchen vorliebnehmen müssen. Sie erinnerte sich daran, wie sie mitunter nachts aufgewacht war. Dann hatte sie am Fenster gesessen und hinaus auf die Straße geschaut. Und sie hatte einen Menschen vermisst, den sie noch nie getroffen hatte und der doch zeit ihres Lebens ein Teil von ihr gewesen war.

Ivy spürte fast die Kälte der Fensterscheibe, als sie näher an den Spiegel heranging. Sie konnte den Regen hören, der auf das Pflaster schlug. Und ihr Herz setzte für einen Schlag aus, als sie den schemenhaften Umriss am Ende der Straße erkannte. Er stand unter der flackernden Laterne, genau so, wie Ivy es sich immer vorgestellt hatte, ohne dass es jemals geschehen war. Und sie wusste, wer er war.

Ivy, raunte ihr Vater in ihren Gedanken, und wieder hüllte seine seltsam vertraute Stimme sie ein wie eine Umarmung. *Ich habe so lange nach dir gesucht. Und nun endlich habe ich dich gefunden.*

Ivys Kehle zog sich zusammen. Wie oft hatte sie sich gewünscht, diese Worte zu hören? Erinnerungen peitschten durch ihre Gedanken. Sie auf der Bühne eines Theaterstücks von der Schule, tieftraurig, weil ihre Mutter keine Zeit gehabt hatte, ihr zuzuschauen. Ein leerer Teller vor einem leeren Stuhl an jenem

Geburtstag, an dem sie für ihren Vater mitgedeckt hatte in der Hoffnung, er würde einfach auftauchen wie der Weihnachtsmann, weil sie es sich so sehr wünschte. Sie allein an ihrem Fenster in der Wohnung in Dublin … allein mit der Frage, warum er sie verlassen hatte.

Jetzt streckte der Schemen am Ende der Straße die Hand nach ihr aus, und die Sehnsucht wurde so übermächtig, dass sie auf ihn zutrat. Sie brauchte nur diese Hand zu nehmen und wäre endlich bei ihm – dem Menschen, den sie ihr Leben lang vermisst hatte, ohne ihn zu kennen.

Ivy holte tief Luft … und roch einen seltsamen, melancholischen Duft, der so gar nicht zu der regennassen Straße passen wollte. Mohnblumen. Blitzlichtartig sah sie das Feld vor sich, auf dem ein uralter Baum stand. Und mit einem Schlag wusste sie wieder, wo sie war. Gleichzeitig schickte der Baum der Spiegel sein Rauschen durch ihren Schädel. Sie taumelte. Finn hatte ihren Verstand gegen diese Macht geschützt, aber nicht ihre Gefühle.

Sie sah den Schemen an, der ihr die Hand entgegenstreckte, und ein Teil von ihr wollte noch immer zu ihm laufen, ganz egal, ob er wirklich war oder nicht. Doch sie rührte sich nicht von der Stelle. Denn sie wusste, dass ein einziger Schritt in dieses Bild hinein sie zu einem weiteren Geist machen würde, dazu verdammt, zwischen den uralten Zweigen des Spiegelbaums umherzuirren. Ein einziger Schritt würde sie zu dem machen, was ihr Vater ihr Leben lang für sie gewesen war: zu einem Gedanken. Ivy presste die Zähne aufeinander. Aber sie war mehr als das! Entschlossen riss sie die Hand zurück.

Sie sah noch, wie der Umriss sich dämonenhaft verzerrte und schrie, doch nicht mit einer menschlichen Stimme, sondern mit den tausend Stimmen der Blätter, die nun noch lauter aufbrausten. Aber dann brach Licht aus dem Umriss, ließ die regennasse Straße verschwimmen, flutete wie eine Welle aus Wärme über Ivy hinweg und riss sie zu Boden.

Erst als Gabriels Fell ihre Wange streifte, öffnete Ivy die Augen. Sie lag zwischen den Wurzeln des Baums, doch nun herrschte ein sanftes grüngoldenes Zwielicht. Finn half ihr auf die Beine.

»Du hast sie gefunden«, sagte er. »Die Verborgene Pforte!«

Ivy folgte seinem Blick zu der flackernden Lichtsäule hinüber, die vor dem dunklen Stamm des Baumes leuchtete. Sie sah aus, als würde sie aus den Strahlen der Sonne bestehen.

»Halleluja!« Gabriel schüttelte sich. »Dann nichts wie rein in diesen Baum, bevor diese schrecklichen Blaubeerbilder zurückkommen! Glaubt es oder nicht, ich hätte mich fast mitten hineingestürzt! Herrje, die sahen aber auch lecker aus.«

Ivys Herz schlug ihr bis zum Hals, als sie mit ihren Freunden auf das Licht zuging. Dahinter wartete ihr Großvater auf sie, das spürte sie. Goldene Funken glitten über ihre Wangen und ließen sie Atem holen. Dann trat sie in den Glanz hinein.

Botanischer Name

Anemone nemorosa

Deutscher Name

Buschwindröschen

Familie

Hahnenfußgewächse

(Ranunculaceae)

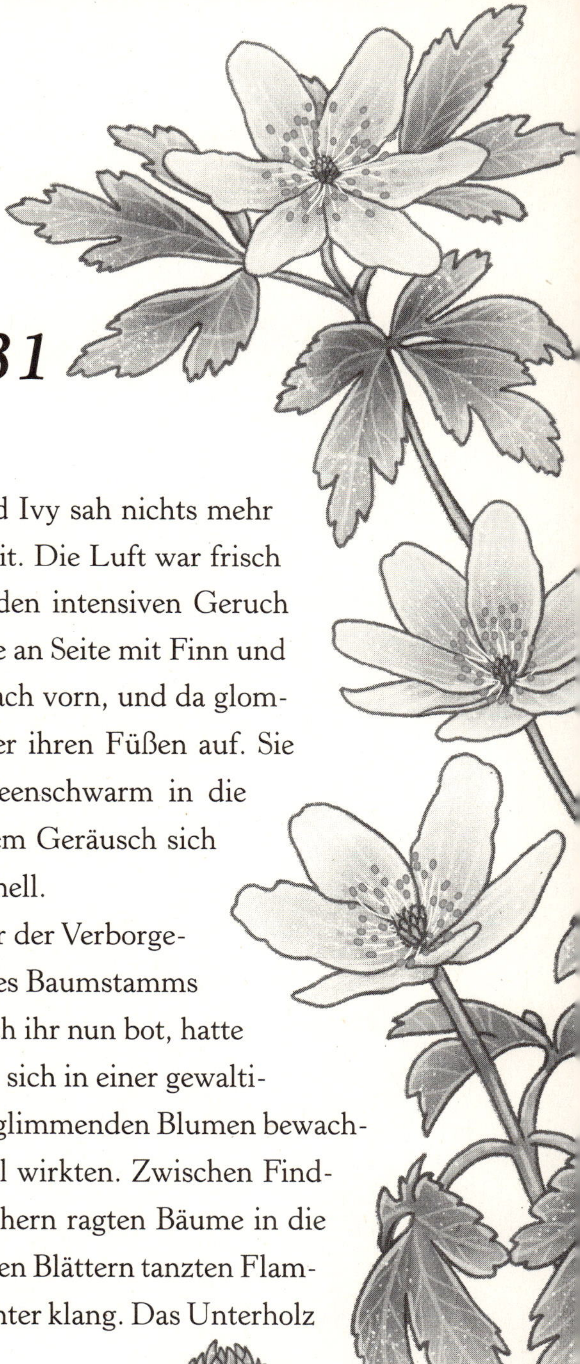

31

Das Licht erlosch, und Ivy sah nichts mehr als tiefste Dunkelheit. Die Luft war frisch und kühl, sie nahm den intensiven Geruch von Moos und Erde wahr. Seite an Seite mit Finn und Gabriel trat sie einen Schritt nach vorn, und da glommen silberne Staubkörner unter ihren Füßen auf. Sie stoben wie ein leuchtender Feenschwarm in die Dunkelheit hinein, und mit dem Geräusch sich entfachender Kerzen wurde es hell.

Ivy hatte geahnt, dass hinter der Verborgenen Pforte nicht das Innere eines Baumstamms liegen würde. Aber das, was sich ihr nun bot, hatte sie nicht erwartet. Sie befanden sich in einer gewaltigen Höhle. Die Decke war mit glimmenden Blumen bewachsen, die wie ein Sternenhimmel wirkten. Zwischen Findlingen und wuchernden Sträuchern ragten Bäume in die Höhe, groß wie Türme. Auf ihren Blättern tanzten Flammen, deren Knistern wie Gelächter klang. Das Unterholz

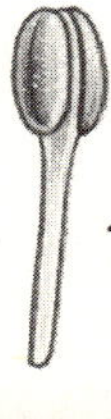

flirrte von den Farben des Pollenstaubs, den leuchtende Blüten in Schleiern durch die Luft schickten. Und überall funkelten silbrige Kristalle an den Wänden. Es war die Magie der Elfen, und sie war so stark, dass sie auf Ivys Haut prickelte wie sachter Regen.

»HATSCHI!« Gabriel schüttelte sich. »Verfluchte Elfenmagie! Es ist, als würden Ameisen in meiner Nase tanzen!«

»Die Legenden sind also wirklich wahr«, flüsterte Ivy. »Früher waren die Elfen ein Teil dieses Gartens, ein Teil dieser Welt. Und ihre Kraft ist noch immer hier!«

Finn ließ den Blick über den funkelnden Wald schweifen. »Stellt euch nur mal vor, dass womöglich auch der Rest der alten Lieder wahr ist … dass es einmal überall auf der Welt so war wie hier.«

Gabriel nieste erneut. »Ganz fantastisch«, schniefte er. »Können wir jetzt gehen? Ich sehe Richard Carlton hier nämlich nirgends und möchte eure Begeisterung ja nicht stören, aber: Ich will so schnell wie möglich wieder von hier verschwinden!«

Damit steuerte er auf einen Gang zu, der aus der Höhle hinausführte. Er wand sich in zahlreichen Kurven, und auch hier wuchsen leuchtende Pflanzen an den Wänden. Ivy bemerkte eine Bewegung zwischen den Blättern und schaute geradewegs in das Gesicht eines kleinen Wesens mit riesigen Ohren und ebenso großen Augen. Seine Haut erinnerte an die Rinde einer Birke. Es erwiderte Ivys Blick, dann huschte es leise murmelnd davon.

»Rindengnome«, sagte Finn hinter ihr. »Es gibt sie kaum noch, aber offenbar haben sie hier eine Zuflucht gefunden.«

»Da sind sie nicht die Einzigen.« Ivy deutete auf das koboldartige Wesen, das über ihnen auf einem Zweig saß, gekleidet in ein Gewand aus Blättern, und bunte Federn in seine grünen Haare flocht. Es schaute nur kurz zu ihnen herab, zuckte die Achseln und fuhr mit seiner Beschäftigung fort.

Der Gang führte an einem Tropfstein vorbei, der wie ein dünner, schleierartiger Vorhang von der Decke hing. Hinter ihm erstrahlte goldenes Licht. Ivy folgte Gabriel hinter den Stein. Das Licht floss über ihre Wangen. Es fühlte sich an, als würde sie auf eine Lichtung treten. Und dort, umgeben von mächtigen Bäumen und Findlingen, sprudelte eine Quelle, die das goldene Licht hervorbrachte. In vielen glühenden Adern strömte es durch die Höhle und verschwand im Unterholz.

Wie verzaubert schaute Ivy auf die Quelle. Nie zuvor hatte sie dieses Gold in solcher Klarheit gesehen, und doch kannte sie es genau. Sie hatte es wahrgenommen, als sie die Klinke zum Poison Garden berührt hatte und goldene Funken über ihre Finger geglitten waren. Es lag in Gabriels Augen und in den Augen des Fauns. Und sie hatte es in der Sphinx gefunden, als sie zum Leben erwacht war, dieses unerschöpfliche, strahlende Gold, das gleichzeitig uralt und gerade erst geboren war. Ivy holte tief Atem. Diese Quelle war der Ursprung allen Zaubers. Sie war das Herz des Poison Garden.

»Seltsam«, murmelte Gabriel. »Wo ist Richard Carlton?«

Auch Ivy sah nichts als dichtes Unterholz und ein paar Rindengnome, die eilig davonhuschten. »Vielleicht hat er sich ins Dickicht zurückgezogen«, mutmaßte sie und ging weiter. »Lasst uns hinter der Quelle nachschauen, dort …«

Etwas schlang sich um ihren Fuß und brachte sie zu Fall. Sie schrie auf, aber schon wurde sie über den Boden gezerrt und von dichtem Wurzelgeflecht an einen der Felsen gebunden. Finn und Gabriel landeten neben ihr, so eng gefesselt, dass sie sich nicht mehr rühren konnten.

Eine Falle, schoss es Ivy durch den Kopf. Sie waren in eine verfluchte Falle getappt! Mitten in ihre Gedanken hinein tauchte eine Gestalt hinter der Quelle auf. Für einen Moment sah sie aus wie ein Scherenschnitt, dann hüllte der goldene Glanz sie ein. Ivy sog die Luft ein. Es war ihr Großvater.

Sein Anblick war nur schwer zu ertragen. Er hatte blutige Kratzer im Gesicht und war so blass, dass seine Augen wie dunkle Abgründe wirkten. Aber in diesen Augen lag keine Erschöpfung und auch kein Schmerz, sondern nur namenloser Zorn. Er hatte diese Falle aus Wurzeln erschaffen, das verstand Ivy plötzlich, ohne den Grund dafür zu begreifen. Langsam kam er näher. Er ballte die Fäuste, und Ivy bemerkte die magischen Fesseln, die um seine Handgelenke lagen. Sie hatten sich tief in sein Fleisch geschnitten. Jetzt loderten sie auf und fielen verkohlt zu Boden. Ivy zog die Brauen zusammen, während ihr Großvater sich die Handgelenke rieb. Offenbar war er nicht freiwillig an diesem Ort gewesen. Jemand hatte ihn hier gefangen gehalten. Doch wer?

Sie wollte etwas sagen, aber ihre Stimme versagte. Leicht schwankend blieb ihr Großvater stehen und bewegte die Finger durch die Luft. Augenblicklich lösten sich die Fesseln um Ivys Körper. Sie stürzte nach vorn und stieß mit Gabriel zusammen, den die Wurzeln ebenfalls freigelassen hatten. Taumelnd kam Ivy auf die Beine. Sie lief ihrem Großvater entgegen, tausend Fragen drängten sich auf ihrer Zunge. Doch noch ehe sie ihn erreicht hatte, merkte sie, dass er sie nicht ansah. Er schaute an ihr vorbei, und sein Blick war so eisig, dass sie schauderte.

Ivy drehte sich um. Gabriel stand hinter ihr, reglos, als wäre er zu Stein geworden. Sie hatte erwartet, Finn in seiner Nähe zu sehen. Aber Finn war weiterhin an den Felsen gefesselt. Und er schien nicht überrascht zu sein. Mit undurchsichtiger Miene erwiderte er den Blick ihres Großvaters.

Gabriel stieß ein Knurren aus, das Ivy durch Mark und Bein ging. Was zur Hölle war hier los? Sie trat ein paar Schritte auf Finn zu, und da spürte Ivy sie auch: die namenlose, feindliche Kälte, die auf einmal von Finn ausging und die sie sich nicht erklären konnte. Sie schaute in sein Gesicht, das ihr in seiner plötzlichen Reglosigkeit seltsam fremd erschien, und die Verwirrung in ihrem Kopf wurde zu einer einzigen Frage. Sie musste mehrfach ansetzen, um sie über die Lippen zu bringen. »Wer bist du?«, flüsterte sie.

Finn sah sie an, und für einen Moment schien es ihr, als würden sie sich noch einmal in den Nebeln der Zwischenwelt gegenüberstehen, Hand in Hand. Doch dann neigte Finn unmerklich den Kopf. Und als würde sich ein Schleier von ihm heben, veränderte er sich. Sein blondes Haar wurde silbern, seine Haut noch blasser, und seine Augen glommen in so hellem Blau auf, dass Ivy fröstelte. Seine menschlichen Züge waren nie mehr als eine Maske gewesen, das begriff sie nun mit eisigem Entsetzen. Und jetzt war diese Maske gefallen.

»Mein wahrer Name lautet Farandur Íht Nherè'ndíl«, sagte der Junge, der einmal Finn gewesen war, und seine Stimme klang so vertraut, dass sich Ivys Kehle zusammenzog. »Ich bin ein Elf – einer der Letzten, die noch in der Welt der Menschen leben.«

Ivy starrte ihn an. Ein Teil von ihr hoffte darauf, dass er lachen und sich alles als dummer Scherz entpuppen würde. Aber er sah sie nur an mit seinen Augen aus Frost, fast mitleidig, als hätte er ihre Gedanken gehört. Dann lächelte er.

Und sein Lächeln war eiskalt.

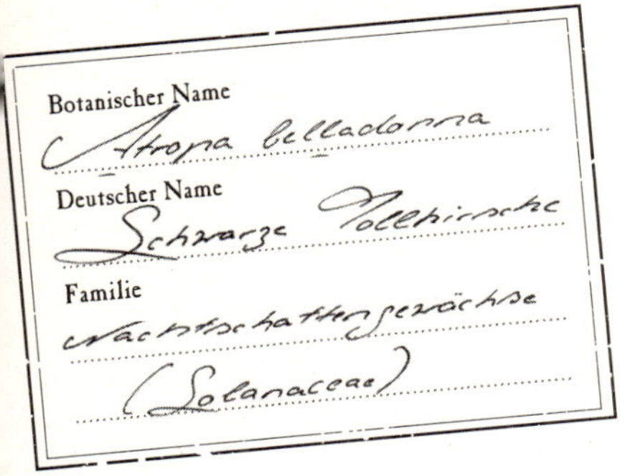

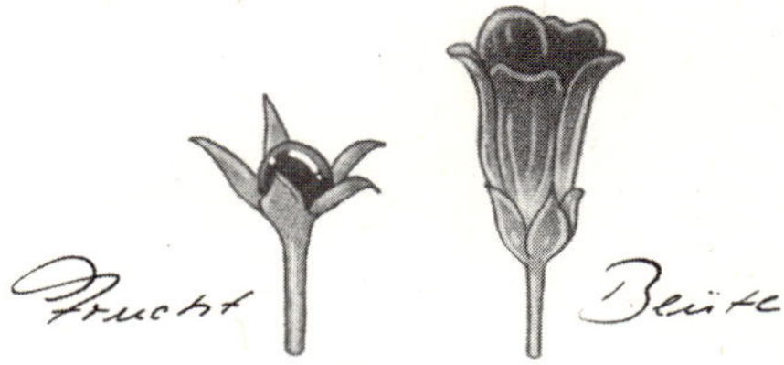

32

Was zum Teufel geht hier vor?«

Es war Gabriel, der das fragte, und Ivy hörte die Fassungslosigkeit des Fuchses in jedem seiner Worte. Finn jedoch verstärkte sein Lächeln.

»Ihr habt euch täuschen lassen«, erwiderte er. »Selbst du, kluger Fuchs. Was natürlich für mich spricht, denn ein Tier wie dich hinters Licht zu führen ist alles andere als leicht.« Sein Blick schweifte zu Ivy und ihrem Großvater hinüber. »Ihr Menschen hingegen seid schon immer gut darin gewesen, belogen zu werden. Vielleicht, weil ihr selbst voller Lügen seid.«

Ivy setzte zum Sprechen an, doch nun trat ihr Großvater vor. »Ich habe dir vertraut«, raunte er, und seine Stimme klang wie das Bersten großer Felsen. »Ich habe dich in mein Haus aufgenommen und dich behandelt wie mein eigen Fleisch und Blut!«

Seine Verzweiflung zog Ivys Herz zusammen. Aber Finns Blick blieb kalt wie Eis.

»Ich danke dir für die Kekse, Richard Carlton«, gab er zurück. »Aber sei ehrlich zu dir selbst: Ich habe deine dunklen Tage mit meiner Anwesenheit erhellt. Du solltest mir dankbar sein. Wobei auch Dankbarkeit keine besondere Stärke von euch Menschen ist. Genauso wenig wie Weitsicht.« Er legte den Kopf schief. »Du hättest auf Dúnin hören sollen. Dein Elfenfreund hat weit vor dir gespürt, dass etwas nicht stimmt. Er hat mir misstraut, so war es doch, nicht wahr? Aber du hast ihm nicht glauben wollen. Es war amüsant zuzusehen, mit welcher Leidenschaft du mich vor deinen Freunden verteidigt hast. Fast hätte man meinen können, es wäre Zuneigung im Spiel gewesen. Dabei war es nur Dummheit.«

»Du verfluchter …«, brauste Ivys Großvater auf, doch Finn legte den Kopf zurück und lachte.

»*Verflucht*«, rief er so laut, dass seine Stimme von den Wänden widerhallte. »Oh ja, das bin ich seit dem Tag meiner Geburt. Aber was macht das schon, solange es niemand merkt?«

Ivy hörte die Knöchel ihres Großvaters knacken, als er die Hand zur Faust ballte. Und plötzlich verstand sie. »Die Magier wollten uns nie etwas tun«, sagte sie heiser. »Sie wollten mich vor dir warnen!«

Finn lächelte sein kaltes Lächeln. »Oh, *mir* wollten sie schon etwas tun, das ist sicher. Und sie hätten es ja auch fast geschafft, wenn du mich nicht von der Schwelle des Todes zurückgezogen hättest, nicht wahr? Heldenhafte kleine Ivy. Wenn du gewusst hättest, wie alles endet, hättest du es dann wohl auch getan?«

Seine Worte trafen sie wie Hiebe in den Magen, und sie drängte mit aller Macht die Erinnerung an die Zwischenwelt fort. »Ich habe den Kampf gesehen«, brachte sie hervor. »Ich habe gesehen, wie die Magier meinen Großvater angegriffen haben. Vor dem Tor des Poison Garden haben sie …«

»… gar nichts«, beendete Finn ihren Satz. »Denn sie waren niemals da. Begreifst du denn nicht? Der Kampf war ein Schauspiel für dich, Ivy Carlton. Ein wenig Schneegestöber, und schon warst du nur allzu empfänglich für seltsame Ereignisse. Ich allein habe die Illusionen der drei Magier vor dem Tor erschaffen. Ich allein habe deinen Großvater überwältigt. Ich allein habe ihn hierher verschleppt.«

»Dann ist es also wirklich wahr«, knurrte Gabriel. »Dieser verfluchte Hügel gehört zu deinem Volk!«

Finn sah ihn kühl an. »Einst war es so, in der Tat. Früher war dieser Hügel ein Sitz der Elfen, und so glüht hier noch immer ihre Magie mit all ihrer Kraft. So konnte ich den mächtigen Richard Carlton hier in seinem eigenen Garten einsperren. Allerdings ist es ihm umgekehrt gelungen, mich mit einem seiner verfluchten Zauber aus dem Baum zu treiben und den Eingang für mich zu verschließen. Daher brauchte ich dich, Ivy: Als Richards Enkelin war es dir möglich, die Verborgene Pforte zu finden. Der Weg bis dahin war allerdings alles andere als leicht.«

»Du hast mir das Leben gerettet«, flüsterte Ivy. »Du hast dein eigenes Leben riskiert – für mich!«

»Nicht für dich«, gab er zurück. »Für meinen Plan.«

Ivy spürte, wie ihr kalt wurde. »Dann war alles gelogen«, brachte sie hervor. »Du hast alles geplant. Der ganze Weg durch den Poison Garden, alles, was du mir beigebracht hast, und das, was ich selbst gelernt habe …«

»… war nötig für diesen letzten Schritt«, beendete er ihren Satz. »Es freut mich, dass du es nun endlich verstanden hast. Du musstest mir vertrauen, um zu tun, was ich wollte. Und vor allem musstest du dir selbst vertrauen. Ehrlich gesagt hast du es mir nicht leicht gemacht. Aber am Ende hast du mir doch geglaubt.«

Ivy konnte nicht verhindern, dass ihre Lippen zitterten. »Warum«, fragte sie leise. »Warum hast du das getan?«

»Weil es der einzige Weg war, mein Ziel zu erreichen«, erwiderte er. »Die Menschen verdienen die Herrschaft über die magische Welt nicht. Sie verdienen gar keine Herrschaft, weil sie nur Zerstörung schaffen. Es ist Zeit, dass die magischen Wesen die Macht erlangen. Sollen die Menschen lernen, was es heißt, schwach zu sein!«

Ivy sah den fiebrigen Glanz in Finns Augen und hörte, wie ihr Großvater neben ihr die Luft einsog. »Nicht alle Menschen schaffen Zerstörung«, sagte sie eindringlich. »Und nicht alle Menschen …«

»Was weißt du denn schon!« Auf einmal war Finns Lächeln verschwunden, so plötzlich, als hätte Ivy es mit ihren Worten von seinen Lippen geschlagen. »Gar nichts! Bis vor Kurzem hast du noch geglaubt, Wesen wie Feen und Elfen wären nur Figuren in irgendwelchen Geschichten! Aber sie sind real, und die Menschen haben sie auf brutalste Weise aus ihrer Welt vertrieben! Meine Eltern blieben, weil diese Welt auch ihre Heimat war! Sie versteckten ihre wahre Identität und versuchten, sich in die menschliche Gesellschaft einzugliedern. Aber die Menschen kämpften nicht mehr mit Waffen gegen uns wie in vergangenen Zeiten. Inzwischen kämpfen sie mit dem Vergessen. Sie erinnern sich nicht an uns, sie erinnern sich nicht an die Magie, die unsere Welt früher erblühen ließ. Und so verschwand der Zauber fast gänzlich, den wir alle so nötig brauchen. Meine Eltern wurden krank, sie gingen einfach zugrunde und starben, als ich noch ein Kind war. Mein Bruder und ich blieben allein zurück.«

Seine Stimme zitterte ein wenig, und Ivy sah ihn vor sich, lachend an der Seite seines Bruders in der Zwischenwelt. Er sog die Luft ein, und sie wusste, dass auch er gerade dieses Lachen hörte.

»Ich habe euch gesehen«, sagte Ivy. »Aber ich glaube nicht, dass dein Bruder gewollt hätte …«

Sofort kehrte die Kälte in Finns Augen zurück. »Du hast keine Ahnung«, wisperte er, »was die Menschen uns antaten. Was sie *mir* antaten! Jahrelang habe ich geschwiegen. Doch jetzt bin ich hier, um das zu fordern, was mir zusteht. Und ich werde es bekommen.« Er sah zu Ivys Großvater hinüber. »Bisher hat Richard Carlton sich geweigert, es mir zu geben. Aber das ist jetzt vorbei.«

Er bewegte die Finger, und Ivy sah, wie Gabriel sein Fell sträubte, als erwartete er einen Angriff. Ihr Großvater hob die Hand, die Wurzeln zogen sich noch enger um Finns Leib. Doch er schien keinen Schmerz zu fühlen. Jetzt schaute er Ivy an, und ein Anflug der alten Wärme flammte in seinen Augen auf.

Es tut mir leid, flüsterte er in ihren Gedanken.

Dann kehrte der Frost in seinen Blick zurück, und im selben Moment spürte Ivy sie in den eigenen Gliedern: diese namenlose Kälte, die Finn in sich barg, und die in jedem verfluchten Kristall dieser Höhle steckte. Elfenmagie war es, die nun durch ihre Adern jagte, und noch etwas anderes, das ihr die Luft aus der Lunge presste. Unheimliche Nebel tauchten am Rand ihres Bewusstseins auf. Sie stürzte auf die Knie und schmeckte etwas auf der Zunge, süß und herb zugleich … Blitzlichtartig sah sie noch einmal, wie Finn ihr die drei roten Beeren hingehalten hatte, die sie nach dem Sturz in den See der Nixen gewärmt hatten. Hilflos rang sie nach Atem, während die Erkenntnis sich gnadenlos in ihr ausbreitete. Finn hatte sie vergiftet.

Verschwommen sah Ivy, wie Finn ihren Großvater fixierte, der nun neben ihr niederkniete und nach ihrer Hand griff. Sie fühlte seine Berührung kaum. Alles war dumpf wie durch Watte.

»Lass mich frei«, sagte Finn kalt. »Gib mir die Macht über die Quelle, die Macht über den Poison Garden. Oder deine Enkelin wird in meine Welt gezogen und niemals wiederkehren. Und du weißt, von welcher Welt ich spreche.«

Ivy spürte ein letztes Mal, wie Finns Blick sie streifte. Dann wallte der Nebel vor ihren Augen auf. Sie keuchte, aber sie hörte es kaum noch. Ihr Körper zitterte, als gehörte er nicht mehr zu ihr, und sie konnte nichts weiter tun, als in diesen Nebel zu starren. Kalt war er, so kalt wie der Tod. Und sie wusste, was hinter ihm wartete.

Auf der anderen Seite des Nebels lag die Welt der Elfen.

Botanischer Name
Lilium candidum
Deutscher Name
Weiße Lilie
Familie
Liliengewächse
(Liliaceae)

33

Der Nebel nahm Ivy jedes Zeitgefühl. Ihr Körper war zu Boden gesunken, doch sie spürte ihn kaum noch. Alles war wie in einem Traum, in dem sie zwar wusste, dass sie träumte, aber nicht aufwachen konnte. Von Ferne hörte sie Meeresrauschen, und der Duft von Apfelblüten stieg in ihre Nase, so intensiv, dass ihr schwindlig wurde. Dann strich eine Hand zärtlich über ihre Wange, und der Nebel lichtete sich. Ivy blinzelte – und fuhr zurück.

Über ihr kniete Finn.

Sein Lächeln war sanft, und für einen Moment gab Ivy sich der Hoffnung hin, tatsächlich alles nur geträumt zu haben. Doch dann spürte sie das goldene Licht

auf ihrer Haut und begriff, dass sie noch immer im Herzen des Poison Garden waren. Und Finn war immer noch ihr Feind.

»Dein Großvater ist zur Vernunft gekommen«, sagte er nun mit dieser unerträglich vertrauten Stimme. »Gerade noch rechtzeitig, ehe die Welt der Elfen dich verschlungen hätte.«

Ivy wollte etwas erwidern, aber jetzt trat ein bitterer Geschmack auf ihre Zunge. Übelkeit stieg in ihr auf, als ihr klar wurde, dass es das Gegengift für Finns Zauber war. Sie schob seine Hand weg und kam auf die Beine. Das Bild der Höhle verschwamm vor ihrem Blick, nur um gleich darauf mit umso grausamerer Schärfe zurückzukehren.

Gabriel stand knurrend ein paar Schritte von ihr entfernt, das Fell in alle Richtungen gesträubt – und dort am Felsen lehnte ihr Großvater, von silbernen Fesseln umschlungen. Ivy spürte die Elfenmagie darin, die ihm jede Kraft nahm. Er erwiderte ihren Blick so reglos, als wäre er zu Stein geworden. Doch Ivy erkannte ihn genau, den Schmerz in seinen Augen, und ihr Herz zog sich zusammen. Ihr Großvater hatte Finn freigelassen, er hatte ihm die Gewalt über das Herz seines Gartens gegeben, und das nur aus einem einzigen Grund: um sie zu retten.

»Du verfluchter …«, stieß sie aus und taumelte in Finns Richtung. Aber noch bevor sie ihn erreicht hatte, drückte plötzlicher Schwindel ihr die Kehle zu. Keuchend blieb sie stehen und hörte Finn lachen.

»Nur weiter«, sagte er leichthin. »Angesichts der Umstände wird dein Großvater dir die Flucherei sicher verzeihen. Aber ich warne dich. Nach einer Vergiftung solltest du dich schonen, wenn du bei Bewusstsein bleiben willst. Und ich rate dir dringend dazu. Es wäre doch schade, wenn du meinen Triumph nicht miterleben würdest. Ohne dich wäre er immerhin niemals zustande gekommen. Also sieh hin, Ivy Carlton. Sieh, was mit dem Poison Garden geschehen wird!«

Er ging zu der Quelle hinüber und strich sacht mit der Hand hindurch. Das Licht begann sich silbern zu verfärben. Eisiger Sturm kam auf, und die Pflanzen überzogen sich mit Raureif. Ivy hustete, so kalt drang die Luft in ihre Lunge. Finn erschuf ein Bild wie in einem Märchen aus Eis. Es war voller Schönheit, und doch war alles daran falsch. Dieses Bild war ein Gefängnis, das den Poison Garden in Ketten legte. Finn würde ihn mit seinem Hass und seinem Zorn vergiften, wie er sich selbst damit vergiftet hatte, und alles vernichten, was der Garten einst gewesen war. Ivy ballte die Hände zu Fäusten. Das durfte sie nicht zulassen!

Ihre Entschlossenheit drängte den Schwindel in ihren Schläfen zurück. Sie wechselte mit Gabriel einen Blick. Sie brauchten keine Worte, um einander zu verstehen. Er hatte aufgehört zu knurren. Stattdessen verzog er den Mund zu seinem tückischsten Grinsen. Ivy sah zu ihrem Großvater hinüber, und der erwiderte ihren Blick fest. Er hatte sie genau beobachtet, er wusste, was sie vorhatte. Kurz erwartete sie, Sorge oder Angst in seinen Augen zu sehen. Aber alles, was sie dort fand, war Stolz.

Ivy war nicht sicher, ob es dieser Blick war, der sie auf Finn zutrieb, oder ihre eigene Entschlossenheit. Deutlich nahm sie nur das Flackern des goldenen Lichts wahr, das sich in der Quelle gegen Finns Kälte behauptete und zunehmend schwächer wurde. Sie zog die letzten Knallerbsen aus ihrer Tasche. Und mit einem Schrei, der jeden Schwindel aus ihrem Leib riss, schleuderte sie zwei davon auf Finn.

Der fuhr noch herum, doch es war zu spät. Die Beeren trafen ihn an der Schulter und warfen ihn gegen den nächsten Felsen. Gleichzeitig schoss Gabriel zu Ivys Großvater hinüber und grub die Zähne in die Fesseln. Ivys Herz raste. Sie musste Finn ablenken, lange genug, bis ihr Großvater wieder frei war. Und dann würde er sich die Macht über den Poison Garden zurückholen.

Sie warf eine weitere Knallerbse auf Finn, doch da sprang er auf die Beine und schleuderte ihr einen mächtigen Sturmwind entgegen. Ivy duckte sich unter ihrer trudelnden Beere, die hinter ihr am Boden explodierte. Dann wurde sie in die Luft gerissen und am Fuß eines Baumes niedergeworfen. Ein scharfer Schmerz ging durch ihren Arm. Sie hatte ihn sich an einem Felsbrocken aufgerissen.

Finn kam auf sie zu. Er drehte seinen Ambyx in der Hand. Eisige Nebelschwaden strömten daraus hervor und krochen auf Ivy zu. Schon spürte sie, wie der Zauber sich lähmend um ihre Beine legte.

Finn kniete sich neben sie. Seine Glaskugel drehte sich unablässig über seinen Fingern, und auf seinen Lippen lag ein fast mitleidiges Lächeln. »Eigentlich wollte ich dich nicht fesseln«, sagte er und griff in seine Tasche. »Aber du lässt mir keine Wahl.«

»So wenig wie du mir!«

Damit presste sie ihm die letzte Knallerbse vor die Brust. Schnell zog sie die Hand zurück, die Beere explodierte und schleuderte Finn zurück. Er stieß einen Schmerzensschrei aus, der Ambyx glitt ihm aus den Händen. Das Feuer hatte ihn verwundet, gerade da, wo sein eigener Zauber ihn im Irrgarten getroffen hatte. Er drückte die Hand für einen Heilzauber auf die Wunde, sein Atem ging stoßweise. Ivy sprang auf die Beine und ergriff den Ambyx.

Ihre Knie fühlten sich weich an. Aus dem Augenwinkel sah sie, dass die Fesseln ihres Großvaters nur noch schwach im Schein der Elfenmagie glommen. Nicht mehr lange, dann war er wieder frei.

Erinnerungen, schoss Finns Stimme durch ihren Kopf. *Manchmal schön, manchmal schmerzhaft … und manchmal überaus nützlich, wenn es darum geht, jemanden schachmatt zu setzen.*

Eilig riss sie den roten Beutel mit dem Schlafmohn aus ihrer Tasche und kippte ihn über dem Ambyx aus. Dann presste sie beide Hände auf das Glas. Finn kam auf sie zu, doch schon erstrahlte die Kugel in goldenem Licht, und Ivy warf sie ihm entgegen. Für einen Moment färbten sich seine Augen bei diesem Anblick in ihrem alten samtenen Blau. Aber dann ballte er seine rechte Hand zur Faust – und ohne den Ambyx zu berühren, zerbrach er ihn in tausend Scherben.

Der Zauber entlud sich mit einer Druckwelle, die Ivy durch die Luft katapultierte. Sie landete hart auf dem Rücken. Benom-

men hob sie den Kopf. Finn hatte die Wucht des brechenden Zaubers ebenfalls getroffen. Nicht weit von ihr entfernt richtete er sich auf. Um sie herum glühten unzählige Bilder, durchscheinend wie Hologramme. Instinktiv wollte Ivy vor ihnen zurückweichen, aber ihr Körper bewegte sich wie unter Wasser. Es war, als würden diese Bilder sie festhalten.

Ein Hologramm zeigte Finns Lächeln bei ihrer ersten Begegnung. Ein weiteres sie beide in der Küche von Carlton Manor und im Nebel der Zwischenwelt. Ihre Stimmen hallten durch die Luft, Ivy hörte Finn ihren Namen rufen. Sie wandte den Blick und sah sich im Tempel der Sylphen. Auge in Auge mit der mächtigen Sphinx. Dann vor Asterios, der ihr einen roten Faden gab, und noch einmal auf dem Rücken von Herrn Sumsemann. Und dann, entfacht zu tausend Farben, tauchte das Feld der Lilien vor ihr auf. Das Hologramm war kaum größer als ein Taschenspiegel.

Unwillkürlich schloss Ivy die Finger um dieses Bild. Es leuchtete in ihrer Hand golden auf, und sie spürte noch einmal das Glücksgefühl, das sie inmitten dieser Farben empfunden hatte. Finn schaute sie mit einem seltsamen Ausdruck an. War es Schmerz, den sie in seinen Augen sah? Doch dann wurde sein Lächeln kalt.

Er bewegte die linke Hand. Gabriel heulte schmerzerfüllt auf, und Ivy schrie, als der Fuchs wie von einem unsichtbaren Hieb getroffen durch die Luft flog und winselnd unter einem Baum liegen blieb. Ihr Großvater warf sich in seine Fesseln, das Gesicht vor Zorn und Verzweiflung verzerrt. Aber da umfasste ein eiskalter Wind Ivys Kopf und lenkte ihren Blick in Finns Richtung. Er hatte den Kopf leicht geneigt. Und ohne jede Mühe trat er durch die Bilder auf sie zu.

Ivy stockte der Atem. Ihre eigenen Bewegungen waren noch immer schwerfällig, aber Finn schien die Kraft des Zaubers nicht zu spüren. Er bewegte die Finger, und Bild für Bild überzog sich mit Raureif. Wenige Schritte von ihr entfernt blieb er stehen. Alle Hologramme ringsum waren nun weiß geworden, sie erstrahlten in grausamer Schönheit. Dann schnippte Finn mit den Fingern, und sie zerbrachen zu wirbelndem Schnee.

Ivy zitterte am ganzen Leib. Der Schwindel war mit aller Macht zurück, die Kälte biss ihr in die Glieder. Mit stockendem Atem öffnete sie die Hand und schaute auf das Bild, das sie noch immer darin hielt. Es fühlte sich zart an wie ein Blütenblatt und schien gleichzeitig das einzig Warme in einem Meer aus Eis zu sein. Doch es wurde zunehmend blasser. Ivy hob den Blick. Finn stand vor ihr, den Kopf halb geneigt, und sah auf sie herab.

»Kleine Ivy«, sagte er leise, und seine Stimme traf sie wie ein sanfter Atemzug inmitten der grausamen Kälte. »Du hast wirklich geglaubt, dass wir Freunde sind, nicht wahr? Aber du weißt doch nicht einmal, wer ich bin. Ich hingegen weiß alles über dich. Soll ich dir sagen, wer du bist? Nichts als ein armes, verlassenes Mädchen. Und du wirst mich niemals besiegen.«

Ivy wollte etwas erwidern, irgendetwas, das diese Worte fortwischte. Doch die Kälte schnürte ihre Kehle zu, und Finn lächelte auf sie herab.

»Du hast in den vergangenen Tagen ein wenig Heldin gespielt«, fuhr er fort. »Aber ohne mich wärest du schon nach wenigen Augenblicken im Poison Garden umgekommen. Er ist zu groß für dich, das hast du immer wieder gefühlt.«

»Das ist nicht wahr.« Ivys Stimme war nicht mehr als ein Flüstern.

»Ach nein?« Finn hob spöttisch die Brauen. »Sieh dich doch an! Du zitterst inmitten meiner Kälte. Keins der Bilder um uns herum konntest du beschützen, denn jedes einzelne hast du nur aus einem einzigen Grund erlebt: weil ich bei dir war! Was bleibt dir denn, wenn ich dir dein armseliges kleines Feuer nehme? Nichts, Ivy. Nichts als Dunkelheit!«

Er beugte sich vor. Sein Atem flog eiskalt über das Hologramm, das goldene Licht flackerte. Ivy umfasste das Bild mit aller Kraft. Die Farben der Lilien glommen auf wie eine Antwort, und sie roch noch einmal ihren Duft, fühlte den flüsternden Wind auf ihrer Haut und die Wärme in ihrer Brust, während sie die Gewissheit durchdrang, zum ersten Mal in ihrem Leben ein Zuhause gefunden zu haben. Aber gleich darauf streifte Finns Atem ihre Stirn, und all seine Worte jagten durch ihren Schädel, so gnadenlos, dass sie jeden ihrer Gedanken in Fetzen rissen. Auf einmal sah Ivy sich von außen: eine winzige zusammengesunkene Gestalt in einer Welt aus Eis mit einer lächerlich kleinen Flamme auf ihrer Hand. Und da löschte Finns Kälte diese Flamme aus. Nichts als tanzender Schnee blieb auf Ivys Fingern zurück.

»Du hattest recht«, flüsterte Finn. »Du bist keine Magierin. Du bist nur ein Kind. Geh nach Hause, Ivy. Der Poison Garden ist nicht für dich bestimmt.«

Damit drehte er sich zu der Quelle um, die nun in grellem Silberlicht erstrahlte. Und je heller die falsche Quelle wurde, desto stärker wuchs der kalte schwarze Punkt in Ivy, bis sie meinte, er hätte sie bis in die letzte Faser ihres Körpers angefüllt mit sinnloser Sehnsucht und Einsamkeit. Finn breitete die Arme aus. Das Licht wurde unerträglich hell. Ivy hörte Finn lachen. Es war ein Bild grausamen Triumphs. Und sie, gefangen in ihrer eigenen Dunkelheit, konnte nichts dagegen tun.

Sie spürte noch den Blick ihres Großvaters auf sich, doch sie sah nicht auf. Wenn sie eines nicht ertragen konnte, dann war es die Enttäuschung in seinen Augen. Im nächsten Moment erfasste sie das silberne Licht mit eisiger Kraft, und alles um sie herum wurde schwarz.

34

Der Geruch von Lavendel, Thymian und Maiglöckchen zog Ivy aus der Ohnmacht … der Duft von Carlton Manor. Sie blinzelte – und schaute direkt in zwei leuchtend goldene Augen.

»Was zur …«, rief sie und fuhr hoch.

Gabriel, der auf ihr gekauert hatte, purzelte kopfüber zu Boden. Sie sah noch, dass er auf einem zerschlissenen Perserteppich landete. Dann schoss ein stechender Schmerz in ihre Schläfen, und sie sank zurück auf ein weiches Kissen.

»Wunderbar!« Gabriel schüttelte sich. »So eine Begrüßung habe ich mir nach meinem Beinahetod vorgestellt: eine Bauchlandung samt Kullerpartie quer durch Richard Carltons Arbeitszimmer!«

Ivy presste sich die Hand

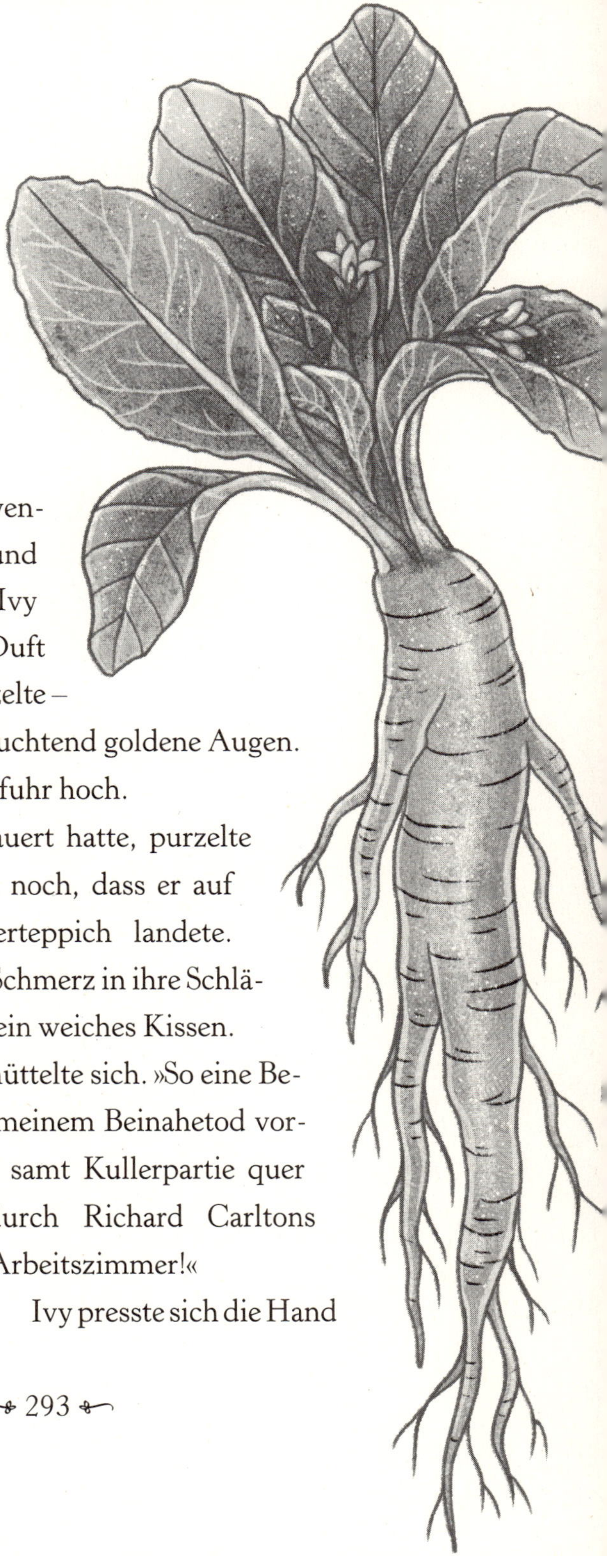

Botanischer Name
Mandragora officinarum
Deutscher Name
Gemeine Alraune
Familie
Nachtschattengewächse

gegen den Kopf. Ihr war eisig kalt. Sie befanden sich tatsächlich im Arbeitszimmer ihres Großvaters. Um sie herum herrschte Dämmerlicht, nur ein wenig durch den Schein einer Kerze erhellt, die neben Ivy auf dem Schreibtisch stand. Sie selbst lag auf dem alten Diwan. Die Bücherregale erhoben sich an den Wänden wie graue Gebirge, und der vertraute Geruch hüllte sie ein wie eine Umarmung.

»Du lebst«, flüsterte sie Gabriel zu. »Ich dachte …«

»Das solltest du lieber bleiben lassen«, erwiderte der Fuchs, sprang neben ihr auf den Diwan und rieb seinen Kopf an ihrer Schläfe. »So schnell kriegt man mich nicht klein. Schon gar nicht dieses verfluchte Sofakissen von einem Elf!«

Blitzlichtartig tauchte Finns Gesicht vor Ivy auf, und sie spürte wieder den Schmerz in ihrem Arm. Instinktiv griff sie nach ihrer Wunde und stellte fest, dass sie verbunden worden war. Ein blaues Seidentuch lag über der Verletzung und darüber glitten schneeweiße Eiskristalle hinweg. Ein Kribbeln ging von dem Heilzauber aus, das Ivys Herzschlag beschleunigte.

»Wie sind wir hergekommen?«, fragte sie. »Und wer hat mich geheilt?«

Ihr Blick flog in die Schatten des Zimmers, und da hörte sie eine Stimme, dunkel und kraftvoll wie der Klang einer großen Glocke. »Du heilst dich selbst. Aber der Verband ist von mir.«

Eine hochgewachsene Gestalt trat in den Schein der Kerze. Ihr Gesicht sah aus wie aus Eis geschlagen, das lange helle Haar schien in der Dämmerung zu glühen. Ivy schaute in die gletscherblauen

Augen und konnte nicht verhindern, dass ihre Hände anfingen zu zittern. Vor ihr stand Dúnin Ho' Fafnor, der Magier, den sie für ihren Feind gehalten hatte.

»Keine Sorge«, raunte Gabriel ihr zu. »Eisauge ist schon in Ordnung. Hat uns vor dem Poison Garden aufgesammelt und hierhergebracht, zusammen mit seinen Freunden.«

Der Fuchs hatte noch nicht zu Ende gesprochen, als die beiden anderen Magier aus den Schatten traten: Eleonora Conti und Fernando Alves Marquez. Es war merkwürdig, sie so nah zu sehen, ohne vor ihnen davonzulaufen.

»Du brauchst vor uns keine Angst zu haben«, sagte Eleonora und ließ sich auf dem Diwan nieder. Sie saß sehr gerade. Ihre braunen Augen waren von kleinen gelben Tupfern durchzogen, und Ivy hatte das Gefühl, von Sonnenstrahlen gewärmt zu werden. »Das brauchtest du nie, auch wenn es dir anders erscheinen musste. Wir sind Richards Freunde. Wir haben versucht, ihm beizustehen und dich vor Finns Einfluss zu schützen.«

Ivys Kehle zog sich zusammen, so plötzlich tauchte die Gestalt ihres Großvaters in ihrem Kopf auf. Sie sah ihn vor sich, wie er in den elfischen Fesseln lag, und wieder rappelte sie sich auf. »Finn hält meinen Großvater gefangen«, brachte sie hervor. »Wir müssen …«

Ihre Stimme versagte angesichts einer Kältewelle, die durch ihren Körper jagte. Kurz kam es ihr so vor, als würde sie noch einmal von Finns Magie gepackt und aus dem Poison Garden hinausgeschleudert werden. Doch Dúnin streckte die Hand aus und führte sie wortlos durch die Kerzenflamme. Diese loderte auf und sofort breitete sich eine lindernde Wärme im Zimmer aus. Und da bemerkte Ivy die blassblauen Adern auf ihrer Haut. Wie winzige Flüsse aus Eis wirkten sie.

»*Der Kuss der Kälte*«, sagte Dúnin und schob den Ärmel seines Umhangs zurück. Auch über seine Haut liefen die bläulichen Adern, ebenso wie bei Eleonora und Fernando. »Einer der mächtigsten Zauber meines Volkes. Mit ihm hat Finn uns aus dem Poison Garden getrieben. Dieser alte Zauber führt dazu, dass sich die Getroffenen über eine lange Zeit sehr geschwächt fühlen. Früher wurde er häufig von meinem Volk angewandt. Und daher kenne ich auch das Gegengift.« Er bewegte die Finger, die leicht glitzerten. »Rauwolfia und Aronstab. Gibt man beides in der richtigen Konzentration in ein altes Feuer, zieht diese besondere Wärme die Kälte aus den Gliedern.«

Tatsächlich spürte Ivy, wie ihr langsam wärmer wurde. Doch als sie sich aufsetzen wollte, hielt Eleonora sie zurück.

»Dieser Zauber braucht Zeit«, sagte sie. »Bewegen wir uns zu früh von diesem Feuer weg oder erlischt es, und das kann leicht geschehen, wird Finns Zauber uns die Kraft rauben. Und dann ist alles verloren.«

Ivy sah von einem zum anderen. »Aber mein Großvater …«

»… ist einer der mächtigsten Magier der Welt«, beendete Fernando ihren Satz. »Er wird Finn widerstehen, zumindest noch eine Weile. Und wir helfen ihm nicht, wenn wir zu Eis am Stiel werden.«

»Er hat recht«, murmelte Gabriel. »Ein haariges Fuchseis wäre außerdem alles andere als lecker.«

Ivy presste die Zähne aufeinander. Alles in ihr drängte sie dazu, mit den Magiern zum Poison Garden zu laufen und ihren Großvater zu befreien. Aber sie musste einsehen, dass die anderen recht hatten. Ihr war noch immer schwindlig, und nur langsam gingen die blauen Adern unter der Kerzenwärme zurück.

»Seit wann seid ihr mit meinem Großvater befreundet?«, fragte sie, um Finns lächelndes Gesicht aus ihrem Kopf zu vertreiben.

»Länger, als du lebst«, erwiderte Dúnin. »Wir hatten einen gemeinsamen Lehrmeister, so lernten wir uns kennen. Später dann ist es uns gelungen, mit unseren magischen Pflanzen und der Kraft des Mondes einen Zauber gegen die Albträume von Kindern zu wirken.«

»Hm«, machte Gabriel. »Ich glaube, den könnte ich auch gebrauchen. Natürlich abgewandelt für einen goldäugigen Fuchs.«

Eleonora strich ihm durchs Fell. »Tatsächlich haben wir auch für Tiere hilfreiche Zauber entwickelt. Damals haben wir beschlossen, die Macht unserer Giftgärten in den Dienst der Welt zu stellen. Wir vollzogen das Ritual des Mondes, durch das wir unsere Gärten miteinander verbanden. Damit haben wir den Grundstein für die heutige Ausrichtung der Loge gelegt.«

»Und wir sind Freunde geworden«, fügte Fernando hinzu. »Durch die magische Verbindung unserer Gärten können wir recht zügig zwischen ihnen reisen. Unsere Umhänge schützen uns dabei, denn sie sind aus einem ganz speziellen magischen

Stoff. Und natürlich tun wir weiterhin alles dafür, um zu helfen, wo es nur geht, und unser oberstes Ziel zu erreichen: die Welt zu einem besseren Ort zu machen. Damals gaben wir unserem Bund den Namen *Kreis des Mondes*. Und er besteht bis heute.«

Ivy sah von einem zum anderen. »Ihr wusstet, dass Finn was im Schilde führt. Warum habt ihr meinem Großvater nichts davon gesagt?«

Fernando ließ sich auf einen der knarzenden Stühle fallen und strich behutsam über seinen Geigenkasten. »Eine ganze Weile lang haben wir nur gemerkt, dass das magische Gleichgewicht des Poison Garden gestört wurde. Wir vermuteten, dass jemand aus Richards engstem Umfeld dafür verantwortlich war, der möglicherweise die Macht des Gartens missbrauchen wollte. So etwas ist bei anderen Gärten schon häufiger vorgekommen, denn viele Pflanzen reagieren, wenn ein Fremder ihre Kräfte für sich nutzt. Richard aber wollte nicht glauben, von einem seiner engsten Vertrauten hintergangen worden zu sein.«

»Was verständlich ist«, warf Eleonora ein. »Dein Großvater lässt niemanden so schnell an sich heran. Aber wenn er es tut, ist sein Vertrauen unerschütterlich.«

Ivy holte tief Atem. Das kam ihr sehr bekannt vor. Sie biss sich auf die Lippe, bis sie Blut schmeckte, und drängte erneut Finns Gesicht aus ihren Gedanken.

»Deswegen habt ihr mit ihm gestritten«, sagte sie nachdenklich. »Ich habe euch im Kräutergarten gesehen. Ihr wart mit meinem Großvater in einen Streit geraten, aber ich konnte nicht verstehen, worum es ging. Finn schien mehr zu wissen, doch er weihte mich nicht ein. Jetzt weiß ich auch, aus welchem Grund.«

Gabriel knurrte. »Dieser verdammte …«

»Verdammt oder nicht«, meinte Fernando. »Er hat seine Sache gut gemacht. Selbst uns hat er lange getäuscht.«

Ivy sah ihn an. »Wie seid ihr ihm auf die Spur gekommen?«

»Es gab seit einer Weile Veränderungen im Poison Garden«, entgegnete Eleonora. »Zuerst waren es Kleinigkeiten. Einzelne Pflanzen fingen ohne ersichtlichen Grund an zu welken, manche blühten zu seltsamen Zeiten, und wieder andere hatten plötzlich nur noch kleine Mengen ihrer einstigen Magie. Aber dann fing eine Venusfliegenfalle an, sich merkwürdig zu verhalten.«

Dúnin nickte. »Sie hat einen außergewöhnlichen Namen, aus irgendeinem Film. Ich kenne mich damit nicht aus, aber …«

»Audrey II?«, fragte Ivy, und das Gesicht des Elfs hellte sich auf.

»Das war der Name! Audrey II ist eine ganz besonders merkwürdige und interessante Pflanze. Richard erzählte, dass sie sich – recht untypisch für ihre Art – normalerweise nur von Kürbiskernen ernährt. Nun hatte sie aber ein paarmal versucht, kleinere Tiere zu fressen, und bei einem Spaziergang wollte sie einen Happen von Fernando probieren.«

Fernando machte ein Gesicht, als würde er sich noch ausgesprochen gut daran erinnern. »Richard war das sehr peinlich«, meinte er. »Kurz darauf fand er heraus, dass Audrey II offenbar mit einem magischen Pulver in Berührung gekommen war, das

Impulse wie Hunger schürte. Richard hatte es vor vielen Jahren selbst entworfen, um kümmerliche Pflänzchen dazu zu bringen, mehr Fliegen zu verspeisen. Aber er hat es nur in Notfällen benutzt. Er mag keine Zauber, die dazu dienen, andere Geschöpfe dem eigenen Willen zu unterwerfen. Jedenfalls hatte er keine Ahnung, wie dieses Pulver auf Audrey II gekommen war.«

»Ich schon«, sagte Ivy finster. »Ich bin bei meiner Suche nach meinem Großvater in die Pflanze hineingestolpert. Finn hat mich gerettet. Oder er hat jedenfalls so getan.«

Gabriel legte die Ohren an. »Wenn ich könnte, würde ich ihn in Audrey IIs Maul stopfen! Da könnte er mal sehen, wie sich das anfühlt!«

Ein Blitzen ging durch Fernandos Augen, als hätte er sich das auch schon vorgestellt. Dann faltete er seine schmalen Hände und räusperte sich. »Durch die Veränderungen von Audrey II suchten wir verstärkt nach Hinweisen, wer sich wohl am Poison Garden zu schaffen machen konnte. Noch hielten wir auch andere Phänomene für möglich wie bestimmte Planetenkonstellationen, das Wetter oder Streitereien unter den Anderwesen. Auch Konflikte innerhalb der Loge, die seit einer Weile immer wieder aufflammen, haben wir beobachtet. Aber wir nahmen eben auch Richards liebsten Gärtnergehilfen ins Visier, um nichts zu übersehen.«

»Ehrlich gesagt fand ihn zunächst keiner von uns besonders verdächtig«, warf Eleonora ein. »Er war einfach so ...«

»Nett?«, beendete Gabriel ihren Satz. »Mal ehrlich: Wer traut denn einem geplatzten Sofakissen schon was Böses zu?«

»Nun ja«, sagte Dúnin. »Ich hätte es früher wissen können, wenn ich meinem Gefühl mehr vertraut hätte. Ich habe Finn einmal allein im Garten gesehen. Er hat mich nicht bemerkt und kurz schien es mir …« Er hielt inne. »Ich fühlte eine Kälte, die ich normalerweise nur bei meinesgleichen spüre.«

Eleonora sah ihn überrascht an. »Das hast du uns nie erzählt.«

»Weil es mir absurd erschien«, gab Dúnin zurück. »Es ist Jahre her, seit ich in dieser Welt zufällig einem anderen Elf begegnet bin. Also schob ich meinen Eindruck darauf, dass ich Sehnsucht nach dem hohen Norden hatte. Mein unterschwelliges Misstrauen dem Jungen gegenüber verschwand allerdings nicht mehr, auch wenn sich zunächst nichts Seltsames mehr zugetragen hat. Jedenfalls nicht, bis ich den Jungen mit der Bärin gesehen habe.«

»Iphigenie?« Ivy hob die Brauen.

Dúnin nickte. »Er war allein auf dem Weg zu ihr, weil sie wieder einmal Ärger wegen eines abhandengekommenen Schokokuchens hatte. Dabei spielte er eine Melodie auf seiner Flöte, und die Art, wie er spielte, so sehnsuchtsvoll und makellos, erinnerte mich an die Lieder meines Volkes.«

Ivy senkte den Blick. Sie dachte daran, wie Finn sie mit seinem Spiel auf der Panflöte umhüllt hatte, und spürte noch einmal die Geborgenheit, die sie dabei empfunden hatte. Aufatmend presste sie die Zähne aufeinander und drängte dieses Gefühl zurück.

»Es war nur ein Moment«, fuhr Dúnin fort. »Gleich darauf war die Melodie wieder eine andere, aber ich erinnerte mich an die Kälte, die ich zuvor gespürt hatte, und … nun ja. Ich wartete, bis

er die Bärin verließ, und fand zufällig eines seiner Haare in ihrem Fell.«

»Die Analyse ergab elfisches Blut«, sagte Fernando. »Doch ehe wir Richard aufklären konnten, schlug Finn zu. Du hast seinen Angriff miterlebt, nicht wahr? Ich wette, wir sahen täuschend echt aus.«

Ivy nickte. »Finn hat zugegeben, dass es eine Falle war. Er hat sich große Mühe gegeben, mich zu täuschen.«

»Das musste er auch«, erwiderte Eleonora. »Er brauchte dich.«

Gabriel stieß ein Knurren aus. »Und jetzt hat er sein Ziel fast erreicht.«

»Und welches Ziel ist das?« Ivy sah ihn an. »Er hat von der Herrschaft der Anderwesen gesprochen und davon, wie sehr er die Menschen verachtet. Aber was er genau vorhat, das sagte er nicht.«

»Er wird die Kraft des Poison Garden nutzen, um die Menschen zu schwächen«, erwiderte Dúnin. »Der Hass meines Volkes auf die Menschen sitzt tief. Finn lässt sich von ihm leiten, und der Poison Garden bietet ihm einen reichen Fundus an Möglichkeiten. Mit seiner Kraft kann Finn in die Träume der Menschen eindringen, in ihre Herzen, ihren Willen. Mit ihr kann er tun, was immer er will.«

Ivy erinnerte sich an den Zorn und die Verachtung in Finns Blick, und auf einmal ahnte sie, wie entsetzlich seine Taten werden konnten. Das Gesicht ihres Großvaters flammte vor ihrem inneren Auge auf, und die Unruhe kehrte mit aller Macht zu ihr zurück. Gerade in diesem Moment raubte Finn ihrem Großvater die Kraft und all sein Wissen über die Geheimnisse des Poison Garden. Wenn das getan war, würde er für Richard Carlton keine Verwendung mehr haben. Aufatmend schaute sie auf ihre Hand – und sah, dass die Adern bis auf einen feinen Schimmer verschwunden waren. Sie blickte zu den anderen auf, auch bei ihnen fand sie keine Reste von Finns Zauber mehr.

Sie setzte sich auf. »Der Zauber ist kaum noch da. Lasst uns gehen, sofort! Ihr müsst Finn aufhalten!«

Die drei Magier wechselten einen Blick, dann schüttelten sie die Köpfe. »Wir können deinen Großvater nicht retten«, sagte Eleonora. Und kaum hörbar fügte sie hinzu: »Die Einzige, die das kann, bist du …«

35

Ivy starrte Eleonora fassungslos an. »Was soll das bedeuten?«

»Finn hat den Poison Garden vor uns verschlossen«, erwiderte die Magierin. »Wir können ihn nicht betreten. Allerdings können wir bis zum Tor mit dir gehen. Denn du kannst es durchschreiten.«

Ivy stieß die Luft aus. »Ich komme also in den Poison Garden, weil ich im Gegensatz zu euch das Blut meines Großvaters in den Adern habe. Und was dann? Soll ich Finn vielleicht anflehen, dass er Richard Carlton freilässt und seine Pläne aufgibt? Sehr realistisch, dass er auf mich hört, wirklich. Was anderes werde ich aber leider nicht zustande bringen, wie wir gerade eindrucksvoll gesehen haben! Er hat mich rausgeworfen wie eine Puppe, und ich konnte nichts dagegen tun!« Sie hielt inne. »Der Poison Garden war wie ein Traum«, flüsterte sie. »Aber jetzt ist er für mich verloren.«

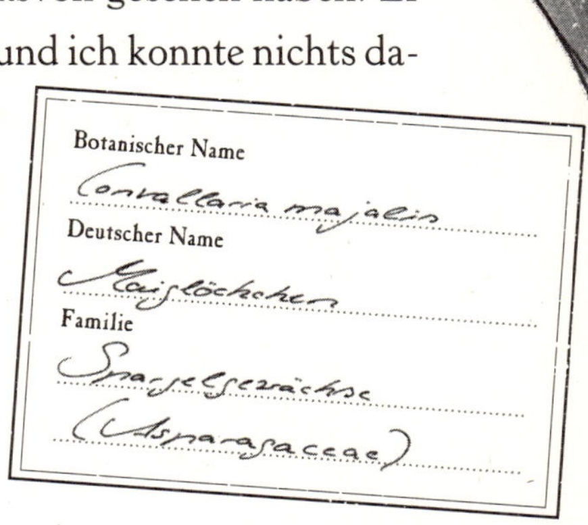

»Nein«, klang Dúnins tiefe Stimme durch den Raum. »Der Poison Garden ist niemals verloren für dich, denn er ist ein Teil von dir. Und das nicht nur durch das Blut deines Großvaters. Auf deinem Weg hindurch hast du all die Fähigkeiten gezeigt, die du jetzt brauchst, um den Poison Garden zu verstehen und intuitiv seine Kräfte zu nutzen.«

Ivy schnaubte. »Deswegen konnte ich Finn auch nichts entgegensetzen.«

»Ein goldenes Feuer ist nicht nichts«, erwiderte Eleonora ruhig. »Gabriel hat uns erzählt, dass du es gegen Finn verteidigt hast.«

»Und er hat es ausgelöscht«, gab Ivy zurück. »Einfach so!«

»Finn birgt große Kräfte«, sagte Dúnin. »Das haben wir selbst erfahren müssen. Aber du, Ivy Carlton, tust das auch.«

In Ivys Kopf begann es zu rauschen. Sie rechnete damit, dass Dúnin jede Sekunde anfangen würde zu lachen. Doch er blieb ernst, und etwas an seiner Ruhe schnürte ihr die Kehle zu. Es war, als würde er mit seinen klaren blauen Augen geradewegs in ihr Herz schauen, geradewegs in den Schmerz, den sie spürte und der jetzt mit aller Macht in ihr aufwallte. »Ich berge gar nichts«, rief sie und konnte nicht verhindern, dass Tränen in ihre Augen schossen. »Finn hat mir den Poison Garden geschenkt, und jetzt hat er ihn mir wieder genommen! Da, wo gerade noch die schönsten Farben waren, ist es jetzt dunkel in mir! So dunkel wie früher, wenn ich mir mitten in der Nacht vorstellte, dass mein verdammter Vater kommen und mich in ein Traumland voller Wunder bringen würde! Er ist nicht gekommen, niemals, und am nächsten Morgen saß ich da und stellte fest, dass all die Bilder nur in meinem Kopf waren! Nichts davon war echt!«

Für einen Moment herrschte atemlose Stille. Dann beugte Dúnin sich vor. »Der Poison Garden ist echt«, sagte er, und der Klang seiner Stimme trug die Worte mit solcher Macht in ihr Herz, dass es sich anfühlte, als wäre sie in eine Umarmung gefallen.

Dúnin sah zu, wie sie sich die Tränen mit dem Taschentuch abwischte, das Eleonora ihr reichte. »Dein Großvater hat mir viel von dir erzählt«, sagte er schließlich. »Davon, wie du steinharte Brötchen durch den Salon geworfen hast. Von deinen Zeichnungen. Und von deiner Leidenschaft für Geschichten. Der Poison Garden ist nicht dein Zuhause geworden, weil du die Enkelin deines Großvaters bist. Sondern weil du bist, wer du bist.« Er drehte den Kopf zur Seite, und jetzt bemerkte Ivy eine blasse Narbe an seiner Wange. Ihr Herz schlug schneller, als sie sich daran erinnerte, wie sie ihn im Irrgarten des Minotaurus verwundet hatte. »Das warst du«, sagte er sanft. »Du hast einen Elfenzauber gebrochen. Du allein.« Er hielt kurz inne. »Dein ganzes Leben lang hast du das Wunderbare außerhalb von dir selbst gesucht. Aber in Wahrheit liegt es in dir.«

Ivys Herz schlug schnell, als er seine Hand sacht über ihre Augen führte. Dann strich er über ihre Stirn. Es fühlte sich an wie ein Windhauch, und ihr schien es, als wäre es der Wind über dem Lilienfeld, der sie berührte. Sie roch noch einmal den unbeschreiblichen Duft, spürte die Farben hinter ihren Lidern und holte tief Atem. Eine durchdringende Wärme stieg aus ihrem Inneren auf, und da fühlte sie ein Flattern auf ihren Fingern wie von den Flügeln des Schmetterlings. Atemlos öffnete sie die Augen. Und dort auf ihrer Hand, flackernd und warm, tanzte eine goldene Flamme.

»Deine Magie durchdringt dich«, sagte Dúnin leise. »Du konntest sie hören, wenn der Wind des Poison Garden dir Geschichten in fremden Sprachen erzählte, und du konntest sie riechen, wenn die Düfte des Gartens in deine Nase stiegen, die sonst niemand wahrnehmen konnte. Du konntest die Magie sogar schmecken, jedes Mal, wenn die ungeweinten Tränen der Anderwesen deine Lippen berührten. Uns konnte Finn aus dem Poison Garden vertreiben. Aber du trägst ihn selbst in dir. Und keine Kraft der Welt kann dich von ihm trennen.«

Ivy betrachtete die Flamme. Sie konnte sich nicht erinnern, jemals ein solches Feuer gesehen zu haben, und doch schien es ihr, als würde sie abwechselnd in Gabriels Augen schauen und in die unergründlichen Augen der Sphinx. Kurz sah sie tanzende Gestalten in diesem Feuer, im Wind rauschende Bäume, das Glitzern der Pflanzen in der Nacht, und als sie Atem holte, stieg der Geruch der Lilien in ihre Nase. Sie spürte, wie die Dunkelheit in ihrem Inneren sich mit tausend Funken durchzog – und mit einem mächtigen Rauschen verwandelte sich die Flamme auf ihrer Hand in einen goldenen Schmetterling. Funkensprühend stob er durchs Zimmer, und als er wieder auf ihrer Hand landete, da spürte sie, dass Dúnin recht hatte. Finn konnte das Herz des Gartens nicht stehlen. Denn es schlug auch in der Brust ihres Großvaters. Und in ihr selbst.

Sie kam auf die Beine. Dieses Mal hielt sie niemand auf, und als sie in ihren Mantel schlüpfte, warf sie einen Blick in den Spiegel. Noch vor gar nicht allzu langer Zeit hatte sie sich ebenfalls im Spiegel angesehen und sich wie eine Heldin gefühlt. Nun sah sie gar nicht wie eine aus – und gleichzeitig war sie noch nie stärker eine gewesen. Ihr Haar hing zerzaust von ihrem Kopf, sie war blass und hatte Tränenspuren im Gesicht. Aber auf ihrer Hand saß ein goldener Schmetterling, und als er langsam in sie einsank, spürte sie es noch immer: das goldene Licht in ihrem Inneren. Und sie würde alles tun, um es nie wieder zu vergessen.

Mit klopfendem Herzen drehte sie sich zu den anderen um. »Ich …«, fing sie an, doch Gabriel sprang vom Diwan und seufzte nur.

»Schon gut«, erwiderte er. »Für Rührseligkeiten ist später noch Zeit. Wenn wir nicht draufgegangen sind, jedenfalls. Ah, und bevor du es versuchst: Nein, ich bleibe nicht hier. Ich bin ein Tier, Finn kann mich aus keinem Garten der Welt vertreiben. Deshalb komme ich mit dir. Und damit basta.«

Ein warmes Gefühl breitete sich in Ivy aus. »Okay«, sagte sie und wusste, dass sie gerade auf dieselbe Weise lächelte wie er.

Gabriel rieb seinen Kopf an ihrem Knie, dann setzte er sich in Bewegung. »Worauf, zur Hölle noch eins, wartet ihr noch? Kommt endlich! Wir haben ein Abenteuer zu bestehen!«

Und mit heiserem Keckern huschte er aus der Tür.

36

Das Tor des Poison Garden war nicht wiederzuerkennen. Raureifbedeckte Ranken hielten es in der Abenddämmerung umschlossen, besetzt mit nadelspitzen Dornen. Die Streben waren mit Eis überzogen, und der Boden war schneebedeckt.

Ivy kannte die Kälte, die nun in diesem Tor steckte und den Poison Garden einschloss. Sie sah Finns Gesicht vor sich, lächelnd, schreiend, und sie wusste, dass dieser Frost ein Versprechen war. So als führte das schwarze Tor jetzt in eine andere Welt als zuvor … in eine Welt, die keine Wärme mehr kannte und ebenso gnadenlos wie grausam war. Sie ballte die Hände zu Fäusten. Nicht Finn entschied über die Welt hinter diesem Tor. Sondern einzig und allein der Poison Garden.

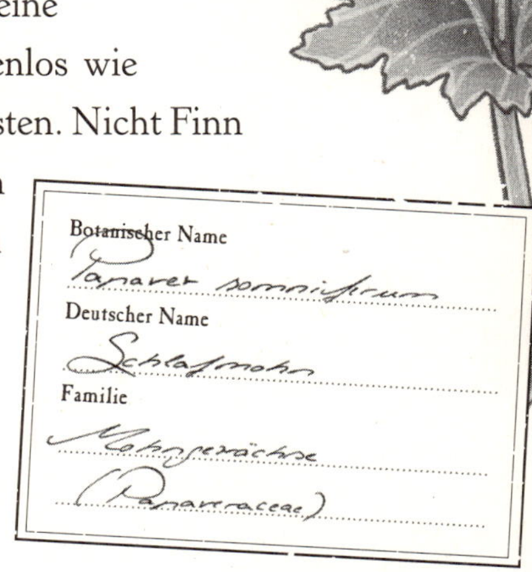

Ein warmer Luftzug streifte ihre Wange und ließ sie den Blick wenden. Neben ihr standen Gabriel und die drei Magier, die Ivy noch vor Kurzem für ihre Feinde gehalten hatte. Nun waren sie zu Vertrauten geworden. Eleonora hatte die Kapuze über ihr Haar gezogen, doch ihr Blick ruhte ebenso gelassen auf dem Tor wie jener von Fernando. Auch Dúnin schien die Kälte nicht zu fürchten, und auch nicht den scharfen Windstoß, der ihm entgegenschlug. Er neigte leicht den Kopf, als er Ivy ansah.

»Ich wünschte, wir könnten euch begleiten«, sagte er. »Aber ein einziger Schritt hinein in diesen Frost und wir würden uns in Figuren aus Eis verwandeln.«

Ivy nickte unmerklich. »Ich danke euch für … alles.«

Eleonora lächelte. »Richard Carlton hätte uns was erzählt, wenn wir nicht versucht hätten, dir zu helfen.« Sie sah Ivy aus ihren braunen Sonnenaugen an. »Aber ich glaube, dass ich für uns alle spreche, wenn ich sage: Wir hätten diesen Kampf für niemanden lieber aufgenommen als für dich.«

Verlegen senkte Ivy den Blick und war froh, dass Gabriel ein Schnauben ausstieß. »Das klingt ja fast wie ein Requiem«, murmelte er. »Können wir jetzt bitte gehen, ohne dass auch noch die Inschriften für unsere Grabsteine ausgesucht werden?«

Ivy grinste, doch als sie sich zum Tor umwandte, hielt Fernando sie zurück.

»Einen Moment noch«, sagte er und öffnete seinen Geigenkasten.

»Oh nein.« Gabriel stöhnte. »So war das mit dem Requiem nun

wirklich nicht gemeint. Wir haben keine Zeit für ein kleines Konzert, wir müssen …«

»… so schnell wie möglich in den Poison Garden«, beendete Eleonora seinen Satz. »Ja, das wissen wir.«

Fernando hob seine Geige. Ivy betrachtete die kunstvollen Verzierungen in dem schillernden Glas. »Wir können euch zwar nicht in den Garten hinein begleiten«, sagte er. »Aber wir können euch helfen, dieses Tor zu öffnen.«

Eleonora und Dúnin streckten die Hände aus und bewegten sie über der Geige. Sonnengelber und gletscherblauer Nebel sank aus ihren Fingern in das Instrument und ließ es erstrahlen. Dann begann Fernando zu spielen.

Er führte den Bogen sacht über die Saiten, und auf einmal meinte Ivy, Meeresrauschen zu hören, so kraftvoll, dass ihr Herz einen Satz machte. Sie überkam dieselbe Sehnsucht, die sie so oft spürte, wenn sie am Ufer eines Meeres stand: die Sehnsucht nach dem Wunderbaren, die die Musik der Geige nun mit aller Macht in ihr entfachte.

Die Stimmen von Eleonora und Dúnin mischten sich in die Klänge, und obwohl Ivy die Worte nicht verstand, da sie in einer fremden Sprache sangen, spürte sie doch, dass jede Silbe durch sie hindurchglitt wie Sonnenstrahlen durch dunkles Wasser. Sie hörte das Rauschen des Meeres, das Glitzern der Sonne auf den Wellen, dann den Wind, der über die Gischt strich – und sie spürte, dass jeder Ton eine Frage war, ein Ruf nach einer Antwort. Von irgendwoher erklang ein Rauschen in den Baumkronen.

Und dann strömte der Wind des Poison Garden, der diesem Ruf folgte, über sie hinweg.

Unzählige Stimmen mischten sich nun in das Rauschen des Meeres. Ivy meinte, das Gelächter der Feen zu hören, das Flüstern der Gräser auf den Hügeln, dann das Plätschern des Flusses und das Rascheln des Laubs am Wegesrand. Es war der Poison Garden, der seine Stimmen erklingen ließ, jenseits all der Kälte, die ihn ergriffen hatte, und als Ivy das Lachen ihres Großvaters hörte, hielt sie den Atem an. Da war noch eine andere Stimme gewesen, sanft und kraftvoll zugleich. Das Bild ihrer Großmutter tauchte vor ihr auf, das sie in der Bibliothek von Carlton Manor gesehen hatte, und dann ihr Gesicht inmitten der Lilien. Sie war es, deren Lachen nun aus dem Poison Garden drang, und mit all den anderen Klängen des Gartens strömte es in die Musik hinein.

Fasziniert sah Ivy zu, wie sich die Geige mit Farben füllte, bis sie funkelte. Eleonora und Dúnin verstummten. Mit einem allerletzten Ton schickte Fernando die Farben zum Tor hinüber. Sie glitten über die vereisten Ranken. Und dann, mit leisem Wispern, zogen sich die Pflanzen vom Tor zurück.

Der letzte Ton verklang im Flüstern des Windes. Ivy spürte noch immer den Rausch der Musik in ihren Adern, und als Gabriel zu der Geige aufsah, musste sie lächeln. Der Fuchs machte ein Gesicht, als hätte er noch nie etwas so Schönes gesehen wie das Instrument in Fernandos Händen.

»Nun«, murmelte Gabriel und hustete verlegen. »Wenn das ein Requiem war, dann war es gar nicht mal schlecht.«

»Es hat getan, was es sollte«, erwiderte Fernando mit leichter Verbeugung. »Alles Weitere wird Ivy selbst schaffen. Mit deiner Hilfe natürlich.«

Ivy schluckte, als Eleonora ihr sacht über die Wange strich. »Wir werden euch in Gedanken begleiten. Und wir zweifeln nicht daran, dass wir uns schon bald wiedersehen.«

»Nicht für einen einzigen Augenblick«, stimmte Dúnin ihr zu.

Ivy spürte ihren Herzschlag in ihrer Kehle. Unmerklich neigte sie vor den Magiern den Kopf. Dann drehte sie sich um und ging mit Gabriel auf das Tor zu.

Der Schnee knirschte unter ihren Füßen, gnadenloser Frost schlug ihr entgegen. Es war, als würde in der Ferne ein Sturm wüten, dessen Ausläufer bereits die Finger nach ihr ausstreckten. Aber Ivy blieb nicht stehen, und Gabriel wich nicht von ihrer Seite. Erst vor dem Tor hielten sie inne. Und ohne Zögern legte Ivy die Hand auf die Klinke.

Die Kälte schoss ihr ins Fleisch wie ein Messer, doch sie ignorierte den Schmerz. Stattdessen erinnerte sie sich daran, wie sie zuletzt so dagestanden hatte: atemlos, die Hand auf der Klinke eines geheimnisvollen Gartens. Ihr Großvater hatte sie erschreckt, noch einmal hörte sie seine zornige Stimme. Aber sie nahm die Hand nicht fort, denn gleichzeitig brandete sein Lachen in ihr auf und trieb die Kälte zurück. Stolz hob sie den Kopf. Da war sie nun also, Ivy Carlton, die den Poison Garden betrat, um ihn zu retten. Niemand, zuallerletzt sie selbst, hätte sich das noch vor kurzer Zeit vorstellen können.

Die goldenen Funken unter ihren Fingern prasselten auf. Knisternd glitten sie über das Tor, erstrahlten in gleißendem Licht – und sprengten das Eis von den Streben. Ivy hob schützend die Hand vor ihr Gesicht, doch sie wich nicht zurück. Eissplitter fielen um sie nieder. Langsam ließ sie die Hand sinken. Vor ihr stand das Tor in goldenem Feuer. Sie atmete nicht, als sie den Druck auf die Klinke verstärkte. Und dann, mit einem Gelächter wie von tausend leisen Stimmen, öffnete sich das Tor.

Die anschließende Stille fühlte sich an wie ein Atemholen. Ivy warf einen Blick über die Schulter und sah sie dastehen: Eleonora Conti mit ihrem sanften Lächeln, Dúnin Ho' Fafnor, die Hand auf sein Schwert gelegt, und Fernando Alves Marquez mit seiner Geige. Sie würden keinen Schritt weit fortgehen von diesem Tor, das wusste Ivy. Sie würden auf sie warten, bis sie zu ihnen zurückkehrte.

Ivy lächelte ihnen zu. Dann drehte sie sich um, und ohne noch einmal zurückzuschauen, betrat sie mit Gabriel den Poison Garden.

Botanischer Name
Lilium candidum
Deutscher Name
Weiße Lilie
Familie
Liliengewächse
(Liliaceae)

37

Der Poison Garden hatte sich in ein Winterwunderland verwandelt. Schnee bedeckte Pflanzen und Wege, die vereisten Zweige der Bäume schimmerten im Mondlicht, und Raureif hatte die Früchte der Sträucher mit kunstvollen Kristallen überzogen. Der Sturm schwieg. Es war ein friedliches Bild … beinahe. Ivy erinnerte es an einen See im Winter, dessen Eisschicht trittfest wirkte und in Wahrheit doch nur hauchdünn war.

»Mir gefällt das nicht«, knurrte Gabriel. Er lief dicht an ihrer Seite und hob immer wieder die Nase, um zu wittern. »Es ist so still hier. Ich komme mir vor wie ein Trampeltier!«

»Vielleicht bist du eins.« Ivy brachte ein Lächeln zustande.

Zwiebel

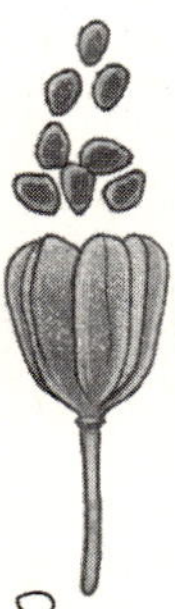

Samen

»Moment mal.« Gabriel blieb stehen. »Müssen wir zum Baum der Spiegel nicht da lang?« Er deutete mit der Nase einen Pfad hinab, der von ihrem Weg abzweigte.

Doch Ivy schüttelte den Kopf. »Wir gehen nicht zum Baum der Spiegel. Mein Großvater und Finn sind nicht mehr dort.«

Gabriel schloss mit schnellen Sprüngen zu ihr auf. »Wie kommst du darauf?«

»Finn will sich das geheime Wissen über den Poison Garden aneignen. Aber mein Großvater würde es niemals freiwillig preisgeben, auch nicht unter magischer Gewalt. Also muss Finn einen Trick anwenden, um ihn dazu zu zwingen.«

»Und welchen?«

»Er wird versuchen, in die Gedanken meines Großvaters einzudringen. Und es gibt nur einen Ort im Poison Garden, wo ihm das gelingen kann. Er hat ihn uns selbst gezeigt.«

»Ach ja?« Gabriel setzte über eine Ranke hinweg, die quer über den Weg gewachsen war. »Das Einzige, was der Kerl mir gezeigt hat, waren seine lächerliche Frisur und sein wahres Gesicht!«

Ivy stieg über einen Strauch, der seine Zweige ebenfalls in den Weg hineinstreckte. »*Gelangt man in die Gedanken eines Menschen, kann man beobachten, heilen oder zerstören.*« Sie holte tief Luft. Für einen Moment hatte sie wieder Finns Stimme gehört, so vertraut, dass es wehtat. »Das hat er uns erzählt, erinnerst du dich? Du sagtest, du wolltest kein Sofakissen im Kopf haben, und …«

»Das Feld der schwarzen Lilien!« Gabriel machte einen Satz nach vorn. »Natürlich! Wieso bin ich nicht gleich darauf gekommen?!« Er hielt inne. »Und du bist dir wirklich sicher? Vielleicht hat Finn uns auch in diesem Punkt belogen und deinen Großvater sonst wohin verschleppt.«

Ivy strich sich das Haar zurück. Noch vor ein paar Stunden hätte sie die Gewissheit, die sie fühlte, selbst hinterfragt. Aber jetzt brauchte sie nur an das Flüstern der Lilien zu denken, um jeden Zweifel beiseitezuschieben. Sie hatte die Kraft dieser Blumen gespürt. Was sie betraf, hatte Finn die Wahrheit gesagt. »Ja«, sagte Ivy mit fester Stimme. »Ich bin mir sicher. Finn hat meinen Großvater zum Feld der Lilien gebracht. Vertrau mir.«

Ein Lächeln flog durch Gabriels Blick. »Was anderes würde mir gar nicht einfallen.« Dann verfinsterte sich sein Gesicht wieder. »Dieser Mistkerl will also wirklich versuchen, in Richard Carltons Gedanken einzudringen und seine geheimsten Geheimnisse zu klauen!«

»Und er wird es schaffen, wenn wir ihn nicht daran hindern.«

Ivy kletterte erneut über einen wild wuchernden Strauch, und bald mussten sie feststellen, dass sich der Poison Garden zunehmend in einen Dschungel verwandelte. Die breiteren Wege waren bereits großflächig überwachsen, und ihnen blieb nichts anderes übrig, als auf den schmalen Pfaden oder quer durch die Beete weiterzulaufen, immer darauf bedacht, nicht in die Irre zu gehen.

Das war alles andere als einfach. Gabriel witterte ohne Unterlass, und Ivy bemühte sich, bestimmte Punkte der Umgebung im Blick zu behalten, die ihr ungefähr sagten, dass sie auf dem richtigen Weg waren. Sie bewegten sich gerade durch eine Ansammlung von Riesenbärenklau, der seine Blätter wie Schirme über den Weg spannte, als Ivy zwischen den Pflanzen mehrere Augenpaare aufleuchten sah.

»Feen«, murmelte Gabriel.

Tatsächlich erkannte Ivy nun die schimmernden Flügel und die Gesichter mit den glimmenden Augen, die alle auf sie gerichtet waren. Die unterschiedlichsten Pflanzenfeen hockten dort und beobachteten sie, aber sie kicherten und scherzten nicht wie sonst. Im Gegenteil verharrten sie ganz still in der Dämmerung, fast so, als wären sie durch eine gläserne Wand von Ivy und Gabriel getrennt.

»Sie fürchten sich«, flüsterte Ivy.

Gabriel knurrte zustimmend. »Der Herr über den Poison Garden entscheidet auch über ihr Schicksal. Ihr Refugium liegt nun in seiner Hand.«

Ivy schüttelte den Kopf. »Es gibt nur einen Herrn über den Poison Garden«, sagte sie und schaute direkt in zwei dunkelblaue Augen tief im Dickicht. »Und das ist der Poison Garden selbst. Niemand befiehlt den Wesen, die in ihm leben, außer ihm.«

Gabriel warf ihr einen Blick zu, als wäre das so ziemlich das Schlauste, was sie jemals von sich gegeben hatte. Die Feen jedoch sahen noch immer zu ihnen herüber, und kurz ging ein Wispern durch die Blätter, als würden Ivys Worte vom Wind aufgefangen und weitergetragen. Dann erloschen die Augen, und nichts als Dunkelheit blieb zwischen den Pflanzen zurück.

Ivy duckte sich unter einem Bärenklau, der quer über den Pfad wuchs, und richtete ihre Aufmerksamkeit nach vorn. Sie durften keine Zeit verlieren. Das Feld der Lilien war noch ein ganzes Stück entfernt, und mit jedem Schritt kehrte deutlicher das Bild ihres Großvaters vor ihr inneres Auge zurück, auf dem er in elfischen Fesseln lag.

Der Duft drang mit solcher Kraft in ihre Nase, dass sie unwillkürlich stehen blieb. Eine Stimme in ihr rief ihr zu, dass sie weiterlaufen musste, fort von diesem Geruch. Aber ihr Körper reagierte nicht. Wie gegen ihren Willen drehte sie sich um und folgte den betörenden Schwaden zu einem Beerenstrauch. Farbige Duftfäden stiegen von ihm auf und strichen über Ivys Gesicht. Sie wusste, dass sie keinen Deut näher an diese Beeren herangehen durfte. Und doch tat sie genau das. Wie an Marionettenfäden stolperte sie darauf zu, streckte die Hand nach ihnen aus und …

»Ivy!« Gabriels Stimme schlug ihr wie ein Hieb entgegen. Der Fuchs schüttelte sich, offenbar hatte auch ihn der Duft verzaubert. Ivy taumelte rückwärts. Benommen fuhr sie sich über die Augen und erkannte, dass es kein Beerenstrauch war, der da vor ihr stand, sondern ein grün leuchtender Pilz.

»Schnell«, raunte sie. »Weg hier!«

Als hätte der Pilz sie gehört, pumpte er in rascher Folge dichte Rauchschwaden hervor. Gabriel sprang von ihm fort, und Ivy rannte dem Fuchs nach.

»Verfluchte Pilze!« Gabriel nieste. »Und … oh, verfluchte Dornen!«

Erst jetzt bemerkte Ivy, dass sie in den Rosengarten geraten waren. Doch wie hatte er sich verändert! Die Kletterrosen hatten den gesamten Pavillon eingesponnen wie gewaltige Spinnennetze, die Strauchrosen reckten ihre Zweige klauenartig in alle Richtungen, und die kleinen Rosen am Boden hoben funkelnde Dornen in die Höhe. Die Blüten jedoch waren noch immer da, und wieder konnte Ivy sich nur gewaltsam von ihrer Schönheit losreißen. Sie trat einen Schritt zurück – und da streifte etwas ihre Hand.

Ein brennender Schmerz durchfuhr sie. Eine der Dornenranken hatte sie verletzt, glänzend rannen ein paar Blutstropfen auf die schneebedeckten Blätter. Ivy stieß einen Fluch aus und griff in ihre Tasche, um etwas Heilstaub auf die Wunde zu legen. Doch ehe Ivy es verhindern konnte, schlug eine andere Ranke ihr den Beutel aus der Hand. Zischelnd wie Schlangen krochen weitere Ranken näher. *Offene Wunden sind im Poison Garden keine gute Idee,* hallte Finns Stimme durch Ivys Kopf, und ihr wurde klar, dass die Rosen das Blut rochen. Ihr Blut. Und dass sie mehr davon wollten.

Die Ranken glitten so schnell vor wie Pfeile. Ivy rannte hinter Gabriel den Pfad hinab, der einmal ein Weg gewesen war. Von allen Seiten zischte und wisperte es, immer wieder duckten sie sich vor plötzlich hervorschnellenden Ranken. Vor ihnen tauchte der Torbogen auf, der aus dem Rosengarten hinausführte, und eine Welle der Erleichterung flutete über Ivy hinweg. Gleich hatten sie es geschafft!

Etwas packte sie so heftig, dass sie am Boden aufschlug. Eine Ranke hatte sich um ihren Fuß geschlungen. Eisige Kälte schoss ihr Bein hinauf. Sie hörte Gabriel wild bellen und trat gegen die Ranke, die zischelnd zurückwich. Im selben Moment jaulte Gabriel auf.

Ivy rannte zu ihm hinüber und packte den Rosenzweig, der ihn umschlungen hielt. Die Kälte drang wie mit tausend Messern in ihre Glieder, aber sie lockerte ihren Griff nicht. Sie dachte an die Musik von Fernando, Eleonora und Dúnin vor dem Poison Garden, dachte an die wilden, freien Töne, die ihnen über die Mauern entgegengeweht waren, und sie dachte an das Tor aus goldenem Feuer, das unter ihren Händen entstanden war. Dieses Feuer war es, das im Poison Garden lag, zur Hölle noch eins! Dieses Feuer war sein Herz!

Und da strömten auch schon knisternd die goldenen Funken über ihre Finger, und das Feuer entfachte sich auch im Inneren des Zweigs. Die Hitze sprengte das Eis. Mit einem Rauschen setzte sich das Feuer fort und schmolz die eisigen Panzer der umstehenden Pflanzen. Ivy hielt den Atem an, als sie die Hände sinken ließ. Das Eis war fort. Das Feuer hatte gesiegt!

Gabriel neben ihr schwankte. Sein Blick fiel auf die Pflanzen, die sich dicht an dicht um sie geschlossen hatten, und seine Anspannung vertrieb Ivys Erleichterung sofort. Ein Zischeln erklang von allen Seiten – und das Eis zog sich erneut über die Rosen.

Ivy stieß einen Fluch aus. Sie sah im Geiste Finns Gesicht vor sich und spürte seinen Willen, der in diesem Frost lag. Entschlossen reckte sie die linke Faust. Ihr goldenes Feuer umzüngelte ihre Finger, raschelnd wichen einige Frostrosen zurück. Ivy lächelte kalt. Sie mochte keine berühmte Magierin sein, aber ihr Wille war schon immer außerordentlich stark gewesen. Und sie würde ihn sich nicht nehmen lassen. Auch nicht von einem Elf!

Ein Raunen ging durch die Rosen wie eine Antwort auf ihre Gedanken. Und als hätte ein Zauber sie gestreift, zogen sich die Ranken zurück. Die Dornen am Boden verschwanden, der Pavillon wurde wieder sichtbar, selbst der Weg, der durch den Rosengarten führte, wurde befreit. Und an dessen Ende stand eine Gestalt, die Ivy kannte.

Hochgewachsen, die Haut wie die Rinde eines Baums, mit Bocksbeinen und geschwungenen Hörnern auf dem Kopf und mit Augen, die nichts als uralte Rätsel waren. Gabriel erstarrte neben ihr, und Ivys Herz setzte für einen Schlag aus.

Es war Belial, der Faun.

38

Ohne jedes Geräusch kam der Faun auf sie zu. Seine pure Anwesenheit schien den Rosen Respekt einzuflößen, denn sie ließen ihre Blüten noch prachtvoller aufgehen, und selbst die kleinen Goldblumen zu seinen Füßen erglühten. Kaum eine Armlänge von Ivy und Gabriel entfernt blieb Belial stehen.

»Ivy Carlton«, sagte er mit einer Stimme, die wie ein Sturmwind in ihr Innerstes brauste. »Du bist gekommen, um den Poison Garden zu befreien. Ist das wahr?«

Sie schaute ihm in die Augen, und wieder überkam sie das Bedürfnis, ihn um jeden Preis zum Bleiben zu bewegen, genau wie bei ihrer ersten Begegnung – dieses namenlose Geheimnis, das in dieser seltsamen

Botanischer Name
Hedera helix
Deutscher Name
Gemeiner Efeu
Familie
Araliengewächse
(Araliaceae)

Gestalt vor ihr stand. Sie nickte unmerklich, aber als sie zu sprechen ansetzte, versagte ihre Stimme.

»Normalerweise mische ich mich nicht in die Belange dieser Welt ein«, fuhr Belial fort. »Doch hier geht es um mehr als das übliche Spiel zwischen Licht und Finsternis. Der Elf hat nach dem Garten gegriffen, und er darf ihn nicht bekommen. Unter keinen Umständen.«

Ivy drängte den Schwindel zurück, der sie immer befiel, wenn sie in Belials Augen schaute. »Warum besiegst du ihn nicht?«, fragte sie mit leicht zitternder Stimme und stellte fest, dass er mit einem Anflug von Erstaunen innehielt. Er schien zu überlegen, ob er antworten sollte.

»Wir greifen nie selbst an«, erwiderte er dann. »Täten wir es, würde die Welt anschließend eine andere sein. Aber wir unterstützen im Hintergrund, hin und wieder.«

Gabriel spitzte die Ohren, doch er brachte kein Wort hervor.

»Wer ist *wir*?«, fragte Ivy und spürte, dass der Fuchs genau das hatte fragen wollen.

Wieder schwieg der Faun, und dieses Mal begriff Ivy, dass sie keine Antwort bekommen würde. Sie schaute in seine Augen, die so rätselhaft und kalt waren wie das Universum und ebenso alt, und sie durchzuckte der Gedanke, dass es vielleicht gut war, nicht alles zu erfahren, was diese Augen verbargen.

»Du hast es gewusst«, sagte sie jetzt. »Warum hast du mir nicht gesagt, wer Finn ist und was er vorhat?«

Belial neigte unmerklich den Kopf. »Das hatte ich vor«, entgegnete er. »Im Feld des Mohns. Aber als ich dich sah, änderte ich meine Meinung. Du bist nicht nur die Enkeltochter von Richard Carlton. Du bist Magie – die Magie, die diese Welt braucht. Du musstest und musst deinen eigenen Weg gehen, um das zu erkennen. Und nichts anderes wirst du jetzt tun.«

Er trat zurück und etwas fiel aus seiner Hand, das aussah wie ein Samen oder eine gefrorene Träne. Es schlug am Boden auf und ein Dröhnen ging durch die Erde wie ein Glockenschlag. Dort, wo der Samen oder die Träne aufgekommen war, bildete sich ein Wirbel aus grünem Licht. Ein Duft strömte daraus hervor … der Duft von unzähligen Lilien.

Ivy hielt den Atem an. Es war ein Teleportzauber, den Belial gewirkt hatte. Und er hatte es für sie getan. Wortlos streckte er die Hand nach ihr aus und berührte ihre Wange. Es fühlte sich an wie ein zartes Blatt, das ihre Haut streifte. Ihr Körper wurde für einen Atemzug mit unendlicher Leichtigkeit erfüllt, und sie spürte, wie sich die Wunde an ihrer Hand schloss. Zum ersten Mal, so schien es ihr, sah Belial sie wirklich an. Und als er das tat, erkannte sie nicht länger nur das uralte Wesen, das in all seiner rätselhaften Macht vor ihr stand. Das, was sie in diesem Moment sah, war ein staunendes Kind angesichts eines Wunders. Sie schauten einander an, der Faun und das Mädchen, und in diesem einen Augenblick gab es nichts mehr, was sie unterschied. Nie zuvor, das wusste Ivy, hatte sie etwas gefühlt, das zugleich so beängstigend und wunderschön gewesen war wie dies.

Belial zog die Hand zurück, und wie von ihm angezogen trat

Ivy mit Gabriel in den grün leuchtenden Wirbel hinein. Sanfte Wärme umspielte sie, als das Licht sich in die Höhe schraubte. Sie sah noch, wie Belial vor ihr den Kopf neigte.

Dann hoben sich ihre Füße vom Boden, und der Zauber riss sie mit sich.

Botanischer Name
Lilium candidum
Deutscher Name
Weiße Lilie
Familie
Liliengewächse
(Liliaceae)

39

Das Feld der Lilien sah aus wie der Blumengarten der Schneekönigin. Die vereisten Pflanzen schillerten, der Pavillon ragte wie ein Kristallpalast in ihrer Mitte auf, und sachter Schnee fiel auf die verschlungenen Wege, beleuchtet vom silbernen Mondlicht. Doch Ivy ließ sich vom friedlichen Schein nicht täuschen.

Sie kauerte hinter einem Feuerdorn am Rand der Ebene und beobachtete, wie ihr Großvater auf den Stufen des Pavillons saß, die Arme auf den Rücken gefesselt. Der Kopf war ihm auf die Brust gesunken. Nur sein gefrierender Atem zeigte, dass er noch am Leben war. Vor ihm ging Finn mit versteinerter Miene auf und ab. Über seiner rechten Hand schwebte sein Ambyx, der schwarze Nebelschleier verbreitete.

Zwiebel

Samen

Ivy ballte die Hände zu Fäusten. Dieser Nebel kam von den Lilien. Mit ihm bahnte Finn sich den Weg in die Gedanken ihres Großvaters. Noch schien er sein Ziel nicht erreicht zu haben. Aber lange würde ihr Großvater nicht mehr standhalten, das konnte sie sehen.

Sie wechselte mit Gabriel einen Blick. Der Fuchs neigte den Kopf, dann huschte er durch die Lilien davon. Ivy hingegen schlich auf den Pavillon zu. Sie lief geduckt, um zwischen den Blumen verborgen zu bleiben, und behielt Finn im Auge. Als sie den Pavillon endlich erreichte, war sie außer Atem. Mit pochendem Herzen versteckte sie sich hinter einer Säule und lauschte.

Finn bewegte sich vollkommen lautlos, aber sie hörte die angestrengten Atemzüge ihres Großvaters. Ihr Herz zog sich zusammen. Sie musste ihre ganze Kraft aufbringen, um nicht zu ihm hinzustürzen. Da zerriss ein dröhnender Knall die Luft, dicht gefolgt von lautem Prasseln. Ivy spähte hinter der Säule hervor. Finn hatte sich umgedreht. Er schaute zu dem funkensprühenden Pfefferstrauch hinüber, der am Rand des Feldes stand und seine brennenden Früchte in wilden Explosionen über die Lilien schickte. Zischend schlugen sie vor Finns Füßen ein und wirbelten den schwarzen Nebel auf.

Ivy biss sich auf die Lippen. Gabriel hatte ganze Arbeit geleistet. Er musste sich wie verrückt auf die Beeren gestürzt haben, um den Pfefferstrauch in solchen Aufruhr zu versetzen. Jetzt lief Finn auf den Strauch zu, darauf bedacht, nicht von den Geschossen getroffen zu werden. Ivy rannte zu ihrem Großvater und griff nach

seinen Fesseln. Er war bewusstlos. Doch noch ehe sie die Kälte der Elfenmagie an ihren Fingern spürte, hörte sie eine Stimme hinter sich.

»Niedlich.«

Das Wort schlug Ivy wie ein Hieb in den Nacken. Sie fuhr herum. Vor ihr stand Finn. Mit überheblichem Lächeln sah er auf sie herab.

»In wie viele meiner Fallen willst du eigentlich noch tappen?«, fragte er und schaute zu seinem anderen Körper hinüber, der sich gerade in der Nähe des Pfefferstrauchs mit einem mächtigen Knall als das entpuppte, was er gewesen war: nichts als eine Illusion. Ivy presste die Zähne aufeinander. Auf die gleiche Weise hatte Finn sie am Anfang schon einmal getäuscht – mit dem Bild von den kämpfenden Magiern vor dem schwarzen Tor: Ihre Körper waren ebenso vollkommene Trugbilder gewesen wie seine Gestalt gerade. Jetzt sprühten Funken durch die Luft und fegten sämtliche Früchte von dem Strauch. Gleich darauf erklang ein markerschütterndes Jaulen.

»Armer Gabriel«, sagte Finn. »Diese Explosion hat ihm sicher das Fell verbrannt. Oder Schlimmeres.«

»Du verdammter Mistkerl!« Ivy sprang auf, doch ehe sie sich auf ihn stürzen konnte, packte er sie am Arm. Eiseskälte schoss durch ihre Glieder. Er drückte sie zu Boden und mit wenigen Handgriffen hatte er sie neben ihrem Großvater gefesselt.

»Du hast recht«, erwiderte er. »Das bin ich wohl. Falsche Höflichkeiten konnte ich noch nie ausstehen. Aber es freut mich, dass du trotzdem gekommen bist. Hier kannst du von der ersten Reihe aus meinen Triumph miterleben!«

Sein Ambyx erglühte, erneut quoll schwarzer Nebel daraus hervor. Ivy hustete. Der Dunst drang in ihre Lunge, sie spürte, wie er sich lähmend um ihre Gedanken legte. »Was willst du in meinem Kopf?«, stieß sie aus. »Sehen, wie sehr ich dich verabscheue?«

»Dafür muss ich nicht in deinen Kopf schauen«, gab er zurück. »Doch keine Sorge, deine Gedanken interessieren mich nicht. Seine sind es, die ich will.« Er warf ihrem Großvater einen Blick zu. »Noch wehrt er sich. Aber nicht mehr lange. Und dann gehört der Poison Garden mit all seinen Geheimnissen mir!«

»Du hast den Verstand verloren!«

»Möglich«, sagte er achselzuckend. »Aber selbst ohne Verstand bin ich offenbar klüger als du.«

Er lachte, und Ivy wollte etwas erwidern, doch auf einmal hörte sie ein leises Summen hinter sich. Es war so zart, dass Finn es nicht bemerkte. Ivy musste sich zwingen, sich nicht umzudrehen. Erst, als der Pfefferstrauch einen letzten verzagten Knall von sich gab, und Finn sich zu ihm umsah, schaute sie unauffällig hinter sich.

Da saßen drei Feen, die ihre kleinen Finger in die Fesseln ihres Großvaters gruben! Auch an ihren eigenen Händen spürte sie nun feine Flügelschläge. Sie sah ihren Großvater von der Seite an und bemerkte das Lächeln, das flüchtig über seine Lippen flog. Ivy biss sich auf die Zunge, um keinen Freudenton auszustoßen. Ihr Großvater war nicht so geschwächt, wie sie geglaubt hatte. Er

versuchte, sich zu befreien! Schnell drehte sie sich wieder nach vorn.

»Und was hast du jetzt vor?«, fragte sie, als Finn sich ebenfalls umdrehte. »Was willst du tun, nachdem du die Macht über den Poison Garden ergriffen hast? Willst du Grandpa und mich umbringen? Oder die Menschen mit bösen Zaubern verhexen?«

»Was interessieren mich die Menschen«, sagte Finn verächtlich. »Was interessieren mich eure kurzsichtigen Ziele. Ich bin kein Mensch. Aber ich sehe, in welchem Zustand die Welt ist und was aus ihr werden kann, wenn die Richtigen an der Macht sind.«

»Die Richtigen? Du glaubst wirklich, dass du auf der richtigen Seite stehst? Nach allem, was du getan hast?«

Finn legte leicht den Kopf schief. »Das Konzept des Bösen ist eine Erfindung von euch Menschen. Jede Münze hat zwei Seiten – wie der Poison Garden. Ich bin nicht so *böse*, wie du denkst. Und meine Ziele gehen weit über das hinaus, was du dir vielleicht ausmalst.«

Ivy spürte, wie sich ihre Fesseln lockerten. Gleichzeitig bewegte ihr Großvater kaum merklich die Hände. »Was meinst du damit?«, fragte sie schnell, um Finns Aufmerksamkeit bei sich zu halten. »Willst du mir wirklich erzählen, dass du die Welt zu einem schöneren Ort machen möchtest?«

»Genau das will ich. Und nicht nur ich.« Für eine Sekunde zögerte er. »Ihr denkt, ich wäre ein Einzelner«, sagte er dann. »Aber ihr irrt euch. Ich bin nicht allein. Und ich bin bei Weitem nicht der Mächtigste von uns.«

Ivy schauderte bei seinen Worten, ohne genau zu wissen, warum. »Was soll das bedeuten?«

Finn öffnete den Mund und schloss ihn wieder, als würde ihm etwas auf der Zunge liegen, das er nicht verraten durfte. »Du wirst es erfahren«, erwiderte er nur. »Schneller, als du denkst. Und dann …«

Der Lichtblitz traf ihn mit solcher Wucht, dass er durch die Luft flog und rücklings zwischen den splitternden Eis-Lilien landete. Sein Ambyx schlug auf dem Feld auf. Ivys Fesseln lösten sich. Gleichzeitig sprang ihr Großvater auf die Beine und schlug Finn, der sich gerade aufrappelte, einen Sturmhieb vor die Brust. Wieder flog Finn durch die Luft, wieder krachte er zu Boden. Im Klirren der Lilien hörte Ivy das Lachen der Feen, die sie umschwirrten.

Ihr Großvater jedoch ging mit schweren Schritten auf Finn zu. Er ballte die linke Hand zur Faust. Sofort glommen etliche Lilien neben ihm in schwarzem Feuer auf und schickten Splitter aus Eis zu ihm hinüber. Mit nicht mehr als einer Handbewegung sandte er den Scherbenschwarm zu Finn, der auf die Beine gekommen war und sich in letzter Sekunde duckte. Dann ballte Ivys Großvater die rechte Hand, und wieder stob ein Scherbenschwarm auf Finn zu. Der ging rückwärts, taumelnd und stolpernd wie ein Kind, das in einem Albtraum gefangen war und nicht aufwachen konnte.

Von allen Seiten schickte ihr Großvater nun seine Schwärme und hob dann beide Hände zum Himmel. Mit ohrenbetäubendem Krachen brach das Eis von den Lilien. Die Scherben vereinten sich zu einem gewaltigen Schwarm, und da hörte Ivy seine Stimme, die sich aus dem Heulen des Sturms formte und sich nun mit markerschütternder Lautstärke über dem Feld ergoss. Es war ein Schrei voller Schmerz, ein Schrei, der die Lilien verbrannte und sie als Ascheflocken durch die Luft schickte, und zusammen mit den Scherben formten sie über dem Feld zwei Gestalten. Es war ihr Großvater, den Ivy sah – und er rannte verzweifelt auf ihre Großmutter zu, die auf diesem Feld zu Stein geworden war.

Wieder hallte sein Schrei über das Feld und dieses Mal packte er Ivy mit solcher Wucht, dass sie auf die Beine gezogen wurde. Finn stand schwankend da, ihr Großvater riss die Arme hinab. Das Bild über ihnen wurde zu einem Strom aus Asche und Scherben. Und dann, getrieben von dem entsetzlichen Schrei, jagte dieser Strom auf Finn zu.

Ivy schrie auf, sie konnte nicht anders, doch ihre Stimme ging im Tosen des Sturms unter. Sie sah noch, wie Finn den Blick wandte und sie anschaute, und für einen Wimpernschlag war keine Feindseligkeit mehr in seinem Blick, sondern nur Traurigkeit … so verzweifelt, dass sie kaum atmen konnte. Im nächsten Moment trafen die Scherben seinen Körper und schleuderten ihn weit aufs Feld hinaus.

Ihr Großvater stand regungslos. Er sah aus wie eine Statue inmitten des Aschefeldes, umtost von seinem eigenen Sturm. Ivy setzte sich in Bewegung. Gerade, als sie ihn erreicht hatte, sank er auf die Knie. Sein Sturm erstarb, Ivy hörte ihren Herzschlag in der plötzlichen Stille. Sie stützte ihren Großvater. Er war am Ende seiner Kräfte, doch als sie in sein Gesicht sah, rechnete sie damit, dort ein Lächeln zu finden und Erleichterung über seinen Sieg. Aber nichts als Erschöpfung stand darin – und jähes Entsetzen, als er hinaus aufs Feld schaute.

Ivy folgte seinem Blick. Sie sah Finn in einiger Entfernung liegen, reglos wie ein Toter. Der Anblick zog ihr das Herz zusammen. Doch da stob ihr ein eisiger Windstoß ins Gesicht, und sie spürte die Macht, die darin lag … die Macht, die noch immer in diesem Boden lauerte und das Herz des Poison Garden umklammert hielt.

Ein Lachen drang durch die Luft, kalt und gnadenlos. Es schlang sich kraftvoll um Ivys Glieder. Sie fühlte, wie ihr Großvater neben ihr schwankte.

Und langsam kam Finn auf die Beine.

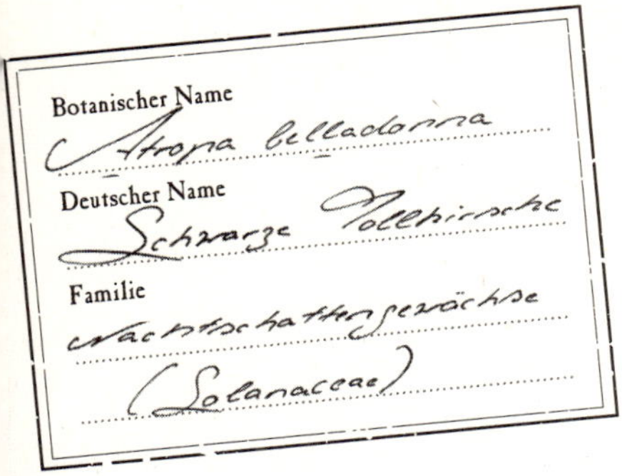

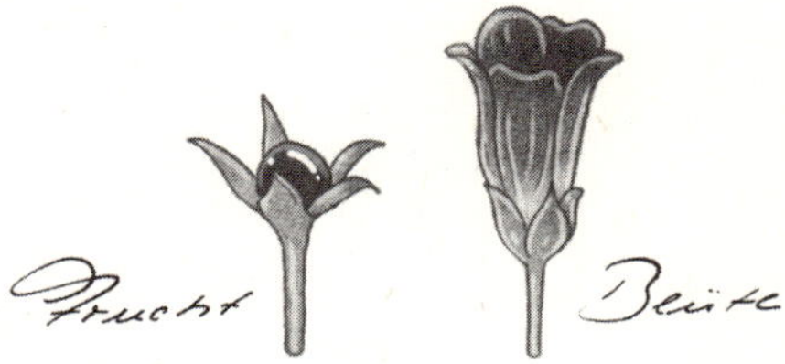

40

Finns Schritte verursachten auf der Asche kein Geräusch. Blutige Kratzer zogen sich über seine Wangen, und er war kreidebleich, als er vor ihnen stehen blieb. Aber noch immer lag dieses Lächeln auf seinen Lippen, das nichts als Verachtung war.

»Armer alter Mann«, sagte Finn und schaute auf Ivys Großvater hinab. »Dein Schmerz kann mich nicht töten, denn ich bin kein Mensch wie du. In mir ist nichts als Kälte. Und sie ist mächtiger als alles, was ihr Menschen aufbringen könnt.«

»Du hast keine Ahnung von uns Menschen«, erwiderte ihr Großvater dunkel. »So wenig wie von dir selbst.«

Doch Finn legte nur mitleidig den Kopf schief. Mit einem Fingerzeig rief er den Ambyx in seine Hand zurück. »Ich habe dich besiegt. Dich, den mächtigen Richard Carlton, der das Wohl der ganzen Welt auf seinen Schultern trägt. So siehst du dich selbst, nicht wahr? Aber schau dich um. Die Wahrheit umgibt dich, und sie sagt ganz klar: Du kannst nur zerstören. So wie alle Menschen.«

Unmerklich bewegte er die Finger, und ehe Ivy wusste, was vor sich ging, schlug ihr ein heftiger Sturmwind entgegen. Wie von unsichtbaren Händen gepackt wurde sie von ihrem Großvater fortgerissen und zu Boden geschleudert. Sie kam auf die Beine, während Finn die Hand nach ihrem Großvater ausstreckte, der noch immer auf den Knien lag. Schwarze Nebelschleier strömten aus dem Ambyx, schlangengleich krochen sie auf ihren Großvater zu. Jetzt wanden sie sich um seinen Körper – und er sank bewusstlos zu Boden.

»Lass ihn in Ruhe«, schrie Ivy und stemmte sich gegen den Sturm.

»Sonst was?«, fragte Finn spöttisch. »Willst du mich mit Knallerbsen besiegen? Oder mit einem Käfer?«

Sein Blick glitt zu ihrer Schulter, und erst jetzt bemerkte Ivy den Maikäfer, der sich mit wehenden Fühlern an ihrem Mantel festkrallte. Es war Herr Sumsemann! Ivys Herz machte einen Satz. Der Käfer brummte freudig auf, doch es waren nicht seine Worte, die nun den Sturm zerschnitten.

»Nein«, sagte eine Stimme hinter Finn. »Aber mit ihrem Fuchs!«

Finn fuhr herum. Und dort zwischen den verbrannten Blumen

stand Gabriel. Sein Fell sah aus wie ein ramponierter Teppich, doch sein Blick war entschlossener als je zuvor.

»Ich hasse es, mich zu schrumpfen«, knurrte er. »Aber dein dummes Gesicht war es wert!«

Und ehe Finn noch etwas hätte tun können, grub Gabriel seine Zähne in dessen Bein. Goldene Funken sprühten auf.

»Verfluchter Fuchs!«, schrie Finn außer sich.

Doch Gabriel sprang zurück. »Oh ja, das bin ich, Sofakissen! Ich hoffe, du vergisst das nie mehr!«

Finn griff nach seiner Wunde, sein Sturm wurde fühlbar schwächer. Ivy stellte sich schützend vor ihren Großvater. Ihr Atem ging stoßweise, als sie die Hand ausstreckte. Goldenes Feuer loderte auf ihren Fingern.

Wie in Zeitlupe hob Finn den Blick und sah sie an. Ivy wusste, dass auch er sie hörte: all die Stimmen im Wind des Poison Garden, die dem Knistern ihres Feuers nun mit leisem Flüstern antworteten. Mit einem Aufglühen seiner Glaskugel erschuf Finn schnell einen weiteren Sturmwind und drängte Gabriel und Herrn Sumsemann zurück, aber er wandte sich keine Sekunde von Ivys Magie ab. Ihr goldener Widerschein spiegelte sich in seinen Augen.

»Sieh an«, sagte er mit rauer Stimme. »Hast du also endlich doch gemerkt, was in dir steckt?«

»Ja«, erwiderte sie. »Anders als du!«

Sein kaltes Lächeln kehrte zurück. »Oh, das würde ich nicht behaupten. Ich weiß, wer du bist, Ivy Carlton. Und ich weiß, dass du Angst hast.« Er setzte sich in Bewegung. Ivy sah aus dem Augenwinkel, wie Gabriel und Herr Sumsemann gegen den Sturm ankämpften, aber sie kamen nicht von der Stelle. Dicht vor ihr blieb Finn stehen. »Ich kann es fühlen«, flüsterte er. »Du zitterst, weil du nichts von dieser Magie verstehst. Ich sagte es dir schon einmal, und ich wiederhole es gern: Du bist keine Zauberin.«

Ivy ballte die Hand zur Faust, und das Raunen der Stimmen wurde lauter. Wie ein Grollen ging es durch den Boden und ließ ihn erbeben. Finn zuckte zusammen, unmerklich zwar, aber doch deutlich genug, um Ivys Herz rasen zu lassen. »Vielleicht nicht«, wisperte sie. »Aber ich bin die Erbin des Poison Garden. Im Gegensatz zu dir!«

Ihre Flamme loderte auf. Glühende Funken brachen rings um sie herum aus dem Boden, doch Finn wich nur kurz vor ihnen zurück. Dann wurde seine Miene so kalt, dass Ivy fröstelte. »Du bist gar nichts«, raunte er. »Nur ein schwaches, armseliges Mädchen. Und weißt du, was? Dein Vater hat das gewusst. Warum sonst hat er dich verlassen?«

Seine Worte schossen in Ivys Herz und ließen sie schwanken. Gleichzeitig breitete Finn die Arme aus. Nebel stieg aus dem Aschefeld und erstickte ihre Funken. Dann wallte er auf, so schwarz, dass Ivy binnen eines Atemzugs kaum noch etwas anderes sah als Dunkelheit. Die Flamme auf ihrer Hand flackerte noch einmal, ehe sie unter einem eisigen Windstoß erlosch.

Ivy fröstelte. Sie meinte, den Regen der verlassenen Straße auf ihrer Haut zu spüren, und für einen Moment fühlte sie sich wieder so wie damals, wenn sie verzweifelt auf einen Vater gewartet hatte, der nie kam: klein und wertlos. Aber dann schloss sie die Augen. Sie war es leid, diese Dunkelheit in sich zu fühlen, die alles erstickte, was sie sein wollte. Denn sie wusste zwar nicht, wer ihr Vater war. Doch sie wusste, wer *sie* war. Und sie war mehr als ein schwaches, verlassenes Kind.

Sie öffnete die Augen. Aus weiter Ferne hörte sie Gabriel und Herrn Sumsemann gegen den Sturm ankämpfen, und sie erkannte die Konturen ihres Großvaters im Nebel. Er rührte sich nicht. Jetzt trat Finn auf ihn zu und legte beide Hände an seine Schläfen. Ivy sank auf die Knie und grub die Finger in die verbrannte Erde. Sie spürte Finns Kälte darin, aber sie hörte auch eine Stimme, die sanft durch ihre Gedanken strich.

Du trägst den Poison Garden in dir, raunte Dúnin. *Und keine Kraft der Welt kann dich von ihm trennen.*

Als hätte die Erinnerung sie gerufen, erklang Fernandos Musik in Ivys Kopf, und mit ihr flogen lauter Bilder des Poison Garden durch ihren Sinn. Die Blumen hinter dem schwarzen Tor, die sich neugierig zu ihr umwandten. Das Blätterrauschen des Spiegelbaums. Der Kuss der Nixenkönigin auf ihren Lippen. Der Duft der schwarzen Lilien. Die Wärme in den goldenen Augen Belials. Und dann auf einmal – ein Geruch: Zedernholz und Kardamom.

Mit pochendem Herzen schaute Ivy zu ihrem Großvater hinüber. Er lag noch immer reglos da, den Kopf in Finns Händen. Doch seine Finger ruhten auf der verkohlten Erde, und neben all ihren eigenen Erinnerungen spürte Ivy nun auch seine Magie darin, getrieben von einem Lachen, das ihr den Atem stocken ließ. Es war das Lachen ihrer Großmutter, und als ihre Magie sich mit der Kraft ihres Großvaters verband, erfüllte ein so mächtiges Knistern die Luft, dass Ivy auf die Beine kam. Wärme stieg um sie herum auf und zerriss den Nebel, und da sprossen Pflanzen aus der Erde. Lilien waren es, aber sie waren nicht länger schwarz oder weiß. Sie erstrahlten in goldenem Feuer.

Ivy sah, wie ihr Großvater die Augen öffnete. Finn wich zurück. Er schaute Ivy an und taumelte, doch ehe er noch die Hand für einen Zauber heben konnte, jagten goldene Flammen auf ihn zu und schlossen ihn ein. Ivy hörte ihn schreien, umgeben von den Stimmen des Poison Garden, die nun aus tausend Kehlen aus dem Feuer brachen. Sie konnte spüren, wie sie all die Kälte an Finn zurückgaben, die er über sie gelegt hatte: jeden Eissplitter, jeden Raureif, jeden Frost. Und sie fühlte seinen Schmerz. Es war, als wäre sie selbst es, die nun kopfüber in dieses Feuer stürzte und noch einmal in der eigenen Dunkelheit landete. Aber dieses Mal war es Finn, der durch Bilder seiner Vergangenheit raste. Und Ivy sah sie mit seinen Augen.

Da waren seine Eltern, lachend in einer Stadt der Menschen. Seine Mutter hatte die gleichen blauen Augen wie Finn, sein Vater lächelte ebenso verschmitzt, wie er selbst es manchmal tat. Dann Finn scherzend mit seinem großen Bruder. Ivy wusste auf einmal, dass dieser Bruder Lhor'daan hieß und in der Welt der Menschen Loris genannt wurde. Und sie sah, wie die Eltern krank wurden und starben, gnadenlos und schmerzvoll, zugrunde gegangen an einer Welt, die ihnen kein Zuhause mehr war. Gleich darauf wurden die Bilder zu einem rasenden Strom.

Finn mit wirbelnder Asche in einem Wald. Finn in Lhor'daans Armen in der Nacht. Finn, der zu seinem Bruder aufsah. Und immer wieder Lhor'daan mit diesem sanften, hoffnungsvollen Blick, den auch seine Eltern gehabt hatten. Ivy konnte seine Stimme hören. Sie hörte, wie er von der Welt der Menschen erzählte, wie er sie eine Heimat nannte und zärtlich von den Menschen sprach. Dann Lhor'daan allein in dunkler Nacht. Eine Menschengruppe im Streit. Lhor'daan, der zu schlichten versuchte. Ein Schlag. Ein Messerstich. Lhor'daan, der getroffen zu Boden sank.

Ivy konnte Finns Herzschlag in ihrem Körper spüren, während sie in Lhor'daans Gesicht sah, in irgendeinem Krankenhaus der Menschen. Sie fühlte seinen letzten Atemzug. Darauf Finns Entsetzen und seinen Hass auf die Menschen, die nicht einmal gewusst hatten, dass sie ein Anderwesen getötet hatten. Und dann war da Stille, so kreischend laut, dass sich Ivys Kehle zusammenzog.

Ivy sah Finn in der Dunkelheit dastehen, derselben Dunkelheit, die sie selbst so gut kannte und der sie standhielt, mit jedem einzelnen Augenblick in ihr. Sie spürte, wie Finn seine Kälte rief, um den Schmerz zu überdecken. Und sie wusste, dass es ihm nie mehr ganz gelingen würde, denn es war mehr in ihm als diese Kälte, so viel mehr als das.

Sie dachte an die Traurigkeit in seinem Blick, ehe der Scherbenstrom ihres Großvaters ihn getroffen hatte – und an sein Lächeln, als er ihr im Irrgarten des Minotaurus das Leben gerettet hatte. Er hatte sein eigenes Leben nicht für seinen Plan aufs Spiel gesetzt, auch wenn er das behauptete. Er hatte es für sie getan. Und sie hatte sich nicht getäuscht. Aus seiner Sicht war es tatsächlich das Beste gewesen, was er je getan hatte.

Sacht legte sie in Gedanken die Hand auf sein Herz, und da brach ein Bild durch die Finsternis. Es war das lächelnde Gesicht seines Bruders, den er geliebt und verloren hatte und der doch für immer bei ihm bleiben würde, bis ans Ende aller Zeit.

Es war Finns Schrei, der die Dunkelheit zerriss. Ivy fand sich auf dem Feld der Lilien wieder. Ihr Großvater war auf die Beine gekommen. Er stand regungslos schräg hinter ihr, ebenso wie Gabriel, auf dessen linkem Ohr Herr Sumsemann saß. Aber Ivy nahm sie kaum wahr. Vereinzelt stoben noch goldene Funken über die Blüten, und vor ihr stand Finn und hob langsam den Kopf. Wortlos begegnete er ihrem Blick. Und eine Träne lief über seine Wange.

Ivy wollte sich an ihrem Zorn festhalten. Sie wollte ihn hassen für das, was er ihr angetan hatte, wollte ihn verachten für seine Taten an ihrem Großvater und Gabriel und dem Poison Garden, wollte ihm etwas von dem Schmerz zurückgeben, den er ihr bereitet hatte. Doch sie konnte es nicht. Denn was auch immer er getan hatte, sie hatten einander in die Seele geblickt, gerade an dem Punkt, an dem sie für gewöhnlich ganz allein gewesen waren. Und eines spürte sie deutlich, nun, da sie einander ansahen auf diesem Feld des Feuers: Keiner von ihnen würde das je vergessen.

Finn hob die Hand. Mit einem Ausdruck von Verwunderung wischte er sich die Träne ab. Noch einmal schaute er zu Ivy herüber. Dann ließ er die Träne fallen. Gleißend hell landete sie am Boden und zersprang in einem grellen Lichtkegel.

Ivy fuhr zurück. Der Duft von Asche und Wind hüllte sie ein. In der anschließenden Dunkelheit brauchte sie einen Moment, um wieder klar sehen zu können. Mit pochendem Herzen schaute sie an die Stelle, an der die Träne niedergefallen war. Eine Lilie lag dort, gegossen in Gold.

Und Finn war verschwunden.

Botanischer Name
Lilium candidum
Deutscher Name
Weiße Lilie
Familie
Liliengewächse
(Liliaceae)

41

Der Poison Garden erstrahlte in den schönsten Farben. Die Pflanzen waren auf ihre gewöhnliche Größe zurückgegangen, und überall glühten die Blüten der Nachtblumen in der Dunkelheit. Ein Teppich aus geschmolzenen Eissplittern bedeckte die Blätter, und nun, da der Mond durch die Wolken brach, funkelten sie wie Juwelen.

Ivy, die Seite an Seite mit ihrem Großvater und Gabriel über die gewundenen Pfade ging, holte tief Atem. Herr Sumsemann brummte durch die Luft, und der Gesang der Feen, die ausgelassen mit ihm über die Blüten flogen, hüllte sie ein. Dieser Gesang war es gewesen, der sie vor wenigen Tagen oder hundert Jahren zum Poison Garden geführt hatte. Und beinahe

so wie jetzt hatte der Garten ausgesehen, als sie den allerersten Blick hineingeworfen hatte. So viel war seither passiert, so sehr unterschied sie sich selbst von dem arglosen Mädchen, das neugierig durch die Gitterstäbe geschaut hatte. Aber das Kribbeln in ihrem Körper bei diesem Anblick war noch ganz genau dasselbe. Noch immer flüsterte der Poison Garden lautlos ihren Namen. Und noch immer traf seine geheimnisvolle Schönheit sie bis ins Mark.

Ihr Blick fiel auf Gabriel, der neben ihr ging, das Fell ramponiert, den Kopf stolz erhoben. Sie erinnerte sich an ihre erste Begegnung, an das Funkeln seiner goldenen Augen, und ein Gefühl der Dankbarkeit stieg in ihr auf. Nie hätte sie gedacht, einmal einen Freund wie ihn zu finden – einen Fuchs, der mit einem einzigen Blick in ihr Innerstes schauen konnte. Sie dachte daran, wie sie über die Mauer von Carlton Manor geklettert und in die Bärenfalle geraten war, und sie musste lächeln, als ihr die grimmige Miene ihres Großvaters einfiel, als er sie aus dem Netz befreit hatte. Wie anders war er ihr in jener Nacht erschienen … und wie sehr glich er doch dem Mann, der nun an ihrer Seite war.

Er erwiderte ihren Blick, als sie zu ihm aufsah. Sie hatten nicht viel gesprochen, seit sie das Feld der Lilien verlassen hatten. Zu tief saß die Erschöpfung in ihren Gliedern, zu schwer wog die Last mancher Bilder, die im Kampf gegen Finn über sie hereingebrochen waren. Aber die wenigen Worte, die sie gewechselt hatten, hallten noch immer in Ivy wider.

Wo ist er?, hatte sie gefragt, als Finn im Licht seiner Träne verschwunden war.

Wortlos hatte ihr Großvater die goldene Lilie aufgehoben. Wut, Trauer, Enttäuschung waren über seine Züge geflammt und schließlich einem Gefühl gewichen, das Ivy selbst empfand: einer Gewissheit, die zugleich schön und schrecklich war.

Ich weiß es nicht, hatte ihr Großvater geantwortet. *Doch eins ist sicher: Wir werden ihn wiedersehen.*

Ivy erinnerte sich daran, wie er ihr die goldene Lilie gegeben hatte. Sie hatte sie zuerst wegwerfen wollen, aber dann hatte sie sie in die Tasche ihres Mantels gleiten lassen, denn ein seltsamer Gedanke war durch ihren Kopf gegangen: Vielleicht, so hatte sie gedacht, konnte sie sie Finn eines Tages zurückgeben.

Dann hatte sie ihren Großvater angeschaut. Tausend Worte hatten auf ihrer Zunge gelegen, und sie hatte ihm angesehen, dass es ihm genauso gegangen war. Da standen sie einander gegenüber: Richard und Ivy Carlton, die den Poison Garden mit ihrem Leben verteidigt hatten. Ivy hatte sie gesehen, die Mauer, die ihr Großvater um seine Gefühle errichtet hatte … und dann, wie sie zusammengestürzt war, mit einem einzigen Atemzug. Ein ungewohnter Glanz war durch seine Augen gegangen, und dann hatte er sie in die Arme genommen. Ivy erinnerte sich an seinen Geruch, an die Wärme, die sie auf dem Feld der Lilien umfangen hatte, und an die Tränen, die über ihre Wangen und in seinen Mantel gelaufen waren. Und sie hatte gewusst, dass er in diesem Moment dasselbe empfunden hatte wie sie: nichts als Stolz und Geborgenheit. Schweigend hatten sie sich voneinander gelöst. Doch als sie losgegangen waren, hatte Ivy seine Hand genommen. Und sie hatte sie bis jetzt nicht ein einziges Mal losgelassen.

Sie holte tief Atem und ließ den rätselhaften Duft des Poison Garden durch ihren Körper strömen. Es war ein schönes Gefühl, Hand in Hand mit ihrem Großvater durch diesen Garten zu gehen, den sie bewahrt und beschützt hatten – dieses Geheimnis, das ihr Zuhause geworden war.

Das schwarze Tor tauchte am Ende ihres Weges auf. Die Streben glänzten im Schein des Mondes genau wie in jener Nacht, als Ivy es zum ersten Mal gesehen hatte. Aber nun näherte sie sich ihm von der anderen Seite – aus der Welt des Unsagbaren, Geheimnisvollen, Fantastischen. Und es war seltsam für sie, von dieser Seite auf die Welt zu schauen, die jenseits davon lag … so als würde ein Teil von ihr unabänderlich in diesem Garten zurückbleiben, selbst wenn sie ihn nun verlassen würde. Ihr Großvater drückte leicht ihre Hand, und als Gabriel die Luft einsog, da wusste sie, dass die beiden ebenso empfanden. Und das war schmerzhaft und wunderschön zugleich.

Ivy sah die drei Gestalten erst, als ihr Großvater stehen blieb. Sie hatten das Tor fast erreicht, und auf der anderen Seite traten nun drei Magier auf sie zu, um dann ebenfalls innezuhalten. Es waren Eleonora Conti, Fernando Alves Marquez und Dúnin Ho' Fafnor. Regungslos schauten sie zu ihnen herüber.

Ivy spürte, wie ihr Großvater sich versteifte. Dann holte er tief Atem und sah Ivy an. Unmerklich nickte sie, als sie seine Hand losließ. Sie hätte ihn gern zu seinen Freunden begleitet. Aber sie wusste, dass er allein zu ihnen gehen musste, um zu sagen, was zu sagen war.

Gabriel seufzte tief, als er ihrem Großvater nachschaute. Richard Carlton ging den Weg entlang. Der Mond erhellte seine Gestalt, und er wirkte wie ein Krieger, der von der Schlacht zurückkehrte. Doch mit jedem Schritt wandelte sich seine Erscheinung. Bisher war er Ivy nie alt vorgekommen. Aber jetzt sah er zunehmend gebrechlich aus, als wäre dieser Gang zu seinen Freunden schwerer als jeder Kampf zuvor.

Die Gesichter der Magier waren wie aus Stein. Ivy fröstelte bei ihrem Anblick, und es fiel ihr nicht leicht, sich vorzustellen, dass die drei Freunde, die ihr Leben für ihren Großvater riskiert hatten, mit diesen drei Gestalten identisch waren. Keine Regung, kein Gefühl war zu sehen außer namenloser Kälte. Ivy wusste, aus welchem Grund. Richard Carlton hatte seinen Freunden nicht geglaubt. Er hatte ihre Warnungen nicht ernst genug genommen. Und so hatte er nicht nur ihre Freundschaft gefährdet, sondern das Schicksal der ganzen Welt. Jetzt war es Zeit, sie dafür um Verzeihung zu bitten … etwas, das alles andere als leicht war.

Ihr Großvater blieb vor ihnen stehen. Jetzt sah sie, dass er redete, auch wenn sie ihn nicht verstand. Er hob leicht die Arme, ließ sie wieder sinken und neigte den Kopf. Für einen Moment schien die Welt stillzustehen. Ivy hörte die Feen nicht mehr, die sich neben Herrn Sumsemann in einer Reihe auf der Mauer des Gartens zusammengefunden hatten und zu den Magiern hinüberschauten, sie roch auch den Duft der Blüten nicht länger, selbst

der Wind des Poison Garden hörte auf zu flüstern. Kurz war es, als würden die drei Magier sich einfach umdrehen und gehen, in den Schatten der Nacht verschwinden und niemals wiederkommen.

Dann trat Dúnin vor. Er blieb vor ihrem Großvater stehen, und als dieser den Kopf hob, glitt ein Lächeln über die Züge des Elfen. Es war so sacht, dass Ivy es kaum sehen konnte. Und doch schien es ihr, als würde mit diesem Lächeln alle Schwere der Welt von ihren Schultern fallen. Die Feen jubelten auf der Mauer mit Herrn Sumsemann um die Wette, der Wind umhüllte Ivy mit allen Düften des Poison Garden, und Gabriel stieß ein freudiges Bellen aus, das weit durch die Nacht hallte. Lachend fielen die Magier sich in die Arme und traten dann, wie auf einen lautlosen Befehl hin, gleichzeitig einen Schritt zurück.

Sie hoben die Hände und schickten je eine glimmende Samenkapsel in die Mitte ihres Kreises. Sie blieben hoch in der Luft stehen, dann sprangen sie auseinander. Die herrlichsten Formen sprudelten aus ihnen hervor, wie von Feuerlinien in die Nacht gezeichnet. Ivy sah den Tempel der Sylphen golden erstrahlen, umringt von den Hortensien des Poison Garden. Sie sah Audrey II, die ihr Maul nach den herumfliegenden Funken ausstreckte, und unzählige kleine Feen. Gleich darauf erschien ein gewaltiger Brunnen, eine Insel voller Blumen mitten im Meer, ein Wald aus Kakteen, der sich mit den flüsternden Bäumen des Poison Garden verband. Und alles erstrahlte im Schein des Mondes in den herrlichsten Farben.

Ivy spürte, wie diese Farben sie trösteten, ohne dass sie überhaupt gewusst hatte, diesen Trost zu brauchen, und sie hielt den Atem an, als sie verstand, was sie da sah. Es war das Ritual des Mondes, dem sie beiwohnte – dem Ritual, mit dem die vier Magier einst ihre Gärten miteinander verbunden und durch das sie den Grundstein für die heutige Ausrichtung der berühmten Loge der Giftgärtner gelegt hatten. Zum ersten Mal spürte Ivy die ganze Kraft, die in der Freundschaft dieser Magier und ihrer Gärten lag. Sie war ein Licht in der Dunkelheit, und sie beschloss, dieses Bild eines Tages zu malen: diese Krieger, die sich vor langer Zeit zusammengefunden hatten, um jeder Finsternis der Welt zu trotzen.

Die vier Magier ballten die Hände zu Fäusten. Noch einmal glommen die Farben hell auf, und dann, mit einem mächtigen Donnergrollen, explodierten sie zu dem schönsten Feuerwerk, das Ivy je gesehen hatte.

Gabriel duckte sich und legte die Ohren an. Erst als die letzten Funkenschnüre zu Boden fielen, richtete er sich wieder auf. »So«, sagte er und schüttelte sich. »Jetzt zeigst du mir aber endlich dein Zimmer. Mir steht der Sinn nach Wärme und Behaglichkeit!«

Ivy lächelte den Magiern zu, die in ihre Richtung kamen. »Soll das heißen, du möchtest dich nicht mit unseren neuen Freunden unterhalten?«

»Schon«, meinte Gabriel. »Nur nicht unbedingt jetzt. Ehrlich gesagt sind wir Füchse recht einfach gestrickt. Ein bisschen Liebe hier, ein bisschen Gemütlichkeit da, etwas mehr unverkohltes

Fell an einigen Stellen … und ein paar schöne saftige Blaubeeren. Unterhaltet euch ruhig, redet, bis es Morgen wird. Aber ich habe jetzt Hunger, alles klar? Und ich weiß, wo die leckersten Blaubeeren in eurer Küche stehen!«

Er zwinkerte Ivy noch einmal zu. Dann sprang er mit lautem Keckern an den Magiern vorbei, geradewegs Richtung Carlton Manor.

42

Bleib sofort stehen!«

Die Stimme von Elaine MacGill schlug Ivy entgegen, kaum dass sie die Eingangstür von Carlton Manor öffnete. Gleich darauf erklangen ein Scheppern und ein empörtes Brummen, und der Boden erzitterte. Ivy drückte ihren Zeichenblock an sich und wich an die Wand zurück, und das keine Sekunde zu früh. Denn jetzt rannte eine ausgewachsene Braunbärin aus dem Esszimmer und geradewegs auf sie zu.

Noch vor Kurzem hätte Ivy schreiend Reißaus genommen. Doch nun stieß sie die Eingangstür sperrangelweit auf und fing gerade noch Iphigenies dankbaren Blick auf, als sie mit schokoverschmiertem Maul hinaus in den Garten lief. Ivy sah ihr

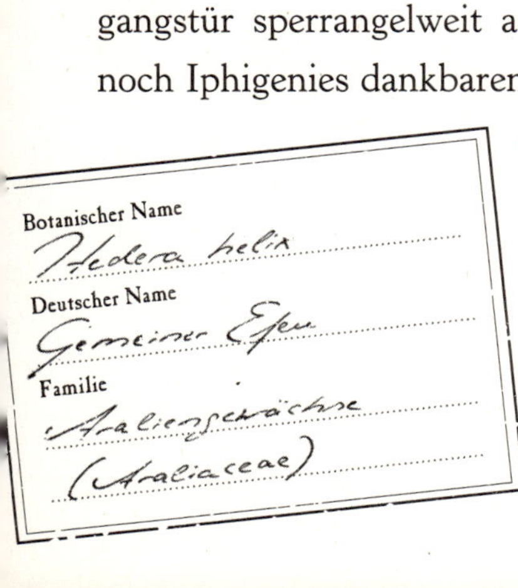

nach. Sie konnte sich täuschen, aber sie hätte schwören können, dass die Bärin gerade gelacht hatte. Eilig schloss sie die Tür wieder, als auch schon ihr Name durch den Gang fegte.

»*Ivy Carlton!*« In der Tür zum Esszimmer stand Elaine MacGill, ihr Nudelholz drohend in der Hand. Jetzt kam sie schnellen Schrittes auf Ivy zu, die roten Locken wippend vor Empörung. »Ich dachte, ich hätte mit deinem Einzug endlich ein wenig Unterstützung hier im Haus! Und jetzt hilfst du der verfluchten Schokoschnute bei der Flucht? Also wirklich! Sie hat ein ganzes Muffinblech vertilgt, ist das zu glauben? Ein Wunder, dass sie noch durch die Tür passt!«

Ivy grinste. »Lassen Sie sie das nicht hören. Sie mag es gar nicht, wenn man sie als dick bezeichnet. Und klar bin ich eine Unterstützung für Sie. Wer sonst hat meinen Großvater dazu gekriegt, seit zwei Tagen die Salatbeilage seines Mittagsmenüs zu essen?«

Elaine kniff die Augen zusammen, als würde sie ahnen, dass dafür zwei abendliche Pizzen als Bestechung nötig gewesen waren. Aber dann kicherte sie. »Na ja.« Sie klemmte sich das Nudelholz unter den Arm und zog zwei kleine, etwas zerdrückte Schokoladenmuffins aus ihrer Schürze. »Wir Schokoschnuten müssen wohl zusammenhalten, wie ich das sehe.«

»Oh ja.« Ivy biss in ihren Muffin, der zuckersüß auf ihrer Zunge zerfloss. »Und als Nächstes bringen wir meinen Großvater dazu, sein altes Ankleidezimmer in ein Filmzimmer umzuwandeln. Sie schauen doch auch gern Filme und Serien, oder nicht? Und ich habe gehört, dass sie dafür nur einen winzig kleinen Fernseher haben.«

Ivys Lächeln verschwand, denn sie dachte daran, von wem sie das gehört und mit wem sie zuletzt über ein Filmzimmer gesprochen hatte. Auch Elaine senkte den Blick. Sie war fassungslos gewesen, als sie nach ihrer Rückkehr von den Ereignissen erfahren hatte. Jedes kleinste Detail hatte sie hören wollen und alles lebhaft kommentiert. Nur über Finn hatte sie kein Sterbenswörtchen gesagt, und jetzt meinte Ivy, ein verräterisches Glitzern in ihren Augen zu sehen. Finn hatte stärkere Spuren hinterlassen, als er es wohl selbst für möglich gehalten hatte, so viel stand fest. Elaine hob den Blick.

»Ivy«, sagte sie, und auf einmal klang ihre Stimme ungewohnt sanft. »Ich weiß nicht, ob ich dir schon gesagt habe … also … Ich bin froh, dass du da warst, als das alles passiert ist. Mir wäre es sicher nicht gelungen, deinem Großvater beizustehen, und ich mag mir nicht vorstellen, dass er dann … dass er …«

Sie sprach nicht weiter, aber ein Beben ging durch ihren Körper und sie holte tief Luft. »Schon gut«, sagte Ivy und legte behutsam die Hand auf Elaines Arm. »Ich bin sicher, dass Sie eine große Hilfe gewesen wären. Gegen Ihr Nudelholz ist kein Kraut gewachsen, ist das nicht so? Nicht einmal im Poison Garden.«

Da lachte Elaine auf. Sie wischte sich über die Augen. »Nun, wie auch immer, ich bin froh, dass du hier bist. Wirklich froh. Für dich und für deinen Großvater … und für mich. Erinnerst du dich, was ich dir über die Türen gesagt habe, die man nicht mehr schließen kann, wenn man sie einmal geöffnet hat?«

»Ja«, sagte Ivy. »Ich habe oft daran gedacht.«

»Ich glaube, manchmal ist es gut, gerade diese Türen aufzustoßen. So kommt nicht nur der Schmerz herein, wie ich befürchtete … Es kommt auch das Leben zurück, weißt du? Und das hat so mancher in diesem Haus viel zu lange vermisst.« Sie lächelte, dann kehrte der Schalk in ihre Augen zurück. »Und das mit dem Filmzimmer … das kriegen wir schon hin. Dein Großvater wirkt zwar manchmal etwas knöchern. Aber er hat ein weiches Herz. Und flexible Hüften, das kann ich dir sagen! Du solltest ihn beim schottischen Volkstanz erleben, da …«

»Lieber nicht.«

Elaine fuhr herum und Ivy grinste, als ihr Großvater aus seinem Arbeitszimmer schaute.

»Es gibt Dinge, die besser nicht an die Öffentlichkeit kommen«, sagte er. Dann sah er Ivy an. »Bist du auf dem Weg in die Bibliothek? Dann begleite ich dich. Ich habe etwas mit dir zu besprechen.«

Ivy nickte. Als sie an Elaine vorbeiging, beugte diese sich zu ihr herüber. »Er hat versprochen, heute mit mir für mein Tanztraining zu üben«, flüsterte sie ihr zu. »Und ich sag dir: Er wird wieder einen Highland Reel nach dem anderen aufs Parkett bringen wollen. Es liegt ihm einfach im Blut!«

Sie zwinkerte Ivy zu, und diese folgte ihrem Großvater mit einem Grinsen. Eines Tages würde Elaine es schaffen, ihr zu beweisen, dass ihr Großvater ein leidenschaftlicher Tänzer war, daran zweifelte sie nicht. Sie holte ihn ein, doch als sie sein ernstes Gesicht sah, verzichtete sie darauf, ihm ihre neuesten Zeichnungen zu zeigen. Sie hatte einige Skizzen davon gemacht, wie Audrey II einen Berg Kürbiskerne verspeiste und spielerisch nach Herrn Sumsemann schnappte, der waghalsige Loopings über ihrem Maul gedreht hatte. Aber offenbar lag ihrem Großvater etwas auf dem Herzen, also verschob sie die Präsentation auf später.

Als sie die Bibliothek erreichten, fanden sie Gabriel schlafend auf einem Sessel am Kamin. Ihr Großvater musterte ihn, und sie rechnete schon damit, dass er den Fuchs wecken und hinauswerfen würde, wie er es sonst tat, *weil Füchse verdammt noch mal nichts in der Bibliothek zu suchen haben*. Aber jetzt seufzte ihr Großvater nur, und als er sie mit einer Geste aufforderte, im Sessel daneben Platz zu nehmen, beschlich Ivy ein mulmiges Gefühl.

»Was ist denn los?«, fragte sie. »Du machst ein Gesicht, als wäre was passiert.«

Er setzte sich ihr gegenüber. »Nun«, sagte er und schaute sie mit derselben Miene an, die er aufgesetzt hatte, als sie sich das erste Mal begegnet waren: unnahbar und kühl. »Deine Mutter hat angerufen.«

Ivy zog die Brauen zusammen. »Ich habe seit Tagen versucht, sie zu erreichen. Ich wollte sie selbst fragen, ob …« Sie unterbrach sich. Sie hatte ihre Mutter nach dem Poison Garden fragen wollen, nach ihrer Großmutter, nach allem. Aber sie war nicht erreichbar gewesen, wie so oft.

Ihr Großvater nickte langsam. »Das habe ich mir gedacht«, murmelte er. »Nun, sie rief an, um zu fragen, wie es dir geht. Sie war in den letzten Tagen in irgendeinem Gletscher unterwegs und hatte keinen Empfang, und …« Er verstummte.

Ivy setzte sich vor. »Was hast du ihr erzählt?«

»Die Wahrheit«, sagte er. »Deine Mutter war früher vom Poison Garden genauso fasziniert wie du. Es fiel mir nicht leicht, sie von dem Garten fernzuhalten, und nach dem Tod ihrer Mutter sagte ich ihr, was es mit ihm auf sich hat. Ich wollte ihr die Gefahr deutlich machen, die vom Poison Garden ausgeht. Und ich hatte Erfolg. Von jenem Tag an hielt sie sich von ihm fern. Ich weiß nicht, ob sie ihn fürchtete … oder ob sie ihn dafür hasste, dass er ihr die Mutter genommen hatte.«

Ivy sah ihre Mutter vor sich, still über ein Buch gebeugt, ohne zu lesen, eine Pose, die sie seit frühester Kindheit oft an ihr beobachtet hatte. Zum ersten Mal, seit sie in den Poison Garden geraten war, mischte sich ein anderes Gefühl in ihre Wut darüber, dass ihre Mutter ihr nichts von diesem Garten erzählt hatte. Ihr ganzes Leben lang war ihre Mutter der wichtigste Mensch für sie gewesen, und so war es noch immer. Ivy wollte sich nicht vorstellen, wie es sein mochte, wenn sie sie im Poison Garden verlieren würde. Ihre Mutter jedoch hatte genau das erlebt. Erneut hörte sie den Schrei ihres Großvaters in sich widerklingen, und ihre Kehle zog sich zusammen, als sie an die Statue ihrer Großmutter auf dem Feld der Lilien dachte.

»Ich hatte schon vermutet, dass sie vom Poison Garden und

seinem Geheimnis weiß«, sagte Ivy. »Und ich war wütend, weil sie mir nichts davon verraten hat. Sie hat mich einfach hergeschickt, ohne mir davon zu erzählen.«

»Sie kennt dich zu gut«, sagte ihr Großvater. »Was hättest du getan, wenn sie dir gesagt hätte, dass es auf Carlton Manor einen magischen Garten gibt? Du hättest dich Hals über Kopf hineingestürzt. Ah, leugne es nicht. Ich sehe dir an, dass es so gekommen wäre.«

Ivy biss sich auf die Lippe. »Aber ich bin kein kleines Kind mehr. Ich hatte ein Recht darauf, es zu erfahren.«

»Ich verstehe, was du meinst. Doch du hast selbst erlebt, wie gefährlich das Wissen über den Poison Garden sein kann. Du bist das Wichtigste auf der ganzen Welt für deine Mutter. Sie will dich nicht auch noch verlieren.«

Ivy schwieg für einen Moment. »Ging es darum bei eurem Gespräch? Dass ich mich vom Poison Garden fernhalten soll?«

»Unter anderem.« Ihr Großvater seufzte. »Früher hätte ich deiner Mutter vielleicht gar nicht erzählt, was passiert ist, um sie nicht zu beunruhigen. Aber nicht zuletzt durch dich habe ich gelernt, dass es nicht der richtige Weg ist, das eigene Leben auf Lügen aufzubauen. Also blieb ich bei der Wahrheit. Wie du dir denken kannst, ist sie vollkommen aus der Haut gefahren.«

Ivy holte tief Luft. Sie wusste, wie es aussah, wenn ihre Mutter ausflippte. Das passierte zwar nicht oft, aber wenn, dann blieb kein Stein auf dem anderen. Zuletzt hatte sie das erlebt, als ein älterer Junge von Ivys ehemaliger Schule sie in seinem Auto mitgenommen und einen Unfall verursacht hatte. Er war kaum merklich zu schnell gefahren, doch ihre Mutter hatte ihn dermaßen zur Schnecke gemacht, dass er danach drei Wochen lang nicht in der Schule gewesen war.

»Nach einer Weile beruhigte sie sich etwas«, fuhr ihr Großvater fort. »Und sie hat mich um etwas gebeten.«

Er hielt inne, und Ivy spürte, wie eine tiefe Angst in ihren Nacken kroch. Plötzlich war sie verschwunden, die Mauer um die Gedanken ihres Großvaters, und sie konnte an seinem Gesicht ablesen, was ihre Mutter gesagt hatte. »Du sollst mich vom Poison Garden fernhalten.« Sie wartete, bis er nickte. »Was hast du erwidert?«

Er schwieg für einen Moment. »Dass mir das nicht gelingen wird«, entgegnete er dann. »Nicht, wenn du es nicht selbst willst.« Er hielt inne. »Deine Mutter hat wenig darauf erwidert, was aber nicht bedeutet, dass das Thema für sie durch ist. Sie ist auf dem Weg hierher, in zwei Tagen wird sie eintreffen. Die Frage, die du dir stellen musst, lautet: Welche Rolle soll der Poison Garden in deinem Leben spielen?«

Seine Worte sanken in Ivy hinein. Das war genau die Frage, die sie seit ihrem Kampf gegen Finn fast ununterbrochen beschäftigt hatte. Bei jedem ihrer blauen Flecke und jedem Kratzer, den sie an ihrem Körper seither gefunden hatte, hatte sie darüber nachgedacht. Bei jedem Albtraum, den die Ereignisse ihr beschert hatten. Bei jeder Träne, die sie heimlich geweint hatte. Wieder sah sie sich selbst halb erstickt am Grund des Nixensees, wieder fühlte

sie die Gefahr all der Gifte, die im Poison Garden lauerten, und wieder sah sie Finns Gesicht vor sich, stellvertretend für all jene, die kommen konnten, um die Macht des Gartens an sich zu bringen. Sie schaute zu Gabriel hinüber, der ruhig neben ihr schlief, und erinnerte sich an das Gold seiner Augen … dasselbe Gold, das auch in Belials Blick lag und das in ihren Adern floss. Und als sie ihren Großvater ansah, war ihre Entscheidung gefallen.

»Der Poison Garden ist mehr als alles, was ich mir je hätte vorstellen können«, sagte sie. »Im Guten wie im Schlechten. Ich habe die Gefahr gefühlt, die in ihm ist, genauso wie die Gefahr, die er anzieht. Aber noch nie zuvor war ich irgendwo zuhause – und ich meine wirklich so zuhause, dass auf einmal alle Puzzleteile, die sonst so in mir rumflogen, an den richtigen Platz gerutscht sind. Der Poison Garden ist meine Heimat. Und ich werde alles tun, um ihn zu beschützen.« Sie holte tief Luft. »Ich möchte mich zur Giftgärtnerin ausbilden lassen.«

Ihr Großvater sah sie an, reglos wie eine Statue. Sie spürte, dass sie nervös wurde, genauso nervös wie im Netz der Bärenfalle, als er zum ersten Mal in diesem Sommer auf sie zugekommen war. Doch sie hielt seinem Blick stand, und endlich, nach einer gefühlten Ewigkeit, hellten sich seine Augen auf.

»Ich habe es befürchtet«, murmelte er. »Gleichzeitig habe ich es gehofft. Und ganz gleich, was deine Mutter sagen wird: Meine Unterstützung hast du.«

Ivy stieß erleichtert die Luft aus. »Was wirst du ihr sagen, wenn sie ankommt?«

»Nun, *du* wirst es ihr sagen«, erwiderte er. »Aber wenn sie sich dir in den Weg stellt, werde ich sie fragen, warum sie nach all den Jahren beschlossen hat, ausgerechnet hier sesshaft zu werden – auf Carlton Manor, das sie vor vielen Jahren zuletzt betreten hat. Vielleicht fehlt er ihr auch, der Poison Garden. Und vielleicht ist es auch für sie Zeit, sich mit der Vergangenheit auszusöhnen. Vielleicht sehnt auch sie sich danach, nach Hause zu kommen. Dann wird sie es dir kaum verwehren können.« Er hielt inne. »Und wenn das nichts nützt, werde ich sie daran erinnern, wer sie ist. Sie lässt sich niemals von etwas abhalten, das sie unbedingt will, bis heute nicht. Du bist ihre Tochter. Und du bist ihr in Sachen Sturheit ausgesprochen ähnlich.«

»Man könnte sagen, das liegt in der Familie«, erwiderte Ivy und grinste. Ihr Großvater sah sie an, ein Anflug seiner alten Steifheit zog über sein Gesicht. Aber dann, zum ersten Mal an diesem Abend, lächelte er. Und Ivy spürte eines ohne jeden Zweifel: Egal, welche Irrwege sie in ihrem Leben auch gehen würde – Richard Carlton würde an ihrer Seite sein und sie beschützen, gegen wen oder was auch immer.

Er erhob sich mit einem Stöhnen. »Ich habe Elaine versprochen, das Esszimmer mit ihr freizuräumen. Sie will irgendwelche Tänze ausprobieren und braucht Platz.«

»Ich weiß«, meinte Ivy. »Ich hörte von einem Highland Reel nach dem anderen.«

Er hob die linke Braue. »Hm«, machte er dann und zwinkerte. »Der eine oder andere wird sicher nicht schaden.«

An der Tür drehte er sich noch einmal um und deutete auf die Bücher. »Die Ausbildung zur Giftgärtnerin ist übrigens nicht einfach. Die musst du dazu alle lesen.«

Ivy ließ den Blick über die Bücher schweifen und nickte angemessen eingeschüchtert, woraufhin ihr Großvater mit amüsiertem Lächeln die Bibliothek verließ. Ivy lehnte sich zurück. All diese Bücher durfte sie lesen. Sie konnte es kaum erwarten!

»Gut gemacht«, sagte Gabriel, ohne die Augen zu öffnen. »Ich wusste doch immer schon, dass du weißt, was du willst.«

Ivy hob die Brauen. »Hast du uns etwa belauscht?«

»Würde mir nie einfallen«, erwiderte er und gähnte.

»Dann ist ja gut.« Ivy grinste. »Immerhin sagtest du ja mal, dass du niemals absichtlich menschliche Gespräche belauschen würdest, weil wir Menschen sowieso nur Unsinn redeten.«

»Was ihr tut«, stimmte Gabriel ihr zu. »Aber hin und wieder kann es nicht schaden, zufällig ein bisschen was aufzuschnappen.« Er öffnete eines seiner goldenen Augen und lächelte. »Du weißt ja: Die Dosis macht das Gift.«

Gesa Schwartz

wurde 1980 in Stade geboren. Sie hat Deutsche Philologie, Philosophie und Deutsch als Fremdsprache studiert. Nach ihrem Abschluss begab sie sich auf eine einjährige Reise durch Europa auf den Spuren der alten Geschichtenerzähler. Für ihr Debüt »Grim. Das Siegel des Feuers« erhielt sie den Deutschen Phantastik Preis in der Sparte »Bestes deutschsprachiges Romandebüt«. Seither wurden ihre Bücher mehrfach ausgezeichnet und in viele Sprachen übersetzt. Gesa Schwartz lebt mit ihrer Familie in Hamburg und schreibt am liebsten in ihrem Zirkuswagen.

Mehr Informationen unter www.gesa-schwartz.de

Alexandra Helm

wurde im Jahr 1986 in Offenbach geboren. Nach einem erfolgreichen Studium an der Hochschule für Gestaltung in Offenbach entschied sie sich dafür, den Weg als freiberufliche Grafikdesignerin und Illustratorin zu gehen. Seit 2016 illustriert sie mit Vorliebe Kinderbücher.

Anhöhe
Gesichter-See
Wandelpfad
Baum der Spiegel
Rosengarten
Audrey II
POISON GARDEN